SATPREM

VOM KÖRPER DER ERDE

Eine Flamme, die den Tod
in sterblichen Dingen vernichtet
Sri Aurobindo, *Savitri*

O Feuer, du bist der Sohn des Himmels
vom Körper der Erde
Rig-Veda, III.25.1

Satprem

Vom Körper der Erde

oder

Der Sannyasin

Eine ewige Geschichte

Verlag Wilfried Huchzermeyer

Titel des französischen Originals:
Par le corps de la terre

Deutsche Übersetzung: Wilfried Huchzermeyer

ISBN 3-931172-00-7

Druck: Auroville Press

Gewidmet

Sri Aurobindo
Mutter

Batcha
Indien
wo ich im Herzen
geboren wurde

Inhalt

ERSTER ZYKLUS: *Die Reise außerhalb des Selbstes*

I. Die Straße 13
II. Die karmesinrote Insel 19
III. Der Aufbruch 45
IV. Die Reise durch die Hölle 56

ZWEITER ZYKLUS: *Die Reise in den weiten Raum*

V. Eine weiße Insel 89
VI. Und ein blauer Pfau 106
VII. Der Tempel 119
VIII. Der Mann der Geheimnisse 135
IX. Batcha 153
X. Der Kali-Felsen 163
XI. Die Reise der Aalesund 178
XII. Die Weißbirke 197
XIII. Drei Kauris für die Götter und eine für Nichts 212
XIV. Der Akazienwald 225
XV. Wie Du Willst 236
XVI. Selbst wenn ich sterbe 247
XVII. Die schöne Schlange 254
XVIII. Die japanische Klinik 262
XIX. Der Chandala und ich 279
XX. Die Wiederkehr der Dinge 286

DRITTER ZYKLUS: *Die Reise im Gold der Nacht*

XXI. Der Sannyasin 301
XXII. Was? 326
XXIII. Die kleinen Füchse 339
XXIV. Bhaskar-Nath 347
XXV. Zu Spät 358
XXVI. Die Vision 370
XXVII. Sie 386

Grab von Ramses VI in Theben, Korridor G

Erster Zyklus

(nach vielen anderen)

Die Reise außerhalb des Selbstes

Das Lied des Wanderers

O du, der du vorbeigehst
Auf der Hauptstraße dieses kleinen Planeten
Du eilst, du eilst
In eine Zukunft hinein, die bereits war
O Wanderer, der du dich nicht mehr erinnerst
Du führst mehr als einen Akt auf
Gekleidet in braun, in weiß
In Finsternis und Flitter
Mehr als einmal bist du den Weg gegangen
Zum einen selben Fixpunkt
Und du wiederholst dieselbe Geste
Unter den Monsunen oder den Wintern
Unter den Teufeln, die mehr oder minder Götter sind
Unter den Göttern, die mehr oder minder weiß sind
Du wiederholst dieselbe Geschichte
Als ob nichts je geschehen wäre
O Wanderer, der du nie vorbeigegangen bist
Deine Geschichte ist ewig
Auf meiner unfehlbaren Straße
Auf der einen Seite mühst du dich ab ohne zu wissen
Auf der anderen bist du König von alter Erinnerung
In Feuer gehüllt und in Lieblichkeit
Hast du nur die Wahl zu treffen
O Wanderer auf der tausendjährigen Hauptstraße
Du gehst wohin ich führe
Sklave oder König, Sünder oder Schlafwandler

Man wechselt nicht die Straße
Man ändert die Betrachtungsweise

Es gibt keinen anderen Durchgang in einem Leben
Keinen anderen Augenblick
Nur eine *Geschichte von Zeitalter zu Zeitalter*

I

Die Straße

Im brennenden Staub der heißen Jahreszeit gingen sie auf einen Hafen zu. Sie waren goldbraun von der ewigen Sonnenglut, und ihre Augen funkelten wie das Licht in der Tiefe eines Brunnens. Sie gingen dicht hintereinander, wälzten ihre Lasten und ihre Träume, gekleidet in weiß wie Pharaonen, oder nackt wie die Bronzen in ihren Tempeln; im Geruch von Weihrauchstäbchen und Büffeldung gingen sie in Richtung Hafen. Es war in diesem Zeitalter oder einem anderen, unter dem Kreisen der großen Fischadler; es war in jenem Lande, wo die Sonne die Seelen wie Tamarindenhülsen aufsprengt.

The Eastern Traders
Shipping Company Limited

Er war ein Weißer. Sein Name war Nil. Seine Hände fingerten an den Hosentaschen; er schaute nach rechts und nach links, ohne zu wissen, worauf er seinen Blick fixieren sollte, wie ein Schimpanse. Sie war von hier; sie war schön und ernst in ihrem weißen Sari und schaute ihn reglos an.

– Du willst wirklich weg?

Sie fuhr sich mit der Hand an die Stirn, als wollte sie eine Haarsträhne wegstreichen; Goldreife glänzten an ihrem Handgelenk.

– Morgen früh; das steht fest. Ich habe mein Gepäck dort aufgegeben.

Er fingerte wieder an seinen Hosentaschen.

Jetzt, auf der Hauptstraße der Zeit, trat ich in diesen Mann ein; einmal mehr schlüpfte ich in jene Rolle, vergaß alte Gesten und

Wesen, die ich einst liebte, vergaß alte Worte zum Guten oder zum Bösen; nur getragen von jener kleinen ruhelosen Flamme, vielleicht immer derselben, und gezogen von Tausenden verlorenen Erinnerungen – durstig, immer durstig, ich bin ein Durst, das ist alles, was in mir bleibt, es ist meine Erinnerung an Feuer. Ziehen wir Bilanz, wo sind wir?... Es ist einfach. An irgendeiner Stelle in der Welt, an irgendeinem Punkt der alten Geschichte kann ich anhalten und sagen: „Nicht dies, das ist es nicht" – es ist nie das. Nein, ich bin nicht dort und bin nie dort gewesen; es ist immer nahe dabei, neben dran; ich lebe, als ob ich mich eines Tages dort finden würde, mitten in der unweigerlichen Katastrophe. Und vielleicht werde ich dann das Ende der Rollen erreichen – dort in der Ferne steht ein Bruder des Lichts, und ich gehe auf ihn zu und kehre zurück nach Hause, endlich werde ich mich dort wiederfinden, in meiner wahren Haut.

Dann wird es absolut *das* sein. Keine Standortbestimmungen mehr; überall werde ich da sein.

Siebenundneunzig Pfund für die Überfahrt, knapp drei Pfund und etwas Wechselgeld übrig. Aber was macht das schon, es ist immer dasselbe.

– Komm, gehen wir.

Sie verschmolzen mit der Menschenmenge inmitten von Baumwollballen und rosafarbenem Töpferwerk, wurden getrennt und wieder zusammengeführt, vorangetragen in einem Durcheinander von Mangokörben, gefräßigen Ziegen und rosafarbenen und grünen Limonadenflaschen auf rollenden Verkaufsständen.

– Aber warum läufst du denn so? Du hast noch Zeit bis morgen. Wohin eilst du denn?

Ich hielt inne. Ich tauchte eine Sekunde in diese Augen ein, ich tauchte die Zeit eines ganzen Lebens in diese Sekunde ein, und ich habe viele Augen gesehen, aber es war nie der Blick, den ich suchte. Und immer noch bin ich unterwegs. Ich habe den Körper gewechselt, ich habe Leben gewechselt, und ich finde mich auf dieser Straße wieder, als ob ich die Sache schon zwanzigmal getan hätte.

– Nil, bitte…

Auf Mohinis Stirn bildeten sich Schweißperlen. Es lag eine solche Schönheit in diesem fast reglosen Gesicht, fast unberührt von Emotion, als ob sie Jahrhunderte der Sanftheit durchqueren müßte, um in zwei kleinen pulsierenden bronzenen Äderchen hervorzutreten. Ich schaute sie an, blickte auf einen rosa Kürbis, eine Krähe, den Tempelturm. Einmal mehr ergriff mich jenes absurde Schwindelgefühl: weggehen, warum weggehen? Diese ganze Welt von Dingen, die in Bewegung zu setzen sind, Gesten, die man machen muß – Millionen Gesten für nichts und wieder nichts. Diese Dichte der Zeit wie ein Schleier aus Seetang, warum? Als ob man sich nur im Leiden fassen könnte – ohne ein Drama wäre nichts mehr da zu fassen.

– Hör mal, Nil, du hast deine Torheit gut geplant. Ich selbst habe ein wenig Glück arrangiert: einen Tag Glück. Nur einen Tag, ich bitte dich um einen Tag. Danach kannst du tun, was du willst.

Was für eine Falle hatte sie diesmal ausgebrütet? Sie stellen uns alle Fallen, um uns einzusperren und gemütlich zu verzehren. Ich will mich nicht fangen lassen. Von nichts und niemandem. Ich will frei sein. Ich bin Nil = 0, für keine Tasche.

Aber ich würde mich auch gern hier hinsetzen und alles durch meine Finger gleiten lassen, wie ein geistesabwesendes Kind, und es gäbe nichts mehr zu wollen. Manchmal öffnet sich die Tür einer seltsamen Süße, wo man nichts mehr ist, weil man nichts mehr will. Ich kenne diese Benommenheit gut und weiß, daß die Stunde nahe rückt.

– Ich bitte dich um einen Tag, nur einen Tag.

Mohini stand aufrecht wie eine Statue inmitten des rosa Töpferwerks auf dem Tempelpflaster. Ein Kind spielte mit Seemuscheln. Ich kann jetzt noch den Platz sehen, er folgte mir lange Zeit nach. Man konnte den Duft der Jasmin-Girlanden auf den Gabentellern spüren.

– Schau, ich kenne eine Insel…

Sie bestürmten uns wie Fliegen, hefteten sich an meine weiße Haut – diese verflixte, elende Haut! Überall das weiße Stigma, das Mal des Ausländers, man wird nie in der Lage sein, wie die Luft im Winde unterzutauchen! Mohini öffnete ihre Börse und begann inmitten des Geschreis Münzen zu verteilen.

– Komm, laß uns gehen. Weg mit euch!

Sie hängten sich mir an die Beine. Und plötzlich wandte ich mich um, wütend, mit einem Drang, zuzuschlagen.

– O Fremder...

Ein Mann stand dort, in flammenfarbener Robe, und schaute mich an. Einen Augenblick blieb er still, mit der Bettelschale in der Hand. Ich haßte ihn spontan; es war ein Lächeln in diesem Blick... Nicht einmal ein Lächeln: eine gewaltige Belustigung, als ob das Gelächter herausexplodieren würde. Aber nichts explodierte, es blieb im Licht seiner Augen gefangen.

– O Fremder, du bist zurückgekehrt!

Ich war wie vom Donner gerührt. Dann sagte er mit einer ganz anderen Stimme, fast neutral im Ton, wie man einen Refrain hersagt:

– Dreimal bist du gekommen, dreimal hast du getötet.

Und ehe ich ein Wort sagen konnte, war er schon weg.

– Nil, Nil, geh nicht dorthin!

Ich stürzte ihm nach. Ich mußte ihn unbedingt einholen, wissen, sofort wissen, damit fertig werden, ehe es zu spät war; etwas in mir schien getroffen zu sein, aufgerüttelt, plötzlich vom Verlangen gepackt, diesen Menschen zu prügeln und zu schlagen, bis er in den Staub fiele. Und dann würde ich auf ihn spucken.

– Nil...

Mohini rief. Ich rannte wie ein Verrückter, schwenkte in eine Seitenstraße ein, lief um den Tempel herum, stieß ein Kind zu Boden, das zu schreien begann. Nichts von ihm zu sehen. Feindselige Augen starrten stumm jene Bestie von Ausländer an. Und da, plötzlich, sprang aus den Wänden ein Gott hervor, mit einer Lanze bewaffnet und rittlings auf einem Pfau.[1]

[1] *Kartik*, der Bezwinger der Dämonen. Er sitzt auf einem Pfau (*mayur*), dem Symbol des Sieges über die Kräfte der Dunkelheit.

Ich ging zurück, trocknete mir die Stirn und schämte mich meiner selbst. Diese heiße Jahreszeit würde mir wohl endgültig die Nerven zerfetzen, es war Zeit abzureisen. Mohini verharrte reglos inmitten des Töpferwerks, leichenblaß, ihre Augen starrten blind vor sich hin, ihr Zopf lag über der Brust.

– Ach! Nil...

Sie musterte mich, als ob ich von einer langen Reise zurückkehrte, als ob sie aus einer anderen Welt zurückkehrte; ihre Stimme war sehr weich, fast erstickt:

– Ich dachte, du wärest schon weg.

Ihre Hand berührte leicht meine Schulter. Wieder beeindruckte mich diese Atmosphäre alter Zeiten, die um ihr lag: Da war kein Ausdruck, kein Wimpernzucken; sie stand sehr aufrecht in ihrem weißen Schleier, reglos wie eine Choephore, wie jemand, der das Wissen hat und einmal mehr zuschaut, wie sich dasselbe Schicksal abwickelt.

– Was hat er dir gesagt? Was will er?

– Ein Verrückter. Wenn ich den wiederfinde... Du kennst ihn?

– Ein Sannyasin.[1] Ich mag Sannyasins nicht.

– Ich auch nicht.

– Sei vorsichtig, Nil, sie wissen, was wir nicht wissen; sie sind gefährlich.

– Wieso gefährlich?

– Sie haben die Erde verleugnet. Sie sind Diebe des Himmels.

Sie sagte das in einem solchen Ton! Ich war sprachlos. Dann faßte sie sich gleich wieder:

– Sie sind nicht von hier.

– Ich auch nicht... Außerdem weiß ich nicht, von wo ich bin. Komm, laß uns gehen. Ich hab' genug von diesen bemalten Wasserspeiern!

Da griff sie meinen Arm und kniff mich heftig, wie ein kleines Mädchen.

– Sei still, du weißt ja gar nicht, was du da sagst.

[1] Ein Wandermönch, der der Welt entsagt und zum Zeichen seiner Entsagung eine orangenfarbene Robe trägt.

Die Pistazien- und Bleiglanzgötter auf dem hohen Turm mit den Affen lauerten dem Wanderer; die goldenen Palmen schwankten sanft über der Straße.

– Hör mal, ich kenne eine Insel. Sag bitte nicht „nein". Ich werde dich nicht zurückhalten, ich bitte dich um einen Tag, nur einen Tag, um meinem Herzen Frieden zu geben. Danach wirst du frei sein.

Eine Sirene heulte schrill auf.

Der Kessel des Teeverkäufers glitzerte in der Sonne.

– Die *Laurelbank* wird morgen früh um sieben den Anker lichten und nach Neu Guinea fahren, hörst du – oder zum Teufel.

– Ich habe alles vorbereitet, ein Boot wartet auf uns.

II

Die karmesinrote Insel

– Schau, es ist die kleinste von dreien; man nennt sie die „karmesinrote Insel".

Ich blickte mich um, mein Hafen lag in leuchtendem Nebel; nur die schwarze Silhouette eines Frachters hob sich ab gegen ein glasiges Licht.

– Es ist gar nicht so weit; fünfundvierzig Minuten, und du bist zurück.

– Nicht weit... Und um diesen Affenfelsen zu sehen, hast du mich hierher gebracht?

– Um zu sehen, wie weit du gehen kannst.

Mit einem Kopfruck warf sie ihren Zopf zurück:

– Wenn du der Gnade teilhaftig wirst, so wirst du erkennen, daß du nicht eine Minute deines Daseins wirklich gelebt hast – in deinem Kopf bist du überallhin gegangen, und deine Beine sind nur ganz zufällig nachgefolgt. Und mit einem Herzen wie eine unreife Guajava.

Ich wollte sie in die Arme nehmen, doch dann war ich wütend.

– Hier, schau, Nil.

Wir konnten die Vögel zwitschern hören. Ein hoher Felshügel hob sich steil aus den grünen Wassern, hallte wider vom Singen der Vögel und war seilartig überzogen von den Wurzeln eines alten Banyanbaumes ganz oben, der inmitten des fröhlichen Zeterns von Sittichen und Makakoaffen die gesamte Insel wie ein sagenumwobenes Wrack aus dem Wasser zu ziehen schien. Langsam änderte unser Boot den Kurs und scherte vom Felsen ab; eine Einbuchtung lag plötzlich vor uns. Ich war tief ergriffen vom Anblick: Tausende und aber Tausende von lodernden Korallenbäumen in voller roter Blüte strömten in dichten Büscheln zum Meer hinab wie eine scharlachrote Welle.

Sie sah mich aus dem Augenwinkel an; ich war wie versteinert. Alles war sehr schön, aber wohin führte sie mich?

Die Siedlung der Fischer war verlassen, mein Hafen war hinter dem Felshügel verschwunden: nur ein Trampelpfad lief am Strand aus und verlor sich unter den Kakteen in Richtung des karmesinroten Hügels. Ich versuchte meine Formel zu wiederholen: „Laurelbank-Freitag-Sieben-Uhr", um den üblen Zauber abzuwenden, aber alles schien verschwommen, die Welt hatte ihre Kraftlinie verloren und ich war im Begriff, in diesem Brei exotischen Honigs unterzugehen.

Mit einem Fußtritt ließ ich einen Haufen Muscheln davonwirbeln und machte mich mit zusammengebissenen Zähnen auf den Weg.

– Es ist gar nicht weit, die Insel ist recht klein.

Es lag so viel Bedrängnis in ihrer Stimme, als ob sie mich um Vergebung bitten, mich zähmen wollte, aber ich war fest verknotet um jenes „nein" tief in mir, und es war wie der Schrei meiner Freiheit. Ich weiß, sie hätte mir gern die Welt auf ihrem Handteller präsentiert, eine hübsche kleine Welt, sehr nett, sehr sauber, wo sie auf Zehenspitzen gegangen wäre, um mich nicht zu verscheuchen.

– Wenn du willst, ich kenne noch eine andere Insel.

– Schon?

– O Nil!

Ich bin eine Bestie, ohne Zweifel, aber je mehr ich mich erweichen lasse, desto zäher werde ich. Es ist meine letzte Verteidigungslinie: wenn sie fällt, fällt alles.

Eines Tages werde ich der *Tatsache* ins Auge blicken müssen.

Und vielleicht gibt es nur eine Tatsache im Leben, alles andere ist Nachahmung, ein falsches Ebenbild – wo ist *die Tatsache*? Ich habe zwanzig Länder gesehen und doch nicht ein einziges, ich habe Zehntausende von Kilometern zurückgelegt und bin nicht einen Zentimeter vorangekommen, ich habe Millionen Sekunden gelebt, und sie sind nichts als Staub – wo ist *die* Sache, die Sekunde? Was ist geschehen? Die Reiseagentur Cook & Son hat die brasilianischen Wälder täuschend ähnlich auf einer Karte nachgebildet – ich bin gerade von dort zurück. Die Himalayas sind auf dem neunundzwanzigsten Breitengrad aufgehängt, im Prägedruck, exakt und perfekt gestärkt. Alles steht im Erdkundebuch, es gibt keine Überraschungen; mexikanische Nabelschweine und die Brüllaffen warten auf uns bei A-8, es ist mathematisch und programmiert. Wissen von der Welt hat die Welt ebenso sicher zerstört, wie Photographie die Malerei zerstört hat – wir müssen die Welt neu sehen oder im Album verrecken.

Aber dieses brennende Land tief in meinem Herzen, das niemand antasten kann, das ist mein Schatz, mein einziger Schatz, alles andere mag zur Hölle fahren – und Mohini ebenfalls. Und doch – doch – würde ich gern ein „ja" hinausschreien – ein ja zu allem, zu den Dingen, den Leuten, und diese Welt in meine Arme schließen und darin verschmelzen. Keinerlei Härte mehr, nirgendwo. Dort ist ein fataler Punkt, ein unlösbares janein, das eine feurige Reibung verursacht. Es ist die Stätte der *Tatsache,* das reine Brasilien, ich fühle es, ich nähere mich der letzten Festung.

Vor uns war ein Gittertor. Ein Tor, ganz wie in einem Park von Ludwig XIV., hier in diesen scharlachroten Tropen. Und es stand ganz für sich zwischen zwei zerbröckelnden Pfeilern inmitten eines Dschungels von Yucca-Bäumen. Mohini war unheimlich still. Auf einer Marmorplatte stand geschrieben: *Salvaterra.*

– Wir sind angekommen.

Ich nahm sie bei der Hand und stieß die Türflügel auf. Ihre Hand war eisig. Kein Laut war zu vernehmen, kein Atemzug. Es war eine andere Welt. Eine Welt, so völlig reglos, daß sie verdichtet erschien, erfüllt von Duft und Stille. Und alles war rot; eine Flut roter Blüten so weit das Auge reichte, die auf fast blattlosen Ästen raschelten – ein lebhaftes Feuer. Oder vielleicht ein sagenumwobenes Haus von stillestarren Feuervögeln.

– Moni, deine Insel ist hübsch.

Ein leichtes Lächeln huschte über ihre Lippen, sie zog sich den Sari über die Brust.

Dort war eine Allee, oder was einmal eine Allee gewesen sein mußte, die den Hügel wie ein großer Rundbogen umspannte. Ein Eichhörnchen rannte vor uns davon. Unter dem Humus konnte man noch weiße Kieselsteine erkennen.

– Moni, es ist als ob…

Sie schmiegte sich an mich. Ich verstummte. Alles war wie in einem Zauber erstarrt. Ich hatte den seltsamen Eindruck, das alles schon einmal gesehen und gelebt zu haben. Es kam nicht von den Blüten oder der Örtlichkeit, sondern von der eisigen Hand in der meinen. Hand in Hand schlenderten wir einher. Sie war ganz weiß unter diesem überfließenden hochzeitlichen Purpur, und ich tastete mich auf dem Weg voran, die Augen halb geschlossen, im Duft zerdrückter Blüten; ich näherte mich einer alten Erinnerung, einem alten Land vielleicht, das plötzlich hinter der Wegbiegung auftauchen würde – ich scheine mich immer an ein „Land" zu erinnern, das zu entdecken ist (dafür bin ich vielleicht so lange herumgezogen), und an eine „sie", die mich in das Land führt. Und jedes Mal bin ich davongelaufen. Ich weiß nicht, warum. Oder vielmehr doch, ich weiß es, immer dieselbe Geschichte – Liebe, die Falle. Die Falle und der Schlüssel in einem. Ein altes Land, wo ich plötzlich in absolutem Erkennen aufgehen werde: *Es.*

– Moni, sag mir, wenn man alles vergessen würde, was bliebe dann übrig? … Alles, ja, alles, was man gelernt hat. Alles, was sie uns in den Kopf gestopft haben: Land, Familie, Paß, Religion. Die falsche Erinnerung. Ein reines Gedächtnis, verstehst du, ohne irgendwelche Zusätze – ein echter Goldklumpen.

– Du hast doch schon alles verbrannt, Nil, mit einem einzigen Blick, diese Insel, und mit ihr zusammen mich! Du bist nicht hier, du bist nie hier, Nil! Du nimmst immer das nächste Schiff. Und wenn du dein Schiff auch verbrennen würdest, sag mir, was bliebe dann?

Meine Hand löste sich von ihrer. Die Begegnung hatte drei Minuten gedauert.

Sie schaute mich an:

– Ich selbst, ich liebe, und ich habe alles vergessen.

Ich liebe, ich liebe ... sie alle reden davon – Priester, Frauen, Dummköpfe – und dann finden sie sich mit einer Menge kleiner Rangen an ihren Armen wieder, gut für den Krieg, und Liebe war gestern.

– Also, *ich* liebe nicht.

– Du bist eine Bestie.

– Ja, frei.

Sie war so weiß in dieser Glut! Aber ich nahm sie gar nicht wahr. Ich sah nur meinen absurden Zorn – wie bei dem Sannyasin. Ein dunkler Drang von unten, als ob sie wieder eine alte Wunde berührt hätte. Oh, es gibt wunde Stellen im Menschen, welche die Erinnerung von tausend zerstörten Leben mit sich tragen – oder vielleicht von immer derselben wiederkehrenden Niederlage – und die mit einer furchtbaren Elektrizität geladen sind. In einer Sekunde verschmilzt es, nichts existiert mehr; als ob es *die* Erinnerung wäre.

– Du leidest, Nil.

– Ich leide nicht, ich bin frei. Und ich hasse Sentimentalität: Das klebt, und dann ist es geschehen, man versinkt im Wasser – ich bin aus dem Wasser heraus, ich bin unter dem Zeichen des Feuers geboren!

Sie blieb am Rande der Allee stehen und schaute mich so unsagbar sanft an:

– Wenn du mich ebenfalls verbrannt hast, wirst du verstehen.

Sie sagte dies ruhig, ohne Nachdruck, ohne die geringste Spur von Emotion, als ob sie von anderswoher schaute.

Ich wurde sofort weich.

– Vergiß es, Moni. Komm, laß uns laufen. Wir werden alles von vorne beginnen – du wirst sehen: Ich öffne das Parktor, du trittst ein...

Völlig ausgelassen rannten wir beide hinauf. Eine immense Sonnenterrasse öffnete sich zur anderen Seite der Insel. Man konnte noch Alleen unter dem Unkraut ausmachen; Gruppen von roten Hibiskusbüschen flossen sanft zum Meer hinab. Ein ganz mit Ranken bewachsenes Haus war gegen den Hügel gelehnt. Man hätte es für eine alte Kolonialresidenz gehalten, mit Stuckpfeilern, die vom Monsunregen zerfressen waren, einem dreieckigen Giebel zwischen den beiden Gebäudeflügeln, und einer Veranda. Niemand war dort. Die Stätte sah völlig verlassen aus. Man konnte nur das Zetern der Papageien auf den Reben hören.

– Nun, Moni, gehen wir uns umsehen?

Sie war so rosig unter ihrem gebräunten Gesicht; sie war schöner, als ich sie je zuvor gesehen hatte.

– Nicht jetzt, heute abend, du wirst schon sehen. Es ist eine Überraschung.

Ich lief zum Westflügel hinauf – eine Flut von grünen Federn ergoß sich mit schrillem Geschrei von überall. Dann herrschte Stille.

Es war wirklich ein seltsamer Ort... Auf der Veranda standen rotlackierte Wandschirme, ein Flötenspieler auf einem bronzenen Podest, da lagen Bruchstücke von Keramiken, ein riesiger leerer Vogelkäfig. Die Kletterpflanzen ragten bis zur Decke hoch. Federn und Vogeldreck lagen überall – sogar eine Pfauenfeder. Mechanisch riß ich ein Blatt in der Nähe des Flötenspielers ab; es roch wie Wildminze. Dann hörte ich Mohinis sanfte Stimme hinter den Pfeilern:

– Weißt du, bei uns nennen wir sie „Tulsi". Es ist eine Pflanze, die Glück verheißt.

Ich trat an die Tür und zog die Bambuslatte zurück; ein Sonnenlichtstreifen strahlte herein – ein kristallener Kronleuchter, die ganze Decke war lichtübersät. Überall fanden sich Kristall-Lampen, in allen Ecken und Winkeln: in Wandleuchten mit vergoldeten Pfeilerspiegeln, in Kandelabern, in gedrehten Lampenständern. Eine flimmernde Überfülle, ein Strom venezianischen Glases wurde zu einem plötzlichen Fest.

– Aber wo sind wir? Was für eine Stätte ist das hier?

Mohini sagte kein Wort. Dann fiel mein Blick auf eine indische Sitar, und auf eine andere und wieder andere; dann auf die außergewöhnlichste Sammlung von Musikinstrumenten, die ich je gesehen habe: Sarods, Vinas, Ektaras... in jedem Winkel, überall an den Wänden hängend, auf den Truhen, auf flachen Diwans. Esradsch, Leiern, lange Krummstäbe, die wie antike Zithern geschnitzt oder mit Elfenbein besetzt waren; Resonanzböden aus Amarantholz oder poliertem Kolozynth, von jeder Größe, jeder Form, matt leuchtend; und unbekannte Instrumente, die Lauten oder Mandoras ähnelten.

– Es war das Haus meiner Mutter. Sie war eine bedeutende Musikerin.

Ich blickte Mohini an, ohne sie wahrzunehmen. Ich hatte das seltsame Gefühl, den Boden unter den Füßen zu verlieren und ich-weiß-nicht-wohin zu sinken – aber ohne jede Gewalt, sanft. Mit einem geräuschlosen Schritt trat ich in etwas anderes ein, etwas, was nicht die Welt der Träume war, sondern was alle Erscheinungen unmerklich, wie aus Versehen, verwandelte: ein leichtes Verlagern der Linien, als ob die Gegenstände plötzlich Tiefe annahmen, anstatt flach gegen die Wände zu stehen, und intensiver, fast lebendig wurden; oder vielleicht war es nur ein Abgleiten des Auges, das plötzlich eine andere Struktur im Muster erfaßte; und gleichzeitig – es war seltsam – begann die Luft einen gewissen Geruch anzunehmen, der dieser plötzlichen Vertiefung entsprach; ein Geruch, der nicht von irgendeinem Duftstoff herrührte, sondern gleichsam von einem anderen Land, sehr vertraut, aber nicht benennbar. Er lag mir auf den Fingerspitzen, auf den Lippen, wie eine sehr süße Erinnerung, wie ein gerade geträumter Traum, der noch gegenwärtig ist, warm und vibrierend, aber dessen Gestalt entschwunden ist und der nur jenen Duft der Erinnerung zurückläßt.

Ich nahm eine Ektara in die Hand. Sie war sehr klein, hatte nur eine einzige Saite; sie sah aus wie eines jener Instrumente, die man auf ägyptischen Freskos findet. Ich schlug die Saite an... Ein kleiner vibrierender metallischer Ton hallte durch den ganzen Raum und ließ eines nach dem anderen die Kristalle anklingen.

Ich weiß nicht, was ich da anschlug, aber es vibrierte weit, weit weg, als ob sich etwas tief in meiner Erinnerung öffnen wollte und ich plötzlich durch eine Falltür verschwinden würde.

– Komm. Nicht jetzt. Heute abend werden wir eine Feier haben.

Sie faßte mich am Arm. Ich ließ die Ektara fallen. Sie zerbrach mit einem kleinen scharfen Ton. Die Falltür schloß sich wieder.

Alles war wie zuvor; wieder hatte ich den Faden verloren.

– Und dann wirst du den Schatz des portugiesischen Señors sehen.

– Den Schatz?

Sie zog mich nach draußen. Die Terrasse leuchtete im Sonnenlicht.

– Ja, im Ostflügel. Der Schatz des portugiesischen Schiffseigners; er hat alles meiner Mutter verkauft. Meine Mutter ist hier gestorben.

Ich schüttelte mich unversehens. Da drinnen erstickte ich. Ich zog Mohini am Arm und eilte von der Terrasse herunter zum Meer. Die Dornen zerrissen uns die Kleider; eine Marmorvenus entkleidete sich beherzt unter den Hibiskus-Büschen. Mir war danach, all das zu zerstören – der Venus ins Gesäß zu treten oder etwas Ungereimtes zu tun, die ganze Insel und mich mit ihr wegzuzaubern. Mohini schrie auf; mit drei Sprüngen hatte ich den Strand überquert und sie in voller Kleidung ins Wasser geworfen. Dann tauchte ich und schwamm aufs offene Meer hinaus; wenn ich gekonnt hätte, wäre ich zum Hafen geschwommen – alleine.

– Was würde Seine Exzellenz, dein Vater, sagen, wenn er dich hier erblicken würde?

– Ich habe alles vergessen.

– Und wenn ich dich zu meiner Geliebten machte?

Sie errötete bis an die Haarwurzeln. Offenbar warf man hier nicht Mädchen ins Meer oder sprach zu ihnen in solchem Ton. Außerdem sind es ja nicht „Mädchen“; sie sehen immer so aus, als ob sie gerade aus einem Tempel kommen und drei Jahrhunderte Kontemplation mit sich tragen.

– Warum hast du mich denn hierher geschleppt? Um mich in deinen Papageienkäfig zu sperren, oder wozu?

– Weil du morgen abreist, Nil, weil ich dich liebe, weil...

Ich dachte, sie würde in Tränen ausbrechen. Aber ich wußte noch nicht, aus welchem Holz sie geschnitzt war.

– Weil du gar nicht so gehen kannst, Nil. Die Dinge sind nicht erfüllt.

– Was meinst du damit?

Sie stand aufrecht in ihrem triefnassen Sari und hatte einen so reglosen, fast imposanten Ausdruck, wie wenn sie in den Schoß der Zeitalter zurückginge.

– In deinem Land geschehen die Dinge vielleicht aus Zufall. Nicht in meinem. Zufall heißt, daß man nicht das Gesetz der Dinge kennt. Du kennst nicht das Gesetz, Nil.

Sie nahm eine Handvoll Sand und ließ ihn durch die Finger rieseln.

– In deinem Land kreisen selbst die Atome nicht aus Zufall. Bei uns fliegen selbst die Vögel nicht aus Zufall vorüber. Es ist bloß eine subtilere Gesetzmäßigkeit.

– Und daraus folgt?

Sie heftete ihre Augen auf meine Augen und fügte hinzu, indem sie jedes Wort einzeln heraushob:

– Was heute geschieht, wurde vor Tausenden und aber Tausenden von Jahren begonnen, und es wird Tausende und aber Tausende von Jahren fortdauern.

– Du bist verrückt.

– Ich bin nicht verrückt, ich kann sehen. Es gibt keine Lücken.

– Lücken?

– Du verstehst auch gar nichts: Lücken zwischen deinen Zufällen. Es gibt keine Lücken. Wenn du einen Willen ansetzst, so erreicht er sein Ziel. Meinst du, er hält inne, weil du weggehst oder weil du stirbst? Er holt dich Tausende und aber Tausende von Jahren später wieder ein.

– Vorausgesetzt, ich kehre zurück.

– Er ist es, der dich zurückkommen läßt. Wir machen weiter bis zum Ende, Nil. Nichts bleibt unabgeschlossen.

– Das Ende? Der Papageienkäfig mit dir?

– Freude, genau das. Wenn man Freude hat, so löst sich alles auf. Man kommt und geht: man tut, was man möchte, man ist frei. Und nichts ist hinfort mehr getrennt. Du hast keine Freude, Nil, du hast die Geschichte nicht abgeschlossen. Du kannst morgen abreisen, wir…

Ich beugte mich über sie und küßte sie auf den Mund.

Die Luft war wie eine sengend heiße Masse. Mohini gab sich mir hin. Ihr nasser Sari klebte ihr am Körper. Sie sah aus wie eine Apsara, die einem Basrelief von Konarak entstiegen war.

– Heute Abend wird es einen Sturm geben.

Aber was kümmerte es mich! Auf ihrem runden, goldenen Gesicht perlten kleine salzige Tropfen, ihr Hals duftete nach Sandelholz. Ich war ausgelaugt, ausgelöscht, reif für die Niederlage – Liebe ist immer eine Niederlage. Sie schmiegte sich an mich. Etwas in mir wiederholte immer noch: „Laurelbank – Laurelbank…" Aber was sollte ich da drüben eigentlich tun? Hatte ich nicht alles, was man vom Leben erwarten konnte: Schönheit, Liebe, ein Vermögen, wenn ich wünschte? Was mehr? Sie war zwanzig, ich war gerade neunundzwanzig. Welcher meiner Brüder wäre nicht um die halbe Welt gerannt, um all dies zu besitzen, meine Brüder im vierten Stockwerk links im Halbdunkel? Was mehr? Was suchte ich denn noch – war ich nicht verrückt?

Sie schien meine Gedanken zu lesen:

– Was wirst du dort machen?

– Wo? In Neu Guinea?

Ich versuchte mich an etwas Handfestes zu klammern; alles schien mir durch die Finger zu gleiten.

– Es heißt, daß man dort Chrom und Kobalt finden kann.

– Chrom? Wozu ist das gut?

Ja, das frage ich mich auch.

– Es ist ein spezieller Rohstoff für die Metallurgie.

– Metallurgie…

Sie riß die Augen weit auf und suchte jenes Monster irgendwo in den Palmen. Das war zu viel.

– Aber das Chrom ist mir ganz gleich, verstehst du nicht?

Doch in Wirklichkeit war ich selbst es, der nichts mehr verstand. Ich würde dort ohne einen Pfennig landen, von einem

Konsulat zum anderen rennen, zu den Einwanderungsbehörden, den Bergämtern, den Negervierteln, den Verschlägen der Mittellosen – die niemandem etwas bedeuten – und ich würde immer einer zuviel oder einer zuwenig sein. Und hätte ich einmal ihr Chromvorkommen oder ihre Erdnüsse gefunden, würde ich vor ihrem widerlichen Erfolg davonlaufen.

– Aber wenn du wirklich gehen willst, warum kehrst du dann nicht in dein eigenes Land zurück? In den Westen?

Der Westen... Das weckte wieder meine Lebensgeister.

– Ich habe kein Land.

– Aber du hast doch schon Gold in Südamerika gesucht?

– Ja, und Glimmererde für deinen Vater, Kakao-Plantagen in Brasilien, griechisch-buddhistische Ruinen in Afghanistan und nicht-existente Schätze – das sind die besten, denn man ist sicher, nicht enttäuscht zu werden. Und dann Ägypten, die Elfenbeinküste... Ich habe Urwälder und Länder im Galopp durchstöbert – ich war sogar hinter Gittern.

– Warum dann...

– Das Problem ist, man findet immer dasselbe. Buddhistische Büsten oder Flüsse mit „grünen Felsen", das ist schön und gut, solange man sie nicht gefunden hat. Sind sie einmal entdeckt, so ist es alles das Gleiche: durchsichtig und nichtig, wie das „Besondere X" der Minen deines Vaters. Es gibt nie einen Fund – man gleitet hindurch.

Und doch... einmal, ich erinnere mich daran, in Ägypten, vor vielen Jahren... Da drang ich nicht hindurch (vielmehr war er oder sie es, die in mich drang), ein seltsames Antlitz, das mich anblickte. Ein Blick... Es war in einem Tempel an den Ufern des Nils, ein kleiner Tempel, völlig dunkel. Nur ein Lichtspalt war da im Gewölbe, und zwei Augen, die blickten – die blickten. Diese Augen... Ein Lid, das sich Zeitaltern öffnete, weit, weit, und dort am Ende, ganz am Ende, ist man etwas völlig anderes. Man hat immer gelebt.

Das entblößte mich, durchfuhr mich, und ich fühlte mich so völlig lächerlich in meiner Haut des 20. Jahrhunderts, mit der Kamera in der Hand – ich war plötzlich wie leer, zusammengeschrumpft, falsch vor jener... Ich weiß nicht, aber bei all meiner „Zivilisation" war ich doch ein degenerierter Zwerg – degeneriert und falsch, mit falschem Gewand, einem falschen Leben, einer falschen Wissenschaft, einem falschen „ich", und einer kleinen Kodak in der Hand, um die Sphinx zu kitzeln.

– Schau, Nil, ich weiß nicht, was du suchst, aber ich kann fühlen, weil ich dich liebe. Du wirst in Verzweiflung enden. Du wirst allein sein mit deinen Chromgruben, die nicht mehr wert sind als meine Glimmergruben. Du läufst davon.

– Das ist nicht wahr.

– Der Tod lastet auf dir.

– Das ist Erpressung.

– Er lastet auf uns, Nil. Die Bestimmung lastet auf uns. Dem, wovor du fliehst, wirst du wiederbegegnen, zehnmal, zwanzigmal, bist du den Mut hast, den Knoten zu lösen. Und jedes Mal wird es schwieriger sein. Aber du wirst ganz bestimmt zurückkommen, bis die Dinge erfüllt sind.

– Versuch nicht, mich in die Ecke zu treiben!

– Aber ich will doch gar nichts für mich, du Blinder! Ich will dich nicht für mich halten. Du verstehst gar nichts, Nil, du bist wie ein waidwundes Tier. Wer hat dich verletzt? Was ist geschehen?

– Nichts, gar nichts.

– Doch, da war etwas – und ich habe etwas damit zu tun, ich kann es spüren. Ich habe es gleich vom ersten Tag an gefühlt. Als du die Tulsi-Blätter an der Tür gepflückt hast, hatte ich das Gefühl, als ob ich dir dies bereits einmal gesagt hatte. Als du das Parktor aufgestoßen hast, schien es mir, als ob wir diese Geste bereits einmal gemacht hatten. Alles scheint von vorne zu beginnen. Was wirst du dort tun, Nil? Was suchst du denn?

Sie drückte mir den Arm, bis es weh tat. Ich fühlte mich wie in einer Falle, wußte aber nicht, in welcher.

– Nil! Das Leben erscheint so natürlich, daß wir nicht mehr acht geben, alles ist so vertraut. Und dann gibt es kleine harte Punkte, in denen gleichsam die ganze Vergangenheit konzentriert ist... Alles, was man sucht, ist hier, Nil, in jedem beliebigen

Augenblick, ohne irgend etwas zu bewegen, hinzuzufügen oder abzuziehen – es ist *hier.* Nil, ich habe das Gefühl, daß wir uns ständig am Rande eines Wunders befinden, ohne es zu wissen, und man könnte ganz zufällig darauf stoßen, wie man auf einen Stein am Straßenrand stößt oder wie man rein zufällig ein Tulsi-Blatt aufhebt. Und wenn man das zu fassen bekommt, dann verändert sich alles! Ich sah es einmal, wie ein kleines Klicken im Inneren: alle Farben wandeln sich – das Leben wandelt sich. Das Wunder ist überall, Nil; es ist hier, in dieser Minute, wenn du willst.

– Du bist zu schön, Moni.

– Ach, wie oberflächlich du bist! Du siehst nur meinen Körper.

– Na und? Ich weiß genau, wohin dein kleines Wunder führt: Jedes Jahr gibt es dreiundsechzig Millionen kleiner Wunder, die nicht geschehen.

– Ich verabscheue dich.

Sie ließ meinen Arm los. Die Palmen warfen einen krabbenähnlichen Schatten um uns.

Ja, was suche ich eigentlich?... Manchmal habe ich den Eindruck, daß man nicht wirklich „sucht", vielmehr wird man zu einem gewissen Punkt hingezogen, schneller und immer schneller, wie ein Strohhalm in einem Strudel; deswegen sagen wir, daß man „sucht", weil man das Ziehen fühlt, aber es kommt nicht von uns; es ist die Beschleunigung der Bewegung. Tief innen, da weiß man. Man könnte sagen, daß der Zweck jedes Lebens darin bestehe, zu einem gewissen alten Punkt zurückzukehren – einer Erinnerung, einer Tatsache, einem Unfall, einem früheren Versagen, einer bestimmten Art Situation –, die sowohl das Desaster als auch den Schlüssel zum neuen Leben enthält. Man muß geradewegs bis auf den Grund gehen und der Sphinx den Hals umdrehen. Das ist der Strudel, und es geht immer schneller. Kurz gesagt, man geht rückwärts in die Zukunft. Es ist wie dieser krabbenähnliche Schatten auf dem Sand: Man verläßt nicht den Schatten; man erreicht den Punkt, wo er wieder in sein eigenes Licht übergeht.

– Nil, zum letzten Mal, antworte mir. Warum gehst du fort?

– Aber ich weiß es doch nicht! Wo ist das Geheimnis, Moni? Wer besitzt das Geheimnis vom wahren Leben? Ich bin jetzt seit zehn Monaten hier und habe nur Tempel und immer wieder Tempel gesehen. Ihr seid Gefangene der Götter und der Bestimmung. Und bei uns sind sie Gefangene der Zeit und der Maschinen – ihr Leben verrinnt beim Versuch, sich ein Leben zu machen. Niemand lebt, Moni, wo ist denn das Leben? Überall wird es verraten, von den Göttern oder der Maschine, oder von irgend etwas im Bauch, das uns immer wieder herunterzieht: die kleine Familie, Geschäfte, Sex. Ich will ein echtes Leben, verstehst du, ein freies Leben, unter dem Zeichen keiner Krabbe da unten oder da oben. Niemand besitzt das Geheimnis! Und je mehr ich suche, desto mehr finde ich gerade das Gegenteil von dem, was ich suche. Es ist wie mein Traum von den Erdpolen: Zehn Jahre lang habe ich von Grönland geträumt, und je mehr ich von Grönland träume, desto näher finde ich mich am Äquator.

*
* *

So sprach Nil an jenem kleinen weißen Strand, in diesem Zeitalter oder einem anderen, auf einer Insel im Lande der Sonne. Er schaute klein aus an jenem Strand, wie wenn von weit oben betrachtet, mit seiner hübschen Gefährtin mit den dunklen Zöpfen. Er sah nicht, er verstand nicht, er hörte nur das Geräusch seiner eigenen Worte; aber ich sah ihn wohl, meinen Bruder unter einem Schatten, ich hatte sein Schicksal mehr als einmal getragen. Ich war hier und dort in ihn eingetreten, ich war der langen Reihe von Leben gefolgt, wie die Tänzer auf den Wänden von Theben unter der großen Schlange des Schicksals. Und jedes Mal war ich in seine Schwierigkeit eingetreten, in einen lebendigen Widerspruch, als ob die Menschen Körper um Körper nur annahmen, um eine bestimmte Unmöglichkeit zu entfesseln.

O Sucher
In jedem Ding, in jedem Wesen auf der Erde
Gibt es einen Knoten des Widerspruches
Einen unmöglichen Punkt
Hart und kompakt wie der Schmerz
Dünn wie der letzte Lebensfaden
Gleich einem Wunder
O Sucher
Die Dinge haben tausend Gesichter
Tausend Widersprüche
Aber es ist immer dasselbe
Es gibt nur einen Schmerz in der Welt
Nur eine Sorge durch viele Augen
Eine einzige Stätte wo alles zusammentrifft
Oder sich trennt
Wenn du den Punkt findest
Lebst du
Oder du stirbst.

*
* *

Wenn sie mich in diesem Augenblick nicht verlassen hätte, um die sogenannte „Feier" vorzubereiten, so wäre vielleicht nichts geschehen. Manchmal scheint das Schicksal an einem Atemzug zu hängen, als ob es auch dort wäre, in jenem zerstreuten Blick, dem Schritt hierher anstatt dorthin, in einem Basilikum, das man zufällig gepflückt hat; und vielleicht ist alles schon da, in den kleinsten Details – das Gittertor, das man geöffnet hat, der Stein, gegen den man am Straßenrand gestoßen ist – gleich wie in den mächtigsten Taten: die letzteren sind nur die Vergrößerung der ersteren. Jedes Ding, jeder Augenblick ist die verborgene und mikroskopische Probe eines großen Aufsprengens, das uns eines Tages verblüffen wird. Nur sehen wir nicht den kleinen Atemzug; wir haben nicht die richtigen Augen.

Und alles ist unfehlbar, gerade das läßt mich nicht los! Alles ist von einer schwindelerregenden Genauigkeit, bis zur x-ten Stelle hinter dem Komma. Selbst die Vögel fliegen nicht rein zufällig vorbei!... Sie mag verrückt sein, aber wenn ich heute abend an diesem Strand bin, so deshalb, weil jeder Schritt mich hierher geführt hat, ohne daß ein einziger ausgelassen wurde – alle Schlaglöcher, alle Umwege waren Teil des Weges – und alles bewegt sich gerade mittels Millionen von Umwegen. An welchem Punkt in der Geschichte kann ein einziger Schritt ausgelassen werden, ohne daß alles zusammenbricht? Wo ist die Minute, in der ich jene Linie oder jene Straße nicht hätte überqueren können, ohne das ganze stupende Spiel zu demolieren? Eines Tages zerbarst das goldene Ei in Millionen Welten, und diese kleine Narbe war bereits da auf meiner Stirn! Oder bin ich dabei, den Verstand zu verlieren? Wenn auf der anderen Seite der Welt auch alles mathematisch vorprogrammiert ist, wo bleibt dann meine Freiheit? Auf A-8 einer viel gefährlicheren Karte habe ich bereits das Spiel verloren.

O Kind
Alles ist bereits durchgespielt worden
Und alles ist frei
Je nachdem ob du hierher schaust
Oder dorthin

– Nil, Nil, schau doch!

Sie war auf die von Weinreben überwachsene Terrasse geklettert und wies auf etwas am Himmel.

– Die Vögel kommen, die Vögel kommen! Der Monsun ist da!

Ein schwarzes Dreieck driftete im Nordosten, der Himmel war wie ein greller Dunst. Ich zuckte mit den Achseln und ging aufs Geratewohl zum Strand. Kleine rote und weiße Krabben liefen in alle Richtungen davon, eine Schar von Regenpfeifern hob von den Felsen ab. Gern hätte ich sie alle festgenagelt, jeden Kieselstein und jeden gekrümmten Schatten der Palmen, sie dem Feuer meiner Augen ausgesetzt, bis das kleine Geheimnis aufbersten würde. Und immer dieses bedrängende Gefühl einer entscheidenden Erinnerung, die ich nicht wiedererlangen konnte – was hatte ich denn vergessen?

Zum Teufel damit. Ich machte mich wieder auf den Weg.

Ganz am Ende des Strandes lagen Granitfelsen aufgetürmt wie nach einer furchtbaren Explosion. Ich kletterte an der Küste entlang. Die Luft war zum Ersticken. Die Sonne ging bereits unter. Über dem ersten Plateau lag ein weiteres. Ich kletterte noch weiter. Ich begann einen Eifer zu entwickeln, als ob ich nur auf diese Insel gekommen wäre, um diese Felsen zu erklimmen. Und Mohini dort unten, mit ihren Göttern, ihrer Bestimmung, ihren Vögeln, das alles schien mir so lächerlich und unwirklich – eine Art morbider Erfindung. Was kümmerte es mich, ich lachte mir in den (übrigens abrasierten) Bart. Ich kletterte auf das dritte Plateau. Und dort geschah etwas, was ich mir nie erklären konnte. O ja, es muß eine sehr einfache Erklärung dafür geben, aber ich bin vorsichtig mit einfachen Dingen: je einfacher die Sache, desto wundersamer ist sie; dort ist der letzte Unterschlupf des Wunders. Oder ist es vielleicht das Durchbrechen von A-8 dort oben hier hinein in das A-8 unten? Ein „Zusammentreffen"? Es war wie Musik. Ich könnte schwören, es war Musik: eine Stimme oder vielleicht ein sehr sanftes Instrument, wie zwei kleine Töne. Und sehr kurz. Nur ein kurzer Ruf. Zwei kurze, knappe Noten, die sich erheben und erheben. Ich hielt inne, mein Herz klopfte, als ob der Ruf mir galt. Ich wandte mich um. Das Haus lag verborgen hinter dem dicht mit Bäumen bewachsenen Hügel. Von dort konnte er nicht gekommen sein. Und doch klang es wie eine Ektara, das Zupfen einer Saite. Aber ich hatte die Ektara doch zerbrochen. Und wer hätte dort überhaupt spielen können? Ich kletterte noch höher. Nichts regte sich. Die Hitze lag wie ein dichter Schleier über der Insel. Plötzlich hörte ich ein schrilles Schreien. Mein Blick fiel auf einen großen Banyanbaum, ein Gewimmel von aufgeschreckten Sittichen und zähnefletschenden Affen. Dann herrschte wieder Stille.

Ich stand auf dem Felshügel.

Vor mir lag das Meer. Das weite, flimmernde Meer, soweit das Auge reichte, wellenlos und unbeweglich, wie eine Fläche flüssigen Quecksilbers – eine helle Unermeßlichkeit. Selbst der Hafen war verschwunden. Kein Schatten irgendwo, keine Seele. Es war wie ein See zu Anbeginn der Welten, eine weiße Genesis an einem Tag, wo Ewigkeit sich selbst zulächelte. Und dann hoben sie an: zwei Töne von den Felsen her, zwei winzige Töne, so rein! Ich ging um den Banyanbaum herum: Niemand war dort. Zwei unerträglich reine, durchdringende Töne, als ob sie jeden Moment zerspringen würden, aber nichts zersprang: Sie stiegen auf, immer höher. Nun war ich im Begriff „zu zerspringen". Und dann der dritte... Oh! Es war wie eine plötzlich klaffende Lücke in mir, eine Leerstelle in der Erinnerung; es schmolz und schmolz – alles war am Zerschmelzen: Vergangenheit, Gegenwart, Erinnerungen, Schönheit, Länder, Gesichter, alles, was man gelebt und gewollt hat, die tausend Fäden, die alles zusammenhalten. Und jetzt hielten sie nichts mehr. Das Gewebe löste sich auf. Ich war nicht mehr darin, ich war nie darin gewesen. Es war eine Täuschung! Als ob man Leben um Leben für rein gar nichts gelebt hätte, völlig vorbei an allem: vorbei an sich selbst, an den Lebewesen, an den Dingen, und dann plötzlich stürzt es ein, man ist auf einer anderen Reise. Gerade genug Zeit, um „oh" zu sagen, und alles zerspringt – man schaut durch ein anderes Fenster. Und es ist nichts Großartiges oder Exaltiertes daran; eher das Gegenteil des Exaltierten: nur ein kleiner reiner Ton, und es war wie der wahre Ton der Welt. *Der* Ton. Als ob es überhaupt nur einen gäbe. Mir war danach, aufzuschreien: „Ja, ja, das ist es! Das ist es!" Absolut das. Das, worauf ich schon Millionen Jahre warte! Eine Süße absoluten Wiedererkennens.

Ein Einströmen von Süße.

Es dauerte nur wenige Sekunden an.

Ich stand vor einer betäubenden Leere – war sie vor mir, in mir? Ich blickte aufs Meer, auf die zurückkehrenden Katamarane, die scharlachrote Kuppel der Korallenbäume, und ich verstand gar nichts mehr. Alles war falsch, leer, hohl, ein exotischer Dekor, der jener leuchtenden Wirklichkeit aufgepflanzt war. Aber was tat ich eigentlich hier, worauf wartete ich denn? Ich mußte weggehen, sofort weggehen, mich in Bewegung setzen, aufbrechen, den Faden wieder aufnehmen – weggehen... aber wohin? In ein anderes Land, mein Land, das wahre Land, von wo ich her kam. Oh, ich weiß nichts mehr, meine Erinnerung ist verschwommen und all meine Namen sind falsch. Ich trage geborgte Kleider, mein Leben ist eine Lüge! Wer wird mir sagen, woher ich komme, wer wird mir meinen Geburtsort nennen, meinen Namen? Habe ich nicht einst etwas anderes gelebt, in wahreren Zeiten, war ich nicht absolut etwas anderes? Manchmal scheine ich mich an ein unermeßliches Land zu erinnern, von woher ich kam, an eine Musik und große Schneefelder unter einer reglosen Sonne. Wo ist mein Weg, mein roter Faden? Alles ist verschwommen, ich weiß nicht mehr ein noch aus, ich habe das Losungswort verloren. Da ist ein Brennen im Herzen des Menschen, das ist alles, was ich weiß; es ist mein Längen- und Breitengrad von Feuer, es ist mein ständiger Standort. Etwas fehlt ganz und gar im Herzen des Menschen – und wenn das nicht da ist, so fehlt alles; ein winziger Ton, der zieht und zieht, und wenn man den Ton verfehlt, so ist die Welt falsch und alles ist falsch.

– O Nil, ich habe mir solche Sorgen gemacht.

Sie war ganz in Rot gekleidet, die Verrückte! Helles Rot, blutfarben.

– Ich habe überall nach dir gesucht. Was hast du gemacht? Wie seltsam du ausschaust!

Das gelöste Haar fiel ihr ins Gesicht. Sie war außer Atem. Dann plötzlich krachte die Welt über mir zusammen wie ein quietschender Karren: die Sittiche, die Affen, die drückende Schwüle, und diese Frau, die mich in einen scharlachroten Nebel hüllte.

– Komm, Nil, das Haus ist so schön! Ich habe überall Lichter angezündet.

Alles bewölkte sich plötzlich, als ob ich in das dunkle Land eingetreten wäre: Ich mußte geträumt haben.

– Es sind Lichter in allen Räumen. Die Sitars leuchten, die Ektaras, die Sarods. Ich werde für dich musizieren.

Träumte ich, oder war ich in einen anderen Traum übergewechselt?

– O Nil, wo bist du? Wohin schaust du? Siehst du nicht den Sturm aufkommen?

Und man geht von einem Traum zum anderen, von einem Land zum anderen, zu höheren oder tieferen Ländern, ganz unbeschwert, unmittelbar wie ein Geruch oder ein Ruf; rote, blaue Farbtöne, nie endende Graufarben mit niemandem drinnen. Und man schreitet ruhelos voran, ein Wanderer von mehr als einer Welt, ohne sicheren Ort.

Und ich schämte mich meiner Traumanwandlungen. Aber war diese hier realer, weil sie rot war und mir unter die Haut ging?

– Im Westen zieht der Sturm auf, Nil, siehst du nicht?

Ein Land, das sich nicht bewegt, ein Heim, das von Dauer ist.

– Komm, Nil, laß uns gehen. Mir gefällt dieser Ort nicht. Er taugt nur dazu, sich umzubringen.

Ich fuhr ihr streichelnd übers Haar. Der Felsen war sengend heiß.

– Bitte komm, laß uns heimgehen. Das Haus ist wie ein Festsaal.

Sie war sanft an mich geschmiegt, ihre braune Haut glühte in der Sonne. Ja, Moni, gewiß, du gefällst mir feuerrot und brünett; heute abend werden wir feiern.

Brünett, gewiß; Frauen bedeuteten immer eine Rückkehr ins Halbdunkel und ins Vergessen.

– Ich habe die Kashmir-Teppiche ausgerollt. Wir werden auf blauen Zedernwäldern schreiten.

Ich habe mich bereits in deinem Wald verloren.

– Nil, mein Allerliebster, gehst du wirklich weg?

– Hör auf damit, Moni, hör auf. Ich weiß nicht mehr.

Eine Brise strich übers Meer, trockene Blätter fielen zu Boden.

– Am Abend, wenn der Wind weht, vibriert das Haus wie eine große Sitar.

– Ja, Moni...

– Weißt du, als ich sehr klein war, kam ich oft hierher. Ich hatte Angst.

– Wovor?

– Ich hatte immer den Eindruck, daß ich fallen würde, aber dann kam ein weißer Fremder und rettete mich. Seltsam – und jetzt bist du hier.

Kraniche schossen pfeilschnell vorüber. Das Meer färbte sich bleigrau.

– Ich habe das in einem Traum gesehen, als ich ganz klein war: Ich war im Begriff zu fallen, ich stand dort, genau wo du jetzt bist, und da... Nil, ich habe das Gefühl, daß die Welt voller Bilder ist, die wahr werden. Sie sind vorhanden, sie existieren, manchmal sieht man voraus, und dann geschieht das Unheil. Nil, Nil...

– Was ist das für eine Geschichte?

Sie schmiegte sich an mich. Die Gestalt des Sannyasins stand mir plötzlich vor Augen.

– Ich weiß nicht, Nil, manchmal habe ich solche Angst.

– Du bist doch verrückt.

– Nein, Nil! Ich bin nicht verrückt, das Schicksal ist vorgezeichnet.

– Das bildest du dir nur ein.

Sie blickte zu mir auf. In ihren Augen war diese fast unerträgliche Süße.

– Aber schau doch, öffne deine Augen!

Sie blickte auf etwas hinter mir, und ich spürte eine Schwere, etwas lag in der Luft – ich mußte weglaufen, sofort entkommen. Aber da war dieser Blick, der mich festhielt. Sie faßte mich am Arm.

– Siehst du denn nicht... Die Welt ist voller Bilder, Nil!

Ich weiß nicht, was sie da hinter mir betrachtete, aber die Luft war drückend – ich war drauf und dran, die Beherrschung zu verlieren.

– Nil, wenn du nur wolltest, könnten wir das Schicksal umwandeln; wir könnten das schöne Sinnbild heraufbeschwören, das das Leben verändert. Es gibt auch schöne Sinnbilder in der Welt, wir könnten den Tod vertreiben, die schöne Geschichte herabbringen und verwirklichen. Wir könnten zusammen ein Leben in Schönheit schaffen. Schau, Nil, bitte schau! Ein schöner Blick, das ist der Blick, welcher erschafft, und bist du nicht Nil-Aksha, der Blauäugige?

– Ich bin Nil-rein-gar-nichts und hasse Gerede. Ich bin frei, hörst du? Und dein *Schicksal* kann mir gestohlen bleiben.

In diesem Augenblick fegte eine heftige Windböe über die Insel. Alle Sittiche flogen kreischend davon. Etwas geschah in diesem Augenblick, ich könnte es schwören. Etwas hielt inne in mir, blickte auf die Szene und photographierte sie, als ob ich meine Augen zum ersten Mal öffnete, und ich fühlte, daß ich Worte geäußert hatte, die ich nie hätte äußern dürfen.

Sie löste ihre Hand von meinem Arm. Wie eine Statue stand sie da reglos in ihrem roten Sari:

– Laß uns hereingehen.

Ich rührte mich nicht.

– Laß uns hereingehen. Es wird Nacht, schau, wie der Himmel sich violett gefärbt hat!

Eine brodelnde Masse rollte im Westen auf. Kleine Windböen begannen das Meer zu kräuseln.

– Komm, Nil, es wird sonst zu spät.

Regentropfen spritzten auf den Boden. Die heiße Erde roch wie schwitzende Haut. Dann begann sie hastig zu sprechen, als ob sie Angst hätte:

– Ich habe weiße Kleider für dich herausgelegt, unser Haus ist wie eine Feststätte, überall brennen Kronleuchter.

– Was ist denn mit dir, Moni? Hast du Angst vor dem Regen?

– Nil, verlaß mich nicht, sicher habe ich Angst.

Sie hatte einen seltsamen Blick, aber es war nicht Furcht darin, und ich konnte nicht herausfinden, was es war. Plötzlich donnerte es und eine Böe fegte über die Insel. Alle Blüten stoben davon wie eine Wolke roter Vögel.

– Es wird zu spät sein, Nil.

Ich war erstarrt. Ich spürte die Gefahr, aber wo? Welche Gefahr?

– Zu spät, Nil, zu spät…

Da verstand ich blitzartig: mein Schiff! Die *Laurelbank*, das Schiff, mein Gott!

Ich zog meine Hände weg.

– Ich flehe dich an…

Der Horizont war violett, das Meer voller Gischt. Einen Augenblick betrachtete ich die verstörten Augen, die bebenden Lippen:

– Nil!

Dann rannte ich wie ein Irrer zum Landesteg.

Mein Schiff, mein Schiff... Ich werde vom Festland abgeschnitten sein, gefangen wie eine Ratte. Ich kletterte über die Felsen und stolperte beinahe über einen modrigen Schiefer. In einer halben Stunde würde es dunkel sein; morgen würde es zu spät sein, das Meer würde toben. Ich sprang auf den Strand, bahnte mir den Weg durch Seetang, strauchelte und fiel in ein Loch. Mein Schiff, mein Schiff... Meine Schläfen pochten, ich spürte den Puls am Hals, war wie ein eingekreistes Tier, plötzlich wie am Ersticken – Freiheit, Freiheit... Der Wind war stark genug, um Bäume zu entwurzeln. Ich rannte und rannte.

Seit zehn Jahren laufe ich schon. Ich glaube, ich könnte noch über die halbe Erdkugel laufen, oder zum Teufel, wenn notwendig. Und jedes Mal sage ich *nein.* Nein zu ihrem kleinen Glück, dem widerlichen kleinen Glück, der sanften Rattenfalle und blühenden Dekadenz. Ich sage nein, und ich könnte hunderte Jahre lang nein sagen, wenn es sein muß. Nein zu eurer Saitenmusik, euren gepolsterten Vergnügungen, euren Honiginseln oder Daunenfedern, euren exquisiten Erstickungen; nein zu all jener Kunst, die Leere salonfähig zu machen und das Mannequin mit Stroh zu staffieren. Ich bin das Nichts, die Leere, die Haut des Mannequins, die die wahre Sache will und keine Staffage. Ich will die wahre Fülle. Und *keine Revolte*: Ich sage nein zu euren Jas und nein zu euren Neins – nichts zu verfluchen, nichts zu vergessen, alles ist gleich: Eure Freiheiten sind gepanzert wie eure Tore, eure Zärtlichkeiten sind die zwei gierigen Arme eures Elends; euer Gutes die Kehrseite von eurem Bösen, oder dessen Vorderseite. Und alles schreitet in Paaren, wie bei einer Hochzeit, euer Schwarz mit eurem Weiß, eure Freuden mit euren Sorgen, euer Gott mit seinen Teufeln. Ich selbst, ich entkomme der Höhle, gute Nacht euch allen! Ich habe nichts zu bewahren, keinen einzigen Tag, keine einzige Minute hinter mir! Nichts mitzunehmen, meine Tasche ist leer. Ich habe zum Schein gelebt und ich bin nur in euren amtlichen Registern geboren. Ich bin nichts, dreimal nichts, einer, der eure Staffage aus Stroh nicht will. Ich lasse das Mannequin zurück, und was bleibt dann?

Das Haus war erleuchtet, „unser" Haus. Die Veranda war lichtüberströmt unter den Regenböen. Meine Stirn blutete. Nein, ich war nicht in Revolte, und ich schrie „Freiheit", aber es war einfach *das*, ein Schrei wie ein Erstickender – etwas anderes, etwas anderes, ein vollständiges „Anderssein", das nicht anders war. Ich rannte in diesen roten Wald wie ein Schlafwandler, der seinen Körper sucht, wie ein Ertrinkender, der nach Luft ringt. Nein, ich habe keine Heimat, kein Land, keine Frau, keinen Namen, keine Zukunft, gehöre nicht zur Hochzeitsgesellschaft. Ich werde keine kleinen Nils zeugen, die andere kleine Nils zeugen, die wieder andere Nils zeugen. Und nichts ist begonnen worden! Keine einzige Sekunde zum Mitnehmen, keine wirkliche Minute. Wo ist der eine wahre Tropfen in all dem? Ich scheine ganze Leben damit zugebracht zu haben, tonnenweise nichtiges Euphrates- und Brahmaputrawasser vorbeifließen zu sehen, für nichts und wieder nichts.

Ich eilte durch die Nacht, als ob sie mir alle auf den Fersen wären, die kleinen Nils, die die kleinen Nils gezeugt haben, alle zusammen in eine unerträgliche Sekunde gezwängt, mit dem einen Schrei: „Wann fangen wir an?" Die ganze Familie durch die Nacht hetzend. Ich floh wie ein Dieb über diesen Teppich roter Blumen, begleitet von Musik, die sie nicht hören konnten, und berauschend wie Wein: Freiheit, Freiheit, Freiheit, die *Laurelbank* und sonst nichts!

Und ich bin noch am Rennen.

Am Strand zogen drei Männer einen Katamaran an Land. Der Wind heulte, Dornen und Gischt wirbelten durch die Luft; mein Mund war voller Sand. Ich sprach den ältesten an.

– Bring mich zum Hafen.

– Zum Hafen? Sagtest du Hafen?

Er sah mich an und schrie etwas in den Wind. Dann wandte er mir den Rücken zu. Ich schrie auch.

– Ich werde zahlen!

Er warf sein Paddel auf den Strand; ein leerer Korb rollte in die Kaktusbüsche.

– Hör, du Narr! Hier, schau...

Wie ein Besessener schwenkte ich meine Brieftasche.

Er hielt inne, blickte mich an, mit einem Tau in der Hand.

– Du siehst den Wind wohl nicht, oder?

– Ich gebe dir, was du willst. Wir können mit Rückenwind segeln, in zwanzig Minuten werden wir im Hafen sein.

Er blickte zum Himmel und dann auf die Brieftasche. Ich schöpfte wieder Hoffnung.

– Ich bin Seemann. Ich werde dir helfen.

Die anderen wurden ungeduldig. Er hielt die Nase in den Wind.

– In zehn Minuten wird es dunkel sein.

– Was macht das? Wir halten gerade auf die Küste zu. Wir können sie gar nicht verfehlen.

Ich zückte zwei Banknoten, zwei lächerliche Banknoten. Sie waren triefnaß und klebten zusammen, es war absurd.

– Hier.

Er zuckte bloß mit den Schultern. Ich war erledigt. Meine Uhr! Ich hatte noch meine Uhr.

– Schau hier.

Ich war außer mir. Ich hätte ihn geschlagen, wenn ich gekonnt hätte. Er warf einen Blick auf die Uhr. Dann spuckte er Sand aus und begann wieder, den Katamaran einzuholen. Ich war gefangen wie eine Ratte.

Mir wurden die Knie weich, die Katastrophe nahm ihren Lauf vor meinem inneren Auge: kein Geld, keinen Job, das Ticket verloren und nur halb rückzahlbar, sechs Monate Arbeit, um eine andere Überfahrt bezahlen zu können. Ich war außer mir vor Wut. Es blieb nichts, als zum Haus zurückzukehren und die kleine Familie zu gründen.

Plötzlich wandte ich mich um, schlagbereit: Sie stand dort. Wenn Blicke töten könnten, so brachte ich sie in diesem Augenblick um.

Aber ich war wie versteinert. Sie stand dort reglos, aufrecht, in ihrem roten Sari, etwas höher als ich auf einer kleinen Erhebung im Sand, so vollkommen ruhig inmitten des brausenden Winds und der abgerissenen Blüten, daß sie wie eine geschmückte Gottheit aus einem Heiligtum ausschaute, dort aufgestellt für ein Ritual: mit gelöstem Haar, ihre Augen so groß, daß sie das ganze Gesicht auszufüllen schienen, ohne Bitten oder Tränen, ohne Vorwurf, wie bereits von Ewigkeit ergriffen, lebendig nur durch jene Lieblichkeit, die mich anblickte, die direkt in die Tiefe meiner Seele schaute und die mich immer angeblickt zu haben schien, so warm, so sicher – wir verloren einander nicht. Wir konnten einander nicht verlieren! Wir waren zusammen, immer zusammen, ewig zusammen.

Da, für einen Augenblick, liebte ich sie.

Sie trat wortlos heran, streifte ihre Goldreife ab und gab sie dem Mann. Dann sah sie mich wieder mit dieser unerträglichen Sanftheit an, grüßte mich mit zusammengelegten Händen, wie man Götter im Tempel grüßt. Und plötzlich war sie fort.

– Laß uns aufbrechen, Fremder. Mach schnell, die Nacht kommt.

So gehen sie
Liebende oder Feinde
Brüder und Wanderer
Aber wer geht, wer bleibt?
Nur die Kleidung verändert sich
Der Farbton eines Himmels
Über einer kleinen, weißen Bucht
Nur die Sorge geht
Und ein Kind
Auf einem kleinen reinen Strand
Schaut mit Staunen
Auf jene die da kommen und gehen
Und einander nicht mehr erkennen.

III

Der Aufbruch

Wasser sang durch alle Ritzen im Hafen. Die Luft roch nach warmen Mangos und nach Ebbe. Meine *Laurelbank* lag fest vertäut am zweiten Kai. Ich sang auch. Jedes Mal sang ich. Ich war leicht wie Schaum auf werdendem Leben. Mohini war dort mit ihrer Insel untergegangen, im Tartarus einer früheren Existenz. Und es gab kein zurück! Dies sind wirklich die besten Augenblikke im Leben. Ich habe stets meine Zeit damit zugebracht, unmögliche Leben für mich zu gestalten, um die einzigartige Freude dieses Augenblicks zu genießen. Leider ist er nicht von Dauer. Kaum entgeht man einem Leben, schmiedet man sich schon neue Fesseln, und alles muß wieder von vorne begonnen werden. Man sollte absolut frei sein, immer im Aufbruch, diesem Augenblick der Freiheit zwischen zwei Ländern.

Plötzlich kam ich wieder zu Sinnen. Ich stand völlig durchnäßt unter einer Straßenlaterne. Der Lichtstrahl eines Leuchtturms strich über ein Durcheinander strömender Schatten, verschwand, erschien wieder, erfaßte den Tempelturm. Das Straßenpflaster, die Palisaden, die verlassenen Kais leuchteten auf. Die Szene hatte sich plötzlich verlagert. In nur einer Sekunde hatte ich die ganze Runde gemacht:

Es war der Hafen von Moresby,
welcher Belem ähnelte welcher Goa ähnelte;
Ich hatte das Goldvorkommen entdeckt, das Chromvorkommen,
die gelbe Insel, die schwarze Insel;
Ich hatte eine Negerin geheiratet und eines Abends Selbstmord
begangen.

Ein Blitz-Leben.
Fünfzehntausend Kilometer mit einem Lichtstrahl abgestrichen;
Ich hatte die volle Runde gemacht.
Es war zum zehnten Male, daß ich unter dieser Straßenlaterne landete;
Ich war am Ausgangspunkt.
Ich war nie aufgebrochen.

Die Pfützen unter der Straßenlaterne hatten Gänsehaut.

Mit einem Fußtritt ließ ich meinen Schatten davonwirbeln. Eine Ratte huschte plätschernd davon. Genau das war es, man kam immer wieder zurück zum Affenkäfig; überall der denkende Affenkäfig. Es blieb nichts zu tun, als zu *Eastern Traders* zu eilen und mein Hemd zu wechseln.

Ein wirklicher Aufbruch wäre vielleicht, das Thema zu wechseln?

Der Kessel des Teeverkäufers glitzerte an der Straßenecke – genau was ich jetzt brauchte.

– O Fremder, da bist du wieder.

Ich fuhr zusammen. Da hockte er mit funkelnden Augen auf einer Kiste vor dem Stand des Teeverkäufers.

– Erkennst du mich nicht?

Einen Augenblick hielt ich inne und starrte auf diesen Schatten im orangenfarbenen Gewand, dann auf die Öllampe, die Säcke, die Kupfertöpfe, den Stand, der aussah wie bei Breughel. Ärger packte mich plötzlich, eine blinde, mörderische Wut, wie beim ersten Mal. Mit einem Sprung war ich bei ihm, griff ihn am Halstuch und hob meine Hand.

Er brach in schallendes Gelächter aus.

Ein triumphierendes, explodierendes Gelächter, das die Kiste erschütterte und durch die ganze Gasse hallte. Ich war wie vom Blitz getroffen. Der Teeverkäufer sprang zwischen den Säcken hervor und packte mich an der Schulter. Der Sannyasin hielt ihn zurück:

– Laß ihn, Gopal, bring ihm Tee.

Er lachte wieder. Der Händler hatte seinen Schurz hochgekrempelt und stemmte seinen Fuß gegen einen Sack; die Öllampe warf phantastische Schatten; und ich hielt weiter stupide an diesem orangegelben Halstuch fest, blickte auf seine weißen Zähne, die grinsten, als ob sie die ganze Nacht verschlingen würden.

– Laß ihn, Gopal. Tu, was ich dir sage.

Der Mann musterte mich noch einmal. Ich war sicher der Teufel. Er sprang über seine Säcke und verschwand. Ich war aufgebracht. Dann fixierte ich diese vergnügte, eulenähnliche Gestalt:

– Wenn du meinst…

Meine Hand löste sich vom Halstuch.

– Recht so, setz dich.

Ich wollte aufschreien, losschlagen, ihm ins Gesicht spucken. Entkommen, bleiben, die Kupfergefäße kaputt treten. Schließlich fand ich meine Stimme wieder.

– Du Sohn einer…

– Er legte mir den Finger auf die Lippen.

– Gebrauche nicht Worte, die verletzen.

Ärger blitzte in seinen Augen auf. Dann fiel der Vorhang wieder. Da war nur noch eine Art lähmender Jubel – wie ein Riese, der über die Berge schaut und der Welt ins Gesicht kichert.

– Du schuldest mir eine Erklärung…

– Was soll ich dir erklären, Junge? Daß du gerade rechtzeitig da bist, daß du viel gerannt bist? Daß du dein Schiff verpassen wirst, wenn du so weitermachst?

Er schüttelte sich noch einmal vor Lachen, aber dann beherrschte er sich.

– Trink doch.

Dieses Gesicht faszinierte mich ganz und gar. Es war fast schwarz, mit stechendem Blick und Adlernase, wie ein Fischadler in seinem fahlroten Federkleid. Es war vor allem diese intensive Vitalität, die augenblicklich erstarren konnte wie die Maske einer Mumie. Er wies mit dem Finger auf mich:

– Was hast du da? Du bist verletzt? Gopal, bring etwas Wasser.

Ich wischte mir über die Stirn: Eine Blutspur lief mir bis zur Nase runter. Es tat weh. Es muß ein netter Anblick gewesen sein, mit den nassen Kleidern und dem zerrissenen Hemd. Einen Augenblick schwebte mir Mohinis Gestalt vor Augen:

– Wirst du mir erklären, was du da gestern gesagt hast? Genau hier, an dieser Stelle, hast du gesagt: Dreimal bist du gekommen, dreimal hast du getötet.

– Das soll *ich* gesagt haben?

Er sah mich so unschuldig an.

– Dann muß es wohl wahr sein.

Ganz ruhig nahm er sein Halstuch, tauchte einen Zipfel in seinen Kupfertopf und wollte mir die Stirn abtupfen. Ich sprang zurück. Der kochend heiße Tee spritzte mir über die Füße. Ich dachte, nun würde er wieder lachen, aber er rollte sein Tuch zu einem Knäuel zusammen und warf es mir ins Gesicht.

– Hier, wasch dich selbst.

Und da saß er dann stumm und schaute in die Nacht. Ich fühlte mich dumpf und ungelenk, leer, es blieb nur das Halstuch in meinen Händen und meine Schale Tee, und ich starrte diese verlauste Gestalt mit langen Haaren an. Ich war nicht einmal mehr aufgebracht, er hatte mir selbst meinen Ärger genommen. Alles, was blieb, war ein absurdes, hilfloses Zähnefletschen, wie wenn ich einem alten Todfeind gegenüberstände.

Ich riß mich zusammen.

– Hörst du, wirst du mir jetzt sagen…

Warum bestand ich darauf? Ich weiß es nicht. Ich hätte sofort gehen sollen, mich davonmachen sollen – aber je mehr ich meine Torheit spürte, desto heftiger klammerte ich mich an sie, als ob ich eine alte Rechnung mit ihm begleichen müßte. Außerdem brachte seine hölzerne Reglosigkeit mich jetzt auf die Palme.

– Hör mal, du Scharlatan! Du Hochstapler, Quacksalber, wie lange erzählst du den Leuten schon diesen Humbug?

Er wandte sich kaum um und sagte ganz schlicht, so wie man eine Tatsache feststellt:

– Ein Mensch sucht nur die Zufriedenheit seiner Seele.

Und er spuckte in großem Bogen auf den Boden.

– Und du, du bist nicht zufrieden.

Dann bündelte er seine Sachen, band sich das Halstuch um, nahm den Wanderstab, den Bettelsack, die Bettelschale, und machte sich auf den Weg.

– Komm, laß uns aufbrechen, es ist Zeit.

Und plötzlich, ohne zu wissen warum, fand ich mich mit diesem Menschen auf der Straße wieder und marschierte an seiner Seite. Wir gingen die Gasse zurück in Richtung *Eastern Traders*, vorbei an den Töpferständen, an einem Bettler, dem Tempeltor. Aber was tat ich dort eigentlich? Einen Augenblick ruhte mein Blick auf dem rosafarbenen Töpferwerk und den welken Girlanden des Blumenverkäufers. Er hatte gesagt „laß uns aufbrechen", und ich folgte, als ob ich das schon dutzende Male gehört hätte. Ein seltsamer Schwindel überkam mich. Ich zog mir den Hemdkragen hoch und marschierte in die Nacht hinein.

– He, Sannyasin…

Aber er hörte nicht. Die Uhr von *Eastern Traders* zeigte zehn vor Zehn an. Ich hatte noch die ganze Nacht vor mir, was riskierte ich schon? Diesmal flüsterte eine kleine heimtückische Stimme mir herausfordernd ins Ohr: „Warum denn nicht?" Und sobald ich dieses „warum denn nicht" hörte, war ich ausgeliefert. Trotzdem hätte ich gern den Grund gewußt, aber ich wußte nicht einmal mehr, was ich eigentlich wissen wollte! Ein seltsames Gefühl ergriff mich, und ich folgte dem großen, in Orange gekleideten Schatten, der barfüßig zwischen Pfützen und verrotteten Mangos entlangglitt, als ob ich gar nicht da wäre. Was gab es denn auch zu wissen? Mit Eintreten der Nacht fühlte ich mich angenehm leicht und beschwingt. Ich hatte nachgegeben, ich wurde von einem Strom fortgetragen. Vielleicht war dies Schicksal? Man stellt Fragen, aber nicht, um eine Antwort zu bekommen, sondern um den Wagen am Rollen zu halten, und wenn man eine Minute stillsteht, um herauszufinden, was man wirklich will, wenn man sich schweben und tragen läßt, so sieht man, daß Fragen und Antworten gar nicht erforderlich sind; man braucht nur eine bestimmte Dichte, wie ein Fisch im Wasser. Und wenn diese Dichte nicht da ist, so stellt man Fragen. Das ist alles. Aber weder die Frage noch die Antwort macht die Dichte aus.

– Sannyasin, sag mir, wohin gehst du?

Er wandte sich um, als ob er mich bloß zur Kenntnis nahm, setzte dann wie ein Wal im warmen Wasser mit vorgestrecktem Hals seinen Weg fort. Ein Taxi raste mit einem Wasserschwall vorbei, gefolgt von Rikshas, Lastwagen, die mit Baumwolle vollgeladen waren, und Schatten, die unter Strohschirmen trotteten. Wir waren am Bahnhof angelangt.

Er blieb unter der Uhr stehen und betrachtete mich einen Augenblick vergnügt, als ob er gerade in einen Apfel beißen wollte. Dann verließ er den Bahnhof und ging in Richtung der Speicher. Ich war nicht einmal mehr neugierig; ich wollte einfach mit diesem Menschen zusammen sein, mit ihm gehen, ganz absurd mit ihm sein, mit ihm zum Teufel gehen, wenn er wollte, und mich in ein solch unwahrscheinliches Leben stürzen, daß ich nichts mehr wiedererkennen würde. Warum denn nicht? Meine Augen fielen plötzlich auf ein Plakat: *Nim* stand da in weißen Lettern geschrieben, unter einer enormen Zahnpastatube. Einen Augenblick lang wurde alles reglos. Meine Augen schienen sich unmäßig zu weiten und alles zu absorbieren, mit einer phantastischen Präzision in alles einzutreten, als ob der kleinste Tropfen, die kleinste Rille, der Baum am Gleis plötzlich voller ewigen Lebens waren, und ich gelangte „auf die andere Seite". Ich war dort, überall – nicht mittels meiner Augen, sondern *in* allem, in Millionen Ecken und Winkeln und raschelnden kleinen Blättern: der Tropfen, der Baum, das Wort, die Schatten, alles war lebendig, ewig lebendig, erstarrt. Eine Sekunde Pause in der mächtigen Lawine. Dann kam blitzartig die Erkenntnis – es war offensichtlich, ich reiste ab. Meine Augen fanden den großen gebeugten Schatten wieder, der durch die Nacht schritt. Es war er, ohne Zweifel, ich hatte ihn wiedergefunden. Nach einer jahrhundertelangen Rundreise war ich wieder auf dem Weg, hatte den Faden wieder aufgenommen. Es war, wie wenn ich ganze Leben ziellos in einem Nichts herumwanderte und jetzt wieder auf etwas gestoßen wäre, irgendwo eingetroffen wäre und mich wieder auf den Pfad machte.

In meinen Ohren schien es zu läuten. Die *Laurelbank* hatte Schiffbruch erlitten, mein Gepäck lag auf dem Meeresgrund, ich besaß nichts mehr! Nichts, nicht einmal eine Zahnbürste, einen Paß, einen Namen. Und ich fühlte mich plötzlich wie von einer Last befreit. Ich wollte den Sannyasin an der Schulter fassen, lachen und ihm sagen… Nichts. Ich trat ein Stück Blech weg und schlüpfte mit ihm durch ein Loch in der Einzäunung. Wir kamen bei den Schienen heraus.

Schwärme von Grillen zirpten in der Nacht. Es war, wie wenn die Eisenbahnschienen sich in einem gelben Schwirren verloren, und ich mich mit ihnen, als ob ich meinen Körper losgelassen hätte – ein winziges Stück Körper, wie Flugasche, auf dem Schotter – und dann war ich oben, ganz oben, rundum transparent, wie ein Feld aus Kristallen, auf dem eine Zikade vibriert. Der Sannyasin lief auf ein rotes Licht zu, ich sprang ihm nach, von Überführung zu Überführung; die Bahnsteige leuchteten, die Nacht war schön wie eine Prinzessin in einem Gewand aus Rubin. Ja, ich kenne eine Schönheit, die nicht die Schönheit des Fleisches ist, und eine Musik, die keine Sitar nachahmen kann, und die Zeichen der Nacht sind meine unwägbaren Schätze.

Das letzte Abteil war für uns. Zwanzig Leute waren schon da, überall verteilt wie auf einem lärmenden Basar, der nach dem Schweiß der Tamilen und Kurkumapulver roch. Der Sannyasin hockte auf dem Trittbrett und pflanzte seinen Stab in die Tür. Ich setzte mich neben ihn und ließ meine Füße baumeln. Der Zug ratterte davon. Ich saß in der ersten Reihe.

– He, Junge, was sagst du dazu?

Ein Freudenschauer durchfuhr mich, ich wühlte in meinen Taschen, nahm die Lederbrieftasche heraus und fand mein Ticket: Port Moresby, über Colombo und die Sunda-Inseln. Aber sicher!

Er schaute mich fröhlich an. Dann nahm ich das Ticket, zerriß es in tausend Stücke und schmiß es hinaus. Der Sannyasin war unbewegt. Ich brach in Gelächter aus, ein herrliches befreiendes

Lachen, als ob ich dreißig Jahre Lügen abwarf. O ja, ich kannte Gefängnisse, wo man die Toten – und auch die Lebenden – fein säuberlich bündelte wie Hähnchen. Ich bin im Urwald herumgewatet, habe Fieber und Angstschweiß erlitten, habe an einem Seilende in Adlermist gewühlt, als ich den Schatz der Rajput-Prinzen suchte, und ich habe ein paar üble Kunststücke aufgeführt, die besser unerwähnt bleiben, aber es war immer noch die Unvernunft *ihrer* Vernunft, das Schwanzende desselben Affenstreichs! Und plötzlich kam ich heraus aus dieser Unvernunft – heraus aus allen nur möglichen Vernunftgründen und Erklärungen, all den Negationen, Gegensätzen, Antinomien, die noch mit einem Fuß auf der anderen Seite stehen: Es gab keine *Seite* mehr! Ich war nicht einmal auf der „anderen" Seite, mit den Gesetzlosen, den Rebellen, den umgekehrt Gesetzestreuen. Ich war nicht mehr „außerhalb", weil ich nicht mehr innerhalb war. Es war etwas anderes, zugleich majestätisch und erheiternd.

Jetzt verstand ich das Hochgefühl des Sannyasins: es erfüllte auch mich.

– Wohin fahren wir?

Er sah mich überrascht an.

– Nirgendwohin, wir sind da!

Es verschlug mir die Sprache. Dann ging mir ein Licht auf: Wir sind da! Natürlich sind wir da, ganz und gar! Es gibt nichts zu suchen, auch in dreißig Jahren oder drei Jahrhunderten oder später wird es nichts mehr geben, wenn jetzt nichts da ist, hier und jetzt, eben in diesem Moment, wo ich den Speichel herunterschlucke und „verflixt" sage. Von wo sollte es herkommen können, das „Anderssein"? Wir sind da, voll am Ziel. Ich bin jetzt genau so, wie ich sein werde, wenn sie den ersten Nagel in meinen Sarg schlagen. Übrigens werde ich mich einäschern lassen, das ist sicherer.

– Hier, iß.

Er zog ein Tuchknäuel heraus und gab mir eine Handvoll Körner.

– Komm, Junge, sei nicht so ernst – die Nacht ist schön.

Seine Augen funkelten wie der Meeresschaum; er war mit

seinem mahagonifarbenen Körper gegen die Tür gelehnt und hatte nichts an außer den orangefarbenen Lumpen und einer Holzperlen-Kette um den Hals. Er sah wirklich wie ein König aus.

Aber ich hatte meinen Refrain wieder aufgenommen.

– Sag mir, wenn wir schon da sind, warum sind wir dann überhaupt aufgebrochen? Wir hätten ebenso gut bei deinem Tee-Shop bleiben können.

Er blies die Wangen auf und rülpste:

– Und warum bist du aus dem Schoß deiner Mutter gekommen, Junge, sag's mir. Ein Mann muß in Bewegung bleiben.

– Ich bin viel herumgezogen.

– Dein Kopf ist herumgezogen. Wenn er still wird, dann wirst du überall still sein, und du wirst wie ein Hase mit Gottes Wind laufen.

– Erstmal glaube ich nicht an deinen Gott, und deine asiatische Weisheit macht mich krank.

– Und ich glaube nicht an *cholum*, ich esse es…

Er stopfte sich eine Handvoll Körner in den Mund.

– Und die Weisheit Asiens bringt mich zum Lachen.

Er gab wieder so ein lautes Glucksen von sich und spuckte Körner überallhin. Ich war sprachlos und wußte nicht, ob ich diesen Mann liebte oder haßte. Ich kaute auf einem Korn. Es schmeckte wie Kreide.

– Mein Lieber…

Für einen Augenblick wurde er ernst.

– Du willst, daß ich dir das echte Leben zeige, und du wirst mich hassen und vielleicht lieben und dann wieder hassen.

Ganz fraglos las er meine Gedanken. Mir ging das jetzt auf die Nerven. Zudem war etwas Unmenschliches in diesem Lachen.

Er fuhr fort.

– Die Menschen schätzen die Freude nicht. Sie finden sie verletzend. Was sie schätzen, ist Mitleid. Sicher sind sie armselig und bemitleidenswert. Aber es bringt nichts, mit ihnen zu wehklagen: Sie würden dich nur in ihr Loch herunterziehen, bis du im selben Schlamm steckst – dann werden sie dich anerkennen.

Aber du wirst nicht mehr in der Lage sein, irgend etwas für sie zu tun, weil du wie sie sein wirst.

Er sah mich kurz an.

– Zuallererst mußt du selbst erstmal herauskommen, verstehst du?

– Heraus, aber wie?

Er hielt einen Moment inne und ließ seine Halskette durch die Finger gleiten.

– Wenn ich sage „herauskommen", so heißt das nicht weglaufen; es heißt, deine Sichtweise ändern. Wenn du aufhörst, mich zu hassen und dann zu lieben, wirst du begonnen haben, „herauszukommen". Wenn du deine kostbaren Papiere mit derselben Freude in deiner Tasche behalten kannst, mit der du sie gerade zerrissen hast, wirst du für das wahre Lachen reif sein.

– Dann wird mir alles gleichgültig sein.

– Nein, alles wird sein, wie es ist.

– Und was ist es?

– Hör mal, Junge, wenn du auf Philosophie aus bist, geh zu deinen asiatischen Weisen. Ich habe dir nichts zu erzählen: Ich kann dir nur *zeigen*, das ist alles.

Er zog sich wieder in ein versteinertes Schweigen zurück. Mir wurde klar, daß mir eine schwere Reise bevorstand.

Die Nacht zog bei 35 Grad vorüber. Ich kaute noch auf einem Korn, dann warf ich alles zur Tür hinaus. Ich war ernüchtert, leer, kam mir völlig lächerlich vor, ohne Bestimmung, ohne Fahrkarte, wie ich da neben diesem Mann saß, dem der Rest der Welt gleichgültig war. Wir waren da, gewiß – nirgendwo, in dieser exotischen Bahn, die Gott-weiß-wohin raste, und ich schaute in die Nacht hinein, die wie ein Vorhang zugezogen war, kaum von einem Lichtschimmer durchdrungen, und wartete auf ich-weiß-nicht-was. Ich warte, ja ich warte auf das wunderbare Abenteuer – ich bin immer bereit, auf das Wunder zu warten; ich, der Ungläubige, habe einen gewaltigen Glauben. Ich scheine mich an ein Wunder zu erinnern, das ich einst erlebt habe, ich bin gleichsam ein Mensch aufgrund eines Vergessens. Und manchmal kommen kleine goldene Lichtschimmer und tanzen in meiner Nacht, kleine Glühwürmer, die nicht von dieser Welt sind, und ich eile. Ja, ich eile ihnen nach, als ob ich tausend Jahre in der Nacht gewartet hätte, als ob mich unvermittelt eine plötzliche Erinnerung heimsuchte: Das ist es, endlich bin ich da! Ich laufe auf das Lied einer goldenen Zikade zu. Schon ein leichter Schimmer in meiner Nacht genügt, ein Blinzeln an der Straßenecke, und ich bin bereit, ich breche auf, im Nu habe ich meinen Sack geschnürt, ich, der Vagabund eines kleinen Lichtschimmers. Nichts hält mich zurück, ich lasse alles fallen, um der Melodie dieses anderen Lieds zu folgen. Was mache ich eigentlich hier? Habe ich denn nicht alles erlebt: ihre Freuden, ihre Leiden, ihr Mitleid? Ich habe alle Rollen gespielt, all den Humbug kenne ich in- und auswendig. Ich brauche nur in ihre Augen zu blicken, um die alte Geschichte zu sehen, ich kenne sie alle, als ob ich bei ihren Festen gesungen hätte: die Reichen und die Armen, die Männer Gottes und des Teufels. Welchen Schrei habe ich nicht von mir gegeben, welchen Schmerz nicht erfahren, welchen Irrtum nicht begangen? Ich habe all ihre Gebete gesprochen und in ihren Nächten gehurt. Millionenfach war ich Mensch und bin damit durch! Ja, ich glaube an das Wunder, das sich ihren Formeln entzieht und jenseits ihrer Himmel ist. Und vielleicht stehen wir schon an der Schwelle einer unglaublichen neuen Erde, deren Geburt bevorsteht? Ich weiß nicht mehr, was ich einst wußte, und ich rolle durch die Nacht wie ein blinder Pilger einer großen golddurchwirkten Erinnerung.

O Pilger
Du wanderst unter meiner Sonne
In Wahrheit
Ist alles Sonne
Nur mein Bild ist umgekehrt
Jede Geste von unten
Wiederholt eine Geste von oben
Und alles offenbart
Ein ewiges Zusammentreffen

IV

Die Reise durch die Hölle

Als ich erwachte, sah ich überall um mich herum nackte Füße schreiten. Ich lag auf einem Bahnsteig, unter dem Kopf ein orange Tuch. Neben mir haufenweise Reisegepäck, darüber ein Plakat. Ich sprang auf. Er hockte dort auf dem Boden, kerzengerade, als ob er über mich wachte. Die Sonne stand bereits hoch und knallte auf das Wellblechdach. Ich war mit Schlamm bespritzt. Unser Zug war weg.

Wie benommen betrachtete ich die Menge, die Raben, die am Bahnsteig entlang hüpften, meine schmutzigen Kleider. Dann plötzlich erinnerte ich mich an meinen Traum in der Nacht, er stand mir glasklar vor Augen, lebhafter als diese Menge, mit einem freudigen Gefühl. Intensiv und kompakt, wie es das Leben nie ist: tausend Bedeutungen in eine Duftwolke gepackt. Ich schloß die Augen, ließ das Bild Gestalt annehmen, bis ich es fast atmen konnte. Jetzt war ich voll wach, der Duft des Bildes öffnete sich wie eine Blume. Und jedes Blütenblatt offenbarte eine neue Bedeutungsschicht, eine neue Tiefe derselben Sache. Hier sind unsere Gerüche eindimensional: Sie weisen auf Jasmin oder Dreck; sie sind nichtig; dort enthalten sie eine ganze Welt. Sie sind Gerüche des Gefühls – Furcht, Haß, Freude; und enorm präzise, als ob man plötzlich den Terror der Inquisition inhalierte oder die wilden Rhododendren der Himalayas. Nur eine einzige Schwingung. Ständig scheint es mir so, als ob das Leben hier eine abstrakte Kopie eines wahren Bildes dort ist; man tritt gleichsam in eine Karikatur ein: Sie ist hart, trocken, trügerisch und furchtbar unangemessen.

Ich befand mich in einer finsteren mittelalterlichen Festung irgendwo im Okzident und ging eine schmale Gasse entlang, die mit großen Steinplatten gepflastert war. Ich habe sie noch vor Augen: sehr groß, geschliffen, uneben, und die hohen Mauern mit ihren kleinen Balkonen aus Schmiedeeisen schienen sich über mich herabzuneigen. Dort ging ich, eine winzige Gestalt inmitten einer seltsamen, obskuren Menschenmenge, die einen bestimmten Geruch hatte. Sie war seltsam still: jedes Wesen in Schweigen gehüllt. Und der Geruch wie von Katakomben. Ich sah mich mitten unter diesen Leuten, sehr klein, fast düster, als ob ich mich aus einer Position über meiner Schulter selbst betrachtete. (Es ist eigenartig, manchmal sehe ich mich von außen und oben, als ob ich in ein anderes Wesen einträte, das größer ist als ich selbst, jemand hinter oder über mir, und ich werde mein eigener Zeuge. Und das Bild, das ich dann sehe, bleibt unauslöschlich für alle Ewigkeit fixiert, mit allen Details von einem Auge, das sich nicht schließen wird. Vielleicht tut es das auch nie, und ich bin es, der von Zeit zu Zeit durch jenes Auge sieht.) Ich ging auf ein Tor zu, ich wußte, weiter hinten war irgendwo ein Tor. Aber indem ich weiter voran schritt, hatte ich das Gefühl, daß ich nicht richtig gekleidet war, daß ich mich nicht so verhielt, wie es erwartet wurde, daß ich nicht war wie sie, daß ich vielleicht von einem anderen Ort oder einer anderen Zeit stammte, eine Art Eindringling war, und daß man mich anstarrte. Und die Blicke wurden immer drohender und aggressiver. Und je mehr ich meine Fremdheit empfand, desto feindseliger wurden sie. Von überall ging diese Feindseligkeit aus, selbst von den Mauern, den Steinen – eine versteinerte Welt. Ich wußte nicht, was ich tun sollte, ich suchte verzweifelt nach der rechten Geste, dem rechten Wort. Ich lief gebückt die Mauern entlang, hüllte mich in einen Grauschleier – alles blieb wirkungslos. Diese schweigende Menge hatte mich aufs Korn genommen. Mein Unbehagen wurde immer größer, fast unerträglich, bedrängend, als ob meine Kleider, mein Gesicht, meine Hautfarbe alle furchtbar falsch waren. Ich kannte nicht das Losungswort, die rechte Geste. Als nächstes würden die Gendarmen kommen, und ich hatte keinen Ausweis, nichts. Ich war gefangen in dieser furchtbaren steinernen Festung. Doch plötzlich erschien wie aus dem Nichts ein weißes Pferd mitten auf der Straße – ein wunderbares, strahlendes Pferd, so groß, daß es fast bis zu den Mauern hochreichte und weit über die Menge ragte, ein unglaubliches Tier. Und bevor ich wußte, wie mir geschah, fand ich mich auf seinem Rücken wieder und galoppierte rasant in einem gottgleichen Ritt davon. Alles gab uns den Weg frei: die Menge, die Tore, die Wächter. Nichts konnte widerstehen. Und plötzlich konnte man frei atmen – es war wie alle Rhododendren der Himalayas in einem einzigen Atemzug. Meine Lungen inhalierten sie. Ich fühlte, wie ich mich weitete, fast glühte; ich gewann meine Größe und Farbe zurück. Eine Befreiung.

– Hier, trink dies.

Ich spürte noch die weiße Mähne in meinen Händen, die warmen Flanken an den Oberschenkeln, während der Wind mir ins Gesicht peitschte, und die Freude in meinen Adern. Davongetragen von einer triumphierenden, unwiderstehlichen Kraft. Wir gingen in einen Wald hinein.

– He, Junge!

Er reichte mir eine Schale Tee und etwas Cholum. Eisenkarren rollten knarrend in der Schwüle vorbei, Krähen flogen um mich herum. Es war wie in einem Heizkeller.

– Und unser Zug?

Er schaute mich überrascht an; dann wies er mit einer erhabenen Geste auf zwei dampfende Züge auf dem gegenüberliegenden Bahnsteig.

Ich blickte zur Sonne. Dort war Osten, also fuhren die Züge nach Westen.

– Aber von dort kommen wir doch!

Er zuckte nur mit den Schultern und griff seinen Stab.

– Gehen wir, es ist Zeit.

So begann eine Höllenfahrt. Wir fuhren nach Westen, dann nach Osten, und manchmal nach Norden, nur um dann sofort nach Süden zurückzukehren – und vielleicht hatten wir uns dabei gar nicht weit vom Hafen entfernt? Ich schaute gelegentlich auf die Uhr, aber ob es nun Viertel vor sechs war oder sieben

Uhr, das war doch ganz egal: immer war es Zeit zu schwitzen, Cholum zu kauen. Angewidert warf ich schließlich meine Uhr aus der Tür. Er lachte, wie immer. Ich haßte ihn. Aber was half's? Ich hatte mich auf die Reise eingelassen, jetzt galt es, bis zum Ziel zu reisen – wohin auch sonst? Ich hatte meinen beiden letzten Geldscheine gegen eine Kupferschale und ein Stück Seife eingetauscht und war wie ein Vagabund ausstaffiert. Selbst wenn wir eines Tages zum Hafen kämen, was würde das schon ändern? Ich hatte nicht einmal genug Geld, um mich rasieren zu lassen, und auch die Schuhe hatte ich aus dem Zug geworfen. Wenn ich ein Konsulat aufsuchte... Mich wieder repatriieren lasse? Ich kenne ja die ganze Geschichte. Und wohin repatriieren? Es ist die Rückkehr in die Festung, und alles beginnt von vorne.

– Sagst du mir jetzt, warum ich hierher gekommen bin?

Schweigen.

– Und nicht bloß einmal, sondern dreimal; das hast du doch gesagt.

Er rührte sich nicht.

Dreimal? Nicht dreimal, tausendmal bin ich hierher gekommen! Es schien mir wie ein Strom schwarzer Lava, so alt wie das Tal der Könige. Und ich meinte nicht schlicht ein „hier", bestehend aus Wellblech und Schienen, sondern eines im Inneren, noch viel stickiger und schärfer, immer schärfer und akuter wie der Geruch jener stillen Menschenmenge. Manchmal scheute ich sogar davor zurück, meine Hand auszustrecken, weil ich ja auf noch furchtbarere Mauern hätte stoßen können. Vielleicht war dies das Schicksal; ich konnte es sehen, es fast anfassen in dieser Schwüle. Nein, das Schicksal ist kein Mysterium; im Gegenteil, es ist eine sehr gut bekannte Situation, die sich wiederholt. Langsam, aber sicher wurde ich in eine Falle gestoßen und würde ohne jede Chance zu entkommen gefangen sein – wovon?

– Wen habe ich denn getötet?

Schweigen. Er ließ die Perlen durch die Finger gleiten. Töten ist nur der Endeffekt; tief im Inneren findet sich ein Punkt äußerster Schuld, vor dem alle Verbrechen dieser Welt rein gar nichts sind. Es ist *das* nackte Verbrechen, dasselbe für alle. Etwas, das tief in uns lauert, wie ein Tier, das von Scheinwerfern geblendet wird. Etwas, das bis zum Tode kämpft, nicht nachgibt, sich weigert, in sich zusammengeschlungen ist, härter als Stahl. Es ist da, tief im Inneren; ich weiß es. Ich habe es immer gewußt, und ich warte auf den Augenblick, als ob jeder Augenblick meines Lebens nur eine Generalprobe für *jenen* Augenblick wäre.

– Was soll ich dir sagen, Sohn? Worte taugen nichts; verstehen muß man; und Verstehen bedeutet nicht, darüber zu wissen, es bedeutet, *darin sein.* Wenn die Zeit kommt, wirst du verstehen. Ihr Leute im Westen habt die ganze Welt durch eure Feldstecher betrachtet und nichts begriffen.

Ich war erledigt. Da saß er im Schneidersitz, gegen einen Pfeiler gestützt, und schien sich wie zu Hause zu fühlen. Tatsächlich war er das auch immer, auf den Bahnsteigen, in den Waggons oder Speichern, im Dreck, dicht bei den zischenden Dampfkesseln (deren Nähe er ganz bewußt zu suchen schien), und selbst inmitten stechender Moskitos. Und all die Leute, die da am Kai entlang eilten, waren Diener in seinem Palast. Ein echter Narr. Und wenn er einmal nicht diese Rolle spielte, dann alberte er herum oder hielt den Ziegenböcken Vorträge. Es war widerlich. Aber tatsächlich behielt er mich ständig und still im Auge. Ich hatte das Gefühl, als ob er Zentimeter für Zentimeter eine Schraube in mir anzog und immer näher an einen unsichtbaren Punkt herankam.

– Es ist ganz einfach, Sohn. Überhaupt ist alles wunderbar einfach. Ich werde es dir sagen…

Er schnaubte und zupfte an seinem Halstuch.

– Schau, als ich jung war, kannte ich jemanden, den ich sehr liebte. Sie ging fort; man brachte sie ins Krankenhaus. Ich war sehr traurig. Dann dachte ich, wie unnatürlich es war, daß ich sie nur deshalb nicht sehen konnte, weil ihr Körper nicht mehr bei mir war. Ich wollte sie immer sehen können. „Und wenn ich nun sehr stark an sie denke?" dachte ich. Das tat ich dann, von ganzem Herzen, und sie war da. Ich konnte sie sehen, ich konnte wissen, was sie tat. Später wurde mir klar, daß sie eine dumme

Gans war. Aber ein Gesicht, das ist ja auf die Dauer auch ermüdend. Deswegen konzentrierte ich mich auf den Fluß, den ich so sehr liebte. Und er war da; ich sah ihn, ich wußte, wann die Fähre ablegen würde, und selbst wenn es regnen würde. Aber ein Fluß, das wird einem irgendwann auch zuviel. Deswegen konzentrierte ich mich auf „morgen", weil ich immer ein Wunder erwartete, und dann sah ich mich in die Zisterne fallen, während ich Wasser schöpfte; am nächsten Tag ertrank ich fast wirklich. Ich konzentrierte mich auf alle möglichen Dinge, und schon waren sie da; ich mußte mich nur darauf konzentrieren. Du sammelst deine Gedanken, du weitest dich, und dann siehst du. Aber früher oder später stolpert man mal am Brunnen, die Nachbarstochter bekommt Masern, und den Fluß kann man immer anschauen. Deswegen konzentrierte ich mich sehr stark auf etwas, was sich nicht wandelt, etwas, was ständige Zufriedenheit bringt.

Er blickte auf eine Schar von Tauben, dann schloß er die Augen. Er war weg. So war es, niemand war mehr da. Diese Abruptheit, mit der er abschalten konnte, erstaunte mich immer. Oder aber er öffnete plötzlich ein Auge, um eine ganz unerwartete Geste zu machen, er würde mitten in der Nacht aufstehen und einen Zug nehmen, oder um eine Schale Tee betteln, wenn ich Durst hatte, oder mich am Ärmel zupfen, wenn ich schlechten Gedanken nachging. Und dann peng! war er weg. Alle Moskitos auf dem Bahnhof hätten ihn nicht von der Stelle bewegen können.

– Etwas, das du immer betrachten kannst. Weißt du, was es ist?

Er öffnete die Augen und schnaubte wieder.

– In deinem Land wissen die Leute nicht, wie man betrachtet. Daher erfinden sie immer neue Sachen zum Schauen: etwas, um in die Ferne zu blicken oder ganz nah zu betrachten, um im Dunkeln oder seitwärts zu sehen, aber die Augen sind nie zufrieden und auch nicht Herz und Ohren. Ihr seid hervorragende Erfinder, nur sind eure Erfindungen ein Trug. Ihr habt nichts erfunden – nur imitiert. In der Zukunft werdet ihr als die großen Fälscher bekannt sein. Aber die wahre Sache habt ihr noch nicht zu fassen bekommen. Die Welt ist einfach, mein Junge, ich sagte es schon, und es gibt nur eines zu entdecken. Dann ist alles erfunden, jeden Tag und jede Minute des Tages. Eine unerschöpfliche Erfindung des Lebens. Dann ist der Mensch zufrieden, immer zufrieden.

Er schnäuzte sich, indem er zwei Finger an die Nase drückte. Ich war überwältigt.

– Sannyasin, du kannst die Zukunft sehen. Sag mir doch bitte, was auf mir lastet, was mich bedrängt.

– Aber ich sehe nicht die Zukunft, du Depp! Ich bin gar nicht darauf aus, die Zukunft zu sehen. Ich bin auf nichts aus! Die Dinge kommen ganz von selbst, wenn es so sein soll. Es ist eine ständige Erfindung. Es ist leer, dann wird es mit einem Bild gefüllt, ganz spontan.

– Warum sagst du dann, ich sei dreimal hierher gekommen?

– Woher soll ich das wissen? Ich kann dir keine Weisheit bieten, außer was mir in den Mund gelegt wird.

– Du bist aalglatt, Sannyasin, das paßt dir so. Aber ich will wissen, verstehst du, ich will berühren. Ich will sehen.

– Du wirst sehen und berühren. Aber du kannst nicht gut einen Esel auffordern, einen Aal zu berühren. Erstmal muß dein Esel schwimmen lernen, oder? Das leuchtet doch ein. Ihr sagt alle: „Ich will sehen", woraufhin ihr euch die Augen zuhaltet, weil ihr Angst habt, mit etwas anderem als eurem täglichen Sack Kleie konfrontiert zu werden, ihr seht es nicht einmal! Ihr befindet euch mitten in einem Wunder, Narren, und seht es nicht!

Er nahm den Kupfertopf und drückte ihn mir in die Hände.

– Schau, es ist so klar. Kurz gesagt, du möchtest etwas anderes, während du bleibst, was du bist. Außerdem suchen die Menschen nicht wirklich „etwas anderes"; sie suchen bloß dasselbe mit ein paar Verbesserungen. Sie wollen bessere Esel werden. Aber das wird ihnen nicht den Schlüssel liefern, um den Aal zu fangen; sie werden es nur zu einer Enzyklopädie des Aals bringen.

– Was soll ich also tun, damit ich sehen kann?

– Es geht nicht darum, etwas zu machen, mein Junge, sondern ungeschehen zu machen.

– Was ungeschehen zu machen?

– Alles, was im Wege steht.

Plötzlich wies er mit ausgestrecktem Arm auf eine Taube am Kaffeestand.

– Siehst du, was die Taube dort tut? Sie pickt sich Kalk. Warum? Weil sie ihn für die Schale ihrer Eier braucht. Schmeckt ihr der Kalk? Nein. Versteht sie, was sie tut? Nein. Aber sie tut es gleichwohl. Du magst keinen Kalk, du magst kein Cholum, du magst nicht die Polizei, die Moskitos oder die Ziegenböcke, und so fort. Aber du magst Freiheit, Musik, Vögel, Apfelmus, und so fort. Dein Kopf ist voll von deiner eigenen Musik; du hörst nur deine eigene Musik. Glaub mir, wenn du dich einmal von ihr geleert hast, wirst du etwas anderes zu hören beginnen. Du wirst direkt das herauspicken, was erforderlich ist, und der rechte Gedanke wird dir zur rechten Zeit kommen. Wenn ich sage: „Es ist an der Zeit zu gehen", so ist es Zeit zu gehen. Ich muß nicht den Fahrplan lesen: der Zug fährt ab. Habe ich nicht am Teestand auf dich gewartet?

Diesmal war ich hingerissen. Eine Tür öffnete sich und ließ Tausende kleine Einzelheiten von überall herein: seine unvorhersagbaren Gesten, seine fast beunruhigenden, abrupten Handlungsweisen, ohne jede Logik; und diese Gesten waren fast immer richtig. Wie in jener Nacht, als ich auf den Raphiabast-Säcken lag und er mich jäh herunterriß. Er hob die Säcke auf, um ein Skorpionen-Nest freizulegen!

– Du wußtest, daß die Skorpione da waren?

– Natürlich nicht, du Tor! Ich weiß gar nichts; ich *handle.* Und nicht einmal das: *Jenes* handelt. Das „ich" hat nichts damit zu tun; das „ich" kann nur kopieren, imitieren und Fehler machen.

– Aber wie...

– Wie stupide du bist! Es gibt nur *ein* Leben, Kind. Die Dinge sind nicht getrennt: die Taschen, Skorpione, du, und ich. Es ist alles *ein* Leben. Die Skorpione sind nicht verborgen! Nur du bist in deinem Kopf verborgen!

Und wie stand es mit der Art und Weise, gerade im rechten Moment bei einem Zug zu sein, wenn er abfuhr, bei der richtigen Person zu betteln (und nie mehr als einmal), oder mich zu wecken, immer wenn ich gerade mit furchtbaren Schlangen kämpfte? Ich hatte das Gefühl, daß dort ein Geheimnis steckte, das viel wichtiger war, als göttliche Visionen zu schauen.

Dennoch haßte ich ihn.

– Im richtigen Moment da zu sein, das ist gut und schön, aber was bedeutet das schon, wenn wir doch nirgendwo hin fahren?

Ganz plötzlich wurde er ernst. Ich dachte sogar, er könnte losdonnern.

– Ich fahre irgendwohin, und dieses irgendwo ist überall. Und es ist wichtig, in jedem Augenblick rechtzeitig da zu sein. Denn wenn ich nicht rechtzeitig hier und jetzt da bin, werde ich nirgendwo rechtzeitig da sein.

– Aber das ist doch kein Leben, von Osten nach Westen und Westen nach Osten zu vagabundieren wie Eisenbahn-Freaks, und dabei Ruß mit Cholum und Cholum mit Ruß zu schlucken! Sag mir, was in Gottes Namen mache ich eigentlich hier? Hat das Leben denn keinen Zweck? Ich weiß nicht...

– Richtig, du weißt nicht.

– Und wie steht es mit der Welt und anderen Leuten? Sag mir, was tust du eigentlich für andere? Du lachst? Wofür bist du gut? (Ich weiß nicht, was da den Philanthropen in mir aktivierte. Plötzlich klang ich wie jemand von der Heilsarmee.) Wir werden doch in diese Welt geboren, um etwas zu *tun*, oder? Was tut man in deinen verdammten Bahnhöfen? Schau dort den Leprakranken, und eure Krankenhäuser...

– Sie sind voller unwissender Leute, wie du.

Er betrachtete den Leprakranken.

– Dieser hier zieht einen ganzen Schwarm pechschwarzer Blutegel mit sich. Schau, Kind, es gibt nur eine Krankheit in der Welt. Ich sagte dir, die Welt ist einfach. Die Menschen können so viele Krankenhäuser bauen, wie sie wollen, aber nichts wird geheilt, solange sie sich selbst nicht von der einen Krankheit heilen. Du suchst nach etwas anderem; erst aber mußt du dich von der alten Sache entleeren. Und am schwersten ist nicht, das Böse aus dir zu entfernen, sondern jenes, was du für *gut* hältst.

Nichts haftet mehr an als das „Gute". Es weicht zu allerletzt – die letzte Mauer, und die stärkste, weil wir sie schlicht nicht sehen. Aber wenn du dich nicht von böse *und* gut befreist, wirst du nie zur weiten Wahrheit finden. Du wirst nichts sehen, nichts hören, nichts wissen, außer dein eigenes Geräusch oder deine eigenen Tugenden, die nie etwas geheilt haben, nicht mal dich selbst. Jetzt aber genug der Worte.

Zum ersten Mal hatte er so lange geredet, und es sollte auch das letzte Mal sein. Außerdem hatte ich auch keine weiteren Fragen mehr. Ich stand mitten in einer Art Überlebenskampf.

*
* *

So dachte Nil.

Er dachte, aber die Menschen denken vieles. Sie denken, sie seien gut, böse, Kaufleute oder Könige, und Weise. Sie wissen nicht, was sie sind; sie sind noch nicht geboren. Er dachte, er kämpfte um sein Leben, aber der Tod war es, der in ihm kämpfte; es war mein Leben, das ihn zu durchdringen suchte. Die Menschen werden nicht geboren, es sei denn, sie sterben gegenüber dem Tod. Ihr Leben ist bloß ein lebendiger Tod; sie sind Kaufleute oder Könige im Sterben. In Wahrheit wachte ich über ihn, ich hatte nie aufgehört, über sein Schicksal zu wachen, hier und dort, über diesen Reisenden ohne wahren Namen, denn sie gehen ohne Namen und Sinn, während ich mich nähere:

Peter oder Paul und Paul oder Peter
Sie sind in einen Körper gefallen
Sie bewegen sich wie Marionetten
Sie wissen nicht von woher sie kamen
Und auch nicht wohin sie gehen
Sie sind grau, sie sind in Eile.

Doch ich schleiche mich heran, während die Jahrhunderte verfließen und der Panzer immer dünner wird. Und eines Tages lege ich meine Hand auf seine Schulter; ich werfe meinen Schatten auf ihn, oder so meint er, denn er entdeckt, daß er tot ist, bevor er auch nur geboren wurde. Er entdeckt mich durch diesen wachsenden Schatten:

Sie erwachen gekleidet in Schwarz
Und mit Blei beschlagen
Mit einer Flamme des Schmerzes,
Die ihren ursprünglichen Namen schreit
Sie sind schwarz von Kopf bis Fuß
Und unzufrieden
Sie werden sterben, vielleicht
Wollen sie sterben und wollen nicht

Und wenn mein letzter Schatten seinen letzten Schrei zugedeckt hat, gehe ich in ihn über und er in mich, denn wir sind auf immer eins: Ich, sein Bruder des Lichts, seine friedvolle Unermeßlichkeit, wache über die Reise durch ewige Hügel; er, mein hartnäckiger Entdecker, mein Pilger mit dunkler Laterne, mein großes Freudenfeuer auf offenbarten Höhen. Ich, seine Erlösung; er, der Erlöser meiner Abgründe.

* * *

Der Sannyasin sprach kaum noch mit mir, tat sogar so, als ob er mich nicht bemerkte, als ob ich einer unter vielen Mitreisenden wäre. Immer wenn ich seine Aufmerksamkeit auf mich zu ziehen versuchte, wandte er mir den Rücken zu und ließ die Holzperlen durch die Finger gleiten. Bisweilen überkam mich auf diesen Bahnhöfen eine solche Verzweiflung, daß ich seine Hände geküßt hätte, oder vielleicht geweint hätte wie ein Kind, für ein einziges liebes Wort. Dann biß ich die Zähne zusammen und zählte die Waggons. Nichts war da, niemand. Ich war nicht einmal am Ende der Welt, einer Verneinung, die in gewisser Weise noch positiv gewesen wäre. Ich war im Nichts, unter einem klebrig-feuchten Himmel, wo Ziegen an den Schienen lang trotteten und wo der verstümmelte Leprakranke saß. Der einzige Unterschied zwischen uns war, er hoffte nicht mehr, während ich es noch tat. Auf worauf hoffte ich? Ich hatte keine Ahnung. Wollte er vielleicht, daß ich aufhörte, überhaupt auf irgend etwas zu hoffen? Oder wollte er mich in einen durchlöcherten Zustand versetzen wie mein Hemd?

Mir war, als ob er mich Stück für Stück umbrachte.

Tage, Monate verstrichen. Oder waren es Jahre? Die Zeit hatte alle Bedeutung verloren. Ich hatte sogar das vage Gefühl, daß sie nicht vorwärts, sondern rückwärts lief, in Richtung auf eine sehr, sehr alte Geschichte, eine Welt am Ende, und jeden Tag mußte ich *eine* Geschichte niederreißen, um einen Schritt voranzukommen.

Und inmitten dieses schwülheißen Chaos kam immer wieder dieselbe bohrende Frage, knirschend wie die Räder der Waggons: Welchen Sinn hat es? Was *ist* da? So erfand ich mir blitzartige Leben: Jemand läuft mit Aktentasche die Straße entlang. Welchen Sinn hat es? Eine Aktenmappe, die läuft und läuft; niemand ist da, nur eine kleine Mappe, die läuft. Jemand schuftet in einem Bauxitvorkommen. Welchen Sinn hat es? Ein kleiner Vorschlaghammer rattert und rattert, und niemand ist da. Ein Mann mit Stethoskop, ein Mann am Ruder. Sie alle verflüchtigten sich einer nach dem anderen. In dem Augenblick, wo ich ihnen ihre Ausrüstung und ihre Geste wegnahm, blieb nichts außer einem Bettler auf dem Bahnsteig und eine alte bekannte Frage, die unterschwellig brannte: Welchen Sinn hat es? Wo ist *die* wahre Minute, das eine Seinsfragment ohne Dekoration oder Geste, ohne jemanden im Umfeld, um die Leere zu füllen? Es gibt kein Fragment, nichts! Nur quietschende Achsen und umherschweifende Krähen am Bahnsteig. Nur die nackte, brennende Frage.

Ja, es gibt dieses unterschwellige Feuer. Nur das. Der Mensch ist zuerst und vor allem ein Feuer, wie der Urnebel.

– Gehen wir.

Oft weckte er mich mitten in der Nacht auf, um einem unwirklichen Zug nachzulaufen, nur um dann am nächsten Tag wieder hierher zurückzukehren. Und ich wußte nicht, ob ich hier war oder dort, ob das Chaos in mir oder außerhalb war. Erschöpft brach ich in einer Ecke zusammen, und um mich alle Dinge: Häuser, Schlösser, Tempel, Stätten, die ich nicht einmal kannte, eines anderen Landes, eines anderen Zeitalters. Jede Nacht brach alles um mich herum ein. Es war immer der gleiche Traum. Ich erkundete eine neue Region, als suchte ich auf immer *den* Ort. In der Nacht zuvor sah ich z.B. einen großen Pfeiler, und ich stand dort, ganz winzig, immer winzig, in einer riesigen Steinhalle mit Inschriften auf den Wänden, zwei großen offenen, blau gestrichenen Flügeln wie jenen eines ägyptischen Gottes; und plötzlich kollabierte alles unter Donner und Chaos. Die Erde öffnete sich. Und ich war unten drunter. Und gerade als ich an dem Punkt war, wo ich schreiend aufwachen würde, sah ich mich groß, in Weiß gekleidet und fast glänzend, unter den Ruinen hervorkriechen. Jedesmal dieselbe Vision, und das unverwundbare Wesen in Weiß trat aus den Trümmern hervor. Es scheint fast so, als ob es aus einem gewissen Leben hervortrat, oder einem Lebenstypus, oder vielleicht einem Erfahrungstypus, symbolisiert durch ein Schloß, eine Festung oder einen Tempel. Wenn ich dort bin, ist alles sehr vertraut; ich bin „zu Hause“. Die nächste Nacht besuche ich einen anderen Ort, ein anderes Leben, und es beginnt wieder alles von vorne. Aber es ist nie *der* Ort, nie zu Hause! Ich habe keine Stätte der Zuflucht.

– Sannyasin, was bedeutet das alles?

– Es bedeutet nichts. Die Dinge *bedeuten* nicht, mein Junge; sie *sind*. Und du bist, oder du bist nicht. Wenn du bist, verstehst du; wenn du nicht bist, bedeutest du nichts.

Ich haßte ihn. Manchmal kamen mir verrückte Gedanken, ihn unter einen fahrenden Zug zu stoßen und damit die Sache zu Ende zu bringen. Überhaupt alles zu Ende zu bringen! Aber der Gedanke, ihn von hinten zu schubsen, gefiel mir nicht. Lieber hätte ich ihn am Hals gepackt und langsam, von Angesicht zu Angesicht, erdrosselt.

Abrupt wandte er sich mir zu.

– Hier, nimm dies.

Er reichte mir sein Messer.

– Eines Tages könnte es dir von Nutzen sein. Behalte es.

Und dann zählte er wieder seine Holzperlen.

Ich wurde kreidebleich. Ich nahm das Messer und drehte es in der Hand. Meine Augen weiteten sich, alles um mich herum wurde still: die Krähen, der Leprakranke, das Schild über dem Wasserhahn, „*Nur zum äußeren Gebrauch*", und das nackte Kind, das sich Wasser über den Kopf goß. Ich bin mir sicher, daß ich jenes Schild in ein anderes Leben mitnehmen werde, und auch den Schwefelfleck auf den Lenden des Kindes. Eines Tages, auf einem Bahnhof des zweiundzwanzigsten Jahrtausends mag ich wieder vor einem klapprigen öffentlichen Wasserhahn aufwachen.

Und da geschah es, daß ich zu denken begann, nicht er müsse verschwinden, sondern ich. Aber verschwinden wohin? In den Tod? So etwas wie Tod gibt es nicht! Das ist ein Mythos. Und in diesem Augenblick, auf diesem Bahnsteig, hatte ich das Gefühl einer phantastischen Verschwörung. Mauern, Mauern überall: zur rechten, zur linken, oben, unten, innen, auf dieser Seite, auf jeder nur möglichen Seite. Nirgends ein Ausgang. Ein vollständiges, perfektes Netz. Man zerreißt eine Masche, um nur auf eine andere zu stoßen. Es gibt keinen Tod; man zieht nur in ein anderes Zimmer! Wo gibt es diese unglaubliche Wesenheit namens freier Mensch? Ich zog das Messer hervor, öffnete es. Es war ein nepalesischer Kris mit einer aufgeprägten Swastika. Der Sannyasin war mit seiner Holzperlenkette beschäftigt. In seiner orangefarbenen Robe war er ein Gefangener wie alle anderen auch.

Ein Schwindelgefühl überkam mich. Ich wußte nicht mehr, ob ich meinen Kopf nach rechts oder links wenden könnte. Das war der unmögliche Punkt. Ich war da. Man kann weder rückwärts noch vorwärts gehen, weder hinauf noch herunter, oder sich auch nur an einem positiven Gedanken festhalten. Jeder Gedanke war eine Falle. Alles spielte sich sehr schnell ab, wie in dem Augenblick, wo man am Ertrinken ist, oder in einem Zeitraffer: zehn Jahre kondensiert in einer Sekunde, zehn kleine „ichs", die wie Blasen an die Oberfläche treten, jedes mit seiner eigenen Geschichte – ein Bild pro Leben. Und das Bild war immer dasselbe, in allen Breitengraden und Roben: zusammengerollt auf einer Hängematte, im Schüttelfieber (meine erste Nacht im Dschungel von Südamerika). Nein, nicht Malaria oder Tropenfieber – *das* Fieber. Dieses Fieber war immer gleichsam die letzte Zuflucht, der letzte Weg, das Schiff zu nehmen. Aber ich war gerade aus dem Schiff ausgestiegen; da konnte ich nicht gut wieder zurückkehren! Ich war aus Europa gekommen, mit meinen Stadtschuhen, in einen Dschungel voller Schlangen. Meine Beine waren wie zwei Metallstelzen, meine Hände geschwollen mit Blasen, und die Nacht dröhnte mir in den Ohren wie ein Heizkessel. Das war unmöglich, unmöglich.

Am nächsten Tag lachte ich und fand das erste Stückchen Gold. Ich war zum Goldgräber geworden.

In einer anderen Nacht, im brasilianischen *Sertao*, lag ich zusammengerollt auf dem Boden einer Bude, ohne Geld, ohne Landkarte oder Vorstellung, wohin ich gehen könnte oder was ich tun sollte. Da erschien eine Gruppe von Pflanzern wie aus dem Nichts, und sie ließen mich zwischen Kakao-Säcken auf dem Lastwagen mitfahren. Ich fuhr durch die Nacht mit einem Gefühl, als ob man mich zum Exekutionskommando brächte. Dann lachte ich und baute Kakao an. Ich war zum Pflanzer geworden.

Jedesmal steht jemand im Inneren am Rande des Todes; jemand muß exekutiert werden. Und wenn er nicht exekutiert wird, wird es wirklich unmöglich, und man stirbt definitiv. Aber diese „jemande" keimen wieder empor wie Unkraut und zwingen dich, eine tiefere Ebene zu erreichen, machen die Schlacht noch heftiger und schwieriger. Auf jeder Ebene kommt der Kerl wieder hervor und ist noch schwieriger zu beseitigen, klammert sich fester. Es ist, als ob man Schritt für Schritt auf eine letzte Festung zuschreitet, eine letzte widerspenstige und diabolische Marionette, eine Art tief verwurzeltes, unbeugsames „Nein". Und auch jetzt drohte wieder das Fieber, nur war ich nicht mehr Goldgräber, Pflanzer oder Seemann. Ich war nichts, und dies war der zweiundzwanzigste Kohlewaggon. Ich hatte mir bereits einen

Platz am Werkzeugschuppen ausgesucht. Ich würde dorthin gehen, mich zusammenrollen und dann im Dunklen abdriften.

– Du kleiner Idiot!

Er schlug mich hart auf den Rücken. Das Messer glitt zu Boden.

Ich wurde grün, dann weiß. Blut spritzte aus der linken Hand. Keine Spur Lachen war in seinen Augen.

– Du Dummkopf.

Ich war völlig ernüchtert.

– Bist du sicher, daß ich nicht zurückgekommen bin, um *dich* umzubringen?

Er erwiderte ruhig meinen Blick. Dann wandte er sich wieder seiner Holzperlenkette zu.

Mein Fieber war weg.

– Sannyasin…

Er spuckte vor sich auf den Boden.

Ich starrte auf das Blut, das auf den Beton tropfte, auf das Messer am Boden. Ich wußte nicht, ob ich heulen oder mich unter einen Zug werfen sollte.

– Sannyasin, ich kann deinen Dreck nicht mehr ausstehen, dein Reisen, es reicht…

Ich hielt inne. Mehr konnte ich nicht sagen. Ich war wie ein Toter, der vor sich hin starrt. Er stand auf.

Fünf Minuten später war er mit einem Barbier zurück.

– Wenn du meinst, dies hilft, den Schmutz zu beseitigen, sei mein Gast. Bei euch scheinen die Leute ja Sauberkeit zu schätzen.

Der Barbier ließ sich vor mir nieder. Ich saß reglos.

Nein, ich war nicht tot, fragte mich nur, wie *jenes* noch am Leben war. Wenn ich meine Augen fünf Minuten schlösse und den Atem anhielte, würde ich sicher weggleiten. Aber das ist es genau: es gibt immer ein „ich", das wie ein Aal entgleitet, und solange ein einziges „ich" bleibt, wird man alles wieder von vorne beginnen müssen! Das einzige wahre Dilemma in der Welt ist dies: *ohne* ein „ich" ist kein Leben möglich (oder ist es doch?); *mit* einem „ich" ist das Leben die Hölle. Dies ist der Kern-Widerspruch, der Knoten, der allem zugrundeliegt. Und je näher man jenem Kern kommt, desto akuter und höllischer wird er.

Der Barbier öffnete seine Tasche. Er hatte alles zum Rasieren, Ohrenreinigen, Nagelschneiden und Pudern dabei. Er füllte die Waschschale am Wasserhahn und kauerte dann vor mir nieder. Ich sah ihn an, ohne zu begreifen. Ich war dort, und doch ganz und gar fern. Sicher wurde da etwas auf jenem Bahnsteig rasiert; da war auch eine rundliche Nymphe auf der Wand des Werkzeugschuppens mit einem Kanister *Dalda*-Öl in der Hand, und dann noch die schmutzigen kleinen Baumwollschwämmchen in der Tasche, eine dampfende Lokomotive auf Gleis 9, Reisende, die umhereilten. Es war, als wäre die Welt in kleine Stücke zerbrochen, und jeder eilte mit seinem eigenen Stückchen Existenz davon, mit seinem kleinen Geschäft unter dem Arm. Sie hatten alles ausgeplündert und mich dabei mitgenommen. Nur eine rundliche, blinzelnde Nymphe war noch übrig und dieser Gesell, der auf meinen Bart einhieb wie im Rohrzuckerfeld und ihn bisweilen etwas mit Wasser benetzte. Mein Gesicht brannte. Nur dies hielt alles zusammen: das Brennen. Ohne den Schmerz würde die Welt vielleicht wie ein Schwarm Möwen davonfliegen und einen kahlen Felsen in der sengenden Sonne zurücklassen? Ich begann in etwas hineinzugleiten, was ich um mich herum fühlte, so daß ich mich fast von außen selbst sah, aber ich war nicht länger der Hauptgegenstand. Ich fühlte, als ob ich ebenso gut etwas anderes sein könnte; es hing schlicht davon ab, von wo ich blickte: man kann sich hier, da oder sonstwo plazieren. Man ist der Barbier, der Coolie, oder die Nymphe. Und ich hatte den vagen Eindruck, daß dieser „man" nach Belieben alle Dinge sein könnte. Aber das dunkle Gesicht des Barbiers vor mir hielt mich zurück. Er hatte meine Aufmerksamkeit gestohlen, wie meine eigene Widerspiegelung in einem Spiegel. Vielleicht hatte jener andere, der da rasiert wurde, auch die letzten dreißig Jahre meine Aufmerksamkeit gestohlen. Dann plötzlich kam alles zurück zu mir, exakt dieselbe Szene, dasselbe Bild, vollkommen klar und scharf. Alles wiederholt sich. Es gibt *Augenblicke,* wo das Leben sich wiederholt. Vielleicht ist dies das *Schicksal:* jene Augenblicke der Wiederholung. Ich betrat ein Badezimmer, begleitet von zwei Polizisten, nach drei Tagen des Verhörs. Ich tauchte mein Gesicht ins Basin, richtete mich auf, und... da war ein *anderer* Mann im Spiegel. Ein vollständig fremdes Gesicht, und jene Augen – besonders die Augen – starrten mich mit einer festen, rasenden Intensität an, als wäre ich plötzlich in den Spiegel übergegangen: „Nein, das bin nicht ich!" Eine Art höchstes Erstaunen, und dann das „nein". Es war der achtzehnte November. Ich war gerade zwanzig geworden. Das war der Moment, wo alles begann, die erste wahre Minute meines Daseins, gleichsam mein erster Austritt aus der Geburtsurkunde. Wir tragen alle einen falschen Kopf, aber wir sind daran gewöhnt, während ich hier plötzlich die Gewohnheit verloren hatte. Ich zog mit einem falschen Kopf auf den Schultern umher, und alles war falsch: mein Name, mein Land, meine Papiere. Seit jenem Tag bin ich überall auf der Suche nach jemandem, der die Person ersetzt, die ich im Spiegel zurückließ.

– Das macht dreißig Paisa.

Aber dieses Brennen hielt alles zusammen. Wenn es aufhört, werde vielleicht auch ich abheben und einen kleinen schwarzen Barbier zurücklassen und ein Plakat-Lächeln auf einem Bahnsteig?

– Soll ich dir was sagen, Junge?

Er beugte sich mit funkelnden Augen über mich; und „ich" war nichts anderes mehr als ein hartes Konzentrat, hartnäckig *gegen* etwas gerichtet, gegen ihn, gegen den Barbier, gegen alles.

– Du rammst mit dem Kopf gegen eine Mauer, eine gewaltige Mauer...

Er blies in die Luft.

– So dick wie ein Blatt Reispapier!

Und dann lachte er röhrend wie ein Seehund, der aus dem Wasser steigt. Ich starrte ihn an. In meinem Herzen blieb nicht einmal mehr Haß. Ich war zu fern von allem.

– Wenn du nur eine Minute aufhören würdest, daran zu denken, mein Sohn, wäre es vorüber. Eine einzige Minute, und du schaltest ab, die Komödie ist vorüber. Es ist ein Schleier, verstehst du, ein Rauchschleier. Die Menschen sind so verrückt, Sohn. Wenn sie aufhörten zu denken, wären sie Könige.

– Sannyasin, ich bin erledigt.

– Du zappelst aber noch ganz schön für jemanden, der am Ende ist!

– Ich kann nicht mehr, Sannyasin. Höre, bitte. Mein Körper ist müde und mir brennen die Augen. Könnten wir nicht in die Himalayas gehen, wo alles weiß ist?

– In die Himalayas!

Er warf seinen Kopf zurück. Ich dachte, jetzt würde er explodieren.

– Wenn du aus den Himalayas herabkommst, mein Freund, wird alles genau wie vorher sein, und du mußt wieder von vorne beginnen. Willst du denn ein spiritueller Tourist sein? Du Narr, ich biete dir reinen Honig, ewigen Schnee auf allen Ebenen.

Er streckte seinen Finger aus und drückte ihn mir fest auf den Solarplexus.

– *Da* sind die Himalayas.

Und dort brannte es auch.

– Also gehen wir. Es ist an der Zeit.

*
* *

Ich tauchte ein in eine Landschaft von Gleisen und drückend heißen Bahnsteigen, dazwischen wunderbare Reisfelder voller weißer Vögel. Wir fuhren nach Osten, aber Norden oder Süden wäre dasselbe gewesen; und ich wußte nicht, ob ich draußen fuhr, durch eine Steinwüste mit großen Felshügeln, oder durch das Chaos meiner eigenen Seele unter einer weißen Feuerhitze. Immer weiter fuhr ich zurück durch die Zeit, war immer leerer und älter, brannte wie ein von der Sonne ausgedörrter Rumpf. Ich reiste durch eine Vorgeschichte der Seele, weit weg, zu einer Urfalte des Schmerzes unter einem großen reglosen, brennenden Auge, das nichts empfand und nichts wollte. Ich stieg durch Felsenkatarakte hinab in weit klaffende Abgründe, um dann nur wieder aufzutauchen; ich hockte nieder in dunklen Felsspalten und bekam keine Luft mehr. Ich erwartete Gott-weiß-welchen Zusammenbruch oder Erschöpfungszustand, als ob ein Monster mit ehernen Schuppen schließlich hinter dem Hügel auftauchte und diesen ganzen Alptraum verschlänge oder aber durch einen plötzlichen Hitzeschlag verreckte, und ich mit ihm.

Eines Tages erreichte ich dann das Ende der Reise. Ich hatte nicht mehr auch nur den Schatten einer Zuflucht, ich war null und nichtig, hingerafft. In Wahrheit brauchen wir ein Schneckenhaus, um darin unsere Geringheit zu verbergen; und wenn der Wirbelwind unsere Herberge hinweggefegt hat, finden wir uns entblößt wieder, es sei denn wir haben den Mut, alles in uns aufzunehmen. Vielleicht wird das Schicksal unsere Herbergen eine nach der anderen wegfegen, genau wie unsere Körper und Lieben, bis wir in der Lage sind, alles zu lieben und unsere Heimstätte in einem Körper zu finden, der nicht stirbt. Da stehen wir. Das Leben läuft weiter; es rennt wie verrückt in unseren kleinen Schachteln aus Stahl oder Plüsch, unseren komfortablen Nestern. Es drängt voran in Richtung auf keinen Bahnhof, oder vielleicht zum Sternbild des Schwanes, mit hundertvierzigtausend Kilometern pro Sekunde, in einem Mythos, den wir „morgen“ nennen. Aber morgen ereignet sich nie; der Zug kommt nie beim Schwan an. Er rollt weiter und weiter, zieht unsere Schachteln von Sorge oder Seide hinter sich, wie auch unsere erhabenen Gedanken. Er rollt weiter und weiter und nichts geschieht. Niemand für Millionen und Abermillionen Jahre, die da kommen, keine einzige Seele auf dem gesamten Planeten, keine einzige lebendige Person! Oder auf immer derselbe Schatten Jahreszeit um Jahreszeit, durch Herbste und Winter, durch Akropolen und ägyptische Pyramiden und triste Vorstädte, durch Steinzeitalter oder Betonzeitalter. Morgen ist bereits da, und alles beginnt von neuem. Ja, da stehen wir. Ich habe alle Züge genommen, und sie führen im Kreise. Wo ist dann mein Sternbild des Schwans, meine feste Zuflucht?

O Reisender
Nichts geschieht
Auf diesem kleinen Planeten
Außer dir selbst
Du bist das einzige Ereignis

So schloß ich die Augen; es gab wirklich nichts mehr zu sehen. Inmitten des scharfen Geruchs dünner Zigarren hockte ich auf einer Kiste nieder, allein und zusammengekauert wie eine peruanische Mumie. War ich nicht ohnehin tot? Was schlug da noch in mir? Ich streckte meine Hände aus in diesem Grab meines Körpers und suchte nach einer Antwort, konnte aber nichts fassen außer dieser brennenden Frage, diesem winzigen, wortlosen, sinnlosen „was?“ – ein warmes Drücken gegen meine Mauern. Ich hatte nichts, ich war nichts, außer einem brennenden Feuer. Und was sonst gab es noch?

O Bruder, mein Zwilling tief in einem Grabe, was läßt einen Menschen leben? Was? Eine einzige Frage. Ich strebe nicht nach Größe oder Wohlstand, nach etwas Phantastischem, nach Erscheinungen oder Halluzinationen oder Wunderkräften – nur dies suche ich zu ergründen: Was läßt mein Herz schlagen? Was läßt dies *sein*? Diese kleine Frage, nicht größer als das Leuchten eines Glühwürmchens. Ich habe so viele Fragen in meinem Leben gestellt, und sie sind alle dieselben. Es gibt nur eine Frage im Menschen, einen kleinen Schrei im Inneren, der ständig fragt „was?“ – ein reines „was“. Das ist alles, was ich habe, alles, was ich fassen kann in meiner Nacht. Das ist mein einziger Besitz, mein einziges Leben, mein blindes, brennendes Leben, mein Leben wahrer als Leben. Alles kann weggenommen werden, aber das bleibt; alles kann hinzugefügt werden, aber das ist unbewegt. Setze es in ein Gefängnis, einen Palast, einen Zug, und es ist immer gleich. Vergrabe es unter Gold oder Schlamm, und es leuchtet immer noch, brennt im Inneren. Es ist der Schrei des Menschen – vielleicht auch der Schrei des Tieres und der Pflanze – eine kleine Flamme im Inneren, die überall brennt, alles durchdringt, wie ein Goldfunke im Herzen der Dinge, ein reiner

Ton in den Tiefen, der alles erfüllt, in allem betet, in der Wüste und in den Sternen, in Sorge und in Freude vibriert. *Das,* überall *das,* am Anfang und am Ende, inmitten von allem: ein einzigartiges Leben von Millionen Feuern.

Ich zog den Vorhang der Welt herunter und nahm dieses Feuer wie einen Vogel in meine Handfläche. Und ich wußte nicht, was ich tun sollte, alles war so bedrückend und dunkel in diesem Körper, daß es vielleicht nichts war, und doch alles. Was gibt es denn sonst noch! Da draußen rollten die Züge hin und her, ebenso die Leute. Es war wie lebendiger Tod. Im Inneren war es wie ein Leben, das noch geboren werden soll. Und ich starrte auf dieses Nichts, dieses brennende kleine Nichts; es war nicht wahrnehmbar, aber lebendig. Es schien irgendwo in meiner Brusthöhle zu sein. Ich führte diese Wärme ganz eng an mein Herz, vielleicht würde sie leben; ich blickte sie so aufmerksam an, vielleicht nähme sie Flügel an und würde mich hinwegtragen. Und ich sprach zu meinem Vogel (oder war er es, der sprach?). Es war ein Flüstern, ein Gebet keiner Kirche, eine einsame Stimme, die ständig stammelte, „ich weiß nicht, ich weiß nicht, aber ich fühle; ich sehe nicht, ich sehe nichts, aber ich fühle, ich fühle." Eine kleine Flamme von etwas, das sich zu leben sehnte, das so verzweifelt leben mußte: „Es *muß* sein, da ich so sehr danach trachte! Es muß, es *muß.*" Es tat fast weh in meiner Brust. Wo ist es? Wo ist es? Ich habe Millionen Jahre gelebt, an alle Tore gepocht. Wo ist Weite? Wo ist Leben, die große Sonne, in die ich mit weiten Schwingen eintauchen kann, damit es endlich DAS wäre? Ja, das Leben ist nicht lebendig! Es muß erst noch sein.

Was *ist* denn eigentlich? Tage und Wochen verstreichen, Körper kommen und gehen, Herzen simulieren Liebe, Stunde um Stunde wird damit verbracht, einen Körper zu schmücken, zu ernähren, zu kleiden. Wo ist die wahre Minute, die grenzenlose Minute, schlicht um der Daseinsfreude willen? Wo ist das Leben, wie das Schweben einer Seemöwe über den Wellen? Mein ganzes Herz war gesammelt in diesem Flammendruck, dem wortlosen Ruf, und ich drückte und drückte immer wieder gegen diese

Mauern. Es war wie eine kompakte Masse, ein Ersticken, ein verdichtetes Stück Raum, wie wenn jede Welle im Meer und jeder Schrei der Seemöwen dort konzentriert wären.

Und plötzlich wurde alles ruhig. Keine Gebete mehr, keine Worte, keine Gefühle. Eine Stille, die ich nie zuvor gekannt hatte. Nicht das Fehlen von Geräusch oder selbst das Ausklingen eines erschöpften Gebetes oder ein Ruhigwerden des Herzens. Es war seltsamerweise eine *Substanz* aus Stille, ein Fluß solider Stille, wie eine kristallisierende Stille, die auf mich herabkam. Etwas, das alles mit einem unsichtbaren, sanften Schnee umhüllte und darin einfror: die Gedanken, das Herz, die Regungen des Körpers. Es war gleichzeitig dicht und transparent, kristallin wie eine Rauhreif-Morgendämmerung. Ich wurde dort gehalten, in dieser Masse von Frische, nicht sicher, was oder wer gehalten wurde: *Es* wurde gehalten. Es fühlte sich an wie ein schneeähnliches Fließen durch alle Poren meiner Haut, ein langsames und sanftes Überfluten, wie wenn Millionen kleiner Luftblasen in alle Zellen meines Körpers eingeträufelt würden und dem Körper ein Gefühl subtiler Ventilierung, Erweiterung, Porosität gäben. Dann begann diese Masse in einer Art angenehmer Expansion durch tausend kleine Löcher zu sickern, wie ein Freilassen zahlloser kleiner Atemzüge in alle Richtungen. Indessen floß ich oder das, was ich war, horizontal hinaus, vermittelte das Gefühl, sich selbst zu entfalten, sich in alle Richtungen auszubreiten – und „ich" verschwand. „Ich" war der Vorhang gewesen, der den Zugang zum offenen Raum blockierte. Der Vorhang war weg, und alles strömte herein – eine plötzliche Inhalierung, die ständig überall floß und floß wie die klare Frische der blauen Weiten der Nacht. Nichts stand mehr im Wege; ich war durch alle Poren meiner Haut hervorgeströmt und hatte mich in den süßen Wassern der Nacht verloren. Dort rollte ein Zug, zogen Städte und Dörfer vorüber, Bahnhöfe, Stimmen hallten über stille Felder; aber die Klänge prallten nicht mehr gegen mich – sie erhoben sich aus einer großen hellen Nacht und verloren sich in den hohen Gräsern meiner Stille. Alles war still. So still, daß kein Hauch von mir mehr da war, keine Spur von Gewicht, nicht das geringste Körnchen „ich" irgendwo. Alles durchfuhr mich ungehindert. Ich war fern und nah; ich befand mich an unendlichen Punkten; ich wußte nicht, wo ich begann und wo ich aufhörte. Grillen zirpten in mir wie auf einem großen Reisfeld in Asien; und der Zug fuhr im Inneren, rief keinerlei Bewegung hervor. Alles war in die Stille von Jahrtausenden gehüllt. Die Welt bewegte sich in vollkommener Reglosigkeit. Und doch war es nicht Auflösung, nicht Auslöschung oder Schlaf. Es war eine lebendige, wimmelnde, wache Reglosigkeit, als hätten sich zahllose Augen geöffnet an den Spitzen von Millionen Antennen und blickten stetig, frei von Urteil, Gefühl oder Interpretation. Nur ein Blick – auf was? Ich weiß es nicht. Und wieder die unermeßliche Nacht. Ein Blick, der alles in sich barg, alles trug, sich selbst genügte, und von sich selbst erfüllt war; eine objektlose Glückseligkeit, auf immer zufrieden, sie selbst zu sein. Und manchmal schien dieses vollkommene Auge auf „mich" zurückzuschweifen; dann erfolgte sogleich ein winziges Zusammenziehen in einem Punkt, ein winziges Unwohlsein; aber alles war so vollkommen friedvoll, daß das Unwohlsein wie ein Nichtsein war, ein Kräuseln unwirklichen Seins, ein kaum wahrnehmbares Bild, das tausend Fuß unterhalb verging – nur in einem grenzenlosen Raum existierte, einer blauen Tiefe, die diese Widerspiegelung von mir enthielt.

Es war noch Nacht – eine nächtliche, fast pflanzliche Wonne, wie eine Frucht ausgelegt in ihrem eigenen Saft. Dann berührte etwas eine unsichtbare Barriere des Unbehagens – schuf ein Gefühl der Grenze, und sofort wurde ich wieder in das „ich" zurückgeworfen: das Feuer, das Ersticken, der Schmerz, der Schrei. Diese Unmöglichkeit, die an uns zerrt wie zurückkehrende Gespenster. O gewiß, wir kehren zurück, aber nicht vom Tod! Jetzt war es noch erdrückender. Ich hatte es zu fassen bekommen, ich konnte es fast in meinem Fleisch spüren, diese einzige Missetat, diese Saat von allem: aller Übel, aller Leiden, aller Revolten, aller Abirrungen, die die Menschen zerreißen – dieser eine Schmerz, klein zu sein, ganz klein in einem Körper. In der Weite kann es nie auch nur ein Kräuseln des Leides geben. Das war es, was ich voll zu fassen bekommen hatte, oder vielmehr, was mich an der Kehle gepackt hatte wie ein Dieb in der Nacht: der grundlegende Fehler, nicht in der Weite zu sein. Das war deutlich, ganz offensichtlich, das lastete wie Blei auf mir. Einen Moment dachte ich, ich würde alles loslassen, die Augen öffnen, einmal mehr in meine Felswüste und endgültige Kleinheit eintauchen – mit diesem Sannyasin umherziehen. Dann entstand etwas wie ein Schrei in meinem Wesen, etwas sehr Tiefes, Intensives; plötzlich fand ich mich vor der Sorgenmauer – der alte große Schmerz, da eingesperrt zu sein ohne Hoffnung, als wäre ich schon tausende Male dort gewesen! Jeder Weg, jeder Umweg führte dorthin. Da waren sie wieder, meine Brüder im Elend, meine Pilgerbrüder der Nacht in Erwartung von Gott-weiß-was, alle versammelt in einem Schrei. Ich stand mit dem Rücken zur Wand. Das war das Ende der Straße. Ich befand mich vor der *Tatsache*; nichts blieb zu tun! Eine Sekunde ließ ich schlicht los. Ich öffnete die Hände und sagte „ja". „Ja", so wie man ins Feuer springt. Und ich ließ mich darin aufgehen, Körper, Seele, Geist, ohne zu versuchen, etwas aus der Vergangenheit zurückzuhalten; es gab nichts zurückzuhalten, nichts von Wert! Ich war nur dieses Feuer, nichts als reines Feuer.

Und dieses Feuer wurde jetzt zur Liebe. Eine reine Liebe für nichts, für alles, nur um der Freude am Brennen willen. Alles wurde verbrannt, verzehrt: Vergangenheit, Gegenwart und Zukunft, Gut und Böse, Hoffnung und Verzweiflung. Es gab nichts zu wollen, nichts zu bitten, nur dahinzuschmelzen und in Dem aufzugehen. Nichts war mehr notwendig, außer zu brennen und brennen und immer mehr zu brennen. Ein Abgrund der Lieblichkeit. Und es stieg an, stieg weiter an. Es wuchs und erfüllte mich mit Gold. Ein heftiger Schub, der ständig vibrierte, alles überströmte, ohne daß ich etwas wünschte oder wollte. Ja, vor allem wollte ich nichts, rein gar nichts: nur brennen, brennen, bis nichts mehr da war. Dann verstand ich das Wunder. Es verdichtete sich, und bald fühlte ich eine Welle der Kraft, ein Aufströmen warmer, fester Kraft, das mir den Rücken steif machte, die Brust weitete, die Kehle zuschnürte. Ich war wie verdichtet: ein Feuer-Pfeiler. Dann hörte ich ein Knacken in den Halswirbelknochen und trat hinaus.

Licht, nichts als Licht! Raum, jede Menge freie Luft. Eine Unermeßlichkeit von Licht, das transparenter wurde, intensiver, azurblau, silberblau, indem es anstieg. Kein *ich* mehr, kein *ich will, ich strebe,* kein *ich denke* oder *ich fühle* mehr: Alles wurde hinweggetragen und zerschmolz in seinem eigenen Aufstieg. Und es stieg höher und höher: ein direkter, unbeirrbarer, müheloser Aufstieg purer Stille – eine Seinsrakete in weißem Schweif. Es stieg an, erhob sich wie von selbst zu seiner eigenen Quelle, seiner ihm entsprechenden Dichte; es flog auf wie ein Polarvogel zu einem großen Schneefeld dort oben, bewegte sich wie in einer unendlichen Befreiung... Dann wurde der Aufstieg langsamer, ich schwenkte auf eine andere Horizontale, als wäre ich am Ende meiner Bahn, und alles wurde sehr weit und langsam. Eine andere Reise. Eine blaue Weite mit Rhythmus.

Ein großer ewiger Rhythmus zweier Schwingen, die über ewigen Hügeln schlagen, die immerfort reisen durch Steppen sanften Lichts, durch Labradore der Fülle; die endlos gleiten durch Zeitalter ohne Kräuseln, über Meere stiller Schau wie Schönheiten, die sich überraschend auftun gleich Meerbusen des Lächelns. Ein langsamer, sanfter Flug durch Hermelin-Jahrhunderte, ein weißer, leuchtender Zug in lieblicher Ewigkeit. Und die wunderbare Harmonie. Ein Hauch Harmonie hinter dem Schmerz und dem Chaos, ein großes, ruhiges Atmen, das die Monde erhebt und die Brust der Menschen und die Klänge der Galaxien; das Freude aufkommen läßt wie unendlich viele Goldbläschen, wie ein Funkeln des Erkennens überall; das immerfort herabsteigt durch Stromschnellen stummer Meditation, Abgründe plötzlicher Anbetung, sanfte namenlose Lichtungen der Liebe, schlicht weil es liebt, weil es rückhaltlos liebt. Und der Frieden des Seins auf immer, die unerschütterliche Kraft. Der mächtige blaue Stillestrom in den großen Canyons der Ewigkeit. Ich öffnete meine Schwingen, mein Herz, meinen Körper, die ganze Festung; ich wurde auf immer getragen, ich war im großen reglosen Rhythmus, der die Welten trägt. Und ich schaute, es war voll – es war *die* Fülle. Ein goldenes Lächeln unter den verschlossenen Augen der Welt.

Dann schlummerte mein Körper ein.

Ich hatte das Gefühl, gerufen zu werden. Ich sammelte alle Fäden meines Wesens, was einige Zeit dauerte, und mußte sie wie aus einem fernen Land herbeiziehen. Dann sah ich eine Silberflamme, die durch die Stille leuchtete, einen vibrierenden Farbstreifen. Ich zog das Licht zu mir hin, und es erzeugte einen kleinen Rhythmus wie das Fragment eines fernen Lieds, und im selben Augenblick sah ich das Bild eines Bruders vorüberhuschen – welchen Bruders? Ich könnte es nicht sagen. Aber es war offensichtlich ein Bruder. Ich zog noch weiter, und dieser kleine Rhythmus drückte sich in Worten aus:

O Bruder
Worauf wartest du?
Es ist die Stunde,
Und das Leben geht vergeblich vorüber.

Und es kehrte wieder: Worauf wartest du? Worauf wartest du... Eine ergreifende kleine Stimme am Rande der Welt. Ich kam noch ein paar Stufen zu meinem Körper herab, und je weiter ich herabkam, desto klarer wurde es, desto logischer: Das ganze Spektrum der Herabkunft wurde sichtbar. Zuerst das Licht – das immense Licht –, dann der große Rhythmus (aber eigentlich war es nicht „dann"; das Licht *schuf* den Rhythmus), dann die Formen, die Töne, immer härtere, abruptere Rhythmen, immer dunklere Farben; und ich sah ganz deutlich die Formen, die Worte, die Klänge wie Verdichtungen farbigen Lichts, mehr oder minder rein. Ich hatte die Quelle wahrer Sprache berührt, vielleicht der Musik. Und plötzlich schaute ich das ganze schöpferische Bild; ich wußte, woher diese Dinge kamen, die ich manchmal hörte, die in Form ferner Musik kamen, und manchmal in Form von Worten, wenn ich mich ein wenig konzentrierte.

In einem Erstrahlen von Freude (weil dieses Licht auch die

Freude schuf, es war Licht-Freude) erschien mir das ganze Leben wie die Kunst, lichtreiche Schwingungen zu verdichten, welche Ereignisse wie auch Musik oder Architektur schufen. Und das Leiden dort unten: das war das Fehlen von Licht – das Fehlen von Rhythmus, von allem. Je tiefer ich herabkam, desto härter, trüber, unterteilter wurde es – kein Rhythmus mehr, nur Lärm, Chaos, Fragmentierung – eine surrende, grau-schwarze Zerstäubung. Die Maschine lief wieder an. Und das Ersticken. Zurück in die Höhle. So rief ich wieder die Stille herbei. Sie kam massiv herab: ein tiefblaues Einströmen, das den Schwarm von Gedanken-Fliegen erstarren ließ; eine Lackmus-Färbung, die sofort alles blau kolorierte. Nur ein Tropfen davon, und alles wurde reglos-blau. Es war wieder Frieden, eine aquamarinfarbene Frische.

Die mächtige Ruhe des Wahren.

Ich verharrte dort zwischen zwei Welten. Der Zug schien langsam und sehr sanft über eine Brücke zu rollen. Jemand rüttelte mich an der Schulter. Ich öffnete die Augen: Wir fuhren in einen Bahnhof ein.

Und plötzlich die Menschenmenge, die Schreie, das Gedränge, die Masse, die quietschenden Schienen – die quietschenden Leben. Ein gigantisches Kunstgebilde aus Stahl, in dem man sehr schnell von einem Abteil zum anderen rennen mußte, und die Türen schließen sich automatisch, man rennt weiter. Man betritt das nächste Abteil, das genauso aussieht – eine Super-Mechanik auf wissenschaftlicher Grundlage, um den Intelligenzquotienten von Ratten zu testen. Aber die Intelligenz bedeutet nicht Vision, sondern immer schneller zu nagen.

Ich betrachtete diese seltsame Sache, setzte einen Schritt voran… Und ich bemerkte, daß ich leicht war, unbelastet, als hätte ich lange Zeit Gepäck geschleppt, und dann plötzlich *pfft!* und es war weg. Einfach weg, kein Gepäck mehr! Meine innere Dichte hatte sich geändert. Mit drei Hüpfern sprang ich auf den Bahnsteig; ich hörte ein lautes Lachen. Da stand er, sah mich an, den Stab in der Hand, hoch aufgerichtet. Eine gewaltige Freude durchfuhr mich, kristallin und überwältigend. Ich packte ihn am

Arm; mein Herz wurde weit, ich hätte ihn umarmen wollen, ihm sagen wollen... Ich betrachtete diesen großen Asiaten, triumphierend in seinem orangefarbenen Gewand, der das Leben mit seinem frechen Lachen dominierte und unsere Windmühlen mit einem Achselzucken verschwinden ließ, und diese Menschenmenge samt diesem anderen dort drüben, auf einem Bahnsteig, vor einem kleinen schwarzen Barbier, mit seinem falschen Kopf auf den Schultern, und da mochte auch ich gern lachen, lachen vor all diesem Elend der Welt, dieser Farce, diesem ganzen Theater der Falschheit, wo jeder sich an sein kleines schmutziges Geschäft klammerte, sein kleines Gepäck, alles zusammengerollt in einem Ballen auf dem Kadaver – das große Elend der Menschen, eingeschlossen in einer Schachtel. Und in einem plötzlichen sublimen Geistesblitz sah ich sie alle von einem Zimmer ins andere laufen, von einem Winkel in den nächsten, von einer Idee, einem Gefühl zum anderen, immerfort nagend – keine einzige wahre Geschichte! Eine gewaltige Fabrikation. Keine einzige echte Minute. Keine einzige wahre Minute in der Welt; nur eine einzige Minute gibt es: wenn man das Tor öffnet und von der Leiche abläßt.

– Sannyasin...

Er wandte mir den Rücken zu.

Dann überlegte er es sich anders, wühlte in seinem Gürtel und brachte eine Handvoll Körner zum Vorschein.

– Hier, iß.

– Weißt du...

– Ich weiß. Aber erstick nicht daran. Du hast kaum erst die Hälfte des ersten Schrittes getan.

Diese Nacht lag ich irgendwo in einer Ecke in einem Speicher, der nach Fischmehl stank, und hörte eine göttliche Musik. Vielleicht wird man sagen, ich sei verrückt oder ich halluziniere, aber ich weiß jetzt, daß die Welt voller Tiefe ist, voller Wunder, und daß hinter unserem leeren Getöse ein großes Reich des singenden Lichts liegt – wir sind heute vielleicht wie Barbaren aus alter Zeit angesichts unvorstellbar bevölkerter Meere. Gewiß habe ich sublime Musik gehört in meinem Leben, und manche Töne Beethovens schienen mir höher als viele Kathedralen, aber in dieser Nacht *hörte* ich wie zum ersten Mal in meinem Leben. In Wahrheit hatte ich bis zu diesem Tag nur kleine dürftige Töne gehört, eine *Übersetzung* von Musik. Aber dies war nicht mehr nur Übersetzung; es war nicht mehr der Ausdruck von etwas anderem dahinter, das man als göttlich wahrnahm, es bedeutete nicht einmal mehr, Musik zu *hören* – ich *hörte* nicht die Musik, ich war nicht außerhalb von ihr: Ich war *in* der Musik, wie man im Meer ist oder unter einem Wasserfall; sie strömte von überall hervor, eine Unermeßlichkeit von Musik. Und blau – alles war blau, pures Blau, himmelblau; jedes Körnchen Raum, jedes Partikel Blau strahlte seine eigene Musik aus, ein überall singendes Blau, eine Unermeßlichkeit singenden Lichts. Und es war nicht zerstückelt, nicht aufgeteilt in fragmentierte kleine Noten, die eine Melodie bildeten: Es war eine Fülle der Musik, ein einziger voller *Ton*, der alle nur möglichen Töne und Klänge in vollkommener Harmonie enthielt. Eine solche Harmonie, daß man vom Absoluten ergriffen wurde – nur ein Tropfen davon, und alles wurde wahr, schön, rein, voll, *das*, absolut *das*, die konkrete Göttlichkeit.

Eine einzigartige goldene Schwingung im Raum, ein gewaltiges Hervorströmen, eine Fülle reiner Musik, die die Lungen füllte, als tränke man alle Unendlichkeit des Raumes, als wäre die Musik nichts als Raum, nichts als der Klang der Unendlichkeit, und man strömte überall hin in diese singende Bläue. Und da war Freude. Vielleicht zuallererst die Freude. Eine Fülle, ein Hervorquellen des Seins, das die Musik *erschuf* – alles Licht und allen Raum erschuf, und die ganze Welt aller Dinge – eine einzigartige Substanz der Freude, die ihr eigenes Selbst sang, das grandiose Hervorströmen einer einzigen Note, erzeugt von vielen tausend Violinen, anhebend zu einer Apotheose wie viele tausend Stimmen, die endlos auf weiten Azurschwingen herabkamen, oder vielleicht der einsame reine Ruf einer Flöte, dem Ewigen entsprungen, der diese einzige zitternde Spur auf den blauen Wassern der Welt zurückließ… Ich weiß es nicht in Worte zu fassen, aber so war es.

Als ich am nächsten Morgen aufwachte, war ich gegen einen Sack gelehnt, hielt den Kopf zwischen den Händen, und wiederholte benommen: „Das ist nicht möglich, es kann nicht sein…"

Und doch war es so.

Ich stand auf und schlenderte an den Bahnsteigen entlang.

Dann blickte ich mich um: Der Sannyasin war verschwunden.

Zweiter Zyklus

Die Reise in den weiten Raum

V

Eine weiße Insel

Ich war so lange auf diesen Bahnhöfen herumgeirrt, daß ich mich nicht mehr aus ihnen heraustraute, es war wie beim Verlassen des Schiffes an fremdem Ufer. Ich verharrte im Schatten eines Zedrelabaums und sah zu, wie die kleinen Karren vorüberzogen, betrachtete den Sandweg, der hinter einer Krümmung in einen Palmenhain führte. Ich war irgendwo gelandet, und es war sehr angenehm, dort zu sein, ohne zu wissen, einfach nur den Faden dieser kleinen Schwingung festzuhalten, die mich mit Staunen und einem Gefühl absoluter Sicherheit erfüllte. Sie war seit gestern zu spüren, es war wirklich etwas, das sehr angenehm in mir und um mich herum vibrierte, wie ein Strom oder ein sanfter Fluß, der mich mit dieser großen blauen Stille verband, so sanft, daß ich ihn zu verlieren fürchtete – fast Angst hatte, mich zu regen –, aber ich mußte nur einen Augenblick ganz ruhig bleiben, um mich zu erinnern, und dann war er wieder da – er war immer da! Das war das Wunder: Es verging nicht, es verschwand nicht wie die anderen Länder eines Tages oder einer Minute; ich mußte nur ein wenig am Faden ziehen, einen kleinen Atemzug im Inneren machen, und das große blaue Land floß ganz transparent.

Ich war überall zu Hause.

Ich mußte nur daran denken.

Und ich spürte, ich konnte überallhin gehen, alles tun, was ich wollte, und wurde getragen, gleichsam in ein großes Azurgewand gehüllt; ich war sicher.

– Ah, du bist gekommen.

Er hatte zwei wunderbare schwarze Augen! Ein kleiner Junge

von vielleicht elf Jahren stand vor mir und betrachtete mich sehnsüchtig wie ein Schaufenster mit Süßigkeiten. Er lächelte, ich lächelte auch. Ich fühlte mich behaglich, man stieß gegen keine Mauer.

– Soll ich dich herumführen?

Ich hatte keinen einzigen Paisa.

– Gehst du zuerst zu deinem Bruder oder zum Tempel?

– Mein Bruder?

Er griff nach meiner Hand. Wir machten uns auf den Weg. Die Luft war salzig, und das Leben huschte vorüber wie ein kleines Eichhörnchen – es war schlicht, es war klar. Ich hatte mit dem Sannyasin so viele seltsame Dinge unternommen, daß ich nicht mehr zu begreifen versuchte. Und wenn ich es doch tat, löste sich alles auf, verschwand in einem Loch wie ein kleines Waldtier. Es war, als regierte ein anderes Gesetz das Leben, ein anmutiges Gesetz, das verschwand, sobald man es betrachtete. Es war wie ein kleiner, leichter, fast amüsierter Atemzug, der einen hierhin oder dorthin trieb, diese oder jene Geste veranlaßte, diesen Schritt, jenes Abbiegen oder Überqueren einer Straße, ohne Grund, und immer war es gerade die rechte Sache. Ein kleines rechtes Gesetz. Und sobald man es bemerkte, zerrann es zwischen den Fingern, wie wenn das Denken es automatisch vertrieb. Und manchmal hielt man inmitten eines Bahnhofs oder einer Geste inne und staunte, als hätte man überall eine Menge kleiner Augenblicke eingefangen.

– Du kommst wegen des Tempels?

– Der Tempel?... Nein.

Er schien überrascht.

– Die Leute hier kommen alle wegen des Tempels. Dein Bruder geht auch in den Tempel. Er ist schön, dein Bruder.

– Ah ja...

– Ein Prinz.

– Und du, kleiner Frosch, wer bist du eigentlich?

Er richtete sich zu voller Statur auf:

– Ich bin Bala-Chandra, Sohn von Bhaskar-Nath, dem größten Bildhauer im Land.

– Ah ja.

Mit dem Brustton der Überzeugung fügte er hinzu:

– Mein Vater ist ein Held. Und du, wer bist du?

Mir hatte es die Sprache verschlagen.

– Willst du mir nicht deinen Namen sagen?

Ich mußte einen Schatten hinter mir hervorziehen, dunkel wie eine Lüge.

– Ich heiße Nil.

– Und was bedeutet das?

– Also…

Das frage ich mich auch. Ein Name, man mußte ja einen Namen haben! Einen wahren Namen, etwas, das sagt, was man ist, wie der Vogel durch seinen Ruf mitteilt, was er ist. Und plötzlich wurde mir bewußt, daß der Sannyasin sich nie nach meinem Namen erkundigt hatte.

– Es bedeutet nichts.

– Wirklich? Überhaupt nichts?

Das schien ihn sehr zu beeindrucken.

– Mein Name bedeutet „kleiner Mond"… Man nennt mich auch Balu. Schau dort!

Es war unglaublich, eine außergewöhnliche Landschaft. Ich hatte Schönheit häufig genug gesehen, im brasilianischen Urwald, in Rio und an den Ufern der Loire; aber das hier war nicht „schön", sondern schlicht „mein" Land, ganz plötzlich, so wie man das Gesicht einer Geliebten entdeckt.

Dünen, nichts als weiße Sanddünen, perlweiß, so weit das Auge reicht, wie Polarvögel vor einem leuchtenden Himmel, und Palmen, große Palmengruppen, grün, golden, die schmalen schwarzen Stämme ragten tief aus dem Sand heraus. Ich bückte mich, ließ den Sand durch die Finger rieseln. Es war angenehm, kühl und sanft. Die Dünen flossen zum Dorf wie eine riesige weiße Flutwelle. Und die hohen violetten Tempeltürme dort in der Ferne überragten die Kokospalmenhaine und die Häuser mit den weißen Terrassen.

– Phantastisch, was?

Balu sah mich an und verstand vollkommen.

– Dort drüben, am Ende der Straße. Man kann sich gar nicht verlaufen, es gibt nur die Bahnhofstraße und die Tempelstraße.

Das silberne Gebimmel der kleinen Karren war überall zu hören. Sie war fast weiß, diese Straße, ihre chaotischen Pflastersteine von Sand überflutet. Es war gestern oder heute, vor langer Zeit, in diesem Leben oder einem anderen. Ich war Nil oder sonstwer. Wir gingen inmitten des starken Duftes von Jasmingirlanden und Gewürzen, vorbei an den kleinen Buden der Verkäufer, den streunenden Ziegen, dem rosa Töpferwerk. Es war in diesem Land oder einem anderen, unter dem Kreisen der Fischadler, und ich ging auf ich-weiß-nicht-welche Geschichte oder Bestimmung zu, von diesem Kind bei der Hand geführt. War es wirklich ein anderes Schicksal oder immer noch dasselbe, einige Jahrhunderte später? Ich schritt wie an den Anfang eines Lebens, es war weit und leicht, sanft wie die Dünen, ich befand mich in einem großen ruhigen Rhythmus, stand über oder hinter mir; und vielleicht war ich Nil, aber eigentlich hatte ich gar keinen Namen, oder noch nicht, ich hatte ihn unterwegs verloren, kehrte von einer großen Reise zurück.

– Magst du Pistazien?

Er zog mich am Arm. Ich trat wieder in den kleinen Schatten ein.

– Oh! Balu, wo sind wir?

– Wo denn, auf der Straße!

Er sah mich eigenartig an. Aber es war ohnehin gleich, es hätte der Norden oder der Süden sein können, vor oder nach Christus, ich wurde getragen, geführt, jeder Schritt war exakt, wie er sein sollte: genau dieser und kein anderer, auf diesen Pflasterstein und keinen anderen. Mit mikroskopischer Präzision, und gleichzeitig weit-umfassend. In diesem Augenblick schien es mir, als ob ich in jedem beliebigen Dorf, jeder beliebigen Stadt der Welt und vielleicht zu jeder Zeit in der Geschichte genau denselben Schritt gesetzt hätte, dieselbe Geste, in derselben Weise, in derselben Minute – nur der Name ändert sich! Und kleine Dörfer in Rosa und Grün auf Breitengraden in Tusche. Das Leben ereignet sich nicht dort, wo man glaubt, es erstreckt sich in alle Richtungen; man läuft ständig in einer anderen Geographie. Und manchmal gibt es eine Koinzidenz, das ist die vollkommene Präzision: Der innere Grad trifft zusammen mit dem äußeren Grad, jeder Fußschritt ist Tausende von Jahren alt, und wir marschieren in einem großen Ritus.

– Da wären wir also.

Das Haus war völlig zerfallen. Es war das letzte am Ende der kleinen Straße mit den vielen Balkonen; dahinter lag nur noch eine gelbe Sandpiste und ein Wald von Dornenbüschen. Balu sprang drei Stufen hinauf. Ich fand mich in einer Art rauchgeschwängertem Innenhof wieder, überall waren Pilger, Kleiderhaufen, Küchengerät, Schwärme von Kindern in allen Ecken, und unersättliche Ziegen, die an Kleidern knabberten, welche zwischen geschwärzten Pfeilern aufgehängt waren – eine exotische Absteige, die gleichwohl nach Weihrauch roch. Balu lief zum ersten Stock hinauf. Er war verlassen. Ich fand mich in einem langen Korridor mit kleinen Zellen an beiden Seiten wieder, der wie der letzte Wagen eines Zuges abrupt über den Dornbüschen endete. Die Zellen waren leer. Ich ging weiter nach hinten. Im letzten Raum links machte jemand *shirshasana*, stand auf dem Kopf mit nach oben gestreckten Beinen. Ein Weißer, mit einem Wecker unter der Nase. Balu eilte zu ihm.

– Er ist da, Nil, ja, dein Bruder ist da!

Der Fremde plumpste auf den Boden und sah mich erstaunt an. Er hatte ein seltsames rotes Dreieck zwischen den Augenbrauen. Sein Haar war strohblond, er schaute aus wie ein nordischer Seemann. Für den Bruchteil einer Sekunde musterte er meine Lumpen, dann faßte er mich an der Schulter und umarmte mich.

– Setz dich, Bruder, willkommen.

Seine Stimme war so warmherzig, daß es mich verwirrte. Er schob mir eine Strohmatte hin. Balu sah sehr aufmerksam zu.

– Setz dich, du brauchst keine Angst zu haben, ich heiße Björn. Freut mich, dich zu sehen.

Die Zelle war ganz kahl, abgesehen von einer metallenen Feldkiste und Kritzeleien auf den Wänden.

– Er heißt „Nichts", weißt du, – Überhaupt Nichts!

– Du bist müde und hast Hunger... Balu, geh zu *Minakshi*, hol ein paar Reiskuchen, Kaffee, und Pistazien für dich selbst.

Das Kind wollte nicht weg von Björn.

– Also, geh schon!

Mein Kopf war absolut leer, selbst die Sprache hatte ich vergessen.

– Wie ich mich freue, Bruder, du bist ein Geschenk des Himmels!

– ...

– Du brauchst jetzt nichts zu sagen, du bist mein Bruder, Balu hat es gesagt. Warte...

Er wühlte in seiner Kiste und brachte einen weißen *Dhoti* und einen leichten Schal aus feinem Leinen zum Vorschein. Ich war verblüfft.

– Balu irrt sich nie. Du bist kein Tourist, das sehe ich doch, also... Man trifft hier nur selten jemanden von dort drüben.

Es sah so aus, als ob er sich entschuldigen wollte.

– Schau, ich bin sehr vom Glück begünstigt, Bruder. Unten ist der Brunnen. Und du brauchst ein Handtuch und Seife.

Er wühlte wieder in der Kiste.

– Du kommst also aus Europa, bist davongelaufen. Bruder, die Menschen wissen nicht, wie man liebt. Es ist gut zu lieben. Geh, paß aber auf die Affen auf, sie klauen alles. Gestern haben sie mir die Zahnpasta gestohlen.

Er faßte mich an der Schulter.

– Schon drei Jahre warte ich auf meinen Bruder, stell dir vor... Drei Jahre. Und dann kommst du. Wie das Schicksal doch seltsam ist. Geh nur, das erzähl' ich dir dann, wir werden gemeinsam alles mögliche entdecken.

Fast mechanisch stieg ich zum Brunnen hinab. Ich war völlig benommen, weit weg von diesem sentimentalen Getöse, ohne die geringste Reaktion: ein bloßer Stein, nichts reagierte. Und alle Schwingungen von Björn liefen mir hinterher, zitterten und pochten in meinem Kopf, ich konnte fast ihre Intensität und Frequenz bestimmen: Sie waren dunkelrot, eng verflochten, kamen in kleinen raschen Wellen, waren äußerst irritierend. Ich hatte Lust, mich abzusetzen – Sonne und blauer Himmel über dem Kopf. Und keine Worte mehr. Aber ich hatte kein gutes Gefühl dabei. Ich leerte einen Eimer Wasser über meinem Kopf, spülte Björn weg. Dann merkte ich, daß ich ein anderer geworden war. Transparent wie ein Kristall. Nicht kühl, denn es war sehr sanft, aber ohne jede persönliche Reaktion. Jenes sah deutlich, nahm alles mit einer außerordentlichen Schärfe und Präzision auf, betrachtete schlicht und reglos, ohne eine Spur Emotion. Ein großer exakter Blick. Und ich entdeckte, daß ich Monate – oder Jahre? – an einem Ort ohne Menschen gelebt hatte, mitten in der Menge, in den Zügen und Bahnhöfen, und doch Tausende Meilen fern von allem! Es war, als müßte ich das Leben neu lernen, aus einem anderen Blickwinkel. Einmal mehr zog ich an dem Faden meiner kleinen Schwingung; sie war immer noch da, klar, so lieblich, beständig, quellfrisch. Ich war überwältigt, eine gewaltige Dankbarkeit überkam mich, dort, am Brunnen, weil *das* da war, weil das existierte. *Das* war da – diese unbeschreibliche Süße, diese verborgene Majestät, und frei, frei, Tausende Meilen entfernt von dieser ganzen Konfusion der Welt, diesem Getöse der Welt, dieser Trennung im Körper. Ja, wer könnte das Wunder dieser Majestät inmitten von allem begreifen? Man ist in seiner Haut gefangen, dann eine Sekunde der Erinnerung, und man erhebt sich über alles, man schaut und lacht!

So übergoß ich mich mit Wasser, und alle Wasser dieser Welt wären weniger angenehm gewesen als diese Frische. Ich sammelte meine Lumpen ein, da fiel das Messer des Sannyasins zu Boden. Einen Moment spürte ich den Drang, es in den Brunnen zu werfen – ich sehe mich jetzt noch mit erhobenem Arm –, und dann (ich weiß nicht warum) steckte ich es mir unter den Gürtel und stieg wieder zu Björn hinauf.

Er saß im Schneidersitz am Flurende, in ein weißes Tuch gehüllt, wie ein Prinz. Freilich ein seltsamer Prinz, mit diesem roten Zeichen zwischen den Brauen – ein wenig theatralisch.

Trotzdem mochte ich ihn.

– Schau, das ist mein Ausguck.

Der Flur öffnete sich einem Akazienwald. Keine Dünen oder Palmen mehr: nur Dornbüsche wie chinesische Sonnenschirme über dem Sand, und gelegentlich das blaßgrüne Laubwerk einer Tamarinde oder der gekräuselte Schatten eines Banyanbaumes. Dann in der Ferne ein Felsen, einsam am Rande des Sandes, wie der Koloß von Memnon.

– Es ist der Kali-Felsen.

– Aber wo sind wir?

– Im Norden des Dorfes.

– In welchem Land?

– Hast du nicht das Schild an der Brücke gesehen?

– An der Brücke...

– Aber wo kommst du denn her! Hast du nicht eine Brücke überquert, um auf die Insel zu kommen – 2054 Meter, 6739 Fuß, so steht es dort, oder hast du geschlafen? Eine Brücke mit nur einer Fahrspur – die Weiße Insel.

– Eine Insel...

– Also...

– Kann man das Meer sehen?

– Nur mit der Ruhe. Iß erstmal, dann können wir rausgehen.

Er breitete ein Bananenblatt mit Reiskuchen vor uns aus.

– Du wirst sehen, sie ist schön, meine Insel. Jeden Morgen, wenn ich aufstehe, komme ich hierher und werfe mich nieder vor der Schönheit dieser Welt.

Ich sah Björn etwas erstaunt an.

– Gut. Und was hat dich hierher geführt?

– Ein Sannyasin.

– Ah so.

Er verzog sein Gesicht.

– Die Sannyasins mag ich nicht.

– Wirklich? Was haben sie dir denn angetan?

– Genaugenommen nichts. Sie haben allem entsagt. Sie besitzen nicht das Geheimnis der schönen Welt.

Ich war leicht aufgebracht.

– Und du, du hast das Geheimnis... mit den Füßen in der Luft?

– Ach, das ist gar nichts. Nur für die Gesundheit. Es gibt etwas anderes, meine Insel ist eine Schatzinsel!

Björn faßte mich am Arm, er schien erregt:

– Aber erst sag mir, was suchst du?

– Ich? Ich weiß nicht mehr recht.

– Ich selbst suche die Macht. Aber nicht für mich selbst: die Macht für meine Brüder – Macht, verstehst du –, die Welt zu verändern. Eigentlich habe ich ein schlechtes Gefühl, wir sind davongelaufen, desertiert.

– Deserteure?

– Ich schäme mich, hier zu sein. Sie leben im Unglück, sie leben wie die Narren. Aber ich bin sicher auf dem rechten Weg; höre, meine Insel ist eine wunderbare Insel.

Er warf seinen Schal zurück, seine blauen Augen glänzten wie die eines Kindes.

– Schau, Bruder, sie essen, schlafen – und leben im Unglück. Sie haben Zentralheizung, Bibliotheken – und leben im Unglück. Sie kennen das Abenteuer nicht, sie wissen nichts, sie kennen das Geheimnis des Lebens nicht!

Er hielt abrupt inne.

– Was suchst du?

– Aber ich weiß nicht, Björn! Es ist einfach, es ist da. Es fließt.

– Du bist doch vor ihnen davongelaufen, oder? Sie sind erbärmlich. Aber ich liebe sie. Schau, Bruder, wir werden zusammenarbeiten, wir werden das Geheimnis entdecken, ich werde dich Guruji vorstellen...

Er fixierte seinen Blick auf den Kali-Felsen, dann sprach er kraftvoll, langsam, als sehe er etwas:

– Heute abend bist du hierher gekommen, das hat eine Bedeutung, einen Grund, nicht wahr? Welche Bedeutung? Was bedeutet diese Begegnung hier an diesem Abend, Tausende Kilometer entfernt von zuhause, wie Verstoßene?

– Aber ich bin kein Verstoßener.

– Wenn man nicht unter ihnen ist, wenn man nicht die Luft atmen kann, die sie atmen, was bedeutet das dann? Das frage ich. Schon seit drei Jahren frage ich mich das. Und man erstickt immer mehr! Nil, es ist so, als wären wir am Ende einer Welt oder am Beginn einer anderen. Nie lag die Erde mehr in Fesseln, und nie haben sie so viel von Freiheit gesprochen. Es ist die Zeit der Gnome, die Herrschaft des Anti-Lebens, der Anti-Freiheit, der Anti-Brüderlichkeit; es ist die Zeit der Lüge, das Kali Yuga, das Schwarze Zeitalter.

Ein Rabe begann über dem Brunnen zu krächzen, ich begann in eine andere Welt abzugleiten. Aber Björn ließ nicht locker.

– Und ich habe überall gesucht: in Europa, in Oslo, in Paris, ich habe in Afrika gesucht, im Himalaya, bis nach Tibet hinein. Ich war Nihilist, Buddhist, wurde als Saboteur von der Marine gefeuert. Es war, als hätten sich alle Türen geschlossen, eine nach der anderen, um uns zu zwingen, das Geheimnis zu finden. Und was bleibt nun, sag's mir? So sieht es doch aus: Kein Amerika ist mehr zu entdecken, das Abenteuer ist zu Ende, kommerzialisiert, die Revolutionen werden inszeniert, und die Eroberungen sind zu Ende – sie mögen zum Mond fliegen, sicher, und ihre Lüge auf den Mond tragen, aber sie nehmen sich selbst überall mit hin, leben im Unglück bis hinauf in die siebte Galaxie. Wo ist also das Tor, der Ausgang, freier Raum zum Atmen? Die Vaterländer schicken uns in die Kasernen, und die Kirchen versprechen uns den Himmel, und die anderen... Ihre mechanisierte Zukunft ähnelt einem nie endenden Wochenende in Disney World. Sie werden keine einzige Pyramide zurücklassen, nur einen Haufen Rost.

Björn stand auf, er schien in roten Dunst gehüllt.

– Du wirst schon sehen.

Er sprang in seine Zelle und kam mit einem Brief heraus.

– Von Erik, meinem Bruder, hat er vor einer Woche geschrieben. Hör zu, auch er hat gesucht, er hat alles zurückgelassen, wir sind zusammen durch die Welt gereist. Und dann die Sahara, das war alles, was er fand: die Wüste. Er ist Bohrarbeiter in Ouargla.

Ouargla, September
c/o S.A.M.E.G.A.
P.O. Box 77
(Dept. der Oasen)

1 Rohr, 2 Rohre, 3 Rohre, 4 Rohre...
Ob es hier Öl gibt oder nicht,
ist mir gleich.
Sollte es aber nicht sein,
denn ich bin im „Öl-Geschäft".
Vielleicht gewöhne ich mich noch an diese
Rohre, Muffeln und Dichtungen, aber um welchen Preis,
mein Gott?

Dein Bruder
Erik

Björn schwieg, man konnte das Leiden seines Bruders auf seinem Gesicht ablesen, es war hart, verschlossen, plötzlich verdunkelt – fast eine Falschheit. Das Leiden ist eine Falschheit.

– Nil, was können wir für unsere Brüder *tun*? Wir brauchen *Macht*, verstehst du, lieben genügt nicht.

Er heftete seinen Blick auf mich. Ich war völlig zugeschüttet von der Lawine und konnte nicht mehr klar sehen, überhaupt nichts mehr sehen, er hatte die ganze Atmosphäre vernebelt.

– Du sagst nichts dazu?

Jetzt wurde er aggressiv. Bei Björn konnte alles plötzlich in Haß umschlagen. Es war dasselbe, von der anderen Seite. Und dann dieser Reiskuchen, der mir schwer im Magen lag, alles vibrierte in meinem Körper, als hätte ich gleichzeitig Björns Ärger und Eriks Trübsal verschluckt. Ich war wie ein Sieb, alles kam durch.

– Ja, ich weiß, die Sannyasins kennen den Trick, sie entsagen allem und setzen sich in die höheren Welten ab. Das ist bequem.

– Hör zu, Björn, du weißt nicht, was du da sagst. Entsagt man einem Gefängnis? Man verläßt es, das ist alles. Und ich versichere dir, die Luft ist sehr leicht und klar, wenn man die Schachtel verläßt.

– Eben, darum geht es doch. Man gelangt heraus und kann am Leben nichts mehr ändern.

Ich schloß die Augen. Ich war wie gerädert von dieser Flut kleiner roter Wellen.

– Nil, hörst du mich? Wo bist du? Ich habe dich genervt?

Er faßte mich an den Händen. Da kam der wahre Björn zurück, liebevoll und brüderlich.

Die Atmosphäre wurde wieder leichter, man konnte atmen. Und plötzlich begriff ich: Wie konnten die Menschen sehen, bei diesem Chaos im Kopf? Sie wollen sehen, sie wollen die Ursache kennen, den Lauf der Ereignisse, die Handlungslinie, und dann ist jeder Gedanke wie ein Kieselstein im Teich: Man kann nichts mehr sehen.

– Es gibt ein Geheimnis, Nil...

Er richtete sich auf, seine Schönheit frappierte mich. Eine kleine silberne Flamme begann jetzt in diesem Rot zu flimmern, das blasser wurde, fast rosa, und seine Stimme war nicht mehr schlicht Lärm:

– Es ist seltsam, Nil, die letzten drei Jahre habe ich ständig die Geschichte studiert, unsere Geschichte, und je mehr ich sie betrachte, desto mehr scheint mir, daß sie ganz anders ist, als wir denken, d.h. eine Reihe von Fortschritten, Entdeckungen, die sich aneinanderfügen, und man wird immer klüger, intelligenter, bis zu dem Augenblick, wo man alles weiß... Nein, das ist es nicht.

In diesem Augenblick leuchtete ein kleiner weißer Funken wie ein Diamant.

– Es ist mehr, wie wenn Dinge nacheinander ausgeschöpft würden; jedes Zeitalter pocht an einer Tür, erkundet einen Bereich und endet in einer Sackgasse: eine Aufeinanderfolge von Vervollkommnungen ohne Ausgang. Dann bricht das zusammen, und man beginnt auf einer anderen Linie. In Indien gab es das spirituelle Wissen, in Ägypten das okkulte Wissen, und das griechische Wissen, das naturwissenschaftliche Wissen. Aber unsere Epoche ist nicht wissender als die anderen, nein, das ist die Illusion! Sie ist dem Ziel nicht näher; sie hat nur *eine* Linie vervollkommnet. *Eine* Art zu sehen. Ihr einziges Verdienst ist vielleicht, daß sie vor der letzten Tür steht und keine weiteren mehr folgen.

Ich betrachtete Björn vor dieser Öffnung des Lichts, und er war wirklich stattlich wie ein alter erobernder Wikinger, der – zu welchem Abenteuer auch immer – zurückgekehrt war. Und ich sah mich neben ihm, kleiner, anscheinend von einer anderen Farbe. Ich betrachtete all das, ich hörte Björn, aber ich war nicht wirklich dort; ich schien irgendwo ergriffen zu sein, weit, weit weg, und Weiten der Süße waren zu durchqueren, um Björn zu finden, eine große blaue Fläche, so bezaubernd, daß ich jeden Augenblick mit geschlossenen Augen darin schweben und in dieser reisenden Musik ohne Noten fließen wollte. Und mein Körper – ich bin nicht einmal sicher, ob ich in meinem Körper war; der Körper war vielmehr in mir, und Björn ebenfalls. Ich horchte nur auf die Modulation seiner Stimme, die einen silbrigen Wirbel verursachte, mit einem gelegentlichen Lichtfunken. Dieser kleinen Flamme folgte ich, als ob die Worte durch sie allein Sinn erhielten, als ob sie von ihr getragen würden, in ihr enthalten waren, und das erschuf eine rechte Musik – die Worte waren eine Art nutzloses Anhängsel – ich wußte augenblicklich alles, was er gesagt hatte.

– Jetzt ist die Zeit, einzugreifen. Wenn man dieses Geheimnis berührt, werden alle Linien sich treffen, und man wird direkt im Herzen der Sache sein.

Er faßte mich am Arm.

– Du bist wieder weggedriftet.

– Aber nein.

– Wir haben nicht das Recht, wegzudriften, hörst du! Das ist unsere einzige Rechtfertigung: Wir sind hier, um zu entdecken.

So ließ ich mich wieder auf Worte ein. Das war ein augenblickliches Absinken, ein Nachlassen der Intensität.

– Ich weiß nicht, Björn, aber wenn man in einem bestimmten Zustand ist, erscheint alles so einfach.

– Für dich.

– Aber das ist ein wahrer Zustand, man sieht die Wahrheit im Inneren.

– Aber was nützt dein wahrer Zustand schon, wenn er nichts für die Welt *bewirken* kann?

– Oh, Björn, du bist so ungeduldig.

– Siehst du dieses Dreieck?

Er führte den Finger zwischen die Augenbrauen.

– Das ist das Dreieck der Tantriker, der Punkt weist nach unten, zur Materie. Keine Flucht in die Gipfel: die Herabkunft der Macht ins Leben und in die Materie. Wir sind hier, um zu finden, verstehst du, um etwas zu erfinden – etwas, das weder die Naturwissenschaft noch die Religion gefunden hat. Wir stehen vor der letzten Tür, in der Stunde Null, wir sind eine neue Rasse von Abenteurern!

Er richtete seine lavendelblauen Augen auf mich.

– Wir haben Kontinente gesucht, Ölvorkommen, neue Gesetze, Maschinen und wieder Maschinen – alles wurde ausgeschöpft. Wir sitzen auf der Goldmine und wissen es nicht! Die Macht ist im Inneren, Nil, das Abenteuer ist im Inneren. Unsere Maschinen sind nicht das Zeichen unseres Fortschrittes, sondern unseres Unvermögens. Wir stehen vor den Toren einer Welt, die durch innere Schau schaffen wird, wir sind die Abenteurer der Kräfte der Seele.

Er zögerte einen Moment.

– Was nicht ohne Gefahren ist.

– Björn!

Es waren Schritte im Flur zu hören.

– Guruji läßt dich rufen.

Er stand ruckartig auf, starrte mich an, und ich fühlte ein Unbehagen: Er sah wie vergeistert aus.

– Du wirst Geld in der Kiste finden, ein rotes Portemonnaie. Falls ich spät zurückkomme, geh etwas essen in der Minakshi Lodge.

Er legte sich sein Tuch um. Aber es war nicht mehr der Prinz Björn, es war eine andere Person.

– Ich werde es dir erklären, er ist mein Meister, er hat viele Kräfte. Er ist es, der den Schlüssel besitzt. Wir werden das Geheimnis gemeinsam ergründen.

Dann hastete er davon.

* * *

Ich verharrte einen Augenblick und betrachtete die Akazien, den Sand, den malvenfarbigen Schatten um den Brunnen. Als Björn ging, verebbte die Woge, über allem lag ein Frieden wie beim Anbeginn der Welt, unterbrochen nur vom einsamen Ruf eines Raben, aber selbst der schien Teil der Stille zu sein – nur die Menschen verursachen den Lärm, selbst in der Stille lärmen sie! Und plötzlich überkam mich die ganze Erschöpfung des Zuhörens: Ich war total zerfurcht, tausend kleine Fältchen zogen sich mir durchs Gesicht, schnürten die Schläfen ein, und dieses winzige Zittern im Kopf war so künstlich – der Lärm künstlicher Dinge. Eine Maske. Ich war in eine Maske geschlüpft, und das ganze Leben war eine Maske – eine vollständige Abwesenheit von Wahrheit, selbst bis ins Leiden herein. Eine halbe Stunde mit Björn, und nur *eine* wahre Sekunde, als dieser kleine weiße Funken aufblitzte. Alles andere war nur Lärm, um sich „mitzuteilen". Ja, sie teilen ihr Leid mit, ihre Hoffnungen, Revolten, aber es ist nicht einmal der Schrei des Tieres, das Durst oder Schmerz hat, es ist schlicht Lärm, der etwas verdeckt, das nicht leidet, nichts benötigt, keinen Schmerz empfindet; ein fester Grund ruhiger Wirklichkeit, der dort ist, so ruhig und wahrlich ganz nahe, wie ein Quell der Zärtlichkeit für allen Schmerz dieser Welt. Man beugt sich nieder, legt seine Stirn daran, und alles ist wieder frisch, auf immer ohne Fältchen. Und doch will niemand davon! Wie ist das nur möglich? Ich betrachtete Björn, Erik und all diese Mitmenschen – diese seltsamen künstlichen Geschöpfe, die nicht einmal die Qualitäten des Tieres haben –, die Eisentürme konstruieren, stählerne Flügel, und nicht einmal fliegen können; nichts hören und nichts sehen können, außer mit Antenne und Kopfhörer; die leiden und sich vergeblich mühen, um das einfache Wunder vormenschlicher Zeitalter zu reproduzieren. Und sie singen und bildhauern und dichten, um das Elend ihres Lebens auszudrücken, ihr Unvermögen hinter all diesem falschen Können oder etwas dahinter, das sie so sehr zu erfassen wünschen. Und wenn sie das erfaßt haben, dann war es vorbei: kein Mensch mehr, keine Welt, rein gar nichts – man schwebt zum Himmel auf, so sei es. Mensch zu werden, heißt dann schlicht, den Menschen am Ende der Geschichte mit seinen Künstlichkeiten zu vergessen und zurückzukehren zum Frieden der Dinge, die nicht denken – zur stillen Weite ohne „ich", weil „ich" überall ist und nirgendwo...

ein Tropfen blauen Wassers
ein Meer verloren in seinen Millionen kristallklarer Tropfen?

O Lernender
Sei geduldig
Nichts ist verloren
Außer deiner Torheit

Ich schloß die Augen. Alles löste sich sofort auf, wurde blau – die Worte, Sorgen, Fragen waren nur Verhärtungen, Fältchen eines „ich", das Unermeßlichkeit in einen Käfig sperren will und nicht kann, und darum leidet. Das „ich" läßt los, und alles wird vom Unendlichen erfüllt. Alles wird sanft, erfüllt, ohne Kräuseln – wo ist dann das Leiden, das Böse? Wo ist die Frage? Kein Kräuseln mehr! Es *ist*, es ist vollkommen. Und alles ist *gleich*, aber flexibel, weit, rhythmisch – nicht grob und zerstückelt von einem „ich"-Verschluß, der Hohlräume, Unebenheiten, Augenblicke und Sorgen hervorruft – und alles ist eine Sorge, weil alles aufgeteilt ist. Ich sank dorthin, ging in diesem Lächeln auf. Ich weiß nicht, ob es der Schatten Björns war oder ein verborgenes Fragment des „ich", aber ich glaubte eine Art Schranke in dieser Unermeßlichkeit zu spüren, ein plötzliches Gefühl des Mangels. Das Gefühl der Fülle war da, so voll wie ein Krug, aber nicht mehr als ein Krug, etwas mit einem Schlußpunkt. Und auch dort berührte ich eine unsichtbare Grenze der Unbehaglichkeit.

Es blieb noch etwas niederzureißen.

VI

Und ein blauer Pfau

Ich öffnete die Augen.

Balu saß reglos vor mir und richtete seine großen schwarzen Augen auf mich.

– Wo ist er?

– Wer denn?

– Björn natürlich!

So erregt war seine Stimme, daß es mir die Sprache verschlug.

– Björn? Er ist bei Guruji.

Balu rümpfte die Nase, er schien keineswegs glücklich.

– Was ist denn, kleiner Mond? Was stimmt nicht?

Wieder rümpfte er die Nase.

– Das gefällt mir nicht.

– Ah so. Und warum nicht?

– Darum.

Mehr war wohl nicht aus ihm herauszubekommen.

– Also gut. Komm, zeig mir das Meer.

Er faßte mich an der Hand.

Man hörte das silbrige Läuten der Pferdekarren, die Rufe der Jasmin-Verkäufer, die ferne Musik von Glocken und Muschelhörnern im Tempel. Frauen gingen zum Brunnen, und das Leben floß wie eine Quelle. Ich ging barfuß mit weißem Gewand die Hauptstraße hinab, war leicht wie die Luft und trug keine Last von Erinnerungen.

– Es ist Vollmond, die Vögel werden bald kommen.

– Die Vögel?

– Viele Vögel, auf der Lagune. Sag, wie sehen die Wildgänse aus?

– Wildgänse?

– Und der Schnee, die Rentierherden? Bitte sag's mir.

Meine Augen wurden feucht, die Straße verschwamm.

– Die Rentierherden?

– Und der See, der Prinz, der sich in einen Schwan verwandelt, welcher ganz rosafarben wird? Und dann die Jäger, die ihn töten, wonach er seine Farbe verliert?

– Oh, das...

Die Pflastersteine hatten sich in ein Schneefeld verwandelt, wir waren in Lappland am Ufer eines gefrorenen Sees.

– Du weißt nicht, wie der Prinz sich in einen Schwan verwandelt?

– Aber doch, weil er die Schwanenkönigin liebte.

– Ja, die Schwanenkönigin...

Seine Augen öffneten sich weit.

– Ja, er liebte sie so sehr, daß er sich in einen Schwan verwandelte, und sie flogen und flogen...

– Zum Berg Kailash?

– Ja, und je weiter er flog, desto mehr wurde er rosafarben.

– Ah, ich verstehe!

Ich weiß nicht, was er da verstand, aber die Welt war wie ein Lächeln.

– Und dann hat er seine Farbe verloren? Warum?

– Ja, er blickte hinter sich, und das machte jedesmal einen kleinen grauen Fleck.

– Nein, so hat Björn es nicht erzählt.

– Was hat er denn erzählt?

Ich sollte nie erfahren, was Björn erzählt hatte. Balu sprang zur Seite und blickte nach oben.

– Sie ist wie Batcha?[1]

– Batcha?

– Die Schwanenkönigin.

– Ah, warum?

[1] Sprich: Batscha.

Aber die Antwort blieb aus. Balu trat einen Kieselstein mit dem Fuß weg, er war in seine Träume verloren. Hand in Hand gingen wir auf einen hohen Turm in der Ferne zu. Wir kannten uns schon seit altersher und alles war im großen Rhythmus: das Dorf und der Jasmin, das Echo der Bronzeglocken in den Säulenhallen und die Wiederkehr des Neumonds mit den Vogelschwärmen.

– Hast du Brüder oder Schwestern?

– Ja, vie-le.

Er sah mich freudig an.

– Wieviele?

– Ganz viele. Aber keine wie Batcha.

– Ah ja?

– Ja, sie ist die Königin.

Einen Moment zögerte er. Dann hielt er plötzlich inne, als überwältige ihn etwas, und fixierte den Tempelturm.

– Sie ist wie Björn: Sie werden sterben.

– Wie? Was sagst du da?

Seine Augen waren weit geöffnet. Er ließ meine Hand los und hüpfte wieder die Pflastersteine entlang.

– Aber Balu…

Ich war verwirrt.

Doch er hörte nicht, hatte schon alles vergessen. Nein, es war nicht wahr, Björn würde nicht sterben, das war absurd! Björn… Ich riß mich zusammen, versuchte diese Lüge zu vertreiben. Aber es haftete und vibrierte irgendwo, ich war angerührt; irgend etwas im Inneren war wachgerufen worden. Die ganze Straße verfinsterte sich. Und dann plötzlich, auf dieser so klaren, hellen Straße, sah ich mich rennen, rennen, verfolgt von einer Menge, einfach so, ohne Grund. Nur eine Schwingung. Eine üble kleine Schwingung, die eine ganze Welt von Angst enthielt – eine vergangene, künftige Welt, ich weiß es nicht: die alte *Drohung* plötzlich, wie Reptilien, die aus einem Loch hervorkrochen – das Schicksal. Das Licht war fort, die Unermeßlichkeit; ein plötzliches Absinken, eine obskure Falle, ein allgemeiner Zerfall: „ich", wie eine Krankheit. Und ich wußte nicht, warum.

Ein abrupter Fall, eine Verdunkelung. Und es war nicht das kleine Gewohnheits-„ich“, es war ein fundamentales, unendlich tieferes „ich“, härter und wie an den Schmerz gefesselt. Eine Ur-Erinnerung, die hochkam. Ich berührte den Punkt, ich stand vor der *Tatsache.* Das war die letzte Mauer, die niederzureißen war, oder die erste. Und Björns Worte kamen mir wieder in den Sinn: „Man braucht Macht für seine Brüder. Macht, verstehst du?“ Aber was kann man ausrichten, welches ist der Hebel der Macht? Was kann man tun, um dies zu heilen? Lieben?...

Und gleichzeitig schien ich mich an eine *Freude* zu erinnern, wie aus der Ferne, aus den Tiefen einer Ur-Erinnerung, so alt wie jene *Drohung,* die auf uns lastet, so alt vielleicht wie diese Geburt in die Welt – eine Freude, die wie das Licht dieses Schattens wäre, an ihn geknüpft, vereinigt mit ihm; eine Freude, die etwas *vermag,* triumphierend und stark, die alles in einem Lächeln hinwegfegt, auflöst, auslöscht. Nein, nicht die Freude dort oben, die ich besitze und seit immer als unveräußerliches Recht besessen habe, sondern die Freude hier. Sie bleibt noch zu entdekken! Dort oben lächelt meine Freude über der Welt, sie ist meine große Lieblichkeit, mein stetiges Mitgefühl, wie ein unsterblicher Bruder, der nach diesem Körper schaut, nach allen Körpern schaut, und sie lächelt in *absolutem* Verstehen. Was nicht hier unten gilt. Ein bloßer Atemzug löscht es aus, eine einzige Schwingung zerstört es. *Hier* muß es noch entdeckt werden.

Das Bild des Sannyasins flackerte vor meinem inneren Auge auf. Bei all seinem verächtlichen Lachen besaß auch er nicht die Freude.

Dann löschte ich alles aus meinem Geist.

– He, Balu, wo ist das Meer?

Er schaute mich wie aus allen Wolken gefallen an, richtete sich dann stolz auf:

– Siehst du den westlichen Turm? Wir gehen in die andere Richtung, zum östlichen. Es ist herrlich, du wirst schon sehen.

Ich faßte seine kleine braune Hand, und wir verschmolzen mit der Menge der Pilger.

– Und der Turm ist so hoch, Baba! Alle Götter sind dort, man hat Milch über ihre Häupter gegossen.

Der Turm war wirklich herrlich. Wie eine riesige abgeflachte Pyramide, ein amoklaufender ägyptischer Standpfeiler: eine Flut von Götterbildern und Granit, eine Lawine von Göttern und Apsaras, Einsiedlern und nackten Tänzerinnen, ausgezehrten Pilgern, allesamt zum Himmel aufsteigend mit den Tauben, Fischadlern und Affen – grotesk, göttlich, betend, leidend, lachend – eben so wie die Menge auf Erden. Und der leere blaue Himmel. Es roch nach Jasmin, feuchtem Sand, den schwitzenden Menschen. Es war gestern oder heute, inmitten der selben endlosen Menge, bald erfaßt von der Ewigkeit, die über Flitterkram aus Perlmutter oder Stroh feilschte und eines Tages in eine Muschel blies.

Dann wieder das Blau des Himmels. Alles beginnt von vorne: 1 Rohr, 2 Rohre, 3 Rohre...

– Hier entlang.

Man beginnt immer von vorne, was änderte sich denn wirklich unter der Sonne? Wo ist das Neue, das völlig Andere?

– Wir werden einen Rundgang machen.

Er zog mich am Arm, wir bogen in eine Seitengasse ein. Da stand die mächtige Festung, ein riesiger rechteckiger Block mit dreihundert Metern violetten Mauern, die aus dem Sand hervorragten.

– Phantastisch, nicht? Der größte im Land, unglaublich alt!

Er suchte nach Worten, schüttelte den Kopf, als würde selbst die Erwähnung eines Großvaters hier nicht genügen.

– Es ist alles sakral, das Ganze.

Und nachdrücklich:

– Ich liebe Björn.

Das war alles.

Wir folgten der kleinen weißen Gasse inmitten des Klimperns von Muscheln und Gongs; die Luft flimmerte wie Perlmutt. Die kleinen Verkaufsbuden an der Straße waren niedrigen, weiß gekalkten Häusern aus Granit gewichen. Einige Kinder sangen in einer Schule.

Hier und da ragten Palmenbüschel in die Terrassen herein.

Allmählich überkam mich ein seltsamer Eindruck, fast ein Gefühl. War es wegen der hohen Mauern oder wegen des Sandteppichs auf der Straße? Aber eigentlich war es subtiler – etwas Besonderes lag in der Luft, eine Art bekannte Resonanz, fast ein Duft wie in Theben. Ich schloß die Augen. Die kleine warme Hand lag in meiner, und ich suchte, ich stieß gegen diese Mauer der Erinnerung, tastete mich vor in einem obskuren Duft voller Gegenwarten. Es war dort, auf der anderen Seite; ich konnte es spüren, der Duft war noch in mir. Und es war ein ganz spezielles Gefühl, das ich oftmals in sehr verschiedenen Umständen erfahren hatte, in sehr verschiedenen Ländern: Ganz plötzlich erwacht etwas und vibriert, ohne Grund, ein Zittern der Erinnerung – vor einem Wesen, einer Mauer, einem Himmel, was auch immer –, wirklich wie ein Geheimnis an den Fingerspitzen, etwas, das man hält und das sich dann verflüchtigt; etwas, das vertraut ist, vertrauter als alle Blicke und Plätze der Welt, und doch nicht faßbar – eine Erinnerung, ein Schock, der erlebt wurde und von dem nur das Gefühl bleibt, oder vielleicht ein Duft, wie von einem geliebten Wesen, von dem alle Gesichtszüge verblaßt sind, so daß nur dieser Eindruck bleibt, oder wie jener Gesang in der Ferne, dessen Worte verschwammen, aber voller Gegenwart waren... Es ist seltsam, je mehr ich das ganz Neue suche, desto mehr zieht es mich in die Vergangenheit, als ob es ein altes Rätsel zu lösen gäbe, bevor man in das neue Leben eintritt.

– Appa! Appa!

Laut rufend rannte er in das Haus.

Wir waren bei Bhaskar-Nath.

Eine winzige Loggia am Eingang, Statuen aller Größen und Formen auf der Erde, wie im Tempel. Balu faßte mich am Arm und zog mich nach innen.

– Das ist sein Bruder, Nil, er ist eingetroffen.

Man hörte das Rascheln davoneilender Röcke. Ich stolperte einen dunklen Flur entlang und stieß gegen etwas, das wie eine Spieldose klang. Schließlich landete ich in einem Innenhof, der mit Sonnenlicht überflutet und mit weißem Sand bedeckt war: ein großer heller Hof, umgeben von einer Veranda mit Pfeilern und Zimmern mit geschlossenen Türen. Über dem ganzen Haus lag ein Duft von Sandelholz. Ich wandte mich um: In einem Winkel hockte völlig reglos eine massive Gestalt – Bhaskar-Nath, der Bildhauer. Er blickte mich an; Balu war stumm wie ein Fisch.

Ich sollte nie wissen, wer dieser Mensch wirklich war. Aber sein Blick erfaßte mich. Es war jedoch nicht etwas, das sich meiner bemächtigte, es lag keine aufdringliche Gewalt darin, es suchte nicht inquisitorisch zu erforschen und zu ergreifen: eine lebendige Masse, die gleichzeitig von überallher zu blicken oder mich vielmehr in eine andere Dimension zu ziehen schien, zu jemandem hinter mir. Nie traf ich einen Menschen von solcher Dichte – eine solide Masse von Kraft, und doch sanft: der Körper eines römischen Gladiators mit Balus schwarzen Augen.

– Setz dich.

Er schob mir eine Matte hin. Seine Frau kam und reichte mir ein kupfernes Tablett mit Arekanüssen und einem Becher Wasser. Sie sah jugendlich aus. Sie zog sich einen Zipfel ihres Saris über die Stirn und lächelte mir mit gesenkten Augen zu. Dann zog sie sich lautlos zurück.

Alles war still, man hörte nur den Gesang der Schüler.

– Du kommst genau im rechten Augenblick.

Ich fuhr auf.

– Das ist recht so. Alles zu seiner Stunde.

Einen Moment lang betastete er eine noch unfertige Skulptur.

– Wir haben Vollmond. Sei herzlich willkommen.

Und wieder legte sich Stille über alles. „Die Stunde", „es ist die Stunde", wie oft hatte ich diese Worte gehört... Und ich wußte nicht, was diese Stunde war, dieser Mond, aber es traf so offensichtlich zu für mich, in dieser Minute, während die Schüler sakrale Lieder sangen, in diesem Duft: Ich *konnte* nicht anderswo sein, *hier* war es. Ich war durch viele Länder gereist, jahrelang – oder jahrhundertelang –, über Tausende von Stufen und durch verschlungene Straßen, und dann war ich da, zur rechten Stunde. Das war offensichtlich. Und in diesem kleinen Innenhof, am

Ende dieser tausend Straßen und Schritte, schien ich plötzlich die Verkettung zu durchschauen – die enorme Verkettung –, die zahllosen Schnittpunkte winziger Präzisionen, die hier mündeten und nicht anderorten, in dieser Minute und keiner anderen. Und es war mehr als eine Präzision des Pendelschlags – die materielle Stunde war nur eine Widerspiegelung, eine mechanische und willkürliche Übersetzung, um die Zeit auszufüllen, die nicht existiert. Es war eine Art innerer Gleichzeitigkeit, die bewirkte, daß die Stunde zur *rechten* Stunde wurde: Der Reisende war äußerlich recht-zeitig, weil er innerlich recht-zeitig war, und diese Koinzidenz beider bewirkte unweigerlich das Zusammentreffen, ein winziges unbemerktes Wunder – eine enorme Verkettung von unbemerkten Wundern. Und vor diesem Menschen bemerkte ich plötzlich, daß hinter jeder Sache eine „Stunde" war, oder vielmehr ein Seelenaugenblick, als ob eine andere Zeit hinter der unseren ablief, unaufhörlich, und wenn man dieser Zeit folgte, diesem Rhythmus, dieser Reise, lief alles harmonisch und sanft, genau wie es sein sollte, mit einer wunderbaren, fehlerlosen Präzision; während in der anderen Zeit alles knarrte, kollidierte, sich verfehlte. Es war wie zwei Welten, die einander genau überlagern – die eine falsch, die andere wahr. Ein phantastischer Horizont tat sich vor mir auf; das Leben wurde zu etwas, das unendlich fluide und plastisch war, fast zu einer Schöpfung von Minute zu Minute. Es genügte, auf die andere Reise eingestimmt zu sein.

Dann erlosch alles. Ich beobachtete das Lichtspiel auf einem Stichel.

– Wer hat dich hierher gebracht?

– Ein Sannyasin.

– Ah so?

Abrupt legte er seinen Sandelholzblock nieder. Sein Körper hatte dieselbe Tönung wie das Holz seiner Statuen.

– Vor langer Zeit hat mir jemand prophezeit, ein Sannyasin werde Unglück in dieses Haus bringen.

Ich war verblüfft.

– Schau, ich war damals siebzehn. Du warst noch nicht geboren.

– Aber…

– Bleib ruhig, Kind, die Dinge geschehen so, wie sie sollen.

– Aber ich bin kein Sannyasin! Ich treffe gerade ein, dein Sohn hat mich zu dir geführt.

– Glaubst du? Warum bist du dann so betroffen?

Ich war nicht betroffen, mich packte dieselbe kochende Wut wie bei dem Sannyasin. Ich hörte noch seine Stimme: Dreimal bist du gekommen, dreimal…

– Aber höre…

Ich stammelte, fühlte mich wie ein Kind, dem man seinen Traum genommen hatte.

– Diesen Leuten, die Prophezeiungen machen, sollte man die Zunge abschneiden. Was ist denn nur mit euch Leuten in diesem Land! Balu hat mir gesagt…

Bhaskar-Nath blickte mich ruhig an.

– Warum? Man wird vorgewarnt.

– An eure Geschichten glaube ich nicht. Meine Zukunft *gestalte* ich. Ich bin frei.

– Ja, du bist es, der sie gestaltet.

Er schwieg einen Moment.

– Aber du hast eine lange Vergangenheit. Höre, Kind, das Schicksal ist kein Feind, es gibt keine „Feinde“ in der Welt, alles ist eine Hilfe auf dem Weg. Und es gibt kein „Unglück“, alles führt uns exakt dorthin, wohin wir gehen sollen, über alle notwendigen Umwege. Wenn man die Augen öffnet, so ist jeder Augenblick ein Wunder.

Er lächelte so gütig:

– Sei willkommen hier. Fühl dich wie zu Hause; alles, was an meine Tür klopft, ist gut. Wonach suchst du?

– Dein Sohn Balu hat mir gerade gesagt, Björn würde sterben.

Bhaskar-Nath nickte.

Ich war aufgebracht.

– Wenn Björn morgen stirbt, was tue *ich* dann – nur Däumchendrehen, so sei es, es ist ja beschlossene Sache!

– Aber was glaubst du denn, Fremder, daß Schicksal eine Medizin für Schwächlinge ist?

Bhaskar-Nath richtete sich auf, er sah wie ein Löwe aus.

– Schau, in dir ist eine Möglichkeit und eine große Schwäche. Beide zusammen, fast *notwendigerweise* zusammen: die Schwäche ist die Lücke, durch die die neue Möglichkeit sich einschleichen kann. Das mußt du verstehen. Zwei Dinge muß man verstehen, zwei Pole des Seins, ein Widerspruch, der den Schlüssel zu allen Dingen liefert – wenn du das nicht verstehst, lebst du vergeblich.

Er fixierte mich, man spürte solide Kraft.

– Es gibt eine Welt ewiger Wahrheit, wo alles bereits *ist*, voller Licht, friedvoll, außerhalb – frei; und es gibt die Welt der scheinbar konträren Kräfte, unsere Welt, wo alles zu dem *wird*, was es ist. Zwei Seiten: jene des Lichts, das schaut, und jene der Kraft, die handelt. Und man muß beide gleichzeitig im Griff haben, wie zwei Pferde, die vor einen Wagen gespannt sind. Wenn du die eine ohne die andere meisterst, verlierst du dich im Licht, das sieht, aber nichts ausrichten kann, oder in der Kraft, die handelt, aber nichts weiß. Und es gibt keine Wahl: Man muß beide sein. Dann lebt man im kraftvollen Licht…

Er lächelte nachdenklich:

– … im Licht der kommenden Welt.

Und fügte sofort hinzu:

– Du kommst rechtzeitig. Dein Bruder braucht dich. Ihn hat nicht ein Sannyasin geführt, sondern ein Tantriker – genau der entgegengesetzte Pol.

– Wer ist denn dieser Guruji?

Plötzlich hörte ich ein tosendes Geräusch und sprang auf… Ein herrlicher blauer Pfau ließ sich in einem Federwirbel vor mir nieder. Ich hörte ein perlendes Lachen; ein kleines rundes Gesicht blickte auf den Innenhof herab.

– Batcha!

Sie verschwand laut lachend.

– Batcha, wirst du sofort den Vogel wegholen! Hab' ich dir nicht gesagt…

Bhaskar-Nath gab mit erhobener Stimme Ernst vor. Der Pfau streckte den Hals, pflanzte sich vor mir auf und gab einen Triumphschrei von sich, wie um mir zu trotzen. Dann pickte er wieder in der Erde. Ich war völlig aus der Fassung. Ich betrachtete den Pfau und Bhaskar-Nath direkt hinter ihm, aufrecht und reglos gegen die Wand gelehnt. In einem Gedankenblitz sah ich mich hinter dem Sannyasin durch die Hafenstraßen rennen, und plötzlich sprang der Kriegergott, rittlings auf einem Pfau, aus der Mauer hervor... Alles schien wieder von neuem zu beginnen. Bhaskar-Nath war wie eine Statue. Die Schüler sangen. Ich hatte den Eindruck, in eine Welt voller Zeichen katapultiert worden zu sein, doch ohne Schlüssel.

– Shikhi! Shikhi!

Das kleine runde Gesicht tauchte hinter der Tür auf. Sie hatte einen roten *Tilak* auf der Stirnmitte, wie eine kleine Flamme auf blasser Haut, und trug einen langen granatapfelfarbenen Zigeunerrock.

– Batcha, noch ein Mal...

Der Pfau fegte mit dem Schwanz über den Innenhof und grub sich wie ein Huhn in ihre Röcke.

Die beiden verschwanden.

Das war das Signal. Die Türen öffneten sich an der Veranda, eine Dienerin eilte vorüber, und die Frau des Bildhauers sammelte Sandelholz-Hobelspäne vom Boden auf. Durch die Hintertür konnte man das Laubwerk eines Margosa-Baumes sehen und Mädchen, die Reis sortierten.

– Schau, Sohn...

Von diesem Augenblick an nannte er mich immer „Sohn", und ich hätte schwören können, daß sich in diesem Moment wirklich etwas ereignet hatte, zwischen dem Pfau, Batcha, Bhaskar-Nath und mir – der Pfau, warum nur dieser Pfau?

– Von dem Tag an, wo du mit wahren Augen betrachtest, gibt es nichts mehr in der Welt, was nicht voller Bedeutung ist und eine Botschaft trägt, absolut nichts. Es ist, wie wenn sich alles zusammentäte, um uns zu zwingen, zu verstehen.

Ich wußte nicht, was da zu verstehen war, und hörte kaum Bhaskar-Naths Worte, aber etwas ereignete sich. War es die Gegenwart dieses Menschen? Die Luft schien zu flimmern, die Gegenstände, sogar die Wände waren wie in Licht gehüllt, als ob sie in eine andere Dimension glitten und sich öffneten und eine andere Erscheinung annahmen; und doch waren es dieselben Gegenstände, dieselbe Person, aber so anders, fast mit Leben erfüllt. Ich fühlte, daß ein Wort oder Ton alles hätte auslöschen können, diesen Schleier der Verschwommenheit hätte zerreißen können; ich stand am Rande einer benebelnden Grenze und verstand nicht, sah nicht, aber alles war *da*, unmittelbar dahinter. Ich hob eine kleine Pfauenfeder vom Boden und drehte sie zwischen den Fingern: Die Augen auf der Feder vibrierten ebenfalls, wandelten sich, gingen von blau in grün und goldbraun über. Und vielleicht hatte dieser Pfau eine Bedeutung für Bhaskar-Nath, für mich, und für Batcha – drei verschiedene Geschichten, oder eine einzige? Nur ein Stückchen Feder, das glänzte. Und die Luft schien noch belebender, heller, als wäre sie mit einer anderen Lebenssubstanz gefüllt: die Stichel, diese Feder, der Sand im Innenhof, die Hände Bhaskar-Naths, alles schien *verbunden* in einer anderen Bewegung. Dann fiel mein Blick wieder auf dieses Pfauenauge, und ich hatte das Gefühl, das kompakte Wunder zu sehen... Es schien mir in diesem Moment, daß die Welt voller überlagerter Tiefen war und daß eine einzige Sache, die uns flüchtig vor die Augen kommt und wieder vergeht, die Geschichte der Welt enthalten könnte, so wie die momentane Konstellation der Sterne das Spiegelbild einer Bestimmung verzeichnen und in einer Sekunde die Geschichte einer Vielfalt in sich bergen könnte. Es war überwältigend, plötzlich sah ich, fühlte ich diese Welt, wie sie sich in einem grandiosen Tanz bewegte, wo jeder Punkt das Zentrum von allem war und alles enthielt – ein phantastisches Kaleidoskop mit ständig neuen Bildfolgen, das von Zeit zu Zeit einen neuen Tanz entwirft, eine neue Geschichte, aber mit denselben Darstellern und derselben Handlung. Und wenn dieser eine Funken Rubin oder Türkis, diese einzige Pfauenfeder auf der Terrasse sich eines Tages rührt, so rührt sich alles. Er tanzt, und alles tanzt – die Welt ist ein Wunder. Es war ein Flimmern, eine Brise Rauhreif auf dem blauen Gipfel eines Berges; und vielleicht hatte ein selber Hauch dort oben im selben Augenblick die Himalayas und mein Herz bezaubert.

Bhaskar-Nath räumte seine Stichel beiseite. Die Kinder sangen immer noch. Es schien mir, als hätte ich dreißig Jahre blind in einer flachen, zweidimensionalen Welt gelebt, einer exakten, minutiös erfaßten Welt, wo jedes Ding nur eine Bedeutung hatte und keine andere, ein armseliges Ding allein für sich wie ein Insekt in einem Kasten – und diese Welt war tot, exakt falsch. Tausend Silberfäden verknüpften alle Dinge; ein einziger, federleichter Samen blies über die Sternenbahnen; die Welt öffnete sich, alles öffnete sich; jedes Blütenblatt bedeckte ein anderes Blatt, das ein anderes Blatt bedeckte – welches eine einzige goldene Sonne bedeckte.

Ich erhob mich wie im Traum.

– Hab acht auf Björn, Sohn.

Ich betrachtete Bhaskar-Nath, betrachtete diesen nackten Oberkörper eines Gladiators, und ich wußte nicht, worauf er hinauswollte – achtgeben? Auf wen? Es gab nur ein Licht, das millionenfach brannte, im Tod und im Leben, in meinem Herzen und in allem, und das diese ganze Welt der Menschen und Dinge im Hohlraum eines einzigen geflügelten Samens hielt.

Er stand auf und ging in ein Hinterzimmer. Dann erschien er mit einer kleinen Sandelholz-Statue, die er mir in die Hände legte.

Es war ein tanzender Flötenspieler.

VII

Der Tempel

Björn war um Mitternacht zurückgekommen, man sah die Anspannung in seinem Gesicht, seine Stimme klang belegt. Ich konnte ihn kaum erkennen im Halbschatten des Brunnens, in der Morgendämmerung, die wie eine grüne Transparenz aufkam, in der die ersten Raben krächzten, aber ich spürte seine innere Qual, sie lag wie eine undurchdringliche Schwere in der Luft. Nur Menschen können so undurchdringlich sein! In der ganzen Schöpfung sind nur sie so undurchlässig. Aber wenn sie sich selbst vergessen, leuchten sie wie Diamant. Es ist seltsam. Nur ein Schleier: Denkt man daran, wird alles schwarz; denkt man nicht mehr daran, klart alles auf.

– Probleme?

– Ich begreife nichts mehr.

Mit einer Art Rage kippte er sich einen Eimer Wasser über den Kopf.

– Es dauert so lange, es ist wie bei Erik mit seinen Rohren: 1 Rohr, 2 Rohre, 3 Rohre... Schon seit drei Jahren – verstehst du, drei Jahre, nicht drei Monate – verspricht er mir die Initiation, das höchste Mantra, und dann... Er läßt mich rufen (ohne daß ich selbst etwas von ihm verlange) und sagt mir: „Heute wirst du die Initiation bekommen." Ich springe vor Freude an die Decke, renne los, fege sein Haus, leere Wassereimer, als ob es der Tag der Auferstehung wäre. Er redet, sagt alle möglichen Dinge, die Stunden gehen vorüber; und dann schließlich fragt er mich, was ich denn eigentlich hier tue! Als ob er alles vergessen hätte. Schon zehnmal hat er das mit mir gemacht. Gestern... Oder irgendwann, wenn ich an nichts denke oder völlig verzweifelt bin, ruft er mich plötzlich, sagt mir, ich solle mich setzen, gibt mir ein Mantra[1]: „das endgültige Mantra", wie er es nennt. Und es ist wirklich wie eine Einweihung, als ob der Körper sich öffnete, nur eine Silbe. Das Gefühl, vom Boden abzuheben und sich wie Sprühregen auszubreiten. Es ist phantastisch. Wie dunkelblaues Puder. Am nächsten Tag sagt er dann irgendwann mitten im Gespräch beiläufig: „He, Gorom (so nennt er mich), du wirst dies hunderttausend Mal wiederholen. Danach werden wir sehen, ob du für das endgültige Mantra bereit bist." Verstehst du...

Ich verstand nicht, aber ich spürte Björns Revolte, die dunkel und schmerzhaft war.

– Vergiß das jetzt, Björn, wir gehen ans Meer.

Die Luft war fast frisch. Die Straße war verlassen, der Sandsturm hatte noch nicht begonnen. Eine Schiffssirene heulte in der Morgendämmerung auf.

– Es gibt hier einen Hafen?

– Drüben auf dem Festland. Hier sind nur die Korallenfischer.

Und er fügte mit zusammengepreßten Zähnen hinzu:

– Ich sollte mich nicht beklagen – wenn ich an die anderen denke, an Erik... *Wir* wissen zumindest, daß wir irgendwohin gehen, selbst wenn dieses irgendwohin am Ende von einhunderttausend Mantra-Rohren liegt; wir wissen, daß etwas zu entdecken ist. Sei's drum, ich gehe bis zum Ende.

In diesen drei Worten, „bis zum Ende", lag ein Gefühl der Verzweiflung. Noch einmal heulte die Sirene auf.

– Ich erinnere mich, Erik sagte immer: „Die Sirene *ist* die Reise; danach ist es wie zuvor." Und das stimmt, es gibt keine Reise! Überhaupt keine Reise – wir rechtfertigen nur das Aufheulen einer Sirene.

Er trat mit einem Fußstoß einen leeren Kürbis weg. Es war, als sähe ich mich selbst in einem anderen Leben. Ja, die Leute,

[1] Mantra: Eine rituelle Formel, die dazu dient, einen Kontakt mit den unsichtbaren Kräften jeder beliebigen Ebene herzustellen, von den Göttern bis hinab zu den kleinsten Wesenheiten, die für magische Zwecke eingesetzt werden.

denen wir begegnen, sind wie die Gespenster eines früheren oder die Künder eines künftigen Lebens – eine Vergangenheit, eine Zukunft –, und wie durch eine seltsame Attraktion heften sie sich an uns (oder wir uns an sie), als brächten sie uns das Bild dessen, was wir abwerfen oder uns erarbeiten müssen. Und immer sind es genau jene, denen wir begegnen. Die anderen verschwinden, als existierten sie nicht: Sie tragen keine Botschaft für uns.

– Du bedauerst etwas?

– Nichts. Ich werde bis zum Ende gehen, auf jeden Fall. Aber der Weg ist so lang, mein Gott! Wir brauchen Macht, Nil, wir müssen die Welt verändern… Schon seit dreißig Millionen Jahren machen wir Kinder – dreißig Millionen, verstehst du –, um dann am Ende ein Abitur zu haben!

– Aber was willst du denn verändern? Wenn du nichts in dir selbst veränderst, wirst du auch nichts in der Welt wandeln!

– Ja, gut. Aber die Vernunft interessiert mich nicht, ich will etwas *machen*.

– Willst du Krankenhäuser errichten, Schulen? Die Kranken heilen, die Güter der Welt mit den Armen teilen, oder was? Und wenn du dann den Armen zu Wohlstand verholfen hast, werden sie die anderen in derselben Weise ausrauben. Eines Tages sterben sie, da alle sterben, und sie beginnen wieder von vorne. Und solange es nur einen einzigen sterblichen Menschen gibt, wird sich nichts ändern – nicht das Äußere ist zu heilen, sondern das Innere. Oder was hast du sonst noch im Sinn? Wunder vollbringen? In der Luft fliegen, durch Wände gehen, mit einem Glorienschein im Zentrum von Oslo erscheinen? Man wird dich für einen Gott halten, anbeten – hassen. Und mit den Babys geht es weiter wie zuvor. Das ist die Illusion, Björn, die Leute wollen all die Eigenschaften der Götter haben, ohne wie die Götter zu sein, das geht nicht. Aber wenn sie sich nicht im Inneren wandeln, kann es keine Reise irgendwohin geben. „Danach" ist dann wie „zuvor".

– Aber wenn man ihnen die Macht des *Geistes* zeigen könnte! Ihnen demonstrieren…

– Du willst einen spirituellen Zirkus veranstalten?

– Mein Gott, bist du provokant! Also gut, gehen wir in die Himalayas und meditieren wir über unseren Bauchnabel. Schade nur, daß ich kein Interesse an meinem persönlichen Heil oder meiner Befreiung habe; mich interessiert es nur um der anderen willen.

– Schau, Björn, du willst Macht. Gut, nehmen wir einmal an, du hast alle Macht, bist allmächtig. Und was wirst du dann damit anfangen? Weißt du, was du damit machen willst? Was gut ist und was böse? Und was ist denn eigentlich böse? Das ist eine weitere Frage. Wirst du Krankheiten, Tod, das Leiden abschaffen? – Das Leiden ist vielleicht gerade das Mittel, um in einen anderen Zustand übergehen zu können? Wirst du deine Abiturienten-Babys zehntausend Jahre alt werden lassen? Sie werden immer neue Bibliotheken und Sparkassen errichten... Ich habe nie ein Übel gesehen, das nicht seine vollständige Bedeutung hätte. Also? Du wirst das Böse beseitigen und gleichzeitig damit auch das Gute. Welches Wissen besitzt du davon, was für die Welt gut ist, welche Schau hast du? Wenn wir die wahre Schau hätten, Björn, hätten wir *automatisch* auch die Macht. Wir haben keine Macht, weil wir keine Vision haben, weil wir all jenes beseitigen würden, was nicht beseitigt werden sollte.

– Also, dann pack' ich meine Sachen und ramme mit Erik Rohre in die Erde. Und die Welt mag verrecken. Amen. Alles ist zum besten in der bestmöglichen aller Welten.

– O Björn, du reagierst so heftig... Schau, es gibt nichts zu beseitigen, nichts zu „verändern", wie du sagst, es ist etwas anderes. Manchmal habe ich den Eindruck, daß es ein großer Fehler ist, etwas „Phantastisches" zu suchen – das Geheimnis ist nicht phantastisch, es ist schlicht etwas *anderes*. Vielleicht schlicht eine andere Weise, die Dinge zu betrachten. Ein Blick, der alles wandelt!

– Und du, du wirst noch in einem deiner kristallinen Blicke verrecken! Aber ich will etwas *tun*, selbst wenn ich es schlecht tue; ich will leben, die Materie gestalten, ich will... Ja, es stimmt, ich klage, aber ich habe doch etwas gefunden. Ich habe einen Hebel gefunden, ich kenne das Geheimnis – oder wenigstens *ein* Geheimnis –, ein rationales Geheimnis, ein rationales Wunder, etwas, das die Menschen fassen und gestalten können. Es ist nur eine Frage der Zeit und Hartnäckigkeit. Hunderttausend Mantras sind nichts! Man muß bis zum Ende gehen, das ist alles.

Ein drittes Mal heulte die Sirene auf. Wir kamen beim Tempel an.

Ein Fischadler stieg zum Himmel auf. Ich selbst begriff nichts von all ihren Geschichten. Der Fischadler zog einen Kreis und entschwand im Himmel. Jedesmal ist es wie ein innerer Schrei, wie wenn ich zurückgelassen würde. Es ist etwas von einem Vogel in uns, der sich erinnert. Und jedesmal erinnere ich mich plötzlich als Mensch wieder, so wie man sich in einem Traum geschrumpft wiederfindet – nein, das ist es nicht, was ich suche! Nicht Intelligenz, Tugend, Größe, Kräfte, eine Überlegenheit über all diese Mittelmäßigkeit: etwas anderes, anderes, ein völliges Anderssein. Eine andere Vision, das ist es, was ich will, das ist meine eigene Geschichte, mein hartnäckiges Mantra.

Wir standen vor dem riesigen Tempeltor aus Teakholz... Die Menschenmenge, das Gewühl, eine Farbenflut. Eine wirre Geruchswolke von Bettelmönchen, ranzigem Öl, Jasmin und Fledermäusen; ein vielfältiger Bazar von Baumkorallen und Muscheln, rotem und grünem Pulver, das auf beiden Seiten der Halle aufgehäuft lag zusammen mit bemalter Glasware, Stoffstreifen, Strohkörben – alles rotierte und wirbelte wie die Skulpturenvielfalt dort oben: Bettelmönche und Perlmutter-Händler, Monster und Weise, Pilger, Affen und Mädchen mit Zöpfen, alle schwammen sie im Strom einer gigantischen polychromen Kirmes, wo selbst Häßlichkeit göttlich wurde, selbst Flitterkram plötzlich den unwiderstehlichen Glanz des Sakralen erhielt. Und ich verspürte den Drang, mit dem Strom zu verschmelzen, darin aufzugehen, mich in vollständiger Fremdheit aufzulösen. Ja, jetzt weiß ich, was mir an diesen Stätten so vertraut ist: Mein ganzes Leben habe ich eine radikale Entwurzelung gesucht – oder vielleicht eine neue Verwurzelung –, wie wenn ich im Kern von ich-weiß-nicht-welchem inneren Aufruhr plötzlich mein wahres

Antlitz wiederentdecken würde und dieser bleiernen Vergessenheit entginge. Tief in uns ist die Erinnerung an eine wunderbare Verwandlung; unsere Märchen erinnern sich besser als wir selbst! Und ich habe gesucht. Ich habe mittels Leere gesucht, durch Negation, durch Zerstörung; ich habe wie ein Vandale geplündert, Statuen zerhämmert wie die Invasoren von Theben, und jetzt war ich gefangen in dieser Menge von skulptierten Göttern in einer Art Zerstörung durch Fülle, dem Überschwemmen – einer Explosion in der großen kosmischen Schlemmerei. Und etwas in mir sagte „nein". Eine Flamme im Inneren, wie ein Lichtschwert gegen diese Flut: Ich gehörte nicht diesem Tempel an! Ich gehörte keinem Tempel an, keiner Stätte, keinem Land – nur jenem Licht im Inneren, nur ihm. Oder vielleicht einem weißen Minarett mitten im Sand wie eine reine Anrufung. Aber Björn zog mich ins Zentrum dieses Widerspruchs.

– Wir gehen durch den nördlichen Gang.

Er löste sich von der Menge, man konnte wieder atmen.

– Sie gehen alle durch den südlichen Gang. Insgesamt gibt es vier, sie sind alle immens groß und führen im Kreis ums Sanktuarium. Der Ausgang ist im Ostflügel, an der Meeresseite.

Wir wandten uns nach links in den nördlichen Gang. Plötzlich wurde ich abrupt in eine andere Welt hineinkatapultiert. Der Gang war phantastisch mit seinen Reliefpfeilern, die in undenkliche Zeit zurückgingen, fast ebenso phantastisch wie jene von Luxor, aber ein unmittelbar lebendiges Luxor, widerhallend von den Gong-Schlägen. Plötzlich hatte ich das Gefühl, ich verschwände und ein anderer träte hervor – jemand, der all dies betrachtete, der diesen gesamten Gang und dieses winzige Fragment von mir, der ich umherwandelte, in seinem Blick erfaßte... Ein sich plötzlich öffnender weiter Blick, der alles ändert. Die Augen wandeln sich, die Perspektiven; der Rhythmus ist anders und doch außerordentlich vertraut, als ob man in das Herz der Sache vordränge. Und dieser Blick umfaßt alles oder *ist* vielmehr alles *in* diesem Blick: Die Welt ist nicht mehr außerhalb, wird nicht mehr „betrachtet", sondern unmittelbar erfahren. Sie ist im Inneren, die ganze Szene entfaltet sich im Inneren. Sie ist nicht mehr zweidimensional und isoliert. Es ist eine profunde innere Szene, eine Abfolge von ineinander geschachtelten Szenen – eine gleichsam durch die andere geschaut. Man tritt ein in den Archetypus des Ortes, seine Jahrtausende, seine Geschichte, seine lebendige Tiefe; und gleichzeitig ist man diese winzige Persönlichkeit, die sich in der alten Szenerie bewegt, oder vielleicht sollte man sagen, eine Reihe von Persönlichkeiten vereinigt in einer einzigen, eine Vielfalt von Handlungen verwoben in einer einzigen, als bewegte man sich gleichzeitig in mehreren Leben, auf mehreren Ebenen der Welt – eine einzige Geste enthält Tausende von Gesten, ein einziger Schritt durchschreitet viele Leben, man ist wie ein lebendiges Symbol; und dahinter oder darüber oder darum ist man dieses etwas, das betrachtet – das ewig betrachtet, der Akteur und der Zeuge, das Bild und jener, der das Bild betrachtet; man hat den Faden einer alten Legende wieder aufgenommen, ein unzähliges Leben, zugleich vertraut und fremd, wie nach einer langen Reise, und man schreitet fort, ist dieses kleine Bild, das unter einem großen ruhigen Blick läuft.

So schritt ich dort wie nach Jahrhunderten, und nichts hatte sich verändert. Vielleicht hatte ich anderswo gelebt, wie im Traum, und wieder fühlte ich die angenehme Frische der großen Steinfliesen unter meinen Füßen. Björn und ich gingen Seite an Seite, barfuß in weißen Gewändern, in diesem gigantischen, dreihundert Meter langen Gang, der in der Ferne in einem kleinen Sonnenlichtspalt mündete, inmitten von hundert Säulen, die den Spanten eines Schiffes glichen, auf denen in bunten Farben Tiere ritten. So schritten wir über die großen Steinfliesen, angenehm frisch wie die Jahrhunderte des Nil – wir, kleine leuchtende Hierophanten unter dem duldsamen Blick von Drachen und mystischen Kreisen in Ocker und Rot wie in den Gängen von Theben. Ich hatte meinen Schatten zugleich mit dem Getöse der Welt am Tor zurückgelassen, ich hatte meine Namen und meine Gewänder zurückgelassen und schritt voran mit dieser kleinen Flamme des Seins in der hohlen Hand, dieser leichten Kühle unter meinen Schritten, die Augen halb geschlossen, wie von der Stille getragen. Ich hatte vielleicht im Licht des Tages gelebt und so viele Gesten anderorten gemacht, an anderen Plätzen, in anderen Ländern, aber alles war jetzt in dieser weißen Flamme aufgegangen, alles war zusammengeflossen, um dem Rhythmus dieses einen Ganges zu folgen.

Ich hielt den Atem an, als würde ich einmal mehr das Wort hören und die Geste erneuern. Ich tastete mich vor in eine weite Erinnerung von Gongschlägen und Zimtduft, in Richtung auf einen Sonnenlichtspalt, als winziger Wanderer im Gegenlauf der Zeit spürte ich den Zeitaltern nach, vergessenen Existenzen, vergeblichen und lichterfüllten Leben unter einem großen Blick, dem Lauf vieler Handlungen inmitten dieses Schiffes, und ich zog diese kleine Flamme zu meinem Herzen hin, dieses kleine Lichtpünktchen am Ende der Jahrhunderte. Es sang fast, mein Licht, war wie ein Rhythmus, der sich mit jedem Schritt erhob, sich aus der Tiefe der Zeit, den Tiefen meiner vergeblichen Mühen, meiner Millionen Wege über vergessene Ebenen erhob. Es war so angenehm wie diese Fliesen, endlos und klar wie das Lächeln der Gestorbenen, all der Toten, die ich selbst war, und alles verschmolz in dieser Musik: alle Gesichter und Lieben, die Gebete und Tempel, die tausend Tempel, wo ich gehofft, gebetet, verehrt hatte, und all die Götter, die ich einst geliebt hatte, Mysterien über Mysterien. Ein einziger Faden der Musik verband all meine Schritte, eine hohe weiße Spannung, die sang, fast reglos erschien durch das rapide Tempo des Seins, eine einzigartige ewige Schwingung. Ich schritt unter diesen heiligen Tafeln wie ein lichterfüllter Blinder, ein kleines Bild, dahingetragen von einem Lächeln, und alles wurde augenblicklich gelebt, Elend um Elend, Hoffnungen und Verzweiflungen. Was blieb nun noch? Eine einzige Liebe hatte all meine Augen erfaßt, einen Lichtschleier über den endlosen Lauf gelegt, über all die Abgründe, die Tode, die fruchtlosen Leben, und ich ging wie auf eine Weihung hin, einen äußersten Triumph, der mit jedem Schritt anhob, sich aus der Tiefe meiner Seele in einem großen weißen Rhythmus erhob, wie wenn alle Sorgen meiner Leben plötzlich zusammen hervorbrachen, geläutert, befreit, umgewandelt in ihre Lichtsubstanz... Oh, dieses reine Lied, dieses triumphierende, äußerste Licht! Eine Million Sanftheiten geboren aus einer Million Sorgen, die alles kannten – Bosheit, Hinterhältigkeit, Niedertracht, und Weisheit; die jedes Böse und jedes Gute taten, liebten, haßten und dessen müde sind, alles zu verstehen! Ein selber Blick der Liebe im Herzen der Scham, ein namenloses Etwas, das immer da war und alles erkennt – ein überwältigendes Erkennen wie eine Million Liebesschreie widerhallend aus Millionen Nächten, ein äußerster Schrei des Verschmelzens, als wäre man ein lebendiger Holocaust aller irdischen Sorgen, eine Verdichtung der Erde, ein winziges Bild, das eine Million Menschen trägt – wie wenn endlich alles aufbräche und ich meine Stirn der Sonne darböte, meine Hände öffnete und diese Flamme auf immer darbrächte.

Björn zog mich am Arm.

Wir begaben uns in einen inneren Gang, fanden uns wieder in einem weiten Gesang, der bronzen von überall widerhallte, in ein Labyrinth von Gängen und Reliefpfeilern einströmte, um wiederzukehren und gegen die hohen Gewölbe zu schlagen und alles mit einem tiefen Strömen zu erfüllen, mächtig wie das Rollen des Meeres. Wir standen vor den Toren des Sanktuariums.

Björn schritt die Stufen hinab.

Ich stand allein an der Schwelle und folgte der kleinen weißen Silhouette, die durch einen Wald von Pfeilern voranging. Einen Augenblick hielt er wie verloren inne, winzig, mit herabhängenden Armen unter dem hohen Gewölbe. Dann stieg er die Stufen zum *sanctum sanctorum* hinauf, das sich wie eine Granitinsel in der Mitte des großen Rechtecks erhob, und ich stand in seiner Nähe und betrachtete die Dinge. Dann erstarrte alles, vergrößerte sich: Die Zeit expandierte, meine Augen weiteten sich immens. Das kleinste Detail wurde intensiv lebendig mit einem Gefühl des Absoluten – alles hatte eine Bedeutung, eine totale Fülle, als enthielte jedes Ding seine eigene einzigartige Ewigkeit. Dann regte sich nichts mehr... Ich stand dort und schaute zu.

Ich war schon immer da und kannte alle Gesten. Ich war so alt wie die Säulen und die Steinfliesen, und ich hatte so oft diese kleine goldene Flamme betrachtet, wie sie ihren Kreis um heilige Steine zog, daß ich vielleicht selbst zu diesem Stein geworden war, zu diesem alten reglosen Blick, der alles sieht, alles ohne Leidenschaft und Getöse versteht, der alle Wesen in seiner Stille umfaßt und alle Sorgen in seinen weiten Sänden der Ewigkeit zerlöst – sie schreien auf, klagen, gehen vorüber, während ich immer da bin! Hinter meinen halb geschlossenen Augenlidern hat mein ruhiger Blick bereits das Ende all dieser Völker kontempliert; und die kleine Flamme, die in meinen Augen leuchtet, ist die Widerspiegelung ihrer eigenen Ewigkeit. Ich gebe, was sie mir geben, und ich habe die ganze Ewigkeit, die sie besitzen; meine Freude liegt ihnen zu Füßen, und mein Frieden lächelt auf ihren Lippen; wenn sie hart sind, bin ich dann nicht aus ihrem Stein gemacht?

Aber werden sie dieses Licht in ihren Herzen sehen und den Gott, der sich hier rührt, weil er sich dort rührt?

Dann ließ die Anspannung etwas nach. Dieser Blick fiel auf Björn, auf mich, oder vielmehr konzentrierte oder verengte er sich, gab ein Gefühl, wie wenn man von einer Höhe auf eine andere übergeht, vom offenen Raum zu einem bestimmten Punkt im Raum; und genau im Übergang erfaßte ich ein flüchtiges Geheimnis, als könnte man frei, nach Belieben, vom einen zum anderen übergehen, sich hin und her bewegen vom weiten Blick zum engen, und zugleich in zwei Welten oder zwei Wesen leben. Und dies war wie der Schlüssel zur Freiheit. Nur ein kleiner Schritt zurück, und alles weitet sich, erlangt Einheit, nimmt die Ferne und Tiefe der Zeit an – es ist die große Majestät jenseits aller Dinge. Dann eine kleine Vorwärtsbewegung, und alles verdichtet sich hier oder dort, fast spielerisch, und wenn man sich vom Spiel erfassen läßt, existiert nichts mehr als diese kleine harte, separate Verdichtung, die nichts mehr sieht, nichts mehr begreift außer einer kleinen Kruste ihrer Existenz, eine kleine Szene ihrer immensen Geschichte. Ich kehrte zu diesem Bildchen zurück, und mir blieb eine Erinnerung all dieser vagen, flüchtigen, aber vertrauten Tiefen, wie wenn jeder Duft, jede Geste, jede Person bereitstünde, um mir den Schlüssel zu einer vielfältigen, lebendigen Legende zu liefern. Dann verging wieder alles. Ich betrachtete Björn, meinen Bruder, der das Ritual durchführte, und stand allein unter dem hohen Portal wie vor einer Traum-Landschaft: War er es oder ich, der sich dort unten inmitten der alten Säulen bewegte, und hatte nicht auch ich diese ganze Geschichte gelebt, hier oder dort? Ein kleiner Stoß hätte genügt, ein Überschreiten der Schwelle: Es lag dort vor meinen Fingerspitzen. Ja, ich habe so etwas wie die Erinnerung an ein unvergeßliches Leben, ich erinnere mich dunkel an diese Verzückung, sich in einer Welt wunderbarer Selbsthingabe fließen zu lassen, wo die kleine Person in einem Goldstaub untergeht, und mit einem Blick von oben schreitet man wie zu einem triumphalen Opfer – man gelangt anderswohin, alles ist Vergangenheit! Und dann dieser herrliche Befreiungsschrei, als begebe man sich in einen anderen Lauf.

Ich weiß es, ich habe es gelebt. Ich erinnere mich dunkel an ein Kind, vor langer Zeit, unter anderen Säulen: Eine goldene Scheibe war in meinem Herz niedergegangen, und alles war entflammt – die Säulen, der Stein, alles flammte, als bestehe die Welt aus Sonne. Ich erinnere mich dunkel, es ist gegenwärtig, ich bräuchte nur diese Stufen noch einmal hinabzusteigen... Und dann sagte etwas „nein": Du wirst nicht weitergehen. Als *sollte* ich vergessen. Oh, werde ich denn nie aufhören, den Pfad zurückzuverfolgen und meine Klümpchen Gold oder Dunkelheit zu zählen? Vielleicht war dies auch eine weitere Falle, vielleicht mußte man seine Vergangenheit des Lichts ebenso überwinden wie seine Vergangenheit der Dunkelheit, und über beide hinausgehen.

O Pilger
Du bist der Rückkehrende
Von mehr als einem Schatten
Und einigen Triumphen
Du kommst herab zur Arbeit

Bewußt vergessend
Bis zum Tag
Wo in der großen stillen Erinnerung
Du die Falle früherer Siege
Erfassen kannst
Und den Taumel alter Schmach

Ich vertiefte mich in diesen Gesang. Und dann machte ich meine Entdeckung...

Er hob von überall zugleich an, von einer Chorgruppe, die zwischen den Säulen hockte, und von einer anderen und wieder anderen, wobei jede ihre eigene Rezitation skandierte, jede Welle sich mit einer anderen mischte, sich verstärkte und mit einer anderen verschmolz, bis das ganze Sanktuarium nichts anderes war als ein weites Meer des Gesangs, vibrierend und widerhallend gegen die Mauern wie eine hohe bronzene Flutwelle, in einem Labyrinth von Grotten und Götterskulpturen dahinrieselnd, um dann zurückzukehren und wieder gegen das Gewölbe zu schlagen, während aus der Tiefe der Krypten endlos immer dieselben Silben aufbrandeten: *AUM namo namaha, AUM namo namo namaha...* Und dieses AUM war ein Wunder tiefer Kraft, eine vergoldete Bronze, die aus den Tiefen der Zeit hervorzuströmen schien, lebendig mit Millionen nie verlorenen, nie erloschenen Rufen, und es war nicht einmal ein Gebet, eine Anrufung, ein Gesang; es war allein ein Hervorströmen des Seins, die Stimme des *Menschen*, pur, ehrwürdig, ewig, wie die Stimme des Meeres, die Stimme des Windes; ein Ton, der vom Menschen sprach wie der Fluß vom Wasser. Und vielleicht war dies der Schrei der Welt durch den Mund des Menschen, eines Tages, unter dem Kreisen der Sterne, als er da stand, aufrecht und allein, um sein eigenes Mysterium zu begreifen; und dieses erste *Wort* hob an, machte ihn zum Menschen im Steinfeld der Welt, brachte ihn zu sich selbst, so wie der erste Stilettstich die Auerochsen auf die Wände einer Höhle gebannt hatte. *AUM namo namo namaha, AUM...* Ich ließ das Wort in mir aufsteigen, ließ dieses Mysterium aus den Tiefen meiner Nacht hervorströmen, bis es meinen ganzen Tempel des Fleisches erfüllte: Ich war jener Mensch alter Zeiten, aufrecht und allein unter dem namenlosen Gewölbe, ich war dieses Zusammentreffen von verborgenen Kräften, und es gab etwas auszudrücken, etwas Einzigartiges, das ich war, und obwohl das Wort und die Sprache fehlten, war es da wie ein Kind im Schoß meiner Nacht, es war das Geheimnis meines Seins, mein eigener reiner Ton, mein echter Name, das, was zu benennen war, um leben zu können; und wenn ich nicht meinen Namen fände, wäre ich nicht-existent, zermalmt unter den Sternen, verloren in der Dunkelheit mit dem Heulen der Schakale.

Und ich lauschte diesem Mysterium, dem Etwas in den Tiefen, dem Rauschen meines Waldes, dem Murmeln meiner Ströme; und noch tiefer im Inneren, wie am Ende meines Atems, oder vielleicht am Beginn meiner selbst, fühlte ich ein winziges Pulsieren, eine rufende Wärme – gleich einem Goldschwall... und so still: die Ruhe dessen, was *ist.* Nur eine kleine Schwingung, aber massiv! Es war die Gewißheit selbst, der Fels, die Wärme, die Fülle meines Wesens. Wie eine Anbetung in den Tiefen, für nichts, für alles, weil *das* ist und ich bin, *das* vibriert und ich vibriere und alles vibriert – schlicht *das,* so wie man atmet, die Wärme der Welt, der Fels, die Fülle der Sanftheit, die reine Liebe; das, was ich bin, der Ruf, der mich existieren läßt! Und der alles existieren läßt! Ein winziger Atem in der Tiefe, der alles in seiner Wärme birgt, der den Welten ihre Dichte gibt, den Sternen, den Tieren – der Körper um Körper in seinem Gesang zusammenhält –, ein einzigartiger Ruf der Ewigkeit in den Dingen, eine einzige schöpferische Silbe, *AUM...* Ah, wofür brauchte ich einen Tempel! Dort – dort gibt es nichts zu beten: Es betet ganz allein, vibriert ganz allein, singt endlos; dort ist keine Furcht oder Hoffnung, keine Erwartung, kein Begehren, es ist immer da, es ist immer-gegenwärtige Fülle; dort gibt es kein Mysterium mehr, nichts ist zu benennen, zu begreifen: alles wird begriffen, alles ist *das* und spricht *das,* alles ist das dunkle Gefängnis dieses singenden Stroms.

Ich öffnete die Augen und betrachtete den Tempel. Und dann sagte zum dritten Mal etwas in mir „nein". Es war so klar und deutlich wie das Wort, das in meinem Körper vibrierte, so klar wie das Blau des Himmels über uns und über den Käfigen der Menschen, ob gotischen oder exotischen. Ja, es gibt etwas, das kein Tempel, keine Kirche erfassen kann, das kein Wesen, kein Prophet innehat, kein Gott, kein Papst, ob im Orient oder Okzident; etwas, das kein Buch, kein Mysterium in seine Formel aus Stein oder Blut, seinen Text aus Tinte oder Licht zwängen kann; das größer ist als alle Heilande der Welt, die Fürsprecher und Einschließer des Wahren; eine Wahrheit weiter als alle Himmel, zu schlicht für deren Erhabenheit, zu natürlich für ihre Wunder – etwas, das überall lacht, in allem singt, den Priester spielt oder den Heiden, sich in der Nacht oder des Tags abmüht, und doch lächelt, jenseits aller Sorgen und Nöte des Tages, aller heiligen und weniger heiligen Gefängnisse: eine winzige goldene Schwingung, die überall läuft, überall atmet, leuchtet und leuchtet trotz unseres Lichts und unseres Schattens, all unserer Bastillen des Geistes oder des Fleisches. Und ich sage „nein" und nochmals „nein"! Ich gehöre nicht diesem Tempel an! Keinem Tempel, keiner Formel, keinem Gefängnis von Göttern oder Menschen!

Diesmal öffnete ich die Augen sehr weit, erfaßte diesen Gesang unter meinem Steinportal, diese Musik des Menschen unter dem Stein, hier und dort, vor fünftausend Jahren oder gestern, in allen Sprachen, in jedem Herzen, jeder schwarzen oder weißen Sorge, unter Göttern und Teufeln – unterhalb, stets unterhalb und gefangen. Und dieser Gesang in meinem Herzen betete nicht oder flehte nicht an, war ohne Furcht und Gesetz, schlug gegen diese Mauer wie ein Vogel in seinem Käfig... Und dann plötzlich *sah* ich – mit weit geöffneten Augen sah ich das erstaunliche Mysterium; ich könnte sagen, die Mechanik der Gefangenschaft im Licht: Sie sangen, so wie andere unter anderen Gewölben sangen, und ich konnte sehen, wie die Flut ihres Gesangs gegen die Mauern schlug, abprallte und dann auf sie zurückfiel wie ein Goldsilber-Rieseln, durchwirkt von mächtigen dunkelblauen Vibrationen, das sie in Licht und Gold hüllte und die ganze Stätte mit einer Kraft füllte, die so kompakt war wie der ureigene Widerhall ihres Gesangs, der vielfarbigen Übersetzung ihrer eigenen Kraft der Anrufung, – und es war ihre eigene reichhaltige Widerspiegelung, die ihre Mauern leuchten ließ so wie den Blick ihrer Götter. Und ich, der ich dort aufrecht und allein unter meinem Steinportal stand, ich pochte und pochte gegen dieses Gewölbe, dieses Lichtgefängnis, und *je mehr ich pochte,* desto mehr sah ich diese dunkelblauen Vibrationen sich aufladen mit Intensität, mit Kraft, ja fast Härte, als wäre auch ich, gleich jenen Sängern, in der leuchtenden Falle meiner eigenen Rezitation gefangen, in einem goldumringten Saphir eingeschlossen wie ein Insekt in einem Bernsteintropfen. Da begriff ich, sah ich, berührte ich das Geheimnis der Kirchen, die Erleuchtung im Kasten, den Gipfel des Lichts im Käfig, das Heil in einer Luftblase. Und plötzlich ließ ich alles los. Ich öffnete meine Hände, ließ ab von meinem Gesang, von meiner Kraft, meinem kargen Licht in einem Käfig und all meinen pompösen Widerspiegelungen; ich stürzte ab in einen Abgrund der Leere – die plötzliche Süße eines verlorenen Kindes, gepackt, davongetragen in einer Art triumphalem Taifun, wie ein starker Schulterstoß gegen Mauern, wie ein Gang durch den Tod; und ich brach durch in eine Unermeßlichkeit weißen Lichts – weiß, weiß und frei!

Die Trommeln, Muschelhörner und Silberhörner erklangen unter dem Gewölbe. Björn warf sich zu Boden. Der ganze Ort war jetzt ein einziger mächtiger dunkelblauer sakraler Niederschlag – ja, göttlich, man konnte darin eintauchen und sich in einem Triumph des Lichts verlieren. Es war die vollkommene Verzauberung, die unwiderlegbare Erleuchtung, die mächtige Magie der Kirchen. Eine lichtreiche Konzentration von Jahrtausenden des Fußfalls. Ein zweites Mal erklangen die Hörner, dann die schrillen Shanais. Dann ein drittes Mal, als ich das Sanktuarium verließ. Ihr Echo vibrierte in meinem Herzen wie ein großer Abschiedsruf, wie ein Abstechen ins offene Meer, als wäre ich gegangen und gegangen, durch Leben, durch Jahrtausende,

Millionen Gesten und Sorgen in allen Zeiten, an allen Orten, durch Höllen, Erleuchtungen, Scheiterhaufen um Scheiterhaufen innen und außen, Offenbarungen und Erlösungen ohne Ende – sie alle kollabierten gegen diese Mauer. Ich hatte all diese Zeit gelebt und gestrebt, um zu diesem alleinigen Punkt zu gelangen, diesem puren Augenblick, und alles wurde ausgetrieben: die Triumphe und die Fallen, die Erleuchtungen und die Teufel – ich war nackt und frei für das, was sein sollte, wie ein Heide Gottes.

Vor den Toren kräuselten sich die großen Dünen sonnenüberflutet zum Meer hinab, leuchtend weiß und nackt wie mein Herz. Und da fühlte ich das Verlangen, mich zu Boden zu werfen, ohne Gewölbe über mir, ohne Mauern vor mir.

Genau in diesem Augenblick ging sie an mir vorbei, das kleine Mädchen-mit-dem-Pfau. Sie schaute mir gerade in die Augen, ohne zu blinzeln. Dann verschwand sie mit ihrem Opferteller in den Dünen.

Und dieser Blick durchfuhr mich wie das erste Lächeln einer neuen Welt.

VIII

Der Mann der Geheimnisse

Die Pilger standen bis zur Hüfte im Wasser und beteten; die hohen Dünen flossen rein und sanft wie ein weißes Arabien ins Meer hinab. Ich spürte das Verlangen, dort zu bleiben, ewig dort zu verharren, die Sonnen aufgehen und untergehen zu sehen, ohne etwas anderes zu wollen als diese lichterfüllte Weiße, die in ein stilles, glattes Meer einfloß – diese schlichte, ruhige Auslöschung. In der Ferne krümmten sich die Dünen zu einer kleinen Bucht mit feinem Sandstrand, ohne einen einzigen Stein, und dahinter die grüne Explosion des Palmenhains, der Klang der Muschelhörner, der Bronzeglocken, dasselbe endlose Singen unter den hohen Türmen. Zwei Welten. Und ein kleiner weißer Strand. Meine Augen wanderten von den Dünen zu den Palmen, von den Palmen zu den Dünen und den Pilgern, und auch ich verspürte den Drang, die Hände zu falten, zu beten, zu verehren – schlicht zu verehren. Vielleicht war dies die älteste Religion: das erste Stammeln der Schönheit im Menschen, weil sich in ihm plötzlich etwas öffnet und er die Hände falten, beten, singen möchte, was auch immer – diese kleine Sache im Inneren, die sich regt und einen Tropfen ihrer Ewigkeit ausströmen will, in Worte oder Farben kleiden möchte. Ich streckte die Hände aus, und alles war voller Licht an diesem Morgen, weil ich liebte – die Welt ist bisweilen eine Herrlichkeit, die sich offenbart; ich faltete meine Hände, als wäre lieben primär erkennen, alles erkennen: eine allumfassende Liebe, die nichts auslassen will, weil *alles* mit demselben winzigen Etwas im Inneren vibriert, das sich überall wiederfindet – die Welt ist eine totale Einheit, die manchmal über sich selbst staunt. Und in diesem Blick gab es nicht länger ein „ich“ und „andere“, nichts „anderes“: eine Unermeßlichkeit der Liebe traf überall auf sich selbst, in allen Punkten, eine Ausdehnung des Seins, wo das Herz gleichsam in allem schlägt – es gibt kein Zentrum mehr, denn alles ist das Zentrum! Kein innen, kein außen, alles kommuniziert; keine Augen, die betrachten und die Schönheit entdecken und lieben: Alles liebt, wie wenn Myriaden Augen sich öffneten und man überall zugleich liebte, wie ein weites Schneefeld des Lichts, wo jedes Kristall ein singendes Fragment des Selbstes ist. *Das* singt, alles singt, alles besteht aus singendem Licht – die Welt ist ein großer Rhythmus, auf immer singend, und manchmal bemerkt es das Herz.

O Tara, o Mutter

Ein Bettelmönch streckte die Hände in die Sonne, er war allein auf dem kleinen Strand, als bettelte er zur Sonne.

O Tara,
Alles ist dein Willen
Du bist der All-Willen
Du, welche die Handlung vollzieht, o Mutter[1]

Er sang, und seine Worte waren kaum von Bedeutung; ihr Lied stimmte, sie enthielten die Musik der Wahrheit. Alle Dünen schienen durch diesen Bettler zu singen.

Du bist es, die handelt
O Mutter
Und doch sagen sie:
Ich bin es, der handelt

Bei den Worten „und doch sagen sie“ lag eine Melancholie in der Atmosphäre, ein plötzliches kleines Absinken, eine Sekunde

[1] Nach einem Bengali-Lied

Zögern, da seine Stimme sich brach. Und der ganze Schmerz der Welt lag in dieser Sekunde. War er es oder ich, der da sang? Ich weiß es nicht, aber da war dieser plötzliche kleine Bruch einer Sekunde, diese „Kluft" des „ich" in einer Totalität, und plötzlich ein scharfer Schmerz, wie ein Ersticken; das „ich" war Schmerz – der unerträgliche Schmerz, nicht in der Lage zu sein, *das* zu halten. Eine Immensität der Musik, die zerspringt, etwas, das sich plötzlich auftut, und das Verlangen, sich hineinzustürzen, als könnte nichts und niemand in der Welt diese Kluft ausfüllen.

O Tara, O Mutter…

Und ich frage: Habt ihr diese kleine Note gehört, die im Inneren zerbricht, diese plötzliche Kluft des Unendlichen in einer Sekunde? Es gibt eine Sekunde im Leben, eine ganz kleine Sekunde, die zählt.

– Was ist, Kristall-Mensch?

Er legte mir die Hand auf die Schulter und alles stürzte in meinen Körper zurück: eine augenblickliche Verengung, eine Sekunde des Erstickens – Erstickung ist unser Normalzustand.

– Ich habe dich erschreckt!

Indem ich wieder in meinen Körper eintrat, schien ich in einem Gedankenblitz die Gesamtperson zu sehen, die wir waren, Björn, ich, endlos, immens – ein einziger immenser *Körper* –, und hier in dieser kleinen Schale von einem „ich" zu sprechen, wäre ebenso absurd gewesen, wie sich als Marienkäfer auf weißem Strand auszugeben.

Meine Geistesgegenwart, die mehr wie eine Abwesenheit war, kehrte zurück.

– Hat es dich erwischt, zu viel Sonne?

Er rüttelte mich. Das Meerwasser tropfte von seinen flaxblonden Locken. Er sah aus wie ein nordischer Gott.

– O Bruder, das Leben ist so schön, ich könnte es vernaschen!

Da war wieder Prinz Björn, lebenshungrig und unbekümmert.

– Komm, setzen wir uns in den Schatten, ich werde dir das Geheimnis erzählen.

Alles verdüsterte sich. Balus Worte kamen mir in den Sinn, ganz klar und deutlich, wie mit einem Anklang der Wahrheit: „Er wird sterben."

– Ja, mein Geheimnis, *mein* Geheimnis, komm.

Und er zog mich zu den Dünen hin.

Dieses „Geheimnis" war so absurd, es klang so falsch hier. Ich betrachtete Björn, Prinz Björn, der sich frottierte, und dann die andere Person, die ihm anzuhaften schien, „der Mann der Geheimnisse". War dies vielleicht Björns Tod?

– Als ich mit Erik in Zinder war...

Aber ich hörte nicht mehr hin, ich konzentrierte mich auf diesen Schatten, der ihm folgte; wenn ich dahinterkäme, könnte ich ihn vielleicht retten... Was bedeutete denn der „Tod"? – Er ist ständig da, man nimmt ihn überallhin mit, aber in welchem *Augenblick* wird er zum Tod? Ja, der Augenblick... Darauf konzentrierte ich mich, als würde ich ihn in diesem Augenblick einfangen, in dieser Sekunde, wo man in den Tod ausschert – Warum? Was war da in Björn, das den Tod herbeirief? Ein Mensch stirbt nur, weil er den Tod ruft. Der falsche Björn?

Dann kam eine Erleuchtung.

Ich hielt inne im Sand, alles um mich herum wurde klar und deutlich: Björns violetter Schatten, sein braungebrannter Rükken, auf dem Wassertropfen perlten, jedes physische Detail vergrößert, im Licht angestrahlt, und dann dieser Blick, der hindurchsieht: eine Welt im Strahl einer winzigen klaren Sekunde. Für einen Augenblick gab es nichts zu verstehen, alles wurde verstanden, es war lebendiges Licht, das alle Erklärungen ohne den Schatten des Erklärens enthielt – danach mußte man an einem Faden ziehen und ihn abwickeln, aber es war nicht mehr exakt *das*, eher eine Annäherung, die Übersetzung in eine Fremdsprache. Eine kleine weiße Sekunde – die weit, weit unten Bilder oder Musik, Ereignisse oder Philosophien erschaffen konnte, aber alles war bereits ausgelaugt, halb tot in der Kiste. Was ich sah, war zuerst eine Art lichterfüllter Tod, ganz weiß, ein Tod, der kein Anti-Leben war – wir verstehen nichts vom Tod, weil wir ihn schwarz sehen, „dagegen", den Feind, die Negation,

Niederlage… *wessen* Niederlage? Und auf der anderen Seite sah ich einen schwarzen Tod, dieses Anti-Ich, das uns anhaftet, den falschen Björn – den „Tod". Aber dieser Tod haftet uns an, um uns zu zwingen, wir selbst zu sein, das wahre „wir selbst"! Er ist der Hüter des wahren Lebens. Und jedesmal, wenn wir uns auf die falsche Seite begeben, tritt das Todes-Ich hervor, nicht um uns zu „töten", sondern um uns zu zwingen, das, was wahr ist, wieder einzusetzen. Tod ist die Unfähigkeit, den wahren Zustand wiederherzustellen. Und als ich gleichzeitig in diese weiße Sekunde hineinschaute, sah ich, daß es nirgendwo einen Tod gab! Kein einziges Atom des Todes, keinen Schatten, keine Negation, kein Anti-Ich, nur reines Licht – alles war reines Licht, absolut positiv. Alles floß *auf das hin, für das,* unwiderstehlich, wie die Dünen, zu jenem totalen Ich, wo der Tod nicht existiert, weil wir vollkommen wahr geworden sind. Plötzlich verflüchtigte sich alles Schwarz und Weiß dieser Welt, alles Für und Wider – es gibt keinen Tod, kein „gegen" oder „anti-…" Alles bewegt sich *dorthin,* strömt dorthin, durch jedes „für" und jedes „gegen", nur das Licht existiert! Nie gab es etwas anderes als Licht. Wir gehen ständig an der Sache vorbei, gebrauchen Worte für etwas, das nicht existiert. Nur *es* existiert, nur *das* wird, nur *das* wächst heran, nur *das* bewegt sich hin zum Abgrund von *dem.* Und selbst wenn wir für unser „gegen" wären und gegen unser „für", würden wir dennoch dorthin gehen, genau dahin, wo wir hingehen sollen, in dieser Sprache oder einer anderen. In Wahrheit entzieht sich uns die Welt vollständig, mit Ausnahme einer gelegentlichen Sekunde: Wir kennen nicht die rechte Sprache.

– Komm, setzen wir uns hierhin.

Ich kehrte wieder in die Dunkelheit zurück, die wir Tageslicht nennen.

– Jeden Morgen komme ich hierher.

Am Fuße der Dünen stand ein winziges Gebäude. Zuerst erkannte ich nicht, was es war, dann sah ich, daß es sich um einen Tempel handelte, einen Miniatur-Tempel aus Granit, kaum größer als Björn, umgeben von einem winzigen Peristyl, das von vier Reliefpfeilern getragen wurde. Dahinter erhoben sich die Dünen wie ein großes Sonnenzeltdach. Die Treppenstufen waren halb im Sand versunken. Es war kein Lufthauch zu spüren, kein Klang zu hören außer dem fernen Dröhnen des Gesangs und der schwachen Stimme des Bettlers:

O Tara, o Mutter...

Ein seltsames Gefühl überkam mich, als ich die Stufen hinaufstieg, wie etwas, das mein Licht wegfegte, eine neue Schicht des Wesens trat hervor. An jenem Morgen strömte sie ständig hervor, als quollen Welten um Welten in bunten Bläschen hervor, jede mit ihrem eigenen Rhythmus. Es bestand kein Gefühl der Angst, was auch nicht möglich war, denn ich war so ruhig wie die Dünen. Es war sehr tief, wie ein Herzklopfen, wie wenn ein Kind ein verlassenes Haus entdeckt oder wie im Traum, wenn man sich an einem seltsamen Platz wiederfindet, der vergessen war und plötzlich als vertraut wiedererkannt wird: Es ist *das*. Ich kannte dieses Gefühl sehr gut, es ging immer mit einem bestimmten Duft einher. Eines Tages werde ich es verstehen müssen.

Ich schaute durch die kleine Tür hinein. Ein Sonnenstrahl fiel auf einen kahlen Felsstein, der dort aufgestellt war. Frische Blumen lagen neben einer Schale mit rotem Puder auf dem Boden, Weihrauchstäbchen brannten. Eine Atmosphäre wie von Ägypten, und alles war düster außer diesem Stein. Als ich hinausgehen wollte, erblickte ich auf dem Boden, in einer Ecke an die Wand gelehnt, Batcha... Batcha friedvoll schlafend, eine Wange auf den Knien ruhend.

Mit leisen Schritten zog ich mich zurück und ging wieder zu Björn.

Er hockte stumm auf der Nordseite des Peristyls, und ich blickte in Richtung Palmenhain. Das Meer lag zehn Meter vor uns wie ein tiefdunkler See; die weiten Dünen flossen in die Türkis-Tiefe hinab. Kein Vogel in Sicht, das Meer wellenlos. Nur das Singen in der Ferne, und der seltsame Duft, der etwas in mir tief anrührte. Und dann wieder die einsame dünne Stimme, fast verschwindend inmitten des Strandes:

O Tara, o Mutter
Du bist es, die führt
Du bist der Baum im Samen
Du bist die Mango und der Schatten des Mangobaumes
Und die Krümmung des Pfades unter meinen Schritten
Wie du gehst, so gehe ich

Ich lauschte in die Stille hinein, war glatt und nackt wie das Meer, und weit in der Ferne schien ich das Murmeln einer anderen Geschichte zu hören, einer immer gleichen Geschichte (aber weniger scharf umrissen), die diesen Duft und diesen Gesang mit sich brachte. Es war wie eine alte Erinnerung, umschrieben von Sand und Granit, ein Tag ähnlich jenem, als alles seinen Anfang nahm: ein Anbeginn der Geschichte, ein kraftgeladener Augenblick, der Leben für Leben zurückkehrte wie Welle um Welle am selben Strand. Ja, wir kehren von mehr als einer Insel zurück, und wer weiß, von welchen verlorenen Archipelen wir herkommen, indem wir diesen kleinen Strand heute überqueren? Es war wie ein Tor, das sich tief in mir auftat, mit diesem Duft von Sand und einem Gesang, etwas, das sich plötzlich weit öffnete; und das Leben wurde in einem Hauch hinweggefegt, als hätte man die ganze Zeit an der Sache vorbeigelebt, indem man vorgab, von einer festen Basis aus zu handeln, und stand dann plötzlich der Realität von Angesicht zu Angesicht gegenüber: Nichts ist zu sehen, und doch ist alles erfüllt von Gegenwart. Auch Björn empfand etwas; er sagte nichts, betrachtete die Dünen, den Palmenhain, und wieder die Dünen.

– Nil, manchmal habe ich das Gefühl, daß wir überhaupt nichts wissen. Wir meinen, das Geheimnis zu besitzen, und dann… sind wir so nichtig.

Mit einer Geste wies er auf die Dünen.

– Man muß kämpfen, andernfalls ist man erledigt, alles löst sich auf.

Er schlang die Arme um die Beine, biß die Zähne zusammen. Und ich sah mich in jenem Zug wieder, wie ich da ähnlich kauerte und durch meine Felswüste rollte.

– Nil, sag mir, was machen wir hier eigentlich? Manchmal kann ich mir keinen Reim mehr darauf machen, es ist wie eine Geschichte, die ich erfunden habe, und dann ist alles falsch... Als ich noch Kind war, da war alles ganz einfach: Wir hörten die Schreie der Wildgänse auf dem See, die Gänseriche, ich lauschte dort stundenlang verborgen im Schilfrohr. Die Schreie der Gänseriche verstehe ich. Und den Nebel im Mai, den driftenden Himmel, und diese Schreie. Alles übrige... Ich bin zur See gefahren, gewandert, habe Farben und Jobs gewechselt, habe... alles mögliche getan. Aber es scheint wie nichts, eine Erfindung, existiert nicht. Der Schrei der Wildgänse existiert.

Er legte einen Finger an die Wange. Das war der Björn, der einen so einnahm.

– Ja, vielleicht liegt da dein Geheimnis?

Er blickte mich an, ohne zu begreifen. Dann wurden seine Gesichtszüge wieder härter, diese leidenschaftliche Entschlossenheit machte ihn so pathetisch.

– Aber das macht nichts, man muß eben durchhalten. Außerdem stehe ich kurz vor der Entdeckung. Selbst wenn es noch sechs Monate dauert, ich komme ja näher. Und im Grunde...

Er fegte den Sand von den Stufen.

– ... Im Grunde ist es gleich: Was ich jetzt hier suche, ist das, was ich damals dort suchte, es ist gleich, aber jetzt ist es ein aktiver Traum, verstehst du – ein *Schrei voller Kraft*, nicht der Schrei dieser dummen Gänse. Höre...

Wieder packte ihn diese Begeisterung, er glitt in seinen Traum ab.

– Als ich damals Guruji auf der Lagune traf, während die Vögel dort waren, sagte ich ihm: „Ich weiß, wie man die Vögel herbeiruft; ich kenne den Schrei der Seeschwalben, der Eissturmvögel, der Wasserhühner; ich rufe sie, und sie antworten..." Und weißt du, was er mir da sagte – es war meine erste Offenbarung: „Wenn du die Götter rufst, antworten sie auch."

Und weiter: „Wenn ich ‚*Gorom*' rufe, drehst du dich um und antwortest – *alles* antwortet, wenn man weiß, wie man ruft. Man muß nur den Namen kennen." Alles antwortet, das ist es, Nil! Das Mantra ist der Schrei der Dinge, ihr Name. Es ist wie der Schrei der Wildgänse: Man muß nur wissen, wie man ruft.

– Gut, aber was willst du dann rufen?

– Alles! Hör zu, ich erklär's dir, es ist phantastisch…

– Wenn es phantastisch ist, dann bin ich skeptisch.

– Ach, du… Schau, alles hat einen Ruf, seinen wahren Namen: das Wasser, das Feuer, die Personen, der Saft in den Palmen, selbst der Stein, alles. Jedes Ding hat einen Ruf, einen wahren Namen. Und dieser Ruf ist der Ton, hervorgebracht von der Bewegung der Kräfte, die das Ding konstituieren – wir sind ein Kräftefeld, wir bestehen aus einem riesigen Netzwerk, das Kräfte umspannt. Man spricht von „Atomen", „Molekülen" oder was sonst immer, aber das ist nur eine Anschauungsweise, ein Begriffsystem: ob physisch, chemisch, religiös, musisch, poetisch, jeder hat sein System. Und im Prinzip versucht jeder, eine bestimmte Art von Dingen zu rufen, das heißt, eine Sache zu meistern oder zu reproduzieren. Aber wenn die Naturwissenschaftler etwas reproduzieren wollen, ist eine enorme Apparatur notwendig; auch die Musiker wollen reproduzieren, und die Priester. Aber wenn man den Ton kennt, der eine Sache konstituiert – den Stein oder das Feuer, den Gott oder den Teufel –, so *produziert* man ihn automatisch, verstehst du? Benennen ist Macht. Ja, die Tantriker kennen das Geheimnis der Töne. Sie haben die Macht.

– Es ist Magie.

– Aber alles ist Magie! Was ist denn nicht Magie? Wir alle manipulieren ständig Kräfte, ohne es zu wissen. Es geht nur darum, daß man die rechte Magie wählt, die am meisten Power hat, die die schönste Musik der Welt erzeugt.

– Und was willst du dann konkret „produzieren"?

– Das habe ich doch schon gesagt: eben alles! Die Meisterschaft.

– Und wofür?

Einen Moment verschlug es ihm die Sprache und sein Gesicht verfinsterte sich, als würde er in Wut ausbrechen. Dann faßte er sich wieder.

– Ich werde dir ein Beispiel nennen. Ich selbst kümmere mich um Gurujis Haus (übrigens bin ich spät dran, man wird mich schelten), ich putze, besorge Einkäufe...

– Und zahlst aus eigener Tasche?

Björn war sprachlos.

– Ja, natürlich... Ich bringe ihm auch Holz. Einmal geschah es, daß ich sein Haus betrete und mich plötzlich erinnere, daß keine Streichhölzer mehr da sind; ich renne zum Bazar, kaufe Streichhölzer, kehre zurück, und Guruji meditiert... Seine Öl-Lampe brennt. Kein einziges Streichholz war mehr im Haus!

– Ja und! Für sechs Paisa bekommst du eine Schachtel im Bazar... Das ist doch wohl einfacher, als das Feuer-Mantra zu lernen, oder?

Einen Moment schien es, als würde er explodieren.

– Aber worauf willst du denn hinaus, Kristall-Mensch? Du willst mich am Boden zerstören, oder was?

Panik stand ihm ins Gesicht geschrieben.

– Ich erreiche mein Ziel, ich stehe kurz vor dem Sieg, ich...

Da wußte ich, daß ich Björns Krankheit berührt hatte, den wunden Punkt, der zu erschüttern war – den Punkt des Todes. Und mein ganzes Leben habe ich mich gefragt, ob es recht war, daß ich ihn erschüttern wollte... Ich weiß es nicht. Dies war sein Leben und gleichzeitig das, was ihn am Leben hinderte, beides vereinigt, als sei der sicherste Punkt auch der tödlichste. Manchmal frage ich mich, ob der Gipfel eines Menschen nicht sein innerster Abgrund ist. Und es ist dasselbe, die beiden Seiten einer Münze: die tödliche Krankheit mit dem Heilmittel. Und vielleicht ist es keine tödliche Krankheit, sondern nur schlicht das Mittel, um sich von einem überholten Gipfel zu befreien.

– Du verstehst gar nichts...

Björn war innerlich stark bewegt, er wollte mich unbedingt überzeugen. Oder sich selbst?

– Das Feuer zu entzünden war nichts Besonderes, es gibt alle möglichen Kräfte. Man kann die Mantras kombinieren, die Töne mischen; man kann heilen, töten, krank machen, zusammenfügen, auflösen, den Lauf der Gedanken verändern – man kann die Götter rufen, das Leben mit einer übermenschlichen Kraft erfüllen. Es ist eine Chemie der Klänge, konkrete Poesie: Man ruft nur einfach. Die Leute rufen unaufhörlich mit ihrem Denken; sie rufen die Krankheiten, den Tod, die Katastrophen; sie rufen alle möglichen Übel, während sie die Straße entlanggehen, ein Schwarm von Fliegen umgibt sie – also rufen wir doch lieber die schönen Vögel aus unsichtbaren Welten.

Sein Körper glänzte golden in der Sonne, fast konnte ich seine Vögel sehen. Aber das war ohne Substanz, wie Traum-Schaum. Doch dahinter fühlte und hörte ich etwas anderes, das keine Geräusche verursachte, keinen Schaum, es floß und floß so einfach und klar, wie die wahre Substanz der Welt: keine wunderbaren unsichtbaren Dinge, sondern eine größere Sichtbarkeit, etwas, das das kleinste Sandkorn mit Wahrheit erfüllte.

Sein Gesicht verdüsterte sich wieder.

– Das Problem ist nur, es braucht so viel Zeit. Fünf Stunden *Japa* jeden Tag, die Wiederholung des Mantras, und das hunderttausend Mal...

– Aber wenn du den Ton kennst...

– Natürlich kenne ich ihn! Aber das genügt nicht, man muß das Mantra „erwecken", „aufladen". Es ist wie ein Akku, den man durch ständige Wiederholung auflädt; dann „erwacht" er plötzlich, und du stellst die Verbindung her. Dann ist man Meister der Kraft, man muß sie nur benennen, und sie ist da. Aber es gibt viele Kräfte, viele verschiedene „Götter", das ist die Schwierigkeit. Seit drei Jahren wechsle ich von einem Mantra zum anderen, und dann... Er sagt mir, ich sei auch dabei, mich „aufzuladen", und eines Tages werde ich den Sättigungspunkt erreichen. Sicherlich...

– Du liegst völlig daneben, Björn.

– Und du, du gehst mir auf die Nerven.

– *Ein* Ton genügt.

– Welcher Ton denn?

– Hör mal, Björn, du willst die Götter rufen, aber ich sage dir eines: Schon seit fünftausend Jahren rufen wir die Götter, und nichts hat sich geändert. Es ist ganz simpel – du kannst alle Visionen in der Welt haben, du kannst alle Götter direkt vor den Menschen erscheinen lassen, und am Ende wird es sie nicht mehr beeindrucken als ihr Fernsehen oder Kino. Und glaub mir, wenn die Welt die Kraft der Vision hätte, wäre sie deshalb nicht besser als vorher: Sie würden dann auf ihren psychischen Knopf drücken und sich eine Stunde unsichtbares Kino zu Gemüte führen; und danach gehen sie ihr Bier trinken und langweilen sich wie zuvor. Denn nichts ändert sich, solange sich nicht etwas im Inneren ändert! Björn, das Wunder der Welt ist überhaupt nicht etwas Phantastisches; im Gegenteil, es ist etwas ganz Simples – so einfach, daß man es nicht bemerkt. Das ist das Geheimnis. Alles übrige existiert nicht, wie du sagst, ist bloßer Lärm, Spektakel, Sand in die Augen gestreut. Sie veranstalten alle ihr Theater: dein Tantriker, die Priester, Kirchen, alle – sie sind die Komödianten des Geistes.

Björn war kreidebleich.

– Ich arbeite schon seit drei Jahren daran, ich habe alles darauf gesetzt...

Ich weiß nicht, was in ihm vorging, aber er fixierte mich, eiskalt. Dann sagte er, indem er mich mit seinen stahlblauen Augen wie ein Insekt unter dem Mikroskop hielt:

– Was du brauchst, ist eine Katastrophe.

Dann schwieg er.

In mir herrschte einen Moment völlige Leere.

Dann rollte eine Welle mit dem Klang klirrender Muscheln an den Strand.

Plötzlich war ich weit weg, ganz außerhalb der Geschichte, stand einen Augenblick an diesem Strand, als erwachte ich aus einem Traum. Da war wieder dieser durchdringende Blick, der das geringste Detail mit tiefer Intensität erfaßte, dieser Blick wie von einer anderen Welt – zehnmal oder hundertmal hat sich dieser Blick in mir aufgetan, und jedesmal war es das gleiche: eine Sekunde der Ewigkeit bricht durch die äußere Verkleidung, und die Seele schaut hinaus. Alles wird augenblicklich erfaßt, ohne die geringste Schwierigkeit, die geringste Emotion, wird gesehen wie in einer Schnee-Stille, und in dieser Stille wird alles für die Ewigkeit festgehalten. Kleine, unauslöschliche Bilder, winzige Eruptionen in Schwarz oder Weiß, auf einer endlosen Straße, die Gott-weiß-wohin-oder-warum führt, über dieses Leben hinaus.

Diese kleine Welle werde ich wohl noch nach Zeitaltern hören; und ich werde nicht mehr ihre Bedeutung kennen; aber sie wird sich in mir regen wie dieser Geruch des Sandes, wie dieser Gesang in der Ferne, das türkisfarbene Meer oder der Schatten des Peristyls, oder die weiße Kaskade von halbvergrabenen Stufen, die nicht länger zu einem Tempel hier an diesem Strand führen, einem Augenblick unter dieser Sonne, sondern zu einer ununterbrochenen weißen Geschichte, wo ich wanderte, betete, litt und eines Tages einer ähnlichen kleinen Welle lauschte, die mit einem Muschelklirren über den Strand flüsterte.

– Und deine Katastrophe wirst du bekommen.

Er schlug mit der Faust auf die Stufen.

Ja, ich wußte davon, ich wartete auf diese Sache, diese „Katastrophe", diese alte *Drohung.* Aber worum ging es?... Ich schaute auf den Strand, die Dünen, die betenden Pilger; alles schien mir so einfach, so lichtvoll; wo könnte *darin* die Katastrophe liegen? Sie existierte nicht, bestand nicht, konnte nicht sein, war eine Erfindung jener, die sich außerhalb *glaubten.* Plötzlich sah ich die Illusion, die enorme Illusion; es waren gleichsam zwei Welten, getrennt durch einen mächtigen Abgrund, und dennoch war es dieselbe Welt, eine einzige Welt aus einer einzigen Substanz – lichtvoll, vollkommen lichterfüllt, ohne den geringsten Schatten oder Schmerz. Es war *das,* nur *das,* unsterblich, glorreich auf immer. Und dann ein falscher Blick, und alles verkehrt sich in sein Gegenteil: der Antipode, Nacht, Tod, Leiden, der ganze Widerspruch von *dem,* die Ungewißheit bis hin zum Schrecken – die Drohung, man verliert den Boden unter den Füßen. Und die Drohung war nicht die Möglichkeit der Katastrophe oder des Todes, sondern die *Tatsache,* außerhalb von *dem* zu sein, oder vielmehr, sich außerhalb zu glauben. Alles war bedroht, weil es nicht *das* war. Dann korrigiert man seinen Blick, und alles verflüchtigt sich, als hätte es nie existiert! Und doch ist es dasselbe, eine selbe Welt mit denselben Ereignissen, denselben „Zufällen": Einerseits existiert der Zufall nicht; andererseits ist alles Zufall, ein unerbittlicher Zufall. Nur ein falscher Blick, und alles kehrt sich um: ein plötzliches Gewimmel von Schlangen – das Schicksal.

In der Ferne sang immer noch der Bettler…

O Tara, o Mutter
Du verbirgst den Lotos im Schlamm
Und den Blitz in den Wolken
Einigen schenkst du das Licht
Andere läßt du den Abgrund wählen
O Tara, Tara
Wie du willst, so bewege ich mich

Und ich fragte mich, ob diese Änderung des Blicks nicht auch das Schicksal ändern, die Katastrophe abwenden könnte.

Dann verschwand alles, ich sah nur noch Björn mit seinem verzerrten Gesicht, ein kleines Schattenselbst, das mich anblickte.

– Eines Tages werde ich die Götter sehen.

Er stand auf. Ich packte ihn am Arm:

– Björn!

Etwas mußte unternommen werden, er würde sterben. Ich spürte diesen Tod, er schwebte über ihm!

– Björn…

– Was ist?

Er wich meinem Blick aus.

– Nur *eine* Sache kann retten…

– Eines Tages werde ich die Einweihung bekommen.

Er wiederholte es wie ein trotziges Kind. Voller Schrecken erkannte ich, daß ich nichts für ihn tun konnte. Dann geriet ich in Rage.

– Er hat es versprochen, ich werde die Einweihung bekommen.

– Er betrügt dich und beutet dich aus.

– Das stimmt nicht, das darfst du nicht sagen.

– Ich darf…

Das Bild des Sannyasins erschien vor meinem inneren Auge. Ich sah mich in dieser Hafenstraße, wie ich ihn wutentbrannt verfolgte, ihn prügeln und schlagen wollte, bis er zu Boden fiele – und dann auf ihn spucken würde. Es war so lebendig, als wäre es gestern gewesen. Und Björn jetzt vor mir war wie ich selbst, dieselbe Geschichte – es gibt nur eine Geschichte, ein einziges Drama in allen Menschen!

– Oh, Björn! Vielleicht ist es so, weil ich genug unter ihnen gelitten habe, ich kann sie einfach nicht ausstehen, diese Lehrer und ihre Einweihungen. Es ist wie ein gut vertrauter Alptraum, das hat sich mir tief eingegraben…

Plötzlich kam mir die ganze Geschichte wieder lebhaft in Erinnerung. Es kam aus ganz ferner Erinnerung, schwer belastet von der Dunkelheit und der Bedrohung – ja, je mehr ich das Licht sehe, desto mehr Schatten entdecke ich!

– Ich meine gleichsam das letzte Bild, das ein Sterbender mit sich in den Tod nimmt. Das meine ich.

Björn schaute mich verwirrt an.

– Vor langer Zeit habe ich es mehrmals im Traum gesehen, es war immer derselbe Traum, aber eigentlich mehr als das, mehr wie eine lebendige Erinnerung, etwas, das sich in einem Leben ereignen *mußte*. Und immer geht es um denselben mächtigen Mann mit geschorenem Haupt, nacktem Oberkörper, funkelnden Augen, umhüllt von blauem Licht – mein „Meister", sozusagen. Und ich stehe dort aufrecht vor ihm, hilflos ihm ausgeliefert, ein winziges Häufchen Etwas, das er betrachtet… Oh! Dieser Blick… Und dann spucke ich ihm meine Freiheit ins Gesicht. Eine stumme Schlacht um das Feuer herum, ohne Gesten. Und dann der Fluch, den er gegen mich ausstößt. Es ist, als ob ich mich erhängen würde. Dieses Bild trage ich mit mir, Björn – es ist schrecklich. Sie sind stark und mächtig, „voller Licht", oh!…

Ich spucke auf sie! Sie können zur Hölle fahren mit all ihren Einweihungen!

Björn schaute mich völlig entgeistert an, und ich war ebenso bestürzt wie er über dieses Bild, das aus irgendeinem völlig entlegenen Winkel in mir hervortrat, abrupt und mit der Kraft angestauten Schmerzes und der Revolte. Und auf diesen „Traum“ folgte noch eine Szene, von der ich Björn nie erzählt habe. Sie war nicht minder schrecklich: Ich irrte durch jenen Wald auf der Suche nach jemandem, den ich unbedingt wiederfinden mußte, der mein Heil war, meine Erlösung. Ich weiß nicht, wer es war, aber es war eine „sie“, und ich suchte und rief in furchtbarer Bedrängnis. Aber niemand war da, und ich würde mich erhängen.

– Du hast bloß geträumt.

– Mag sein, aber wenn dies ein Traum ist, dann ist nichts im Leben lebendiger als dieser Traum – was wissen wir schon von der Weite der Dinge, Björn? Man träumt in beiden Richtungen – Vergangenheit und Zukunft –, und alles ist verknüpft. Wenn wir das Bild erfassen können, so können wir uns verteidigen, es immer wieder hämmern und daran hindern, zurückzukehren. Dich habe ich auch im Traum getroffen, in einem Zug, bevor ich dir hier begegnet bin.

– Das ist doch Unsinn. So ist Guruji nicht, so ist er nicht.

– Aber ich kann es dir anmerken... Schau, Björn, es sind Scharlatane der Wahrheit. Sie zeigen dir Feuerwerk, Götter, Teufel, Engel, übernatürliche Kräfte. Aber ich brauche nichts Übernatürliches, ich brauche etwas *Natürliches* von größerer Wahrheit. Ich brauche keine Wunder, sondern die Wahrheit – die reine, schlichte, echte Wahrheit. Ein einziges Losungswort reicht: *Das.* Und um dieses Mantra zu finden, braucht man keinen Lehrer: Eines Tages strömt es ganz von selbst hervor, weil es beharrlich gerufen wurde. Eines Tages erscheint es wie ein Freund, der dich nie mehr verläßt, wie ein Land, wo man für immer bleibt, eine Luft, die du atmen kannst... Björn, das Zeichen der höchsten Wahrheit ist, daß sie allen zugänglich ist – das Höchste ist gleichzeitig auch das Nächste...

In diesem Augenblick fühlte ich eine massive Herabkunft im Kopf.

– … während all diese kleinen schillernden und wunderbaren Wahrheiten Mittler brauchen, um zugänglich zu werden. Und je kleiner sie sind, desto mirakulöser erscheinen sie.

Björn rang innerlich mit sich, ich glaubte, ich könnte die Oberhand gewinnen.

– Es ist ganz einfach, Björn, alles ist schon *da*, alles, was du brauchst. Ein einziges Losungswort genügt.

Er wich einen Schritt zurück, als hätte er Angst, und stieß mit der Stirn gegen das Peristyl.

Dann wies er auf die Dünen:

– Dorthin führt dein höchstes Mantra, zur Auflösung.

Er stieg eine Stufe tiefer.

– Aber ich gehe dahin, zu den Menschen.

Er wandte sich um und ging auf den Palmenhain zu.

Alles wurde wieder still.

Eine vibrierende, surrende Stille.

Fast wäre ich hinter ihm her gerannt, aber dann blieb ich wie gelähmt stehen, ausgelaugt, mit hämmerndem Kopf – wo war meine schöne Wahrheit? Das Chaos schwirrte wie ein Wespenschwarm um mich herum, der das ganze Licht der Wahrheit verschlang. Und wofür das alles? Nicht eine Sekunde hatte ich Björn geholfen, nichts hatte sich zwischen uns ereignet, nichts war rübergekommen: nur leere Worte und heiße Luft. Jeder zieht den Kreis seiner Gedanken um sich und läßt sich in der Mitte nieder wie ein Schiffbrüchiger auf seiner Insel. Und ich sah Björn auf seiner kleinen Insel sitzen, alle anderen und mich auf meiner kleinen Insel der Wahrheit – es waren alles kleine wahre Unwahrheiten, die ihren begrenzten Nutzen eines Tages hatten, wie kleine wohnliche Maulwurfshügel, eingebuddelt in etwas, das weder Wahrheit noch Falschheit war… sondern *Das*, unermeßlich. Eine Totalität *Dessen*. Nirgendwo mehr Unwahrheit, nicht der Schatten der Falschheit! Die Unwahrheit heißt, nur einen Punkt vom Ganzen zu sehen. Und ich hatte ständig das Verlangen, in jenes *Ganze* einzutauchen – mein Land, mein unermeßliches Licht, meine ungetrübte Freiheit. Ja, ich kann ihre Inseln besuchen und eine Zeitlang den Wilden spielen, und ich kann von Insel zu Insel reisen und schöne Sandburgen bauen, aber ich bin nicht wirklich da! Kaum habe ich einen Kreis um mich gezogen, schon möchte ich wieder herausspringen und rufen, „ja-nein", „wahr-falsch"! Also laßt mich in Ruhe, laßt mich die Luft unter freiem Himmel atmen. Das allein brauche ich, das offene Meer und den freien Himmel. Meine Tage als Wilder sind vorüber!

Ich fegte alles weg und kappte die Verbindung.

Und war König überall.

IX

Batcha

– Du warst weit weg.

Sie saß auf den Treppenstufen, wie eine rundwangige Mogul-Miniatur gegen eine Säule des Peristyls gelehnt.

– Oh, Batcha, da bist du ja…

Sie sah mich ruhig und bedächtig an. Ihr Kopf ruhte auf den Knien, sie hatte beide Arme um die Beine gelegt; ihr langer granatapfelfarbener Rock reichte bis zu den Füßen. Sie war ruhig und gesetzt, ihre Hautfarbe so hell, wie jene Balus dunkel war, mit einem leichten Goldton, und im Kontrast dazu der schwarze Zopf, der ihr über die Brust fiel. Und dazu noch die kleine rote Flamme in der Stirnmitte: ein Anblick, wie man ihn schwer in Worte fassen kann… Ja, „Batcha ist die Königin".

– Du hast gut geschlafen?

Schweigen.

– Wie geht's deinem Pfau, Shikhi?

Schweigen.

Sie betrachtete mich ruhig und gründlich, aber ohne Neugier. Ich hatte das Gefühl, sie musterte mich wie eine Pflanze, deren Duft sie nicht kannte. Wahrscheinlich gehörte ich der Familie der Kakteen an.

– Also, Batcha, wonach rieche ich? Nach Krokodil oder nach Kaktus?

Ein leichtes Lächeln huschte über ihr Gesicht.

– Du bist zu ruhelos.

Mehr sagte sie nicht.

Also schwieg ich und tauchte, mehr zum Spiel, in ihre Augen ein. Ich gelangte hinein. Es war das erste Mal, daß ich so in jemanden vordringen konnte, ohne auf Widerstand zu stoßen. Man ging wie durch ein samtenes Tor und sank in etwas, das sehr lieblich und still war – still wie ein See...

Ich mußte husten, die Erfahrung war zu Ende.

Es hatte an mir gelegen, ich wurde damit nicht fertig. Kaum merklich kräuselte ein leichtes Lächeln ihre Nasenspitze. Mir schien, sie würde jetzt etwas sagen. Dann schloß sie die Augen, als wollte sie mich mit in ihre Tiefen nehmen. Sie war völlig reglos wie ein Vogel im Reisfeld. Es war wie ein spiegelglattes Meer, und ich selbst war schieres Getöse im Angesicht dieser Süße.

Dann mußte ich einfach sprechen:

– Was ist denn dieses rote Zeichen auf deiner Stirn? Du bist doch nicht etwa eine Tantrikerin?

Sie öffnete die Augen weit in scheinbarer Entrüstung.

– Oh, Baba, was sagst du da!

– Also ist es ein Ornament?

Jetzt war sie wirklich empört. Mit dem Kinn wies sie auf den kleinen Tempel.

– Es ist Gottes Segen.

– Gottes Segen? Welchen Gottes?

Seufzend legte sie den Kopf auf die Knie. Offensichtlich stellte ich närrische Fragen.

– Das hängt vom jeweiligen Tag ab.

Dann begann sie zu summen:

Ich bin der Vogel im Walde
Und spreche mit der Quelle
Hüpfe von Blatt zu Blatt

– Oh, Batcha, du kannst singen?

Und lache –
Den Vogelfängern
Und den galanten Prinzen
Gehe ich nicht ins Netz...

Und auch nicht dem Schmerz

– Mama hat mir das beigebracht, sie kennt alle Lieder. Mama kommt aus dem fernen Norden, aus dem Gebiet von Kailash. Dort gibt es einen See mit blauen Lotosblüten… Wie ist es dort, im hohen Norden? Erzähl's mir. Gibt es dort Schnee?

– Oh, ich…

– Doch, erzähle.

– Ich hab's vergessen.

– Du hast es vergessen? Dann bist du wie Bholanath. Ich gehe oft ins Land auf der anderen Seite.

– Und was machst du dort?

– Ich gehe spazieren, erlebe viele Dinge. Es ist so hübsch! Gestern war es eine rote Insel voller Vögel. Ja, da kam ein goldener Vogel und tauchte auf mich herab. Ich war so glücklich und rief, „Appa, Appa, schau doch hier!"

Ihre Augen funkelten und ihre Wangen wurden rosig wie ein Pfirsich.

– Aber hier ist es auch schön.

Sie lächelte so bezaubernd, ich war völlig sprachlos.

– Und ich liebe die Götter.

– Ah ja! Und warum?

– Weil sie mich lieben.

Das war eine Logik, gegen die sich nichts einwenden ließ.

– Du hast sie gesehen?

– Manchmal schon. Wenn ich sehr still bin, kann ich sie hören.

– Und sie reden mit dir?

Sie schüttelte leicht den Kopf.

– Natürlich nicht mit Worten. Es ist wie der Wind über den Dünen. Er kommt von weit her. Und ändert sich. Manchmal ist er sanft, manchmal rauh, manchmal wie ein Vogel, der vorüberfliegt… Er trägt dich mit sich: Man geht hierhin, man geht dorthin, wird vorangetrieben, und alles wird gut arrangiert. Man begegnet sich.

Genau in diesem Augenblick flog ein großes Samenkorn über die Dünen, prallte gegen Batcha und glitt mir durch die Finger.

Batcha brach in Lachen aus.

– Siehst du!

– Was bedeutet das?

– Es bedeutet, daß wir unseren Spaß haben.

– Wir?

– Ach, du bist so kompliziert!

Sie seufzte.

– Es gibt viele Geschichten... Spielt bei euch die große Göttin auch die *Vina*?

– Die Göttin? Eine Göttin gibt es nicht bei uns.

– Keine Göttin...

Sie war überrascht.

– Dann weißt du überhaupt nichts.

Sie musterte mich wieder.

– Du hast es vergessen, du bist wie Bholanath.

Ich muß dreingeschaut haben, als ob ich aus allen Wolken fiele.

– Er ist mein Lieblingsgott, der höchste Gott. Er ist so sanft und liebt alle: die Götter, die Dämonen, die Guten und die Schlechten. Er ist ein Bettler.

– Ein Bettler, der höchste Gott!

– Ja, er bettelt. Er vergißt alles, sogar, daß er sehr reich ist...

Dieser kleine Satz – ich glaube, ich könnte hundert Jahre leben, er würde mich nicht verlassen, wie eines jener Geheimnisse, deren Schlüssel man nicht besitzt.

Sie legte den Kopf auf die Knie.

– Du bist aber nicht so wie in meinem Traum.

– In deinem Traum?

– Du kamst vorbei, und ich habe dich gesehen. Du warst schön. Aber du hast eine andere Kleidung getragen und warst auch etwas größer. Jetzt siehst du aus wie...

Sie zögerte einen Augenblick, kräuselte die Nasenspitze.

– Aber das ist egal, du bist trotzdem nett.

Sie lächelte mir zu, ihr Gesicht wurde rund wie der Mond. Ich war einigermaßen verwirrt.

– Größer... Größer als was? Bin ich geschrumpft? Du hast wirklich eine Phantasie, Batcha.

– Phantasie, was ist das?

– Wenn man Dinge sieht, die nicht existieren.

– Aber wenn es sie nicht gibt, dann sieht man sie auch nicht! Du bist vielleicht lustig! Wie willst du etwas sehen, was es nicht gibt... Balu hat mir erzählt, daß du dich „Überhaupt-Nichts" nennst, gibt es das denn?

Ihr herzhaftes, schallendes Gelächter dröhnte frech über die Dünen.

– Du bist jetzt mein Traum hier, Herr Überhaupt-Nichts, dich gibt es gar nicht!

Wieder lachte sie laut auf, schüttelte den Kopf gleichsam mitleidsvoll:

– Ach du!... Und glaubst du, daß Appa überhaupt nichts skulptiert?

– Aber Batcha, schau...

Ich war wie versteinert. Mir war, als verlöre ich den Boden unter den Füßen und wußte nicht mehr recht, auf welcher Seite ich mich befand, hier oder drüben, aber vielleicht gab es gar keine Trennlinien mehr. Ich betrachtete Batcha, den Strand, das Leben mit einer Art Staunen. Und was wäre, wenn wir hier ein Bild von anderorten skulptierten, wie Bhaskar-Nath? Wenn wir dabei wären, das Bild eines Gottes zu skulptieren, der wir einst waren, oder eines Dämonen? Das ganze Leben ist dann wie ein Bild, das mehr und mehr wirklich wird, mehr und mehr behaust von seinem Modell. Und manchmal skulptieren wir nichts, sind schlicht ein Stück Holz.

– Du bist ein seltsames kleines Mädchen, Batcha, wer bist du eigentlich?

– Ich bin die Tochter des Bhaskar-Nath.

Sie richtete sich voll auf, wie Balu, war aber größer als er.

– Und du?

– ...

– Siehst du.

Wie närrisch ich war.

– Du verstehst auch gar nichts.

Dabei blieb es. Was mich verblüffte, war die Kraft, die von dieser kleinen Dame ausging, ihre Gegenwart. Bei Björn und anderen konnte man sich entziehen. Nicht bei ihr. Ihre starke Gegenwart hielt mich unmittelbar im Hier und Jetzt. Frauen sind wirklich die Gegenwart der Welt.

– Batcha, erzähl mir deinen Traum.

Aber ihr war nicht mehr danach. Sie schaute auf den Strand, die Dünen. Der Sandsturm hatte gerade eingesetzt und ein leichtes Kräuseln über das Meer gelegt. „Du verstehst nichts", das hatte auch Björn gesagt. Was verstand ich eigentlich nicht? Wo war ich blockiert? Alles lag doch offen! Sobald ich aus diesem Ich-Gefühl heraustrat, erfuhr ich die Weite, sofortige Leichtigkeit, absolutes Verständnis. Ich wäre der letzte gewesen, der sich an dieses „ich" geklammert hätte, an diesen Ziegenpflock, den man aufsuchen muß, um zu grasen, denken, sprechen – in der Ziegensprache.

– Schau hier.

Sie nahm einen kleinen Kieselstein und warf ihn sanft auf den Strand vor den Treppenstufen. Eine Krabbe eilte in ihr Loch. Da sah ich, daß es dort von hunderten kleinen grau-weißen Krabben wimmelte. Kurz darauf kroch die Krabbe wieder heraus, hielt ihren Augenstiel hoch wie ein Periskop, um die Lage zu erkunden – „keine Gefahr mehr" –, und krabbelte dann wieder über den Sand. Batcha erging sich in Lachsalven.

– Diese Welt ist so drollig. Glaubst du, die Götter werfen uns auch kleine Kieselsteine hin, um unsere Reaktion zu sehen?

Diesmal war es an mir, zu lachen.

– Sie schicken uns ganz freche kleine Batchas.

– Sie schicken Träume, Vögel. Ich sehe immer Vögel.

– Ich sehe vor allem Schlangen.

– Oh, nein! Die Götter schicken keine Schlangen. Das sind die Dämonen. Die Götter schicken Vögel, um die Schlangen zu fressen. Shikhi tötet alle Kobras, er ist der Feind der Dämonen.

Einen Moment verharrte sie nachdenklich.

– Aber die Dämonen sind die Brüder der Götter. Also... eigentlich treiben sie gemeinsam ihr Spiel.

– Indem sie einander verschlingen?

– Ach, sie tun nur so. Es gibt immer Kobras und Shikhis, Götter und Dämonen.

– Dann sind wir also die einzigen, die verschlungen werden.

Sie blickte mich an.

– Verschlungen?

– Ja, wir sterben.

– Du meinst, wenn wir... dort drüben verbrannt werden?

Sie wies mit einer Geste auf die andere Seite der Dünen.

– Aber man stirbt doch nicht! Man geht nur anderswohin. Du bist aber komisch!... Appa hat es gesagt. Und dann kommt man zurück. Also spielen wir auch. Und du, warst du vielleicht tot, bevor du hierher gekommen bist?

Plötzlich veränderte sich ihr Gesichtsausdruck, einen Moment betrachtete sie mich äußerst heftig:

– ... Wir leiden nur, weil wir nicht zusammen bleiben.

Es lag ein solcher Schmerz in ihrer kleinen Stimme.

– Man sollte sich nicht trennen, man sollte zusammen sein, immer zusammen sein!

Sie wiederholte diese Worte sehr eindringlich. Aber wem sagte sie das eigentlich?

– Es ist wie in meinem Traum...

Plötzlich wandte sie sich mir wieder zu, fixierte mich mit ihren großen schwarzen Augen, und dann entfuhr es ihr wie ein Schrei:

– Fremder, warum bringst du mir diese schlechten Gedanken, es war nicht mein Wunsch, dich kennenzulernen! Ich möchte keinen Schmerz.

Ich wollte sie beschwichtigen, aber sie wich zornig zurück:

– Rühr mich nicht an!

Plötzlich konnte ich durch diesen Wutausbruch einen Moment in sie eindringen. Ich fühlte mich diesem Kind so nah, seltsam vertraut, wollte ihr den Arm um die Schulter legen, ihr übers Haar streichen, sie trösten, als hätte ich ihr wirklich Schmerz verursacht.

– Batcha, sag mir, was ist los?

Sie atmete keuchend.

– Sag's mir, bitte.

– Ich weiß nicht.

Sie blickte irgendwie unverständig zu mir auf. Dann begann sie langsam, fast ausdruckslos zu sprechen:

– Ich habe dich am Tempeltor gesehen. Du sahst sehr groß aus, ich habe dich betrachtet. Und dann bin ich hierher gekommen, um meine *Pudscha* zu machen. Ich habe den Göttern Blumen dargebracht. Aber in Gedanken war ich bei dir... Das war nicht recht. Dann bin ich eingeschlafen und habe dich gesehen.

Sie schnaubte und schnitt eine eigenartige Grimasse mit aufgeblasenen Wangen.

– Es war wie eine Straße, sehr, sehr breit, mit viel Sonne, so wie der Strand hier, aber dort war es Wasser. Es war Wasser, das wie Sand aussah. Ich kann es nicht genau erklären – es hat sehr stark geleuchtet. Du bist vorbeigegangen, ohne mich zu sehen, so als ob du dort den Strand überquertest, aber es war sehr weit und glänzend wie das Meer. Und du warst größer als jetzt, aber weiß, wie die Pilger aus dem Norden. Du hast andere Kleider getragen als jetzt, ja, es war das orange Gewand des Sannyasins. Jedenfalls bist du es gewesen, ich habe dich gleich erkannt. Ich habe dich sogar gerufen – dreimal habe ich dich gerufen... Ja, ich habe dich beim Namen gerufen, und du hast nicht geantwortet, hast nichts gehört. Du bist immer weiter gegangen, wurdest kleiner und kleiner, wie eine Figur, die man aus den Augen verliert. Und der Sand glitzerte, und ich habe gesagt: Es wird zu spät sein, es wird zu spät sein! Und ich habe gerufen und gerufen, ich habe dich so stark angesehen! Ich wußte, wenn ich dich eine Minute aus dem Blick verlieren würde, dann wäre es das Ende, du würdest völlig verschwinden, und ich würde sterben. Das war sehr stark...

Batcha drückte ihre Hand auf die Brust.

– Als du dann ganz klein wurdest, hat es mir hier ganz weh getan, und ich bin aufgewacht.

Ich sah Batcha erstaunt an.

Und ich sah das Bild, es war intensiv und lebendig, es durchfuhr mich mächtig mit einem starken Licht – dem scharfen Licht dessen, was wahr ist, als ob das Bild bereits in mir existierte und jetzt der Schock des Wiedererkennens eintrat: Das ist es. Gewiß, aber was ist „es"? Und ich kenne diesen Schock gut: Es ist der Kontakt mit dem, was bereits da ist. Man wird nur von dem berührt, was bereits da ist, alles übrige existiert nicht, ist bloß der verschwommene Eindruck dessen, was vorübergeht. Ich sah den Sannyasin, ich spürte ihn, fast fühlte ich seine lebendige Gegenwart auf meinen Schultern lasten, und dann Batchas Blick, ihre sanfte Stimme: Es wird zu spät sein, zu spät – eine intensive kleine Vibration. Ja, der ahnungsschwere Klang kommender Dinge – es sind Töne, die eine Welt in sich bergen, so wie ein kurzes Aufblitzen das ganze Bild in sich trägt, und vielleicht war es dieselbe Sache in einer anderen Sprache: die Musik des Bildes. Es gibt Töne der Dunkelheit, violette Töne, giftig-gelbe Vibrationen, wie eine sich ringelnde Schlange unter dem Laub, und leichte Klänge, die singen wie der bläuliche Rauhreif des Sieges. Aber dieser Ton war dunkelrot und intensiv: Es wird zu spät sein, zu spät... Ich kannte ihn gut, er war vertraut, wurde bereits früher gehört. Plötzlich sah ich einen kleinen Hügel mit roten Blumen vor Augen, eine Insel, eine Felsanhöhe. Und dann Mohinis Stimme: „Es ist zu spät, Nil, zu spät..."

Ich war verwirrt.

Es schien mir unbegreiflich. Ich hörte nur diese sanfte Stimme, sah das Meer vor mir, das wie ein Spiegel glitzerte, und in der Ferne den Umriß der *Laurelbank*. Eine ganze Welt, die plötzlich wie aus der Tiefe eines vergangenen Lebens wiederauferstand: das Haus, die Saiteninstrumente, das riesige Vogelhaus, die Tulsi-Pflanze mit dem Duft von Wildminze, der Monsun, die Flut roter Blüten gleich einem Vogelschwarm. „Es wird zu spät sein, Nil, zu spät..."

Was sollte das bedeuten? Was hatte Batcha gesehen? Ein Bild aus der Vergangenheit? Aber ich war kein Sannyasin, trug keine orangefarbene Robe. Und Batcha hatte auch nichts mit Mohini zu tun. Ein Bild aus der Zukunft? Aber warum dann plötzlich Mohini? Das Kapitel war doch abgeschlossen, tote Vergangenheit! Und ich hörte noch dieselbe zarte Stimme: „Bist du nicht Nil-Aksha, der Blauäugige? Ich sage dir, was heute geschieht, hat vor vielen tausend Jahren begonnen und wird noch viele tausend Jahre fortdauern."

Batcha blickte mich an.

Plötzlich kam mir eine Eingebung:

– Batcha, du hast gesagt, du hast mich dreimal gerufen: „Dreimal habe ich dich gerufen." Wen hast du gerufen, wie war der *Name*?

Sie dachte nach.

– Ja, es stimmt... Aber ich weiß nicht mehr. Jedenfalls warst du es, es war dein Name, dein wahrer Name.

Sie sah mich schelmisch an.

– Und es war nicht „Überhaupt-Nichts".

Sie lächelte bezaubernd. Und bevor ich recht wußte, was geschah, schnitt sie mir mit geschlossenen Augen eine Grimasse und streckte mir die Zunge heraus.

– Batcha!...

Sie sprang auf, faßte mit beiden Händen ihren Rock und eilte wie eine Gazelle über den Strand davon.

X

Der Kali-Felsen

Ich wollte gerade die Herberge verlassen, als Balu hereinstürzte, mit zerzaustem Haar, schweißnasser Stirn, die Schulmappe in der Hand.

– Was ist denn, kleiner Frosch?

– Wo ist er?

– Beim König der Kobras.

Das war eine törichte Antwort. Balu war aufgebracht und nervös, er zupfte mich am Arm.

– Wo ist er, wo ist er? Irgend etwas ist Björn zugestoßen.

– Balu, bitte…

– Ich sage dir, Björn ist etwas zugestoßen.

– Ist er vielleicht bei Guruji?

– Nein, nicht zu dieser Zeit.

– Er hat hier nicht gegessen, also muß sein Guruji ihn aufgehalten haben.

– Ach der… Der gibt ihm nicht zu essen.

Er spuckte auf den Boden.

– Sein Fehler ist es, er hat an allem Schuld, wie ich den Mann hasse!

Balu war grün vor Ärger. Er schaute nach rechts, nach links, hielt die Nase in die Luft, als ob er die Witterung einer Spur aufnahm. Dann zog er mich am Arm.

– Hier lang.

Er begann in Richtung Norden, zum Kali-Felsen zu rennen. Jetzt erfaßte auch mich die Unruhe. Ich stolperte hinter ihm her und zerkratzte mir die Füße auf den Korallenbänken im Sand. Niemand war in Sicht. Die Spur wand sich in einer Art Hügeltraumlandschaft von Dornbüschen und knorrigen Banyanbäumen. Balu eilte behende wie eine Bergziege voraus, mit der Schultasche unterm Arm. Was war es, das dieses Kind und Björn verband?

Fünfzig Meter vor dem Gipfel legten wir, außer Atem, eine Pause ein. Die Luft war drückend heiß, die Banyanbäume wanden ihre Äste himmelwärts wie gemarterte Riesen.

– Hier lang. Dort sind Stufen.

Er arbeitete sich vor in einen Dschungel von Akazien mit langen scharfen Dornen. Man sah ein wildes Durcheinander von verstreuten Felsbrocken und schartigen Ästen, die sich gegen den indigoblauen Himmel abhoben wie eine stachelige Litze. Was für eine herrliche, wilde Insel!

– Björn, Björn!

Der kahle Westhang des Felshügels erhob sich dreißig Meter hoch. Der Osthang war eine unförmige Steinerhebung. Es war wie eine ägyptische Riesenkatze, die da im Sand kauerte.

– Björn!

Balus schrille Stimme hallte durch die Stille. Eine Schar von Hirtenstaren flog vom Felsen auf, ein einsamer Fischadler zog weit oben seine Kreise. Es war kein Laut zu hören, kein Lufthauch zu spüren, nur der Duft von Akazien und sengendem Felsstein. Ein Unbehagen schnürte mir die Kehle zu, aber ich folgte Balu. Nur ein gelegentlicher Vogelruf oder das Geräusch von herabrollenden Steinen im trockenen Laub brach die Stille. Ich hielt inne, ein Gefühl der Angst überkam mich. Es hatte nichts mit Björn zu tun, es war etwas anderes – dieser Fels und dieser Geruch überwältigten mich. Ich blickte auf und plötzlich wurde mir klar: der Schrei der Sittiche, der Felshügel, der Banyanbaum, die rote Insel... Und die *Drohung*, die über mich kam. Ich hielt Ausschau nach Balu, aber er war irgendwo auf der anderen Seite des Felsens verschwunden. Ich drehte mich um – die Insel trieb in einer Art sprühendem Schaum, wie eine Vestalin auf stürmischer See. Dann hörte ich Balus Ruf.

– Björn!

Ich trat auf das Felsriff und sah Björn, verdrossen, mit zusammengekniffenen Lippen. Balu eilte zu ihm und legte seine Arme um Björns Beine.

– Laßt mich in Ruhe, geht weg! Laßt mich allein!

Er lehnte gegen eine Grotte im Fels. Überall lag Vogeldreck. Wir schienen wie auf einer Guano-Insel am Himmel zu treiben.

– Was ist passiert, Björn? Der Kleine hat sich Sorgen um dich gemacht.

Balu wühlte hitzig in seiner Schulmappe, schleuderte Bücher und Hefte heraus und brachte dann triumphierend eine Handvoll Erdnüsse zum Vorschein:

– Hier, iß. Das wird dir gut tun!

Björn schloß die Augen, seine Beine gaben nach und er sank zu Boden. Wortlos strich er Balu übers Haar und starrte auf den Hafen in der Ferne. Man konnte eine Eisenbahnbrücke erkennen, den Schaum unter den Bögen, die Küste mit den Molen, einen kleinen weißen Leuchtturm auf dem Festland.

Ein vor Anker liegender Frachter heizte die Kessel an.

– Also, Björn, was ist passiert?

Er wandte sich mir zu; in seinen Augen lag tiefer Schmerz. Er mußte geweint haben.

– Erik hat sich umgebracht.

Er schauderte und wandte sich ab. Balu fixierte ihn wie eine Statue, er hatte alles begriffen. Ich legte meinen Arm um Björns Schulter, strich ihm übers Haar, nahm seinen Schmerz in mein Herz. Wir drei hockten zusammen im Angesicht dieses Todes, so wie Menschen in Sturm und Nacht zusammenrücken, und wenn einer stirbt, versteht jeder andere seinen Tod.

– Erik, mein Bruder, verstehst du?

Balu hatte seinen Kopf auf Björns Knie gelegt. Ein Fischadler zog seine Kreise am Himmel.

– Björn, bitte, ich hab' dich doch gern.

Ich betrachtete das Kind, das Meer und Björn; ich lauschte diesem Tod – ja, in dem Augenblick, wo wir innehalten, ist er da; er ist immer da, wie der Fischadler zieht er seine Kreise über uns, sein Atem ist leicht wie ein Flügelschlag. Ich sah das Bild meines

Bruders vor Augen, des Goldwäschers, der im Dschungel gestorben war: Er sah so friedlich aus in seiner Hängematte, die im Wind schaukelte, während eine kleine Echse unten durch das trockene Laub huschte. Dieselbe Stille. Er war tot. Und oben derselbe blaue Himmel.

– Du hast bestimmt Hunger, Björn, iß doch, das wird dir gut tun. Und schau hier, ich habe eine Nautilus-Muschel gefunden!

Eines Tages hatte ich diesen Himmel erfaßt, und ich sagte nein zum Tod. Wir haben nichts vom Leben verstanden, solange wir nicht unseren Tod verstanden haben. Es geschah in den Gefängnissen der SS, als alles um mich herum starb. Ich betrachtete den Himmel, während all diese winzigen Körper getötet wurden, und aus meinem Herzen erhob sich ein solcher Schrei: „Nein! Ich war nicht etwas, das man töten konnte. Ich *konnte nicht* das sein, es war nicht wahr, es war eine Lüge, ich war nicht sterblich, ich war kein Körper, der stirbt!" Dieser Tod war so schändlich. Und plötzlich lachte ich. Ich trat heraus, löste mich, erhob mich, als hätte mein Schrei ein Loch in diesen menschlichen Panzer gebohrt, und schoß nach oben. Das war das erste Mal. Es war herrlich. Ein kleiner ablösbarer Körper, an einer Schnur gehalten, eine kleine Marionette in gestreiftem Sacktuch, und ich... ich war oben. Oh, dieser Schrei des Staunens, wenn man herausbricht, diese plötzliche Majestät wie ein galoppierender Wind in der blauen Steppe – ich war frei! Und wer konnte das antasten! Nichts und niemand. Ich war frei, unsterblich! Ich lachte, öffnete meinen großen blauen Blick und war König und frei überall.

Björn wandte sich mir zu. Ich konnte noch Batchas sanfte Stimme hören, die sich mit der warmen Luft erhob, mit dem Gesicht meines toten Bruders im Dschungel, mit Björns Leid, mit dem Leid dieser Welt. „Immer zusammen, immer zusammen..."

– Ich gehe fort.

– Wie bitte?

Er wies auf den Frachter in der Ferne.

– Ich habe hier nichts mehr zu tun. Was ich hier getan habe, hat keinen Sinn mehr.

– Aber wohin willst du gehen? Zurück zu ihnen? Das wäre verrückt!

Ich war schockiert. Eine Katastrophe, ein Abgrund tat sich auf. Wenn Björn fortginge, wäre diese Insel für mich tot.

– Willst du dich auch umbringen?

Noch einmal wiederholte er:

– Erik ist tot.

– Ja, und?… Es ist Feigheit.

– Mag sein, aber er ist tot.

Björn wühlte in seinem Hosenbund und brachte ein Stück zerknittertes Papier zum Vorschein, einen Zeitungsausschnitt.

– Meine Schwester hat mir das geschickt. Er ist nur aus der Sahara zurückgekehrt, um sich umzubringen, als ob die Wüste nicht still genug wäre. Höre:

> Die Polizei berichtet von einem tragischen Tod gestern gegen 9:30 Uhr im Bellevue-Bezirk von Bjoevik. Alarmiert von einem Anwohner, entdeckten Einsatzbeamte in Begleitung eines Arztes den Körper eines Autofahrers auf dem Vordersitz seines Wagens. Der Wagen war an der Lillehammer Straße geparkt, einige Meter vor der Kreuzung der Bundesstraße 23. Man konnte nur noch den Tod des Fahrers feststellen. In einer Mitteilung an die Polizei erklärte Erik Sörensen (27 J.), er sei aus freiem Entschluß aus dem Leben geschieden. Dies tat der Unglückliche mittels eines Schlauches, den er bei laufendem Motor vom Auspuff in das hintere Fenster des Wagens geführt hatte. Er starb an Erstickung. Die Gründe für seinen Freitod sind nicht bekannt.

Björns Gesicht war hart wie Marmor.

– Das ist sein schwarzer Humor, er hat einen Ort mit dem Namen „Bellevue“ gewählt… Und dafür ist er aus der Sahara zurückgekehrt.

– Es ist widerlich.

– Er hat schwer gelitten.

– Selbst dann.

– Ihre Welt ist so häßlich, Nil.

– Aber es gibt keine Schönheit als solche in der Welt, Björn! Sie ist nicht hier vorgegeben, sie liegt in unseren Augen der Schönheit. Wo ist denn dein „Bellevue“? Auch dort kann man sich umbringen.

– Man hat auch einen Brief gefunden, der an mich gerichtet ist:

Björn,

Heute Nacht bringe ich mich nach einem großen Saufgelage um. Meine letzten Gedanken gelten dir. Was gibt es noch jenseits? Wahrscheinlich nichts von Dauer, aber wenn es doch etwas Kohärentes geben sollte und du es rufen willst, werde ich antworten. Ich werde wohl auf der anderen Seite nichts Böses im Sinn haben, aber man weiß ja nie!

Hab acht, wenn man sich zu sehr aus der Nähe betrachtet, könnte es unschön sein.

Dein Bruder
Erik

– Unschön...

Eine Art Wut überkam mich. Wenn ich Björns Trauer nachgäbe, wäre er verloren. Und sein Ende wäre auch meines – und das von Balu, von Batcha. Wir alle drehten uns gleichsam um *eine* Achse.

– Aber wofür hält er sich denn, dein Bruder?

– Er hatte aus Trotz eine Prostituierte aus Oran geheiratet.

– Ja, und? In jedem von uns steckt vieles, das häßlich und schmachvoll ist. Kratze ein bißchen an der Oberfläche, und du wirst sehen. Ja, Björn, ich habe alle möglichen Dinge erlebt und gesehen, und immer konnte ich sagen: „Ich bin Teil davon; auch das bin ich; auch das ist möglich – alles ist möglich!“ Was ist nicht menschlich, sag's mir. Wo ist der reine Mensch ohne Fehl? Wir sitzen alle im selben Boot, es gibt nur einen *Menschen* in der Welt! Ich habe jede Menge Dinge gesehen. Ich habe meine Hölle mit meinen Fußschritten abgetragen. Und als ich den absoluten

Tiefpunkt erreichte, sah ich ein strahlendes Licht. Jetzt sehe ich. Jetzt durchschaue ich die alte List: Es gibt einen Nebel des Bösen, aber nicht den, den wir glauben. Das wahre Elend ist nicht, elendig zu sein, sondern an sein Elend zu glauben… Schau, Björn, immer wenn ich in die dunkle Nacht eintrat, war die größte Schwierigkeit nicht jene, meine Geringfügigkeit anzuerkennen, sondern vielmehr zu erkennen, was groß und bedeutend in mir ist, *trotz allem.* Das erfordert wirklich Mut. Wir sind nicht ansehnlich, wir sind voller Schlamm und Elend, und trotz allem beißen wir die Zähne zusammen und sagen „Nein! Ich bin die Schönheit, das Licht, das Wahre, Reine, ich bin Das, was in den Tiefen leuchtet, Das, was frei ist, Das und nur Das, und sie kriegen mich nicht zu fassen!" Dann ist es wie eine Flamme des Schmerzes, die tief im Inneren entzündet wird, so intensiv, daß sie brennt wie die Liebe. Danach wird alles klar. Das Böse ist nicht das Böse, sondern das verborgene Tor zur Liebe, als entzündete die Intensität des Bösen eine entsprechende Intensität der Liebe.

– Ich weiß nur eines: er ist tot.

– Aber *du* lebst!

– Nur für mich, das interessiert mich nicht.

– Aber, mein Gott, wer glaubst du denn, sind die „anderen"? Wenn du dich nicht selbst retten kannst, wirst du auch keinen anderen retten! Björn, siehst du denn nicht, wir sind wie ein Schlachtfeld, und es geht nicht um dich oder mich oder die „anderen": Wir werden geboren, um einen Sieg zu erkämpfen, jeder hat einen ganz speziellen Sieg zu erringen, und alle Umstände sind so angeordnet, daß sie auf unseren Sieg hinarbeiten. Es ist wie eine enorme Verschwörung – eine Verschwörung des Lichts, bis ins letzte Detail. Manchmal, wenn ich das betrachte, ist es schwindelerregend… Wir scheinen mit all den Schatten geboren zu sein, die erforderlich sind, um den Sieg davonzutragen. Wenn ich einen Abgrund sehe, sage ich mir deshalb: Dies ist der Augenblick. Björn, wir haben nichts vom Bösen begriffen, solange wir nicht begriffen haben, daß es die andere Hand desselben Engels des Sieges ist. Wie Batcha sagte, sind die Dämonen die Brüder der Götter.

– Schon seit drei Jahren bin ich auf der Suche.

– Suchen ist das beste, was man tun kann. Der wahre Schatz liegt nicht im Finden, sondern im Suchen. Manchmal scheint es mir, daß dieses Brennen tief im Inneren, dieses Verlangen nach etwas, nach etwas anderem – ich weiß nicht –, dieses etwas in uns, das strebt und sucht, das etwas braucht, so sehr braucht, der wahre Schatz ist. Es brennt: Es *ist.* Es dürstet: Es *ist.* Es braucht: Es *ist.* Das allein *ist.* Alles andere... Wir sind nicht groß durch das, was wir finden, sondern durch unser Bedürfnis des Suchens.

– Für ihn habe ich gesucht, um seinetwillen wollte ich die Macht.

– Aber er hat es dir doch selbst mitgeteilt: Wenn du mir ein Zeichen gibst, werde ich da sein, sobald du rufst. Weißt du zumindest, wie du ihn rufen kannst? Schau, Björn, du selbst hast es doch gesagt, wir sind eine neue Rasse von Abenteurern. Aber was glaubst du denn, ist das Abenteuer? Einen Zaubertrank zu entdecken? Mit den Füßen nach oben auf dem Kopf zu stehen oder den Atem anzuhalten? Abenteuer, das heißt, sich aller Dinge unter allen Umständen bewußt zu sein: im Wachen, in Schlaf und Tod, hier und dort, in allen möglichen Weisen, bei den Göttern und in der Hölle und überall. Dann trennt uns nichts mehr von unseren Brüdern, selbst der Tod nicht. Man muß den Ort entdecken, wo man immer zusammen bleibt.

– Du kannst schön reden. Und wie hast du nicht Guruji heruntergemacht!

– Aber es gibt nicht endlos viele Dinge zu entdecken! Nur *eines.* Wenn du da herankommst, findest du zu allem Zugang.

– Mach du das erstmal vor.

– Man muß wissen, was man will, Björn. Man muß kohärent sein, wie dein Bruder sagt, man soll nicht dutzende Kräfte begehren – nur eine. Und sie ist der Schlüssel zu allem! Wenn man sie nicht kennt, wird man eines Tages zerrissen, deine Tasche öffnet sich und alles wird verstreut. *Das* ist die Kohärenz, die höchste Kohärenz; wenn du das hast, hast du *den* Faden, alle Fäden, den Zugang zu allem.

– Ich weiß nicht mehr weiter…

Björn nahm sich eine Handvoll Erdnüsse.

Balu lächelte erleichtert: Sein Freund war gerettet, er konnte wieder essen.

Wortlos schob er Björn noch eine Handvoll nach. Dann schaute er mich dankbar an. Meine Hände waren feucht. Ich spürte ein Fieber, als hätte ich Björns Selbstmord heruntergeschluckt.

– Sag, Björn…

Auf dem Fels war kein Hauch zu spüren, ab und zu kam ein Luftstrom mit dem Duft von Akazien und heißem Sand herauf. Balu wagte sich nicht zu rühren. Björn blickte in Richtung Hafen. Und ich betrachtete den Skandinavier mit den breiten Schultern, mit dem roten Dreieck zwischen den Augenbrauen, und das Kind, das ihn nicht aus den Augen ließ.

– Sag, Björn…

Balu umfaßte die Knie des Freundes.

– Du kehrst doch nicht zu ihm zurück?

– Wie bitte?

Björn war rot vor Zorn.

– Aber was hast du denn gegen ihn, was habt ihr alle gegen ihn?

Balu schnitt eine seltsame Grimasse. Dann nahm er die Nautilusmuschel und zerdrückte sie am Felsen.

– Er liebt dich nicht.

– Wer sagt das?

– Außerdem ist er ein Vaishya.[1]

In seiner Stimme lag so viel Geringschätzung, daß es Björn die Sprache verschlug.

– Aber du, du bist der König.

– Der König…

– Und du bist auch schön.

Björns Herz wurde weich. Er fuhr Balu streichelnd übers Haar.

– Und du, kleiner Mond? Was bist du?

[1] Ein Angehöriger der Händler-Kaste

– Ich bin der Wächter des Königs.

Er blickte zu Björn auf. Ich hatte das Gefühl, daß etwas zwischen ihnen übersprang.

– Ich passe auf dich auf.

Balu drückte die Schultasche an die Brust. Da saß er aufrecht und blaß, als trotzte er dem Tod selbst. Was war es, das dieses Kind an Björn band – an diesen Björn, der eines Tages aus zehntausend Kilometern Entfernung auf diese Insel am Ende der Welt kam? Was verknüpfte unsere drei Leben, welche Geschichte? Es gab eine Zeit, wo ich Wunder suchte, doch jetzt, wo ich sie nicht mehr suche, scheine ich sie überall zu sehen. Man nennt es „Zufall“, aber was ist es wirklich? Der kleinste dieser Zufälle leuchtet wie ein Stern im großen Wald der Welt. Manchmal scheint es mir, daß eine beiläufige Geste, eine Sekunde der Unaufmerksamkeit, ein Sprung nach rechts statt nach links, die Feder eines Vogels oder ein bloßer Atemzug eine schwindelerregende Welt der Vorsätzlichkeit enthält – und vielleicht... Vielleicht sehen wir nicht alles, was diese Augenblicke verbindet, den unsichtbaren Faden, der durch die Jahrhunderte läuft und der diese Sekunde des Staunens, dieses entscheidende Zusammentreffen, jenes fliegende Körnchen an eine andere, unbeendete Geschichte anknüpft, ein altes, nicht gehaltenes Versprechen, einen vergessenen Hügel, eine alte Quelle, wo zwei Wesen einst ein flüchtiges Lächeln tauschten. Wann begann die Geschichte? Auf welche Zeichen, welchen Ruf aus alter Zeit antworten wir heute? Wir halten nicht alle Fäden in der Hand. Wir halten nur einige unbemerkte ephemerische Augenblicke hier und da, Bruchstücke einer Geschichte, als öffnete sich plötzlich das Fenster einer großen Legende, die in verborgenen skandinavischen Ländern und verlorenen Inseln verschwindet und noch fortdauern wird, wenn all unsere Winter gezählt sein werden. Manchmal glaube ich, es liegt ein größeres Mysterium in einer Nichtigkeit, auf die man zufällig stößt, als in allen Unendlichkeiten des Himmels, und der Schlüssel der Welt liegt nicht im unendlich Großen, sondern einem winzigen Blinzeln, das man zufällig erfaßt... Balu lebte diese winzigen natürlichen Wunder, während ich sie in Sekunden des Staunens erfuhr, mit einem Hauch warmer Luft, der mit diesem Duft von Akazien und Sand aufstieg. Er fing sie augenblicklich auf, so wie er Björns Ruf während des Rechenunterrichts aufgefangen hatte, und dann rannte er los, wußte sogleich alles. Unsere Gedanken und Worte sind große Verkleidungen, wir verstehen nichts. Einen kleinen direkten Ton, der ins Herz der Dinge geht, der in einer Sekunde alle Zeitalter und Orte durchquert, kleiden wir in Worte – jeder Ton vom Herzen geht direkt auf sein Ziel zu, und wir draußen schreien wie besessen.

Wortlos sammelte Balu seine Bücher und Hefte ein, stand auf, legte die Hände zusammen, grüßte erst Björn und dann die Statue in der Grotte mit einer kleinen Verbeugung. Und schon war er weg.

– Welch ein lustiger kleiner Geselle!

Björn suchte die Bruchstücke der Nautilusmuschel zusammen.

In der Grotte stand eine Statue, eine seltsame Gottheit, die mit der rechten Hand segnete und einem mit der anderen die Kehle durchschnitt. Sie hatte vier Arme und tanzte mit offenem Mund, als wollte sie die Welt verschlingen. Splitternackt und pechschwarz, trug sie eine Girlande aus Schädeln um den Hals. Welche Botschaft wollte sie uns vermitteln?

– Aber was habt ihr eigentlich alle gegen Guruji? Das ist doch eine dumme Geschichte. Guruji hat für Erik gearbeitet, er wollte ihn retten, er hat seine Kräfte eingesetzt...

– Oh! Er stand in Kontakt mit Erik?

– Ich habe ihm sein Photo gegeben, er hat sich darauf konzentriert, daß er hierher kommen sollte.

– Oh!

– Wieso, was meinst du mit „oh"?

– Er wollte ihn veranlassen, hierher zu kommen.

– Erstmal wollte er ihn von diesem Mädchen trennen.

Da plötzlich begriff ich.

– Das ist es. Aber anstatt ihn dazu zu bringen, hierher zu kommen, hat er ihn getötet.

– Wie bitte?

– Schau, Björn, es ist ganz einfach. Er wollte ihn hierher kommen lassen und hat dafür eine Kraft angesetzt. Aber man kann keine Kraft ansetzen, ohne einen entsprechenden Widerstand hervorzurufen. Man kann kein Licht abstrahlen, ohne eine entsprechende Dunkelheit auf den Plan zu rufen, und je stärker der Strahl ist, desto tiefer die Dunkelheit. Und wenn der Empfänger nicht innerlich bereit ist, zerbricht etwas – du wirst verrückt oder du stirbst, wie Erik. Man stirbt, weil die Summe der Dunkelheit zu groß ist für das Einströmen des Lichts, verstehst du? Ich habe es gesehen, Björn. Immer wenn ich einen Schritt nach vorn tat und eine neue Höhe erreichte, fiel ich am nächsten Tag oder drei Tage später automatisch in eine genau entsprechende Tiefe. Es ist nicht einmal so, daß man „fällt", sondern als ob das Licht die Dunkelheit aus ihrem Verschlag zwänge. Eine Art Gesetz des Abstiegs. Warum es sich so verhält? Das weiß ich nicht. Aber man kann nicht tiefer hinabsteigen, als die eigene Fähigkeit für das Licht es erlaubt, andernfalls zerbricht etwas. Deshalb ist Erik gestorben. Eine Art dunkler Äquivalenz. Aber es geschieht mathematisch: Auf jeder Etappe steigt man hinab. Man kann keinen Schritt nach oben tun, ohne einen Schritt nach unten zu setzen. Es ist etwas Eigenartiges, Björn, man könnte sagen, unsere Fähigkeit für den Himmel ist verknüpft mit unserer Kapazität für die Hölle.

– Aber…

– Verstehst du nicht? Erik spürte etwas, das ihn trieb, die alten Gleise zu verlassen – und er ist durch die falsche Tür ausgestiegen. Man kann die Leute nicht schneller vorantreiben, als sie gehen können – deshalb schreitet die Welt auch im Schneckentempo voran! Wenn man sie auf einmal vergöttlichen wollte oder könnte, würde sie zerbersten, das ist alles. Sie muß in kleinen Dosen geläutert werden. Unser Abenteuer besteht darin, die Bewegung zu beschleunigen: Zehn Leben in ein einziges zwängen. Man macht eine beschleunigte Evolution durch, mit allen Risiken.

Alles wurde jetzt klar: Eriks Selbstmord, die Rückschläge, Björns innere Stürme, meine Revolten gegenüber dem Sannyasin, der ganze Vorgang von Aufstieg und plötzlichem Fall. Aber warum? Warum dieses Gesetz des Abstiegs? Björn sah mich verständnislos an.

– Warum, Björn? Warum dieser automatische Fall? Warum können wir uns nicht einfach befreien? Das Böse? Aber ich glaube nicht ans Böse. Es gibt kein Böses, es gibt nur etwas, das wir nicht begreifen.

Björn zuckte mit den Schultern.

– Mag ja sein, aber ich gehe fort.

– Oh, Björn!

Mehr war nicht zu sagen.

Der Frachter, Björns *Laurelbank*, ließ Rauchschwaden ab. Die Sonne stand schon tief, und die Statue in der Grotte schaute fast lebendig aus, als würde sie uns jeden Augenblick die Kehle durchtrennen, oder uns vielleicht segnen. Ich schloß die Augen, schaltete ab. Ja, wenn nur ein Tropfen, ein kleiner Tropfen dieser *Harmonie* auf die Erde herabkäme, so wären alle kreischenden Mißtöne in der Welt geheilt.

– Dann habe ich also Erik getötet.

Mir war, als schlüge ich mit dem Kopf gegen eine Mauer. Er stammelte:

– Wenn es stimmt, daß Guruji Erik unter Druck gesetzt hat, dann bin ich daran schuld. Ich habe meinen Bruder getötet.

– Du...

– Ja.

– Aber Björn!

– Ich habe ihm das Photo gegeben.

– Ich? Welches „ich“? Wird sind alle „ich“, und niemand ist schuldig!

Mir schien es, als ob die Statue große Augen machte.

– Wo ist „ich“... Ich weiß nicht, Björn. Es gibt Ströme, die fließen – rote, schwarze, blaue, schnee-leichte. Man nimmt die Ströme auf, verhärtet sie zu einem kleinen menschlichen Selbst, man gestaltet sie zu schweren, tragischen Schicksalen, aber wenn man seine Hände öffnet, ist alles einfach: Dann existiert nur noch das Licht. Wo ist denn der Schatten, Björn? Man muß seine Hände öffnen und über die Ebene des Kopfes hinausgehen. Dann ändert sich alles, und alles ist gleich, nur daß die Härte fehlt... Es sind gleichsam zwei Welten, die sich exakt überlagern; in der einen fließt alles so harmonisch, so einfach und natürlich, ohne unsere menschlichen Schreie und Tränen, die fast wie ein Theater sind, die der wahren Welt aufgestülpt werden, eine Erfindung des Elends.

– Eriks Tod ist kein Theater.

– Es ist die letzte Wichtigtuerei des „ich". Lieber will er von eigener Hand sterben als verschwinden.

Björn stand auf, Haß funkelte in seinen Augen. Und seit diesem Augenblick rang ich mit ihm wie mit meinem eigenen Tod.

– Dein Pfad „oberhalb des Kopfes" ist ganz einfach ein herzloser Pfad.

Er wollte mich offensichtlich erledigen, es war die Rückkehr des alten Feindes, der Schatten-Bruder, dem man am letzten Tor begegnet.

– Du bist nicht von unserer Welt, nicht von hier. Ich hasse dich.

Eine Woge des Leids überkam mich, sein Leid, meines, es war alles dasselbe. Ja, ich hatte genug von dieser menschlichen Sentimentalität, diesem Knoten hilflosen Mitleids, dieser Sklaverei des Schmerzes, der an den Tod glaubt, an die Geringheit, an die unerbittlichen Gesetze – während ich doch an die Freude glaube! Ich glaube, wir sind groß, stark, voller Licht, göttlich und voller Fähigkeit!

Dann erfaßte mich eine Kraft, ich stand auf, packte Björn an den Schultern, als ob ich mit meinem eigenen Tod kämpfte. Die Sonne ging unter, und der Himmel leuchtete in flammendem Orange. Alles war in Orange gehüllt: der Fischadler über der Grotte, der Sand, das Meer, der Fels mit dem Vogeldreck; es war ein Aufleuchten von Licht wie die Herabkunft einer anderen Welt.

– Du leidest, Björn, aber das ist eine Falschheit. Das Leiden ist eine Falschheit, der Tod ist Falschheit, der Schmerz und die Geringfügigkeit sind Falschheit. Bis ans Ende – selbst wenn ich fallen oder verrecken sollte – werde ich wie ein irrer König wiederholen: „Wir sind die Wahrheit, wir sind das Licht, wir sind Größe und Schönheit, die singende Freude, weil wir göttlich sind." In uns ist eine unsterbliche Flamme, ein Feuer der höchsten Freude, das hinter unseren Leiden und all unseren Nächten lacht; ein Feuer der Wahrheit, das all unsere Dunkelheit und Schmach und unsere Sünden und Tugenden verbrennt, alle Schicksale und alle Gesetze, weil es *die* Bestimmung ist und *das* Gesetz – eine kleine Flamme in uns, die die Welt neu schaffen kann. Eines Tages wird diese Flamme die Menschen berühren, und wir werden die Erde wie ein Märchen gestalten; eines Tages wird das innere Feuer außen brennen, und diese dunkle Materie wird das strahlende Abbild der innewohnenden Seele sein: plastisch gegenüber ihrer Vision, lebendig gegenüber ihrer Freude, gehorsam ihren Weisungen. Dann wird jeder seine Welt nach der Farbe seiner Seele erschaffen; jeder wird ausdrücken, was er kraft der Qualität seines Feuers ist, sichtbar, materiell, ohne Ausflüchte und künstliche Gebilde, ohne trügerische Worte, allein durch die Kraft seines Feuers; jeder wird seinen Platz in einer hohen Lichthierarchie einnehmen gemäß der Schönheit seines Traumes und gemäß seiner Kraft, Materie als Substanz dieses Traumes zu gestalten. Dann wird die Erde aus der Falschheit und der Nacht hinausgelangen, und das Leben wird die *Flamme* aus ihrem körperlichen oder geistigen Gefängnis befreien: Eine Welt der Wahrheit wird geboren werden. Wir werden auf den unteren Ebenen so sein wie auf den höheren: frei, weit, wahr, *das* und nur *das*. Und der Tod wird nicht mehr existieren, weil wir in unseren Körpern wie in unserer Seele *wahr* sein werden.

Björn griff sich einen Kieselstein und schleuderte ihn ins Nichts.

– Und du, du wirst ganz allein in der Grube enden.

XI

Die Reise der Aalesund

Björn war noch nicht in Sicherheit; Eriks Tod hatte ein Tor in seiner Festung eingerammt, und der Feind war eingedrungen. Aber ich habe mich oft gefragt, wer dieser Feind wirklich war, und ich schien den *Freund* hinter seiner schwarzen Haube lächeln zu sehen; vielleicht dringt er so in unsere untadeligen Gefängnisse vor und zieht uns – uns selbst zum Trotz – hinaus, mit Schlamm bedeckt und frei von einer alten, verkrusteten Tugend.

Die Gerechten sind uneinnehmbar abgeschottet in ihrem Licht.

– Geh'n wir fort, mir reicht's.

Ich sah Björn ungläubig an.

– Ja, es reicht mir. Fahren wir weg. Der Frachter im Hafen soll aus Norwegen oder Schweden sein. Der Koch von *Minakshi* hat so etwas gesagt.

– Aber…

– Kein aber. Wenn du nicht mitkommst, fahr' ich eben allein.

Er stand aufrecht auf der Schwelle meiner Zelle, die Hände in die Hüften gestemmt. Seine Augen waren grau-dunkel.

– Du traust dich wohl nicht?

Eine furchtbare Seelenqual überkam mich, meine Schläfen pochten. Er hämmerte seine Worte mit einer Art Wut im Bauch heraus.

– Du läßt es dir hier gut gehen, und alles auf meine Kosten. Jetzt reicht es. Wir brechen auf. Wenn du hier bleibst, mußt du schon von Tür zu Tür betteln gehen.

Ich war sprachlos. Batchas Gesicht erschien mir vor Augen.

– Und Balu?

Er blinzelte mit den Augen.

– Glaubst du etwa, ich bleibe nur wegen eines Kindes hier?

– …

– Er wird größer werden und vergessen. Mach, was du willst. Ich fahre weg.

Er wandte mir den Rücken zu. Ich folgte ihm in seine Zelle. Er begann in seiner Kiste zu wühlen, schleuderte Bücher und Kleidung heraus.

– Ja, die Brüder für die schönen Tage im Leben, das ist so angenehm… Und am Ende setzen sich alle ab. Ich könnte tot umfallen, und dich läßt es kalt. Du bist ja „im Licht".

– …

– Außerdem hab' ich auch die Nase voll von dieser ständigen Träumerei hier. Was tun wir hier eigentlich?

Er nahm seine Mala[1] und schleuderte sie gegen die Wand.

– Du glaubst wohl, es ist alles nur ein Scherz?

– Genug jetzt, Björn, ich komme mit.

Mir brach es das Herz.

Aufbrechen… Ich war immer bereit aufzubrechen, egal wohin, in fünf Minuten hatte ich meine Sachen gepackt, und je unvorhergesehener, desto besser. Aber diesmal war es anders. Nein, man konnte natürlich nicht „wegen eines Kindes" hier bleiben; man ist ja vernünftig, man „macht" etwas im Leben. Was? Ich weiß es nicht. Vielleicht zeugt man Kinder als Wiedergutmachung für jenes, das man betrogen hat.

– Sechs Millionen Mantras, stell dir nur vor! Sechs *Millionen*… Drei Jahre Arbeit.

Björn kniete vor einem Haufen Hemden und Krawatten. Dort lag auch eine Karte von der Sahara und das Messer des Sannyasins, das er von mir hatte.

– Wozu ist das alles gut? Wir brauchen nichts.

[1] Halskette zur Wiederholung des Mantra

Seine Stimme wurde sanfter, er hielt einen Moment inne und sah mich an wie ein verlorenes Kind. Und plötzlich schien er am Rand der Tränen.

– Wozu brauch' ich das, Nil, ich habe alles verloren... Selbst meinen Traum.

– Glaubst du, dort drüben werden wir ihn wiederfinden?

– Wir können etwas anderes unternehmen, ein neues Leben beginnen.

– Etwas anderes? Glaubst du wirklich, man macht etwas anderes? Es bleibt immer dasselbe, mit anderen Namen.

Er lachte seltsam auf.

– Ich kenne Mantras, um Skorpionstiche zu heilen, um Gifte zu neutralisieren, Nervenkrämpfe und Hysterie zu beseitigen oder schwangeren Frauen in dreißig Minuten zur Entbindung zu verhelfen. Ich hab's alles hier notiert.

Er schwenkte ein Notizheft vor meinen Augen.

– Wir können sogar eine Entbindungsklinik aufmachen oder eine Hathayoga-Schule.

Gern hätte ich ihn am Arm gefaßt und liebkost, aber eine unsinnige Verlegenheit hielt mich zurück.

– Und ich weiß nicht einmal, wie man richtig lebt.

Er stopfte seine Kleider wieder in den Kasten.

– Eigentlich brauchen wir nichts, höchstens eine Hose. Wir werden ja nicht als Brahmanen verkleidet an Bord gehen.

Er warf mir eine Jeans und ein Hemd zu, dann blickte er auf mein Messer.

– Das auch, könnte ja nützlich sein...

Dann schloß er den Kasten mit einem Schlag.

– Und ich habe nicht einmal die Götter gesehen, überhaupt nichts! Ich wollte sie sehen, verstehst du, sehen, lieben – ja, lieben. Man schließt die Augen und *sieht,* dann ist es da, und man liebt für immer. Einmal habe ich Kali gesehen. Welch ein Anblick – ganz schwarz und so schön mit ihrem langen Haar. Und ich sagte mir: Wenn ich sie nur immer sehen könnte, jederzeit, wo auch immer...

Einen Moment schaute er ins Leere.

– Wir Menschen sind wirklich unglückliche Wesen: Jeder lebt für sich, alle sterben, und die Götter bleiben stumm. Was uns am meisten liebt, das ist unser eigener Traum.

– ...

– Ich habe fünfundzwanzig Jahre in einem Traum gelebt.

– Ja, man muß in einen größeren Traum überwechseln, das ist alles. Wenn du das nicht tust, stirbst du.

– Ich habe gesucht und nichts gefunden.

– Aber es ist da, *bereits da.* Du möchtest etwas anderes sehen, Björn, aber es geht nicht darum, etwas anderes zu sehen, sondern dieselbe Sache mit anderen Augen. Darum geht es, Björn, wir sind verdorben durch das Übernatürliche. Solange man nicht erkennt, daß die Sache, die es zu finden gilt, nicht anderswo ist, sondern *hier,* wird man vielleicht himmlische Freuden finden, aber hier auf der Erde am Ende verrecken. Ich weiß es, ich habe auch lange gelitten, weil ich dachte, daß die wahre Welt anderswo sei, wie eine Art privates Super-Kino, das man sich im Schneidersitz vorführt. Aber das ist es nicht! Alles ist schon da. Jeder von uns hat wohl seine eigene Art, Schwierigkeiten zu erfahren, aber am Ende existiert nur *die eine* Schwierigkeit. Du klammerst dich an die Götter, andere ans Geld, wieder andere an Frauen, oder an Moral oder Unmoral – es ist ihre Weise, Schwierigkeiten zu erfahren. Sie klammern sich an alles, selbst an den Geist, an Schönheit, Gut oder Böse, und dieses Sich-an-etwas-Klammern ist das große Problem, die einzige Schwierigkeit in der Welt: Das „ich“ klammert sich fest, und alles wird entstellt. Es gibt kein Gutes, das nicht durch dieses „ich“ entstellt wird – aber wenn du „losläßt“, wird alles gut. Wenn du losläßt, sind die Götter nicht länger das Gegenstück zu den Teufeln, oder die Teufel das Gegenstück zu den Göttern, man geht darüber hinaus, man ist *das.*

Für den Bruchteil einer Sekunde fragte ich mich, woran ich mich denn klammerte.

– Mir reicht es ganz einfach.

Er stand auf, nahm sich Hemd und Hose, und blieb dann mit den Schuhen in der Hand stehen.

– Wir werden uns aber nicht hier umziehen. Das ganze Dorf würde uns anstarren… Ziehen wir uns am Strand um.

Er kicherte:

– Wir werden uns als Europäer verkleiden.

Ich ging in meine kahle Zelle, nur eine Matte lag auf dem Boden. Ich nahm den kleinen Flötenspieler, der zu lächeln schien. Ich schaute mich um. Eigentlich war nichts zum Mitnehmen da, ich war arm wie Hiob. Und doch so reich! Eine Sekunde schloß ich die Augen: Alles löste sich auf – das Durcheinander, die Abreise, Björns Pein. Nichts blieb außer dieser kleinen Flamme im Inneren, so warm und ruhig. Man zieht den Vorhang weg, und sie ist da, ist immer da: das unfehlbare Wunder. Außen war nur dieses Getöse, ein falscher Aufbruch, der nirgendwohin führte; man regt und bewegt sich, macht Gesten, Millionen Gesten für nichts und wieder nichts, ein fürchterliches Nichts, das sich im Nichts bewegt, während das einzige, wohin man zu gehen hat, bereits da ist, ruhig, geräuschlos, lächelnd – wartend. Und das ganze Leben erschien mir plötzlich so nichtig, diese Art Dschungel, wo man sich den Weg freihaut, marschiert, phantastische Anstrengungen unternimmt und dann atemlos eine Sekunde innehält: da, diese Blume unter dem Busch. Mit einem Mal ist alles weggefegt – der Dschungel, Schweiß und Mühen. Nur die Blume bleibt. Sie war immer schon da, hatte nie aufgehört, da zu sein! Dafür war man marschiert, hatte sich abgekämpft… Oh, dieser Blick, der plötzlich umschlägt, und alles wird transparent und erfüllt; man umrundet das nebelverhangene Kap; man ist wie ein überraschtes Kind, das zuschaut, wie die Welt ihre Farbe ändert.

Aber das Lächeln wollen wir nicht, wir wünschen das Drama.

– Also, kommst du?

Er knallte die Tür zu.

Wir gingen in Richtung Westen und überquerten die ganze Insel bis zur Korallenfischerei. Der Frachter lag am gegenüberliegenden Ufer im Hafen. Björn marschierte stumm mit angestauter Rage. Am Strand wechselten wir unsere Kleider. Ich krempelte meine Hose um, denn sie schlotterte auf dem Boden.

– Und schau nicht so verdrossen drein, Nil!

Wir nahmen eine Feluke mit Dreieckssegel. Ich bewegte mich rein mechanisch wie ein Automat.

Leichte Brisen strichen über das Meer.

– Schau, es ist ein Norweger!

Genausogut hätte es ein Zulu oder Peruaner sein können, das war mir ganz gleich. Wir hätten Feuerland oder den Teufel ansteuern können, das war auch egal.

Björn war ganz aus dem Häuschen und sprang auf dem Boot hin und her.

– Ein Norweger, stell dir vor! Schau, das blaue Kreuz. Wir werden wieder Schnee sehen, Nil, und das Blau der Fjorde, das Eis. Schluß mit der Bruthitze. Du hast ja vom Pol geträumt...

Ich weiß nicht mehr, wovon ich eigentlich träumte, ob von Kälte oder Wärme, von Norwegen oder dem Äquator. Ein kleiner innerer Grad war alles, was ich brauchte. Alles andere war... wie diese Hose – eine Maskerade. Oder wie das Schiff – Getöse.

– *Aalesund!*

Ich ließ meine Hand durchs Wasser streichen, das sanft gegen die Bordwand plätscherte. *Aalesund,* aber wozu? Ich befand mich auf einer anderen Reise, und die Welt war wie in Lieblichkeit gehüllt. Es war seltsam, aber seitdem ich diese Insel verlassen hatte, war mir, als ob ich von einer Kraft getragen wurde, die größer war als meine eigene, so sanft, als trat ich aus mir selbst heraus oder neben mich und blickte auf diesen kleinen Körper herab, auf Björn, das Schiff. Ich betrachtete alles mit dieser Sanftheit, gleichsam aus der Perspektive von jemandem, der bereits gestorben ist, weit weg, von etwas anderem oder einem anderen getragen, und die Welt trat zurück und ging in einer Art Dunst von Süße auf.

– Du wirst sehen, wie schön mein Land ist, rauh und zerklüftet, voller Scharen weißer Vögel...

Ich hörte Björns Stimme wie aus der Ferne, aber ich nahm einen ganzheitlichen Björn wahr, mit all seinen Tiefen, seiner persönlichen Geschichte, einer Art koloriertem Netzwerk mit Fluktuationen, kleinen Flammen, dunkleren Strömungen – ja, einer dunkleren Strömung. Und dann hörte ich die Stimme, die sagte: „Wie schön doch meine Insel ist. Jeden Morgen komme ich hierher und werfe mich nieder vor der Schönheit dieser Welt." Das war der Björn, der weiße Kleidung trug. Und schon war seine Insel nicht mehr schön; morgen würde auch sein schönes Land im hohen Norden in Grau umschlagen, und er würde nach anderen Orten Ausschau halten – das alte Lied, das ich ja gut kenne. Ich habe alle Atlanten gründlich gewälzt. Die weißen Vögel sind ausgestopft.

– Sag, Nil, woher kommst du eigentlich? Das hast du mir nie gesagt.

– Ich...

– Du siehst aus wie eine vom Licht geblendete Schleiereule, mit französischem Akzent.

– Ich komme aus einem Land, das unbewegt ist.

Er schaute mich mit weit geöffneten Augen an wie ein dickköpfiges Kind. Dann bemerkte ich, daß er vergessen hatte, das rote Dreieck zwischen den Brauen zu entfernen:

– Dein *Tilak.*

Er errötete bis an die Haarwurzeln. Dann wischte er sich das Dreieck verstört mit dem Handrücken ab. Das war jetzt ein recht ordinärer Björn.

– Balu würde dich jetzt nicht wiedererkennen.

Ich sagte das ganz mechanisch, so wie man eine Tatsache feststellt, oder einen falschen Farbtupfer auf einem Bild. Allerdings schien mit dem ganzen Bild etwas nicht zu stimmen: dieser Björn mit seiner Wut im Bauch, sich seiner selbst schämend, dieser enorme, mit Mennige bemalte Schiffsrumpf, die vor Anker liegenden Feluken, die unter knarrenden Kränen warteten, der beißende Geruch der Phosphatsäcke, und das Schreien der *Macua*[1]: All dies lief vor mir ab wie ein künstliches, flaches Bild, eine Art zweidimensionale Imitation der Welt. Dahinter jene immense, ruhige, sanfte Lieblichkeit, die die Geschichte wie

[1] Fischer

durch einen orangeroten Dunst betrachtete. Und Björn, der mir am liebsten an die Kehle gesprungen wäre.

– Du brauchst gar nicht den Nordpol, du bist jetzt schon wie ein Eisberg.

Er sprang wieder nach Steuerbord rüber. Und auch ich bekam seine Pein zu spüren; ich fühlte alles bis in die kleinste Schwingung, aber es wurde gleichsam von jenem Blick im Hintergrund erfaßt und transmutiert, mit dieser Süße der Ewigkeit betrachtet, die auf die Welt blickt und Kinder schreien hört: Alles ist bereits golden auf dem Hügel, und der Strahl wird bald dieses Tal erfassen. Vielleicht war es eine Verlagerung der Zeit, eine Art Beschleunigung des Bewußtseins, die diese orangerote Verwandlung hervorrief?

– He, schläfst du?

Ich sprang auf wie eine Marionette am Faden. Ein Mann stand unten an der Leiter. Drei knappe Worte nur und ein durchdringender, entblößender Blick. Björn stieg als erster hinauf. Ein zweiter Mann, mit Schirmmütze, und ein Blick unter die Gürtellinie: Klick, Klack, drei mürrische Worte, und wir steigen hinauf. Phosphatstaub füllt die Luft, schwankende Mäste. Mach schon, Junge, stehst hier im Weg. Ein dritter Mann auf der Brücke, wieder derselbe Blick... Aber wer blickt denn eigentlich? Vielleicht ist es wie ein Zinkauge mit Blick auf eine Maschine, mit der sie einem sauber den Hals abschneiden; okay, geprüft, vermessen, ins Fach geschoben. Der nächste bitte.

– Du hältst dich zurück, ich rede mit ihnen.

Ja, sicher, ich würde nichts sagen. Ich stand vor der Tür und war plötzlich drinnen, wie auf ein Pfeifsignal.

Vor uns saß ein schwitzender Mann mit nacktem Oberkörper. Derselbe entblößende Blick, und wieder auf den Unterleib: Das muß eine Art Sammelplatz sein. Ich verstand nichts, ließ sie reden. Eine mechanische Sprache wie aus Maschendraht, mit einzelnen Feldern, und dann häuft man aufeinander – ein Quadrat, zwei, drei, ein kleines Drahtgeflecht, die rechte Schublade, ja dort. Er zog seine Pfeife heraus. Björn setzte sich, ich setzte mich. Er strich sich eine Haarlocke zurück. Das tat ich auch, obgleich ich keine hatte. Was macht's – nur nicht auffallen, nichts hervorstehen lassen. Ich verharrte reglos. Jetzt war ich in der Zwergenbox. Neutralisiert, paralysiert, verifiziert.

Einen Moment Pause. Und plötzlich wurde mir bewußt, daß ich in der Narrenrolle war. Da saß ich still und höflich neben Björn auf einem Sofa mit Blumenmustern und betrachtete verzückt, fast mit Schuldgefühl, ein Ölgemälde hinter dem Kopf des Mannes, das eine gelbe Dschunke zeigte, die auf einem olivgrünen Meer segelte, auf dem sich der rosafarbene Himmel spiegelte.

Diese chinesische Dschunke war eine der größten Entdeckungen meines Lebens. Wenn man mich in diesem Augenblick gefragt hätte, wer ich sei, hätte ich meine Zeugnisse und Diplome präsentiert, mein Kriegsverdienstkreuz, meinen Onkel im Marineministerium und meine Geburtsurkunde. Ich steckte voll drin, es war wie ein elektrischer Schock. Ich sah Björn, den Mann, die Dschunke, wie sie plötzlich – gleich einer Großaufnahme in einem Film – größer wurden; etwas verlagerte sich, und ich brach hindurch – ich war nicht länger darin, sondern plötzlich draußen, abgekoppelt! Eine starke Flamme leuchtete auf, mit einem Schrei. In einem Aufblitzen sah ich viele Dinge, doch zuerst und vor allem den Unterschied, den gewaltigen Unterschied: Noch eine Minute vorher hatte ich an die Sache geglaubt, war voll im Zwerg, und es war so *natürlich*, eine Art Hypnose, Tausende von Gewohnheiten, die zurückkehrten mit ihrem kompletten *curriculum vitae*, inklusive dem Krebs des Großvaters, für den ich schon vorgemerkt war – eine unerbittliche Gewohnheit des Seins. So ist es, so wird es sein, und so war es schon immer gewesen. Eine Gewohnheit, zu fühlen und zu denken, zu reagieren und zu glauben; als sitze man im Traum hinter den Linien des Feindes gelähmt in der Falle und werde immer kleiner und grauer. Man steckt in der Schachtel, und das Ersticken ist an der Tagesordnung. Die Welt ist eine enorme Gewohnheit: Sie betrachtet ihre chinesische Dschunke und erleidet Schiffbruch auf einem gemalten, olivgrünen Meer. Dann dieser Schrei des Erweckens, und alles schmilzt weg, selbst der

Krebs zusammen mit dem Verdienstkreuz: Das Todesurteil wird aufgehoben. Ja, gewiß, dort draußen war der kleine Narr, der lieb Kind spielte, aber ich... Ich war diese warme Flamme im Inneren, diese klare Expansion, diese Verzückung eines Kindes, das sein sagenhaftes Königreich entdeckt, diese verborgene Leichtigkeit unter den Barbaren. Und plötzlich diese tiefe Dankbarkeit, weil *das* da war. Die Befreiung. Und dort, vor jener chinesischen Dschunke auf Seide mit dem kleinen Mann am Wriggriemen, überkam mich ein tiefes Gefühl – ich verspürte den Drang, auf die Knie zu fallen, mich zu Boden zu werfen und wie ein Kind zu weinen, weil *das* da war, dieses Wunder, das alles in seinem Strom der Sanftheit hinwegträgt, in einer großen weißen Welle der Befreiung Mauern einstürzen läßt und Tore öffnet. Ob Gott existiert, weiß ich nicht, aber *das* existiert, *das* ist wahr, *das* ist weit, die Freiheit der Hochsee, das Sesam-öffne-dich, der sagenhafte Reichtum inmitten von Millionen Nichtigkeiten, als ob alles sich vor den eigenen Augen erhellte und wandelte und unter den Fingern zu Leben erwachte; das große Erwachen, die Freiheit auf immer, die unveräußerliche Majestät. Ja, sie könnten mich in Ketten legen oder zur Hölle schicken, ich wäre frei in der Hölle und frei in ihren Kerkern, und der Tod könnte tausendmal sterben, ich war lebendig auf immer! Wo war die Furcht, die Angst, das Ende? Ich hatte überall meine uneinnehmbare Burg, blitzschnell war ich tausend Lichtjahre weg in Feuerfernen, in der großen Süße, die die Welten kreisen läßt und durch unsere Myriaden Augen hinauslächeln möchte. *Und alles ist möglich*... Alles wird *augenblicklich* möglich. Noch vor einer Minute die unerbittliche Verkettung, das unentrinnbare Gesetz; der Krebs vom Vater zum Sohn, das Verdienstkreuz für alle Zeiten, der Käfig ohne Entkommen – ein mächtiger Käfig, dessen Umrisse ein für allemal bekannt und verzeichnet sind, und man entrinnt nicht, es ist die unbeugsame Gravitation nach unten, die eherne Hierarchie, die Kommunikation durch den Unterleib – und dann nur ein Hauch, und alles ist wie weggespült, wirklich weggespült: *Ganz wie man will.* Eine phantastische Illusion! Als hätte man auf einer Urwelt geometrische Linien gezogen und sich dann hineinbegeben und erklärt, „dies ist das Gesetz“: ein phantastisches *curriculum mortis*, ein gigantischer intellektueller Krebs.

Mein Blick fiel wieder auf den Mann, dann auf Björn, der die Hände zwischen den Knien gefaltet hielt. Über einen Lautsprecher dröhnten Befehle an Deck. Da überkam mich eine Art tiefes Mitgefühl, ich spürte das Verlangen, in diese Welt dort einzusteigen, ja, fast freute ich mich auf die Abreise! In jedem Fall war ich glücklich, außerhalb von allem, in einer großen weißen Steppe, im Inneren nur als eine kleine Flamme, die grundlos liebte, weil sie allumfassend liebte. Aber *sie* wissen nicht, daß sie lieben! Sie wissen nicht, daß sie unermeßlich weit sind. Deshalb fürchten sie sich. Sie glauben, sie seien klein und voller Elend, sie errichten stählerne Wände, um sich vor ihrer eigenen immensen Weite zu schützen, und legen Fallen, um einen Tropfen *ihres* Schatzes zu bewahren. Sie sind schwach, weil sie nicht wissen; sie sind hartleibig und böse, weil sie vergessen haben. Wenn sie wüßten, würden sie ihre Tore weit öffnen und voll aus dem großen Schatz schöpfen, nach Herzenslust vom Ozean der Freude trinken.

Eines Tages werden ihre Mauern fallen, und dann werden sie staunen.

– He, Nil!

Er gab mir einen leichten Knuff. Ich sah, wie der Mann vor mir knallrot anlief, hüstelte und dann die Pfeife niedersetzte. Ich dachte, er würde explodieren oder mich hinauswerfen. Ich begriff, was ablief, und senkte die Augen, machte mich ganz klein und unscheinbar, kroch zurück ins Loch. Ich weiß ja, sie können es nicht ertragen, es ist wie eine Beleidigung oder Bedrohung. Man muß hinter dem Schleier bleiben. Sie ertragen nicht, daß man sie liebt, sie ertragen nicht die Freude. Und wir selbst? Hatten wir nicht bereits unsere Insel verlassen und uns auf diesen Bleioxid-Kasten begeben? Ja, sicher, wir haben alle genau so viel Freude, wie wir ertragen können!

Der Mann kritzelte etwas auf ein Blatt Papier.

Und wie er da saß, über den Schreibtisch gebeugt, spürte ich plötzlich mit völliger Klarheit, daß die göttliche Gesamtheit der Welt dort zugegen war, die Gesamtheit der Freude, der Liebe, aller Dinge, nur darauf wartend, daß wir mehr davon aufnehmen könnten. Wir laufen hinter einem Wunder her, das bereits da ist, wie ein leerer Krug auf einem Meer von Nektar.

Björn stand auf und machte einen kleinen Diener; ich stand ebenfalls auf und machte meinen kleinen Diener. Björn steckte sich das Papier in die Tasche, und ich meinen Blick. Dann gingen wir hinaus.

– Jetzt müssen wir zum zweiten Maat gehen.

Björn war kreidebleich, während ich ganz woanders war.

Als wir zum Unterdeck hinabstiegen, rief uns jemand. Es war der Funker, ein Südeuropäer mit Stülpnase. Er richtete einen Wortschwall in englischer Sprache mit nachgeahmtem amerikanischem Akzent an uns und gestikulierte wild, woraufhin Björn irgend etwas antwortete.

– … Chittagong, Rangun, und dann zurück nach Trondheim. Ihr habt Glück. Zwei Leute haben sich in Colombo abgesetzt. In Colombo gab's 'ne tolle Zechtour, und diese kleine Singhalesin…

Die Laderampen lagen unter einer weißen Staubwolke. Menschen rannten umher in einem Getöse von knarrenden Winden und Dieselmaschinen. Man hörte Befehle in norwegischer, englischer und deutscher Sprache. Ladebäume schwenkten oben inmitten der Staubwolke. Ich lehnte mich über die Reeling – Chittagong, Rangun… In einer Viertelstunde wären die Würfel gefallen. Es war alles wie ein Traum: der kleine Mann dort am Kran, der Funker, das Schiff und die Welt dort draußen – Rangun, Trondheim, Oslo –, die unablässig ablief, und doch gab es keine einzige *echte* Minute. Es war das „Leben", aber was lebte darin? Sie wurden vom Leben gelebt, gemüht, gehandelt, durch den starken Strom, der durch alles floß, und wenn der Strom nicht mehr durch die Maschine floß, war alles vorbei, sie wurden ausgelöscht. Eine phantastische Unwirklichkeit. Nichts war da, keine einzige Sache, die an sich existierte, nur ein Film, der auf einer Leinwand abgespult wurde – flache Männlein, ein flaches Schiff, eine flache Welt. Das wickelte sich ab, wurde abgewickelt, eine große Projizierung in die Leere. Und je mehr diese Unwirklichkeit mir die Kehle zuschnürte, desto mehr konnte ich die Flamme spüren, die sich in mir erhob, lebendig brennend, intensiv, als nähme sie unter dem Druck der Leere die zehnfache Kraft an, wie angefacht von diesem Ersticken – und dann sah ich, daß ich einem unerträglichen Feuer am Grund gegenüberstünde, wenn ich noch einige weitere Schritte hinabstiege.

Ich war wie ein lebendiges Feuer.

Das war es, was lebte, es war die einzige Sache, die in all dem lebte, die einzige Substanz, das *Leben* des Lebens. Ohne *das* gab es nichts als Luft.

– Aber ich sage dir, ich weiß es nicht.

Ich drehte mich um. Björn sah aus wie ein Gespenst.

– Du scherzt wohl?

– Wirklich, ich weiß es nicht!

Björns Stimme klang jetzt verändert. Der Italiener gestikulierte:

– Du willst mir doch nicht weismachen, daß du nach drei Jahren hier nicht weißt, wo's Frauen gibt!

Björn blickte verstört drein, wie ein Fisch auf dem Trockenen. Ich faßte ihn am Arm.

– Komm, Björn, gehn wir zum zweiten Maat.

Der Funker zeigte mir den Weg zur Kantine.

– *È matto.*[1]

Björns Arm fühlte sich eisig an.

Wir stiegen die Eisentreppe hinab: dröhnende Hornsignale, eine Geruchswolke aus Salpeter und warmem Öl. Dieser Geruch schien eine seltsame, bleierne Panik in mir auszulösen. Was tat ich eigentlich hier? Ein Mann brüllte auf französisch: „*Ah, les vaches.*" Ich blickte auf. Die ganze Insel lag dort, weiß, in einem Schaumring. Björn folgte meinem Blick. Eine unglaubliche Insel, mit einem blauen Pfau und einem Mädchen im langen

[1] Der ist bescheuert!

granatapfelfarbenen Rock. Plötzlich spürte ich einen scharfen Schmerz in der Brust. Das Meer glitzerte im Sonnenlicht. Björn biß die Zähne zusammen.

– Gehn wir.

Und ich hörte Batchas nachdrückliche kleine Stimme: „Es war wie ein leuchtendes Meer, und ich habe dich gerufen und nochmal gerufen… Es hat hier so weh getan, da bin ich aufgewacht." Björn zog mich aufs Zwischendeck. Die Stufen und die Brücke glitzerten in der Sonne, aber was tat ich eigentlich hier? Chittagong, Rangun und zurück. Was bedeutete das? Um mich wütete metallenes Getöse, ich hatte das Gefühl zu ertrinken. Jemand raste mit Riesenschritten fluchend den Steg herab. Und dann sah ich plötzlich, wie ein Untergehender, das ganze Bild vor mir ablaufen: die kleine Gestalt Balus am Bahnhof: „Soll ich dich zu deinem Bruder bringen? Er ist schön, dein Bruder." Der Sannyasin hatte mich zu Balu geführt, und Mohini zum Sannyasin. Welche Verkettung der Umstände, welche Schicksalslaune einer Minute oder einer Sekunde hatte mich hierher geführt? Und wer hatte mich zu Mohini geführt? Eine bloße Laune oder eine unglaubliche Präzision? Und in welcher Richtung liefen die Zyklen – Batcha nach Mohini, aber war es wirklich „nach"? Oder war es nicht vielmehr immer *sie*, dieselbe, und alles kreiste um den Schrei eines Pfaus, von Leben zu Leben, von einer Insel zur nächsten? Eines Tages legte ich den Finger auf eine Landkarte und reiste nach Französisch-Guyana, aber Guyana führte jetzt unerklärlicherweise nach Norwegen, über Rangun und Chittagong, und alle Karten waren falsch! Die Meeresrouten führen zwanzigtausend Meilen unter seltsamen Ozeanen und münden dann plötzlich unter der Nase eines Gott-Kriegers auf einem blauen Pfau.

Aalesund 54 000 t.
Skipsverft
Bergen

Oder war dies die Rache der *Laurelbank*? Manche Handlungen wurden eines Tages begonnen und werden erst Jahrzehnte später abgeschlossen, wenn man sie längst vergessen hat. Und vielleicht hatte ich eines Tages, in anderen Leben, eine Reise angetreten, die erst heute zum Abschluß kam, mit Björn auf der *Aalesund*; und Batcha war eine andere Reise, ebenso Mohini, der Sannyasin – oder aber immer dieselbe Reise, die auf unsichtbaren Breitengraden ablief? Wann würde sie ihr Ziel erreichen? Und wo? Man berührt einen Punkt nach dem anderen – Mohini und Batcha, die weiße Insel, die rote Insel – und verliert die Spur: der Punkt ist außer Sicht geraten und beschreibt eine unsichtbare Kurve, durch Zeitalter von Feuer, namenlose Meere, vergessene Zeitalter, verliert sich in blauen Unterwelten, um dann hier wieder aufzutauchen oder dort, mit anderer Kolorierung, einem anderen Gesicht und anderen Gliedern, und doch einer Ähnlichkeit – oder war es immer dieselbe Geschichte, dieselben Glieder, wie ein großes Strahlentierchen, das durch ewige Golfströme fließt?

– Ich hab' gesagt, deine Yacht sei in der Palkstraße[1] gekentert.

Ich sah Björn verständnislos an.

– Keine Sorgen. Ich kenn' mich schon aus. Wir werden die Maschinen ölen.

Wir waren auf dem Zwischendeck: gelbe Lampen, ein surrendes Gebläse verbreitete beißenden Ölgeruch. Welche weitere Reise noch?... Björn marschierte mit seinen breiten Schultern voran in dieser hämmernden und rasselnden Waschküche. Wer hatte mich wirklich hierher geführt, welches war der wahre Punkt, welches waren die echten Koordinaten dieser Geschichte? Diese Frage brannte so intensiv in meinem Herzen, daß mir schwindlig wurde. Björns gelbe Fäuste arbeiteten sich mit festen Griffen auf dem Geländer voran, und ich ging in diesem Laderaum unter, während alle Gesichter, alle Stätten vor meinem inneren Auge aufblitzten – Batcha, Mohini, die rote Insel, die weiße Insel, die *Laurelbank* und die *Aalesund*. Ich sah nicht und

[1] Nordöstlicher Teil der Meeresstraße zwischen Sri Lanka und Indien.

verstand nichts außer den kleinen bunten inkohärenten gelben, roten, weißen, orangenen Bläschen, die rasch vorüberzogen, lächelten, platzten, wieder vorüberzogen, lächelten und zerplatzten... Was bedeutete das alles?

Ich hielt inne, um durchzuatmen, einen echten Atemzug zu machen, eine einzige Inhalation der Wahrheit in diesem Ertrinken! Da plötzlich sah ich eine leuchtende Hand vor mir vorüberziehen, als wollte sie in einer weit ausholenden Bewegung etwas werfen oder säen, eine transparente Hand in weißem Musselin. Und ihre Bewegung schien all die farbigen Bläschen zusammenzubringen, das vielfältige Lächeln, die Inseln, Gesichter, schien sie zu verweben, die Lücken auszufüllen, blaue Täler freizulegen und dann pfeilschnell abzuheben und einen Lichthügel voller weißer Vögel zu zeichnen – ein wahres Gemälde. Für den Bruchteil einer Sekunde sah ich deutlich ein Gemälde vor mir, so wie man einen Cézanne in der Galerie sieht, aber ein Licht-Bild prall gefüllt mit Bedeutung, einen vollständigen Sinn mitteilend: der Berg, das blaue Tal mit violetten Farbtupfern und ein Sonnenlichtstrom auf dem Hügel, darüber die weißen Vögel – und ich war im Tal. Ich war *im* Bild, ein kleiner violetter Tupfer, der auf einen Hügel voller Vögel zuging. Es war ein Aufleuchten, in dem alles enthalten war. Ich stieg nicht mehr in einen Laderaum hinab, ich schritt auf den weißen Hügel mit Vögeln zu, getragen von einem Lichtstrom. Dann wurde das Bild noch größer (oder weiteten sich meine Augen?), aber es waren nicht mehr Linien oder Farbtupfer, sondern *das* Bild, die Essenz, das große Wunder der Welt. Eine Art totales Verstehen, das sich durch jene Erzengelhand in einem weißen Schweif erhob. Ich sah mich, ich sah all die kleinen violetten Punkte, die mikroskopischen Lebenstupfer, die sich in dem Tal bewegten und nicht wußten, nichts sahen, nur einen Tupfer nach dem anderen, ein orangegelbes Aufleuchten, ein Stück rote Insel, einen weißen Hafen, ein Kind, das vorübergeht, und Schatten um Schatten. Aber der Erzengel hatte bereits den großen Hügel aufgeworfen, war über Abgründe und Leben gesprungen, hatte weiße Vögel über den unausweichlichen Hügel gesät, und wir wanderten durch die Jahrhunderte, blinde Reisende eines kleinen Schattens, eines orangegelben oder blauen Bläschens, einer Sünde oder einer Tugend, schritten nur über die große namenlose Leinwand, vergaßen die große Vision, den goldenen Pfad, glaubten, daß unser Leben an der Furt zu Ende ging, denn wir wußten nicht mehr, daß dieser violette Schatten auf einen Sonnenlichthügel führte und dieser Abgrund an eines Vogels samtene Kehle und wußten auch nicht, welche verborgene Hand das Wunder von Millionen Leben auf die Weiße eines göttlichen Traums projiziert hatte.

Dann erlosch alles.

Ich stieg die Eisentreppe hinab, folgte Björn Gott-weiß-wohin, und es war wie ein Traum. Aber *wo* lag der Traum, auf welcher Seite? Ich stieg in diesen Laderaum hinab wie ein Schlafwandler voller Erinnerungen, eine Million Menschen in *einem* Körper. Und was blieb? Kleine rote Bläschen, gelbe oder orangene, glückliche oder schmerzliche Inseln, kurze Einblicke in vertraute Jahrtausende, und dahinter dieser *Druck*, diese lichtvolle *Hand*, die uns mitzieht. Das ist alles, was bleibt: kleine vielfarbige Sekunden, Gesten, die wie ein Donnerknall explodieren, Begegnungen wie die grüne Boje eines Schiffswracks auf alten versunkenen Schiffsstraßen, Erinnerungsblitze wie ein plötzliches Ertrinken auf stillen Wassern, und Gesichter um Gesichter, die hervortreten wie ein Lächeln im Traum oder mit einem Anflug von Panik, wie aus einem bekannten Land – Tausende von Zufällen, alle vorausgeplant.

– Hier entlang, Nil.

Und eine hartnäckige Erinnerung wie von einem Schatz, der wiederzuentdecken ist, eines wahren Lebens, einer anderen Sicht – etwas anderes, anderes; eine große Erinnerung dahinter, ein mächtiger Druck, der uns in eine bereits gelebte Zukunft zieht, auf ein Ziel zu, von dem wir herkommen, dort drüben, drüben, jenseits der Inseln und Abgründe, jenseits von Sorge und Zeit, auf den Schwingen dieses goldenen Vogels – hin zur Freude des großen Bildes, dem all-umfassenden Blick. Und man beginnt mit einer neuen Leinwand.

Ich betrat diesen elektrischen Tunnel, so wie man ein altes Leben betritt. Die Kajütentreppe verlor sich in einem Phosphatnebel. Mit gebeugten Schultern stampfte Björn voran. Das Gebläse stieß eine Wolke aus Heizöl und Küchendunst aus. Björn stoppte abrupt vor einer Tür und wischte sich die Stirn mit dem Handrücken. Einen Moment verharrte er still, und ich spürte genau, was er spürte: die innere Pein und Scheu, die Wut, als pochte sein Herz in meinem. Dann riß er die Tür auf und verharrte mit den Händen in der Tasche auf der Schwelle.

Wir sahen einen riesigen, mit braunem Moleskin bedeckten Tisch. Lachsalven, Tabakwolken, der Geruch von Speiseöl und Bier. Ein dutzend Männer saßen im Unterhemd unter einer Stehlampe. Ich tauchte in diese Welt dort ein wie in ein höllisches Leben, tausendmal zuvor gekannt, etwas, das sich auf der Ebene des Unterleibs auftat und alles zersetzte; und dann diese Zwerge, die dort schallend lachten. Ich ging unter in der Woge. Rechts stand ein leerer Schanktisch, auf dem Boden lagen Kisten mit *Brooke Bond Tea*; der geringste Gegenstand leuchtete auf, als hätte ich mich in allem verloren – die schmutzigen Regale, die ausgestopfte Seemöwe, das Katakombenlicht – plötzlich ausgeweitet in zahllose Blicke, die alles einfingen und alles durchdrangen. Und Björn reglos wie eine Statue auf der Schwelle.

Aber es war nicht mehr Björn, es war Prinz Björn, aufrecht, mit erhobenem Haupt, funkelnden Augen, die auf sein Schicksal blickten... Ich weiß nicht, was dann geschah, ob es sein Schrei war oder mein eigener:

– Nein!

Er drehte sich zu mir um und blickte an mir vorbei.

– Nein!

An diese Sekunde werde ich mich immer erinnern, mit derselben Frage. In diesem Augenblick wählte Björn, seine Seele traf ihre Wahl, und doch hätte er vielleicht gerettet werden können, wenn er „ja" gesagt hätte und auf der *Aalesund* abgereist wäre.

– Nein!

Er ließ abrupt von der Tür ab und stürzte zurück in den Tunnel, mit dem Kopf voran in Richtung Gangway, wie ein

Erstickender. Er schubste zwei Männer beiseite, schlug gegen ein Geländer, stieß einen Eimer Teer um und kletterte rasch das Fallreep herab. Wir sprangen in die erstbeste Feluke.

XII

Die Weißbirke

Auf dem Rückweg nahmen wir eine Abkürzung durch die Dünen. Björn marschierte mit schweren Schritten voran und starrte mit gebeugten Schultern auf den Sand, als trage er eine Last. Über uns strahlte der blaue Himmel. Wortlos schritten wir über die großen weißen Hügel, gingen so sanft die Dünen auf und ab, daß ich nicht mehr wußte, ob ich es war, der herabstieg, oder die Bodenwelle, die sich senkte, oder ob in weiter Ferne eine Schar von Eidergänsen gleich in das Himmelblau auffliegen würde und ein glitzerndes Schneefeld zurückließe. Aber Björn sah das große Norwegen mit seinen Fjorden nicht, er stampfte weiterhin durch die Tropen mit seiner Last schweren Stahls und düsterer Gedanken, mit einem kleinen hartnäckigen Schatten, der über dem lieblichen Schnee lag. Siehst du denn nicht, Björn? Die Welt ist so weiß und zart wie ein Kind, so sanft wie ein Schwanenhals, wenn du einmal den großen stillen Vogel fängst, der durch die Weiten der Seele gleitet. O Björn, die Welt verlagert sich und leuchtet wie Seide, in welche Richtung steuerst du dein Schiff? Ich gehe, wohin du gehst, aber meine Augen laben sich am herrlichen Schnee, und meine Schritte werden von einer unbewegten Süße getragen.

Er blieb oben auf der letzten Düne stehen. Tief im Sand vergrabene Palmen raschelten in einer smaragdgrünen Kaskade über uns und flossen in einem Strom gebeugter und zerfranster schwarzer Stämme die Dünen herab zur glitzernden Lagune, die mit dem Strand und dem Meeresschaum verschmolz.

Hundert Meter vor uns, am Fuße der Dünen, verborgen inmitten der Palmen, lag ein eingefallenes Haus. Der südliche Pfad endete hier.

– Das ist das Haus von Guruji.

Aber tatsächlich blickte er weiter in Richtung Osten, und ich spürte etwas Seltsames in ihm, etwas Irritierendes, das ich später noch mehrmals mit demselben Unbehagen bemerken sollte, wie das plötzliche Eindringen eines nicht-menschlichen Fremdelements, eine ganz spezifische Schwingung ähnlich der einer Katze. Und es war eine sehr starke Empfindung. Ich folgte seinem Blick: Am Ende des Strandes brannte einsam ein Feuer, dort wo das blaue Meerwasser sich in der glitzernden Lagune verlor.

– Dort äschern sie die Toten ein.

Er sagte das mit einer Art gehässigen Genugtuung. Er vergab mir nicht, daß aus der Abreise nichts geworden war.

– Man verbrennt sie und wirft die Asche ins Meer.

In seiner Stimme lag diese boshafte Schwingung. Gewiß wollte er mich treffen, aber er konnte mich nicht erreichen, es hielt mich in der großen weißen Sandfläche. Gern hätte ich mich flach hingelegt, um als ein kleines Sandkörnchen auf den großen Dünen mit ihr zu verschmelzen, und es war so angenehm, nicht mehr zu *sein.* O Björn, siehst du denn nicht, daß die Welt so sanft und lieblich ist wie der Flug der Silberreiher, und still wie ein Brunnen der Ewigkeit?

Ich schloß die Augen. Auch *in* mir war alles weiß und still.

– Saubere Arbeit, keinerlei Spuren.

– …

– Also gut, du hast erreicht, was du wolltest. Jetzt sitzen wir hier auf dieser Insel fest.

Ich brachte kein Wort über die Lippen.

– Komm, sag schon was.

– Ach, Björn…

– Was willst du eigentlich?

– Aber ich will gar nichts.

– Du willst gar nichts! Warum hast du mich dann auf dem Schiff ständig mit dem Ellbogen gestoßen, in der Kantine…?

– …

– Du wolltest nicht, daß ich abreise, oder?

– Du warst es, der „nein“ gesagt hat.

– Ach, wirklich? Immer warst du nur dagegen: gegen Guruji, gegen die *Aalesund*, gegen Erik, gegen alles. Was willst du denn eigentlich? Daß ich verrecke?

– Du hast großen Kummer, Björn.

Welch ein haßerfüllter Blick. Aber warum? Was war es, daß er in sich selbst so haßte?

– Und jetzt sitze ich wie eine Ratte in der Falle.

Er sank zu Boden und schnürte die Arme um die Knie. Sein Gesicht war wie eine Maske – jene Maske, die sich über die Menschen legt, wenn sie zur Schattenseite überwechseln, zum düsteren Gott, der augenblicklichen Besessenheit, als ob der Tod Einzug hielte. Doch im Hintergrund blieb die große weite, flexible Kadenz, der Urgrund der Süße der Welt, wo alles in absoluter Harmonie dahingleitet, der vollkommene Rhythmus, wo alles in totaler Liebe aufgeht, ohne Ursache oder Grund – ein absolutes „ja“, das seine großen Flammenaugen öffnet und hinausblickt. Und jedesmal war es eine so intensive Tiefe der Gefühle, daß ich nicht wußte, ob es Freude oder Schmerz war, ein so flammendes Leben, daß es vielleicht ein Tod war, der von der anderen Seite aus blickte. Es schaut und betrachtet immerzu, sagt „ja“ und nochmals „ja“ zu allem, zum Bösen und zum Guten, zum Leid und Nicht-Leid, begreift alles, läutert alles, ist zuhöchst recht und gut: Es betrachtet schlicht und trägt alles in seiner weißen Harmonie, wie große Schnee-Schwingen über allen Nöten dieser Welt.

– Verstehst du denn nicht? Jetzt kann ich weder abreisen noch bleiben!

Ja, die Welt ist eine seltsame Fiktion: Man blickt in eine Richtung, und alles ist schwarz und blockiert; blickt man in die andere, ist alles möglich, weit, ganz wie man wünscht. Die Tragödie besteht darin, in die falsche Richtung zu blicken. Tatsächlich gibt es gar keine Tragödie! Aber Björn hatte sich im violetten Schatten des Bildes verfangen und sah nur ihn.

– Ich kann nicht mehr zurück, Nil, aber ich sehe auch kein Land vor mir! Alles ist verschlossen.

– Aber Balu ist noch da, und …

– Außerdem hab' ich genug von dieser Bruthitze, 42 Grad, mir reicht's.

Ja, ich weiß, es gibt einen Punkt der Unmöglichkeit, des Erstickens: Man geht und geht voran, wird von einer Kraft getragen, und plötzlich steht man vor verschlossenen Türen, etwas weigert sich, sagt „nein" – eine winzige unerbittliche Blokkade in uns: alles, nur das nicht. Der augenblickliche Käfig. Man befindet sich vor dem öffentlichen Wasserhahn… Ich konnte noch den Schlag des Sannyasins auf meinem Rücken spüren.

– Ich werde nie mehr Erik sehen, nie mehr die Seen…

– Es ist jetzt genug, Björn.

Er fuhr auf.

– Du Schnecke!

Eine Sekunde blickte er mich an, als wollte er mich umbringen. Ich sah, wie seine Hand zum Gürtel fuhr. Aber mir war es völlig gleich, ich war Millionen Meilen entfernt. Er hätte mich töten können, das war egal.

Dann wurde sein Herz wieder weich.

– O Nil, ich weiß nicht mehr weiter. Soll ich das Ganze noch einmal von vorne beginnen, das *Japa,* sechs Millionen Mantras? Ich kann nicht mehr, es macht einfach keinen Sinn mehr. Drei Jahre für nichts und wieder nichts. Das ist unmöglich. Überall nur Unmöglichkeiten. Es ist aus mit mir.

Abrupt wandte er sich wieder dem Scheiterhaufen zu.

– Dorthin werde ich gehen.

Dann verharrte er reglos.

Diesen Augenblick sah ich noch oft in mir wieder, und jedesmal hörte ich Balus Stimme: „Er wird sterben… Er wird sterben…" Als ob es schon beschlossene Sache wäre, und man konnte nichts unternehmen, weil es bereits gelaufen war… Ich weiß nicht, ob es wirklich gelaufen war, aber ich weiß sicher, daß ich in diesem Augenblick den Tod in Björn eindringen sah, bewußt und gewollt. Björn war einverstanden, und der Tod stand bereit. Eine giftige kleine Schwingung wie eine winzige stählerne Schlange. Es gibt einen Augenblick, wo man „ja" sagt, eine schwarze Sekunde, und er hatte den Tod gewählt. Eine Art umgekehrte Erleuchtung. Der Tod außen trifft auf den Tod innen. Der Unfall ereignet sich später, aber die Wahl wurde bereits vorher getroffen.

Wir müssen entweder von Kopf bis Fuß neugeboren werden, oder wir holen uns den Tod.

Ich wandte mich wieder dem völlig erstarrten Björn zu. Ein Palmenblatt streichelte seine Schulter.

– Du Mistkerl!

Ich konnte einfach nicht anders. Björn rührte sich kaum, schaute mich mit seinen großen blauen, treuherzigen Augen an.

– Es ist so seltsam, Nil...

Seine Stimme klang völlig verändert.

– Es ist seltsam, ich bin um die halbe Welt gereist, um schließlich hier zu landen. Ich bin durch Europa gereist, durch Afrika, den Orient und die Himalayas, um am Ende hier zu landen, vor diesem Scheiterhaufen, am Fuße dieses Baums...

Er steckte einen Finger in den Sand.

– An diesem winzigen Punkt.

Er zog einen Kreis um sich.

– Es ist so eigenartig, Nil. Früher dachte ich, das Leben sei weit und unermeßlich, immer neu. Aber jetzt merke ich, daß ich nur im Kreis gegangen bin, der sich schließt, und ich sitze mittendrin in der Falle.

Wieder sah er mich an wie ein überraschtes Kind. In der Ferne hörte man die Tempelglocken. Alles war so vollkommen ruhig und kristallin hier auf den Dünen. Und dann seine völlig veränderte Stimme, wie die eines Kindes:

– Ich erinnere mich noch, einmal sind Erik und ich unseren Träumen nachgegangen. Es war vor ganz langer Zeit, am Ufer eines Sees. Das Leben war so herrlich, daß ein einziges Leben nicht zu reichen schien. Es war im Mai, wenn die Vögel aus dem Süden zurückkehren. Wir stellten uns vor, daß ein Magier eines Abends an der Kreuzung vor der Weißbirke am See erschien.

Und der Magier gewährte uns je einen Wunsch. Erik bat darum, daß er nach eigenem Willen überallhin reisen könnte – er wollte hinaus und die Welt kennenlernen. Ich wünschte mir vier Leben. Ich wollte viel leben, alle nur möglichen Leben. An diesem Abend unter der Birke an der Kreuzung teilte ich mich in vier Teile und trat die Reise auf vier Straßen an...

Fast konnte ich ihn da vor mir sehen, den Björn unter der Weißbirke. Aber hier war es jetzt eine Palme auf der Lagune, und die Vögel waren noch nicht aus dem Norden zurück.

– So begann ich meine Reise auf vier Pfaden und stellte mir vor, wir würden uns eines Tages, nach langer Zeit, wieder unter der Birke treffen. Dabei stellte ich mir die Frage, ob wir dann einander noch ähnlich genug wären, um einträchtig unter derselben Haut zu leben, oder ob vielleicht drei sterben müßten, damit einer überleben könnte.

Das Echo eines Gongschlags hallte über die Lagune. Mir war, als könnte ich Björns vier Personen sehen, wie sie über die Dünen zu ihrem Treffen marschierten, über den südlichen Pfad, vorbei am Haus des Tantrikers, über den westlichen Pfad nach Verlassen der *Aalesund*, über den nördlichen Pfad... All die kleinen „ichs“, die man so mit sich schleppt... Aber warum? Mit welchem Unterschied?

– Das ist doch Unsinn, Björn. Man gelangt zum selben Punkt. Alle Wege führen zum selben Punkt. Es gibt nur *eine* Persönlichkeit.

Er steckte einen Finger in den Sand:

– Ja, zum selben Punkt.

– Wer waren eigentlich deine drei „Brüder“?

– Der erste war Seemann. Dann der Revolutionär und derjenige, der das „Geheimnis“ suchte. Und schließlich der Unbekannte. Ich weiß nicht genau, was der Geheimnissucher eigentlich suchte, aber irgendein Geheimnis gab es da zu entdecken. Und ich erinnere mich an etwas, das wie ein Symbol des Geheimnisses war oder der Schlüssel zu ihm: Eines Nachts spielte ich in meinem Kinderzimmer auf dem Fußboden, als ich plötzlich bemerkte, daß mein Körper schlafend auf dem Bett lag. Ich *sah* mich schlafend auf dem Bett, während ich dort auf dem Boden weiterspielte. Einen Moment betrachtete ich den Körper, und dann mich, wie ich da spielte, und war verblüfft. Dann bekam ich Angst und schnellte in meinen Körper zurück. Diese Erfahrung habe ich nie vergessen; ich habe niemandem davon erzählt, aber sie hat mich sehr verwirrt. Seitdem habe ich mich gefragt, ob der Körper nicht nur ein Teil von mir war, eine Art Tageskleid – aber wer war eigentlich ich? Ein „ich" ohne Körper, oder anderswo? Wo dann? Das war ziemlich mysteriös, weil ich ja ohne meinen Körper gut gespielt und existiert hatte. Erst als ich aufblickte und den anderen sah... Aber welchen anderen, wer war der andere?

– Und der Seemann?

– Ach der ist auf der *Aalesund* gestorben. Er war der völlige Fehlschlag, ein meisterhafter Versager. Aus irgendeinem Grund mußte er um jeden Preis versagen, andernfalls konnte er keinen Frieden finden. Der Frieden der Verdammnis – da ist nichts mehr zu erlösen.

Er löschte den Kreis im Sand mit dem Handrücken.

– Es ist so, als schleppe man eine Last mit sich, Nil, irgendeinen furchtbaren Fehler, der auszubügeln ist.

– Ja, sicher. Es sind all die falschen Persönlichkeitsteile, die kleinen Fälscher, die man mitschleppt. Das ist es, was uns erdrückt.

– Ich weiß nicht. Es hat etwas mit dem Schrei der Wildgänse auf dem See zu tun, als hätte ich darin etwas gehört... Etwas Unerträgliches, das mir den Geschmack an allem anderen verdorben hat.

– ...

– Ja, er ist tot, er ist gerade auf der *Aalesund* verendet. Sie sind alle unterwegs gestorben – Erik ist tot, wir werden uns nicht an der Weißbirke wiedertreffen.

– Und die beiden anderen?

– Ja, da war noch der Revolutionär – das bin ich: jener, der seine Brüder retten wollte, die Welt verändern, das Geheimnis finden!

Er blickte zum Haus des Tantrikers.

– Armes Geheimnis. Auch mit ihm geht es jetzt wohl zu Ende. Vielleicht war er nur das Schlachtfeld der drei anderen – er ist es, der liebt. Er liebt, das ist alles. Er versteht nichts, aber er liebt. Manchmal glaubt er, er sei den Göttern überlegen, weil er liebt.

Björn sah mich einen Moment an. Ich spürte das Verlangen, ihn zu umarmen, was ich noch nie getan hatte.

– Erik hat nicht geliebt, er konnte es gar nicht. Eines Tages hat er seine Prostituierte aus Trotz geheiratet. „Mein Freuden-Mädchen", so nannte er sie.

– Deine Brüder ähneln einander sehr. Und der vierte?

– Weiß ich nicht. Keine Nachrichten von ihm.

– Da haben wir's, Björn, das ist es! Stell dir einmal vor, du wärest ein Perlmutter-Händler auf dieser Insel gewesen; dann ein Halunke, ein Heiliger, ein Seemann oder was immer, in vier Häuten – aber sie wären alle am selben Punkt angelangt. Sie wären alle eines Tages auf dasselbe Schicksal oder dieselbe Unmöglichkeit gestoßen, jenes innere Etwas, das uns mitten in den Kern der Sache vordringen läßt. Dann fallen alle Masken, wir befinden uns im wahren Augenblick. Es gibt nur *einen* Augenblick, *einen* Punkt, *eine* Person. Wenn wir alle Rollen ausgespielt haben, tritt *die* Person hervor. Man verbringt zwanzig oder dreißig Jahre damit, sich für das zu halten, was man nicht ist – Kaufmann, Arzt, König oder Rebell –, und dann ist man etwas ganz anderes. Das ist der Augenblick des Durchbruchs. Rebell, gewiß, weil wir nicht sind, was wir sind… Erinnerst du dich an den Märchenprinzen, der in einen Schwan verwandelt wurde und der kleine schwarze Federn bekam, wann immer er zurückblickte?

– Es gibt kein zurück mehr. Die *Aalesund* ist fort.

– Dann wärst du jetzt also bei Nummer Vier.

Er wandte sich um und starrte mich an wie ein Tier in der Falle.

– Oder aber *du* bist der vierte, und einer von uns beiden ist hier überflüssig.

– Unsinn.

– Warum verfolgst du mich dann? Was möchtest du eigentlich, was hast du hier zu tun? Was erzählst du mir ständig seit jenem Tag, wo wir uns begegnet sind? Immer liege ich falsch: Wenn ich die Liebe suche oder die Macht, wenn ich Kummer habe wegen Erik, oder wenn ich auf der *Aalesund* abreisen möchte. Immer stimmt es nicht. Was bleibt mir dann noch?

– …

– Du hast alle Türen vor mir zugeschlagen. Ich bin erledigt. Du hast sie alle versperrt.

– Aber das ist doch völliger Blödsinn, Björn!

– Jetzt habe ich alles verloren. Oder aber *du* mußt weg von hier.

– Du dramatisierst…

Er warf eine Haarlocke zurück.

– Und du bist völlig abgehoben, betrachtest die ganze Show von oben. Ich selbst will gar nicht abheben und über den Dingen stehen. Ja, ich habe dich doch auf dem Schiff gesehen, Kristall-Mensch, wie du die Leute von oben herab betrachtet hast, diese armen Teufel, die sich den Phosphatstaub aus der Lunge keuchen.

– Aber Björn…

– Es gibt kein „aber". Ich setze mich ab.

– Glaubst du, du kannst irgendwelche Probleme lösen, indem du dich in der Kantine mit Bier vollaufen läßt?

– Mit dir kann man nicht argumentieren, Nil. Du lebst da in deinem Glasgefängnis. Eines Tages werde ich das Glas zertrümmern.

Er stand auf. Es gab nichts mehr zu sagen.

Plötzlich erschien Batcha vor meinem inneren Auge, eine tiefe Emotion überkam mich. Er durfte nicht abreisen, auf keinen Fall. Er durfte nicht sterben! Ich packte ihn mit aller Kraft am Handgelenk, wandte ihn mir zu, von Angesicht zu Angesicht, unter der Palme, wo wir uns gegenüberstanden.

– Hör zu, Björn. Du mußt auf mich hören…

Er richtete einen mörderischen Blick auf mich. Aber das war mir ziemlich gleich:

– Du kannst mich umbringen, wenn du willst, du kannst auf deinen Scheiterhaufen steigen, wenn du willst, aber du mußt mir zuhören. Es geht um unser Leben, um das Leben von Balu und Batcha.

Plötzlich kamen mir wieder die Worte des Sannyasins in den Sinn: Dreimal bist du gekommen, dreimal hast du getötet. Und ich spürte, daß nicht Björn, Balu oder ich wirklich in Gefahr waren, sondern Batcha. Sie war der Angelpunkt des Schicksals. Also kämpfte ich gegen Björns Tod an, als ob es Batcha war, die ich retten wollte.

– Schau, man kann nicht wahrhaft leben, solange man nicht durch den Tod gegangen ist. Sobald man den Pfad des wahren Lebens betritt, begegnet man dem Tod. Und man begegnet ihm nicht bloß einmal, sondern zehnmal, auf verschiedenen Ebenen. Jedesmal wenn man eine Tür öffnet, begegnet man ihm, er ist der Wächter auf der Schwelle: Wenn man nicht geläutert ist, kommt man nicht durch. Der Tod ist die Niederlage der Unreinheit. Es läuft so ab: Wir ziehen einen Kreis, wie du sagst, man verbringt sein ganzes Leben damit und legt all seine Kräfte, Ideen, Aspirationen und widersprüchlichen Persönlichkeitsteile hinein; es ist unser Wellenband, unser Schwingungsfeld. Es ist unsere Lichttönung, die Summe unserer Macht, unser psychologisches Luftbläschen. Man errichtet seinen Kreis und sondert sein Bläschen ab. Aber solange man den Kreis nicht voll geschlossen hat, kann man nicht heraus; und wenn man ihn geschlossen hat, hält seine eigene Kraft uns zurück. Dies ist die Verwicklung der Geschichte, der Schlüssel zum Mysterium, als enthielte die Gravitationskraft des Kreises zugleich auch die notwendige Kraft zum Entrinnen. Aber man *kann* heraus. Es gibt einen Augenblick, einen Punkt, wo man heraus kann. Das ist der Augenblick der Wahl, und es ist wie ein Tod. Entweder wählt man, oder man stirbt. Man kann auf den Scheiterhaufen gehen oder zum Mond fahren, das spielt keine Rolle, man ist bereits tot, eingezäunt in seinem Kreis, erstarrt im Bläschen. Ich kenne den Punkt, ich habe ihn dreimal durchquert; und jedesmal wird der Widerstand größer und schwerer, als müsse man jedesmal eine größere Macht bezwingen, eine härtere Kruste des „ich" aufbrechen – man ist sein eigener, immer widerspenstigerer Feind. Aber in Wirklichkeit ist es gar nichts, nur ein Bläschen. Ein hübsches Bläschen, mehr oder minder klar oder stark. Es mag rot sein oder saphirblau, grau oder himmelblau – es hat alle nur denkbaren Farben, je nachdem, was man hineingelegt hat. Aber dieses Bläschen hält dich. Es ist deine eigene Kraft und deine eigene Zerstörung. Es ist alles, was wir in einem gewissen Leben aufgebaut haben, und alles, was uns hindert, in ein größeres, weiteres Leben überzuwechseln: doch es gibt einen Punkt des Entrinnens, eine Passage. Das ist exakt der Augenblick, wo sich alle Türen vor uns zu schließen scheinen. Dann kann man mit all der Kraft, die sich in einem Bläschen angesammelt hat, blitzartig hinausgelangen. Man gelangt auf die andere Seite oder man stirbt. Tatsächlich sterben wir nur deshalb, weil wir nicht hinüber können; wenn man ständig von einem Kreis zum anderen überwechseln könnte, würde man nicht sterben. Und vielleicht kommt sogar ein Punkt, wo es überhaupt keinen Kreis mehr gibt, kein Bläschen: Man stirbt nur, wenn man will. Das ist die „beschleunigte Evolution". Anstatt in einem Leben *einen* Kreis zu überwinden, bewältigt man zwei oder drei. Ich habe bereits drei hinter mir. Vielleicht bin ich jetzt dabei, meinen Kreis zu schließen, auch ich eingeschlossen in einem weißen Bläschen.

Björn hing mir an den Lippen, ich hatte das Gefühl, er würde sich erweichen lassen.

– Geh auf deinen Scheiterhaufen, wenn du willst, das ist völlig egal. Wenn meine Stunde kommt, werde ich das auch tun. Sie schneiden einem das Haar, kappen die Nägel, man verbrennt. Die *Kleidung* brennt. Aber der Scheiterhaufen dort ist nicht der echte, sondern nur eine Imitation des wahren, in den wir eine nach der anderen all unsere alten Häute werfen müssen, alle Siege, Triumphe und schönen Erfahrungen, die netten roten oder blauen Bläschen, die uns halten; und je schöner sie sind, desto mehr verschlingen sie uns... Aber die Schönheit wächst ständig von Kreis zu Kreis, auch die Kraft und Vision. Und letztendlich verliert man nichts: man versteht mehr und mehr.

Man muß alles verstehen. Vielleicht ist dies die letztliche Bestimmung: alles zu sein. Und deshalb stirbt man auch – das Gefäß zerbricht, bis es alles aufnehmen kann. Aber wenn man jenen Punkt erreicht, Björn, darf man ihn nicht verpassen. Es ist ein kritischer Punkt, wie ein Scheideweg des Schicksals – ganz gleich wie geringfügig man auch ist, wie klein der Kreis, es gibt einen Augenblick, wo man sieht und kann. In jedem Leben gibt es eine Seelenöffnung, einen plötzlichen Durchbruch in den anderen Kreis. Und jedesmal ist es wie ein tödliches Fieber. Man igelt sich ein und will die alte Haut nicht abgeben. Ich kenne nur einen Weg, um durchzukommen: nicht angespannt wollen und kämpfen, denn das bedeutet, man gebraucht die Kraft des Bläschens, um gegen das Bläschen anzukämpfen. Man muß vielmehr die Hände öffnen und ins Wasser springen, ganz loslassen und sich hingeben: „Ich weiß nicht mehr, sehe nicht mehr, will nicht mehr; ich öffne die Hände und rufe den Erzengel des nächsten Kreises." Dann schafft man unversehens den Übergang. Die Sache ist vollbracht, man lächelt. Mehr kann ich dir nicht sagen.

Björn war reglos wie eine Statue. Ich konnte jeden seiner Pulsschläge in mir spüren, er stand an der Schwelle zum inneren Sieg. Die Waage des Schicksals könnte zur anderen Seite hin ausschlagen. Ja, es gibt Leben, die an einer nichtigen Sekunde hängen – es ist wirklich nichtig, und doch so unglaublich hart: die ganze Kraft des Bläschens verdichtet sich plötzlich in einem Punkt.

Björn gewann wieder seine Beherrschung zurück.

– Man kann seinem Schicksal nicht entrinnen.

Eine Stille legte sich über die Dünen. Der Wind kräuselte die Palmen, in der Ferne war ein Läuten zu hören. Ich spürte wieder den Sand, mit irgendeiner intensiven Erinnerung; etwas so Altes und Vertrautes wie diese Dünen, in Ramnad oder in Fayum, und es trug eine brennende Last wie dieser sandige Wind. Was wissen wir wirklich? Wir glauben, denken, sprechen, und dann kommt der Südwind, und unsere Leben werden davongetragen wie ein Nichts. Die Welt ist eine unergründliche Bühne, und unsere Worte verhallen auf ihr wie ein hohles Echo.

– Die Götter sind wie Steine, Nil. Gesetz ist Gesetz.

O Kind
Du kennst nur mein Antlitz aus Stein
Mein unbeugsames Gesetz
Weil du von mir nur kennst
Was du selber bist
Du bist der Stein, der nicht nachgibt
Das eherne Gesetz
Und die Nacht und das Schicksal sind deine Sprosse
Aber ich warte noch immer
Seit Stein zu Stein wurde
Und junge Schönheit zuerst lächelte
Ich warte hinter deinen Göttermasken
Und deinen Teufelsmasken
In jeder Sekunde
Jeder Niederlage
In Nacht und Sonne
Überall
Gleich
Ohne hoch oder tief
Ohne Tugend, ohne Fehl

Der kleine Flötenspieler zog an meinem inneren Auge vorüber, so bezaubernd, so spielerisch… Und die ganze Tragödie dieser Welt erschien mir so falsch: eine phantastische morbide Fiktion, die man über das bezaubernde stille Lächeln hinter allem und in allem legte. Eine Erfindung unserer Sinne. Wir selbst schaffen das Drama, fügen es hinzu, nur wir geben der ganzen Geschichte einen falschen Sinn. Wir führen ein fabelhaftes Stück auf, mit den Augen einer Raupe! Wir haben noch nicht unsere wahren Augen gefunden, wir verstehen nichts von der Welt!

– Deine Bestimmung…

– Was ist damit, Nil? Glaubst du mir nicht?

– Aber so funktioniert die Bestimmung nicht, Björn! Es ist keine Kraft, die blind zuschlägt. Die Kraftlinie unserer eigenen Vergangenheit schließt sich um uns – und wir öffnen uns einer größeren Bestimmung. Das „Zuschlagen“ kommt von uns selbst.

Er lachte höhnisch.

– Wir werden ja sehen.

Er wühlte in der Tasche. Eine große Furcht überkam mich.

– Wir werden eine Münze werfen.

Mit verzerrter Miene brachte er eine Vier-*Anna*-Münze zum Vorschein.

– Bei Wappen reist du ab, bei Kopf...

Wieder lachte er höhnisch.

– Wie wär's damit: die Götter mit einem Glückswurf hintergehen?

Ich war wie erstarrt. Er warf die Münze hoch und fing sie auf dem Handrücken.

– Björn, du bist verrückt!

– Meinst du? Warum willst du dann hierbleiben?

– ...

– Du hast bloß Angst.

Er war leichenblaß. Er verdeckte die Münze mit der Hand. Es war absurd, eine üble Falschheit.

– Feigling!

Er blinzelte.

– Du läufst davon, Björn, verkaufst deine Seele an eine schmutzige kleine Münze. Soll das deine Bestimmung sein?

Er sah verstört aus, blickte auf den Scheiterhaufen, dann wieder auf mich.

– Du weißt es nicht, Nil, aber als ich vorhin diese Düne erreichte, *sah* ich den Scheiterhaufen, als ob er auf mich zukäme und immer größer wurde.

– Das bildest du dir ein.

– Er kam auf mich zu. Ich bin siebenundzwanzig, Nil, ich will nicht sterben.

Björns Panik übertrug sich auf mich.

– Komm, machen wir uns davon, gehen wir, wohin du willst.

Ein zweites Mal hörte ich die Stimme des Sannyasins: „Dreimal bist du gekommen, dreimal hast du getötet…“ Wir mußten sofort aufbrechen, diesen Fluch abschütteln, bevor es zu spät war.

Hinter den Dünen hörte man einen Zug pfeifen.

– Wohin denn, Nil? Die *Aalesund* ist weg. Man kann nirgendwohin. Das ist es, was du nicht begreifst, wir sitzen hier fest. Wohin sollen wir fahren? Vielleicht in die Sahara, um Rohre in den Boden zu rammen?

Ich legte meinen Arm um seine Schulter und strich ihm übers Haar. Einen Moment schien es, als ob er in Tränen ausbrechen würde. Ich weiß nicht, was dann mit ihm geschah, aber er löste sich von mir und rannte über die Dünen zum Haus des Tantrikers.

Die Münze lag glitzernd im Sand: Sie zeigte Wappen.

XIII

Drei Kauris für die Götter und eine für Nichts

Das Meer kräuselte sich in tausend kleinen Wellen, es lächelte fröhlich und streckte sich behaglich, plätscherte leicht schäumend an den Strand. Ich wußte, daß Batcha mich gesehen hatte; sie ließ sich Zeit, und ihre Zeit ließ sich nicht mehr bemessen als die rosafarbenen Kauris am Ufer oder die schwarzen und weißen Zickzacklinien der Bachstelze. Ab und zu warf sie ihren Zopf auf den Rücken und hockte sich nieder, um irgendein unerwartetes Wunder zu bestaunen. Fast konnte ich ihr Lächeln ahnen, die Leichtigkeit spüren, die einen liebevollen Zauber über alles legt. In Wahrheit ist die Welt eine Fabel, um einem Wunder Millionen Finger und Augen und Überraschungen zu geben – einem Wunder, das sich vor sich selbst verbirgt und sich ständig in unserer hohlen Hand erneuert. Manchmal scheint es mir, daß wir den Tod erfunden haben und ebenso gut die Unsterblichkeit neu erfinden könnten, wenn wir genug Freude hätten, um Freude in allen Dingen zu entdecken. Ist die Welt nicht nach unserem Geschmack? Ich atme hier oder dort, und das große Gewand färbt sich golden oder purpurrot.

– Hier, sie sind alle für dich!

Sie ließ aus einer Rockfalte einen Haufen Muscheln auf die kleinen Tempelstufen rieseln.

– Alle für mich?

– Warte, ich schenke den Göttern ein paar.

Sie wählte sorgfältig drei Kauris, die sie mit einer kleinen Verbeugung vor den erhobenen Stein trug. Dann strich sie mit den Händen ihren Rock glatt und verharrte einen Moment auf der Schwelle, um mich zu betrachten. Ihr roter Tilak leuchtete auf der Stirn, sie bot den Anblick einer Göttin aus dem Heiligtum. Sie prüfte mich mit dem stillen Blick einer Königin; ich begab mich hinein wie in mein Heim. Dann lächelte sie zufrieden.

– Balu und ich, wir haben gemeinsam viel erlebt.

– Ah ja?

– Einmal sind wir übers Meer gesetzt und kamen an ein Flußufer. Dort gab's auch Dünen, aber der Sand war ganz gelb. Wir sahen weiße Tauben am strömenden Fluß. Ein Pfad führte uns zu einem alten Gebäude mit Pfeilern. Dann hat Balu eine Goldmünze gefunden, sie war sehr groß und es stand etwas auf ihr geschrieben. Balu sagte: „Das ist Björns Schatz. Holen wir ihn." Aber ich wollte nicht, denn dafür mußten wir in ein unterirdisches Gewölbe hinabsteigen, wo viele Dornen und Kobras waren. Er zog sein Schwert heraus. „Ich werde sie alle töten", sagte er. Er schaute sehr groß aus und trug einen roten Gürtel. Als wir hineingingen, veränderte sich alles... Ich weiß nicht, wo Balu dann blieb, es war ein großer schöner Saal wie ein Tempel, mit blauen Mustern an den Wänden, und du warst ganz oben. Aber es war fast leer und verlassen.

– Oben war ich?

– Ja, es war dein Haus.

Sie machte eine kurze Pause, weil ihr irgend etwas in den Sinn kam.

– Und dann war da noch dieser Mann, der sich mir in den Weg stellte.

– Ein Mann?

– Ja, ein Sannyasin. Er sagte: „Dich gibt es gar nicht." Da mußte ich lachen, und er verschwand.

Batcha lachte ausgelassen.

– Oben war eine große hübsche Terrasse, die wie in Mondschein lag. Es war herrlich. Ich konnte dich nicht sehen, aber du warst da, ich habe dich gehört, du hast auf der Ektara gespielt. Es war so schön, da bin ich eingeschlummert und hatte das Gefühl, sanft im Mondschaum zu sinken.

– Ah ja! Aber eigentlich spiele ich gar nicht die Ektara.

– Doch, du hast gespielt.

Plötzlich wurde sie ernst:

– Wo warst du denn gestern nachmittag?

– ...

Sie saß auf den Stufen und sortierte die Muscheln.

– Ich konnte dich nämlich nicht finden.

– Warum? Hast du mich in der Herberge gesucht? Ich war weg, mit Björn.

– Nein, nein! Ich kam... nicht zu Fuß, ich bin... so gekommen...

Sie suchte nach Worten.

– Ich kam von innen. Aber du hast nicht geantwortet.

– Ach so?

– Als ich vorhin die Muscheln sammelte, da hast du geantwortet.

– Ich habe geantwortet?

Sie seufzte. Ich war reichlich schwer von Begriff.

– Du hast gesagt: „Ich bin glücklich, ich bin glücklich."

– Und was hast du gesagt?

Sie legte sich eine Muschel mit dem Finger zurecht, beugte sich darüber und prüfte sie einen Moment.

– Nichts. Ich spüre Frieden, wenn du da bist.

Eine seltsame Welt tat sich da vor mir auf, oder vielleicht fühlte ich mich selbst seltsam angesichts einer Welt, die ich gut kannte, die aber lange vergessen war und plötzlich – ich weiß nicht von wo – wieder hervortrat, als hätte ich die ganze Zeit ein anderes Leben gelebt, ohne es zu wissen, und jetzt war jenes wieder da. Alles, was ich äußerlich tat, schien daneben zu liegen, nicht zu treffen. Ich fand mich gleichsam in einem umgekehrten Traum wieder, in Kleidern, die nicht die meinigen waren, mit einem verrückten Hemd und unförmigen Schuhen. Ich erwachte, und das Meer war so herrlich mit seiner glitzernden Oberfläche. Alles war so klar, transparent und leicht: Man mußte nur schlicht „ich will" sagen. Es war so einfach! Ich will, und alles fließt, wie ich will, wandelt sich, wechselt die Farbe, man ist im Nu hier oder dort und an vielen Orten zugleich; die Dinge erscheinen, verschwinden wieder, färben sich rot oder blau. Und es war schlicht eine bestimmte Art zu lächeln, die alles bewirkte, die die Dinge so oder so strömen ließ, sie gestaltete, ihnen Farbe und unerwartete Tiefe gab, wie ein Traum, der aus Versehen wahr wurde. Ich betrachtete meine beiden schweren, unförmigen Holzpantinen auf dem Sand und war ratlos, als hätte ich mein ganzes Leben in der falschen Szene verbracht. Ich blickte auf Batcha, hörte ihre kleine sanfte Stimme, folgte dem Finger, der eine Muschel vor sich her schob, und mir schien, innerhalb der Szene wurde der Vorhang für eine andere Szene aufgezogen, und das Eigenartige war nicht mehr dort in der Ferne, sondern hier, in diesem Nil in seiner Kostümierung des 20. Jahrhunderts, der alle Daseinsprobleme mit einem Denkakt lösen konnte und nicht einmal in der Lage war, Batcha in der Entfernung zu spüren, Sprache ohne Worte zu hören, zu fühlen, ohne zu sehen, oder die unsichtbaren Hände zu berühren, die an seiner Tür pochten und ihre vielfarbigen kleinen Laternen in den Dingen entzündeten. Man hatte mir alles beigebracht außer jenem, worauf es ankommt. Man hatte mir falsche Geschichten eingebläut! Ich hatte dreißig Jahre meines Leben wie ein kultivierter Schimpanse verbracht, der addieren und subtrahieren, die Zigarre rauchen und Fahrrad fahren kann.

– Batcha, sag mir, wie bringst du es fertig, zu mir zu kommen, wenn ich nicht da bin?

– Ich lausche einfach.

Sie legte ihre Wange auf die Knie und schaute aufs Meer hinaus, reglos wie ein Rotkehlchen im Dickicht.

– Ich lausche, und manchmal ist es, als ob ich meinen Kopf auf deine Schulter legte. Manchmal geht das nicht, dann ist es schwer und kompliziert; oder aber du bist ganz dort oben, und ich existiere nicht mehr. Gestern warst du wie ein Haus aus Stahl.

– Wie lauschst du?

– Ich lausche ganz einfach. Ich lasse die Dinge hereinkommen. Es ist, als beuge man sich über einen Fluß. So fühle ich dich strömen. Spürst du nicht Balu, Shikhi oder Appa?

Sie hob ihren Kopf und blickte mich überrascht an.

– Sag mir, wie schaffst du es zu leben, Nil?

– Sag du mir, wie sie „strömen“.

– Sicher nicht so wie du! Sie tun es anders. Jeder tut es auf seine Weise. Und es ändert sich von Tag zu Tag. Du hörst es nicht?

Ich war ein wenig verwirrt.

– Aber was fühlst du, Batcha?

– Ich fühle die Musik. Es ist eine Bewegung wie Wellen – Wellen, die zu uns sprechen.

– Und Shikhi?

– Shikhi? Du stellst aber komische Fragen! Shikhi hockt auf der Terrasse und stößt Triumphschreie aus.

Dann legte auch ich den Kopf auf die Knie und versuchte zu lauschen. Ich tastete mich in dem großen Fluß vor, der spricht, es fühlte sich tief und samtweich an, ich ließ mich fließen. Dann dachte ich an Bhaskar-Nath (oder dachte er an mich?). Ich wiederholte seinen Namen und blieb sehr ruhig. Es sollte keine Bewegung, kein Kräuseln auf meinen Wassern geben; ich war wie ein See, so klar, daß ich nicht mehr wußte, wo ich war, reglos wie ein Kristallblock und doch federleicht und ätherisch; nur ein leichter Atemhauch bewirkte, daß ich mich wiederfand, doch dann verschwand ich, als ging ich augenblicklich in ein unendlich vielfältiges Ich über, das alles enthielt. Ich erinnerte mich, vergaß mich. Dann wurde alles eins, weit wie ein Fluß, der in sich selbst einströmte, und darin begann sich ganz langsam ein Bild zu formen. Nicht einmal ein Bild: eher ein Wellenschauer, wie die Schwingung eines Bildes kurz vor dessen Formation, eine Art bewegte hellgoldene Atmosphäre. Wäre ich blind gewesen, so hätte ich gesagt: Bhaskar-Nath. Und dann verdichtete es sich, wurde zu einer mächtigen goldenen Masse, einem goldenen Feuer, und ich spürte, daß ich nur ein wenig näher rücken müßte, um in diesem Feuerstrom aufzugehen. Er hatte eine spezifische Bewegung, fast schien es mir, daß er sprach, aber da waren keine Worte, nur eine Schwingung, die Worte formen konnte oder die Kraft von Worten enthielt, ihre innerste Bedeutung, und die auch Bilder formen oder Lichtströme freisetzen konnte, aber all dies sagte dasselbe: eine kleine Bewegung in diese Richtung oder in jene, und es gestaltet ein Bild oder einen Ton. Es war sehr klar, unendlich viel klarer als all die Worte, inhaltsreicher als die Bilder, alle möglichen Nuancen umfassend. Es war unbestreitbar und unnachahmbar. Wenn es „Freude" sagte, war die ganze Essenz der Freude in all ihrer Kraft und Qualität da, fast ihre Intensität von Farbe. Es war lebendiger Ton, lebendiges Licht, eine Substanz von Freude. Man konnte mit ihm verschmelzen und in ihm baden wie in einem Strom. Alles wurde konkret: Die Freude war solide wie ein regloser Feuerstrom. Unsere konkrete Welt schien mir plötzlich wie eine Imitation, eine Art geschrumpftes Lexikon, das sich plötzlich öffnete und Silben von Rubin und Saphir ergoß. Dann fühlte ich eine andere Substanz nahe Bhaskar-Nath; es war etwas Sanftes, fast Seidenes. Es war Mâ. Ich hatte das Gefühl, ein Mysterium zu berühren, vielleicht das Geheimnis dieses Landes, eine sehr kleine Form, ohne scharfe Konturen und ohne Härte, man eckte nirgendwo an. Sie war sehr unbewegt – zugleich sehr intensiv – wie eine Flamme, tief verborgen wie ein vergrabener Schatz, den kein Auge sehen konnte und der die ganze Kraft seines akkumulierten verborgenen Lichts in sich trug. Jahrhunderte könnten daran vorübergehen, es würde sich nicht regen. Nur ein Lächeln drang durch und eine Hand, die einen Schleier über ihre Stirn zog. Eine außergewöhnliche, mächtige Sanftheit. Sie schien mir einen herrlichen Obstteller darzubieten und sagte, „*khao, khao*, iß!" Und diese Früchte füllten mich mit einer süßen Kraft wie Hibiskussaft. Plötzlich stieß ich auf einen schwarzen Wirbelwind: Es war Björn.

– *An'mona! An'mona!*

Ja, die ganze Welt liegt vor unseren Toren. Wir können in jede Richtung gehen und augenblicklich überall sein! Wir kennen nur eine Übersetzung der Welt in eine barbarische Sprache.

– An'mona, so solltest du dich nennen: „Er, dessen Geist anderswo ist".

– Batcha, das ist wunderbar!

Sie seufzte.

– Du hast eine gute Vision, aber du siehst nicht, was unter deiner Nase ist.

– Batcha, ich bin so glücklich...

Sie schob ihre Muscheln weg und sah mich mit einer Art Mitleid an.

– Sag mir, Batcha, wie kommt es: Wir sind hier an diesem Strand, und ich habe das Gefühl, daß ich dich gut kenne, schon seit langem. Das ist seltsam...

Dann blieben mir die Worte weg. Ich verlor mich in einer seltsamen Verzückung, als ob die kleine Welle auf mich plätscherte, der Sand in mir strömte, die Seemuscheln in meinem Atem rauschten. Alles war klar und einfach, das Leben ein großer Kristall, worin überall zahllose Freudenfeuer glimmten. Ich lächelte. Ich war hier, da, überall, fühlte alles, lebte alles, leuchtete verzückt auf in Myriaden kleinen Lichtern der Freude. Da stand ich nun und kam mir vor wie ein völliger Einfaltspinsel.

– Batcha, sag, wie kommt es?

Aber ich wußte nicht mehr, was ich eigentlich sagen wollte. Alles erschien wie ein Wunder. Sie ließ ihren Kopf auf den Knien ruhen und begann in einer Art Singsang ein Lied zu summen:

– Herr Nichts, Herr Nichts, Herr Überhaupt-Nichts... Viele Strände gibt's in der Welt... Und du bist hier, ich hab' die Kauris für dich gesammelt...

Sie schloß die Augen, auf ihren Lippen lag das Lächeln einer Sphinx.

– Viele Tage gibt's im Jahr, und jetzt ist es heute, du bist da, und ich bin da – welcher Wind hat uns hierher geweht? Welche Welle dir die Muscheln gebracht? Viele Muscheln, ja viele Muscheln schwimmen im Meer... Und diese sind für dich, nur allein für dich, Herr Überhaupt-Nichts. Es ist heute, an vielen Stränden auf der Karte der Welt. Aber eine einzige Welle... bringt jedem eine ganz besondere Kauri. Nur jene und keine andere.

Ich war sprachlos, und sie brach in Lachen aus. Plötzlich überkam mich eine Panik. Es war Angst, als ob... Aber ich weiß es nicht. Dann faßte ich mich wieder.

– Das stimmt doch nicht, Batcha, es gibt so viele Kauris. Ob diese oder jene ist doch gleich.

Sie warf den Kopf hoch und schnitt mir eine Grimasse.

– Es gibt auch viele Überhaupt-Nichtse, warum ist denn gerade dieser hierher gekommen?

– Ein anderer hätte ebenso gut kommen können.

– Und wohin wärst *du* dann gefahren? An einen Strand in den Ländern des Nordens? Und wessen Platz hättest du dort eingenommen?

Sie blickte zu mir auf.

– Das hätte alles durcheinander gebracht.

Mit ihren großen schwarzen Augen drang sie tief in mich vor. Und staunend folgte ich in diesen Augen jenem Nil, der den Platz eines anderen einnehmen würde, der seinerseits den Platz eines anderen einnehmen würde, der wiederum... Und mit glasklarer Wahrnehmung sah ich, wie sie sich aufrichtete, eine rosa Muschel mit blauer Schraffur aufhob und sie mir schwungvoll in die Hand drückte:

– Schau, diese Muschel wartet schon seit tausend Jahren auf dich.

Wieder lachte sie.

Ich blickte mit großen Augen auf die Muschel in meiner Hand, diese „ganz besondere" Muschel. Dann hatte ich das starke Gefühl, in eine phantastische Welt einzutauchen, wo das winzigste Sandkorn, der kleinste Kieselstein am Strand plötzlich in absolutes Licht gebadet war, als hätte diese absurde Muschel tatsächlich tausend Jahre darauf gewartet, mir von Batcha und niemand anders in die Hand gedrückt zu werden, genau in diesem Moment und keinem anderen, an diesem Ort der Erde – wo sonst hätte ich auch sein können, wessen Platz einnehmen? Eine plötzliche Phantasmagorie, ein großes Ballett von unglaublicher Präzision, eine unglaubliche, einzigartige Totalität – ein einziger Erd-Körper –, der sich als *eine* Wesenheit durch Zeit und Raum bewegte; ein phantastisches Uhrwerk, bei dem jeder einzelne Punkt die Schnittstelle der ganzen Welt war, das Symbol alles übrigen, die mikroskopische Reduktion des ganzen Universums; ein gigantisches Puzzle, in dem kein einziges Teilchen bewegt oder verändert werden konnte, ohne das äußerste Chaos zu verursachen. Ja, dies war es wirklich: Jede Minute der Welt mit ihren Milliarden Begegnungen und Kombinationen, jeder Punkt im Raum mit seinen Myriaden Objekten und Wesen, die sich bewegten, war einzigartig, wirklich einzigartig, und nichts konnte anders sein, sonst wäre *alles* anders.

Zum zweiten Mal hatte ich jetzt diese Erfahrung, und wieder mit Batcha.

– Du schaust aus wie eine blinzelnde Eule bei Tagesanbruch.

Ich dachte, ich würde durchdrehen.

– Und obendrein eine mit blauen Augen. Sag mir doch…

Aber mir fehlten die Worte, ich *sah* einfach nur – es war wie ein sehendes Licht, in das ich vertieft war wie in ein unfaßbares Begreifen. Und ich sah das zierliche Füßchen auf den Stufen, leicht gebräunt, unter einem langen granatapfelfarbenen Rock, und den Sand, unsere Fußabdrücke, die sich in einer langen Linie über die Dünen wanden… Zwei Schlangenlinien, zwei Spuren, die aus tausend Abdrücken bestanden, von denen jeder exakt an seinem Platz war, damit sie sich hier, in dieser Minute am heutigen Tag, auf den Stufen des Tempels kreuzten.

Ich wollte etwas sagen, meine Frage formulieren, aber sie war gar nicht formulierbar; es war eher wie eine immense leuchtende Wolke, voll der *einen* reinen Frage, die tausend Formen hätte annehmen können. Es war eben *die* Frage. Jetzt verstehe ich und weiß, was mich in diesem Augenblick wie ein unergründliches Mysterium verwirrte: jene *Freiheit*, jene wunderbare unbekannte Freiheit, als würde die Welt in diesem Augenblick neu erschaffen. Und je mehr ich Einblick in diese Freiheit gewann, desto mehr entdeckte ich gleichzeitig eine Art unerbittliche festgefügte Ordnung, in der nicht einmal die Möglichkeit eines falschen Schrittes bestand: Man irrt sich im Weg, aber der falsche Weg ist ebenfalls Teil des richtigen!

Beide sind *gleichzeitig* wahr.

– Sag, Batcha, warum habe ich gerade dich getroffen und nicht jemand anders, hier und nicht anderswo – was steht dahinter? Wo beginnt es? Warum begegne ich gerade dir, Björn oder Balu, und keiner anderen Person? Und dieser Strand, hier und heute... Was hat mich hierher gezogen, mich hierher getrieben, und nicht anderswohin? Welche Kraft?

Batcha blickte mich aufmerksam an, ohne ein Wort zu sagen, während ich diese ganz besondere absurde Muschel zwischen den Fingern drehte. Wenn sie tausend Jahre auf mich gewartet hatte, mußte sie wohl eine Botschaft für mich tragen! Aber welche Botschaft? Eine rosa Botschaft mit blauer Maserung, die – wie die Turmfrisur einer Prinzessin – immer weitere Spirälchen entfaltete, um sich dann in einer violetten Öffnung zu verlieren. Und ein kleiner harter Knopf im Zentrum, von dem die Spiralen ausgingen. Alles war wie ein vibrierendes Wunder an diesem Morgen mit Batcha – ja, es gibt Stunden im Leben, wo sich alles löst und auftut wie ein Märchen. Ein dünner Schleier trennt uns von tausend Welten, oder vielleicht nur von einer, die wie eine große tropische Perle glitzert. Es ist, als enthielte das kleinste Fragment der Perlmutter, die kleinste Bachstelze am Strand den ganzen Schlüssel zum Mysterium, und jedes Ding barg alles in sich: Man mußte nur hinschauen. Und ich sah diese ganze Existenz in meiner Hand, dieses winzige Symbol, das seine Spiralen entfaltete, seine vielfältigen hübschen Kreise, malvenfarbig, blau, rosa, eine unglaubliche ewige Geschichte, immer weiter, immer lebendiger, von Windung zu Windung, als ob dieselben Charaktere, dieselben Umstände, dieselben Möglichkeiten oder Unmöglichkeiten, fast dieselben Szenen von einer Ebene zur nächsten wiederkehrten, aber jedesmal präziser, intensiver, mehr von Bedeutung und Kraft erfüllt, als ob man immer wieder an dieselben Orte zurückkehrte, an dieselben Seelenpunkte, denselben blauen, rosa oder violetten Pfad, aber vergrößert, erweitert, in einem schärferen Licht – jedesmal näher dem Schlüssel, der alles offenbart. Vielleicht gibt es jedoch nirgendwo einen Schlüssel, sondern nur schlicht das Licht einer Offenbarung, die unaufhörlich wächst; kein letztlicher Punkt, sondern ein ewiger Punkt, der sich auf einer ewigen Spirale bewegt; und die Spirale verliert sich oben in einem unendlichen Weiß, oder fällt in diesen purpurfarbenen Mund, von sich selbst verschlungen. Und vielleicht stand jede dieser Windungen für nur ein Leben, und an anderen Punkten der Spirale, in anderen Zeitaltern – dem homologen Punkt unten – hatte ich eines Tages eine rosa Kauri an einem weißen Strand betrachtet und einem ewigen Kind zugelächelt.

In diesem Augenblick schien ich die große Muschel der Welt zu sehen, die ihre lieblichen Windungen um ein großes rosiges Indien und Perlmutter-Ägypten wand und Windung für Windung die Gesamtgeschichte in jedem Land wie in jedem Wesen abspulte, in jedem Zeitalter wie einer Jahreszeit, immer ein selbes einziges Schicksal erweiternd, um nach oben in die weiße Unendlichkeit aufzusteigen oder unten in die schattige violette Öffnung einzutauchen.

– *An'mona! An'mona!*

– O, Batcha…

– Wo bist du, Herr Überhaupt-Nichts? Du bist immer anderswo. Kein Wunder, daß sich dann nichts ereignet; du wachst auf, wenn alles schon vorüber ist.

Sie runzelte die Stirn.

– Schau, Batcha…

– Ich bin nicht Batcha. Hast du jetzt gefunden, was du gesucht hast?

– Ja… Nein!

– Dann hast du deine Zeit verschwendet. Ich habe meine Kauri Überhaupt-Nichts gegeben.

– Du bist böse?

– Nicht böse. Du bist wie mein Mondschaum.

– Dein…

– Sag, kann man mit Mondschaum reden?

Sie blies ihre Wangen auf.

– Du bist wie Chavan.

– Wer ist denn Chavan? Noch ein Gott?

– Nein, kein Gott. Was hast du denn gegen meine Götter?

– Nichts, meine Kleine.

– Sie sind sehr lieb.

– Ja, natürlich. Wer ist er also?

– Er lebte ganz nackt, aß nichts, blickte nur.

– Worauf?

– Weiß ich nicht, er blickte. So wie du, nach oben. Das tat er so lange, daß er am Ende hart wie ein Skelett wurde, sich nicht mehr rührte. Nur seine beiden Augen leuchteten und leuchteten. Dann kamen die weißen Ameisen und bauten ihren Hügel über ihn.

– Hör zu, Batcha, ich verstehe wirklich nicht...

– Du bist kompliziert wie ein Rechenproblem.

– Schau, Batcha, du bist sehr lieb und ich mag dich, aber das ist jetzt nicht sentimental gemeint. Warum habe ich gerade *dich* getroffen und nicht eine andere – dich, die Tochter des Bhaskar-Nath?

Sie blickte mich ruhig mit klaren Augen an.

– Weil es immer ich war, und wir sind immer zusammen gewesen.

Meine Augen schienen sich zu weiten. Alles wurde fixiert und erweitert: das geringste Kräuseln auf dem Sand, die schwarzweiße Bachstelze, der Klang der Muschelhörner unter dem hohen Turm, Batchas granatapfelfarbener Rock – die Zeit stand still. Ein Tropfen rosa Ewigkeit in meiner Hand. Eine plötzliche Öffnung auf den Lauf der Jahrhunderte, wie ein wirrer Schwarm von blutroten Vögeln im vollen Licht erfaßt. Ich stand da mit offenem Mund...

– Nil, schau!

Sie streckte die Arme zum Himmel.

– Die Vögel aus dem Norden, die Vögel kommen, der Monsun kommt!

Ruckartig sprang sie auf und klatschte in die Hände.

– Die Vögel kommen, die Vögel kommen.

Ein großes schwarzes Dreieck driftete am nördlichen Himmel.

Dann eilte sie mit weit offenen Armen zum Palmenhain und zum hohen Turm. Ich streckte meine Hände aus... Sie war fort.

Es blieb nur der Südwind, der gegen das Tor des Sanktuariums brauste, und der Gesang in der Ferne, der schon seit Jahrhunderten da war, wie die Migration der Vögel, die Spiralen der Seemuscheln und die Reisen der Seele um einen unsichtbaren Globus.

XIV

Der Akazienwald

Ich wählte eher zufällig den nördlichen Pfad, obgleich ich heute weiß, daß es keine „Zufälle" gibt. So ging ich in Richtung Kali-Felsen, war glücklich, oder nahezu glücklich, empfand ein behagliches Gefühl, das unmerklich in mir gewachsen war und von nichts abhing, aus sich selbst heraus existierte: eine ganz einfache Klarheit, der klare Seinsgrund. Ich fühlte mich leicht und ruhig, wie vom Wind getragen, aber der geringste Gedanke warf sogleich einen Schatten, und wenn jemand an mich dachte, fühlte ich sogleich die Schwingung, es kam wie ein Kräuseln oder ein Strudel, oder bisweilen auch wie ein plötzlicher sanfter Strom, wie wenn man in Geißblattsträucher tritt. Und jetzt war es Björn, der wie ein Wirbel kam. Eigentlich war ich hinausgegangen, um ihm und seinen Worten zu entrinnen: „Ich schaffe doppelt so viel", schwirrte seine Stimme in der Hitze. „Schau, ich bin schon vierzig Minuten in dieser Position!" Es war der Björn, der in seiner Zelle mit hochgestreckten Beinen auf dem Kopf stand, in der Nacht stundenlang da saß und meditierte – worüber? „Ich werde bis zum Ende gehen" – wovon? Vielleicht bis zum Ende der Anstrengung, deren andere Seite; denn die Anstrengung war noch ein Schatten, der auf diese Klarheit fiel. Und ich fragte mich, was man für Björn tun könnte. Manchmal scheint es mir, daß die Menschen etwas erst völlig ausschöpfen müssen, und danach ergibt sich alles von selbst.

Ich wandte mich aufs Geratewohl nach rechts, vielleicht um Schatten zu finden, und fand mich im Akazienwald wieder. Ich wollte Björn abschütteln, aber seine Gegenwart folgte mir überallhin. In der Ferne war das Geläute der Holzkarren zu hören, vermischt mit den Rufen der Fuhrmänner. Dann wurde alles um mich herum still, es blieb nur der heiße ockerfarbene Sand unter den Füßen, die Mulden mit Dornbüschen, hier und da ein Banyanbaum. Die Luft schien stillzustehen. Ein regloser Dunst von Düften, wie ein Wildhonigbad; die Stille selbst schien aus verdichteten Aromen zu bestehen. Und dann der gezackte Schatten der Bäume, die endlosen Sandwellen wie eine Korallendünung unter großen, schräg gestellten Sonnenschirmen. Ich ging ziellos dahin, und der Sand war sehr sanft, der Himmel wie ein immenses zerfetztes Netz; hier und da blühten kleine gelbe Büschel direkt auf den dornigen Ästen. Ich tauchte tiefer in diese Duftwoge ein wie in einen Traum, mit leichtem Unbehagen von einer unbestimmbaren Kraft gezogen. Eine kleine Echse stob ins Dickicht davon. Und plötzlich verdunkelte sich die Atmosphäre, wurde düster und bedrohlich.

Ich wäre am liebsten umgekehrt. Aber irgendeine Kraft trieb mich voran. Ich wandte mich nach rechts und umging den riesigen Banyan, der einsam inmitten der Akazien stand; ein herrlicher Baum mit seinen wild wachsenden Wurzeln wie das Mastwerk eines Schiffes in Seenot. Ich ging einen Schritt weiter und blieb abrupt stehen, als ich einen plötzlichen Schrei hörte.

Ich sollte nie wissen, was geschehen war. Ein halbnacktes Mädchen mit tiefbraunen Brüsten lag auf dem Boden, neben ihr Björn.

Nur diesen Schrei hatte ich gehört, und der Boden schien sich unter meinen Füßen zu öffnen. Ich hätte mich gleich davonmachen sollen, war aber wie gelähmt. Dann schrie das Mädchen ein zweites Mal. Sie stieß Björn weg, griff sich ihren leuchtend gelben Sari und sprang auf. Björn wandte sich mir zu.

Sie floh durch den Akazienwald, während sie den Sari an ihren Körper drückte. Es war Nisha, Minakshis Tochter.

Björn richtete sich auf und sah mich kühl an. Mir müssen die Knie weich geworden sein. Wortlos lehnte er sich gegen den Banyanbaum. Er hatte eine starke Fahne. Dann zog er langsam sein Messer hervor, faßte es an der Klinge und schleuderte es auf mich.

Das Messer bohrte sich zwei Handbreit vor mir in den Sand. Er lachte laut auf.

Ein homerisches Lachen, furchtbar und aus voller Kehle, das durch den ganzen Wald zu schallen schien.

– Ein tolles Gelage!

Ich war wie erstarrt und betrachtete Björn, diesen unbekannten Björn, den rauhen Skandinavier mit nackter Brust, der dröhnend lachte, und das Messer steckte vor mir im Sand.

– Gib zu, dir ist das Herz in die Hose gefallen!

Wieder lachte er.

– Du kommst gerade richtig zum Ende der Hochzeit.

Er bog sich vor Lachen, als hätte er nie im Leben solchen Spaß gehabt.

– Wir werden jede Menge kleine schwarze Babys haben, und du wirst Pate des ersten sein!

Er hob einen Finger.

– Warte, darauf werden wir einen trinken.

Er langte nach einer Flasche *Toddy* hinter sich.

– Hier, trink!

Ich nahm die Flasche. Alles schien verschwommen, ich stand in einem scharlachroten Nebel, erfüllt vom Bild des halbnackten Mädchens. Plötzlich fand ich mich in einer Welt von Schrecken und Vergewaltigung wieder.

– Trink schon! Entweder du trinkst, oder ich brech' dir das Genick.

Ich trank einen Schluck, es schmeckte nach Gras. Ich versank im Alptraum, war jemand anders, kehrte von irgendwoher zurück, aus einem verlorenen Leben – eine völlig andere Sicht, die Falle, die sich unter einem öffnet.

– Nicht schlecht für einen Anfänger. Ach wie schade, Nil, daß ich dich von deiner Heiligkeit runterbringe.

Er schnappte sich die Flasche.

– Was für ein tolles Gelage! Nach zwanzig Jahren wach' ich auf, mit Heißhunger! Was treibst du hier eigentlich? Willst mich wohl bespitzeln?

– …

– Ach, ist ja auch egal. Mir ist überhaupt alles egal. Das ist toll. Das ist die Befreiung. Befreiung umgekehrt... Trinken wir auf die Befreiung!

Er warf den Kopf zurück und leerte die halbe Flasche.

– Darum geht es doch irgendwie, sich um nichts zu scheren, so oder so. Und wie wär's mit „Frau Sörensen"? Nicht übel, oder? Sie ist siebzehn, und ihre Haut ist frisch wie eine Muskattraube. Ich heirate sie, ehrlich, sie liebt mich. Stell dir nur vor – jemand liebt mich!... „Du bist mein weißer Radscha!"

Er lachte wieder.

– Mein weißer Radscha! Wir werden uns eine Hütte bei den Korallenfischern zulegen. Ich bastle ein Kanu und Netze, dann gehen wir fischen. Und ich werde jede Menge kleine schwarze Björns haben!

Er schnaubte mit einer Art Genugtuung.

Ich war wie am Boden zerstört.

– Und von Zeit zu Zeit werden wir auch einen kleinen weißen in die Welt setzen, der sein Heil bei den Christen suchen wird! O Nil, was für eine Farce!

Jetzt lachte er nicht mehr. Er sprach mit einem Grinsen, das ihm den Mund verzerrte.

– Und er wird eine Norwegerin heiraten, die ihm kleine blonde Kinder schenken wird, die dann kommen und sich in den Armen einer Schwarzen ins Unheil stürzen... Und dann beginnt wieder alles von vorne.

Er griff die Flasche am Hals. Ich dachte, er würde noch einen Schluck trinken, aber er ließ sie krachend am Baum zerschellen.

– Es dauert zu lange, Nil, es ist endlos! Besser gleich bis zum Ende gehen. Gleich bis zum Ende, verstehst du?

Er wischte sich die Lippen mit dem Handrücken ab.

– Aber welches Ende eigentlich? Weißt du die Antwort, Herr Schlaukopf?

Alles wurde still. Die Luft war sengend heiß. Ich beugte mich nach unten: Vor mir lag ein zerbrochener, golden glänzender Armreif im Sand. Er war aus Glas.

– Welches Ende also? Ich bin bereits am Ziel, alles ist getan!

Ich hab' sie schon geheiratet. Die Hütte, das Kanu, alles ist da, und vier kleine Bastarde rennen am Strand herum.

Er wandte sich um mit einer Wut im Bauch, wie jemand, der hintergangen worden ist. Ich sah, wie seine Faust sich ballte. Dann brüllte er:

– Und was dann?

Seine Stimme hallte durch die Stille. Vom Sand stieg ein Alkoholgeruch auf, mein Kopf dröhnte. In der Ferne, im Westen, heulte laut eine Sirene auf, wie hinter einem Vorhang.

– In vier Jahren wird sie Hängebrüste haben und das Gesicht ihrer Mutter.

– Ich bin verloren, Nil.

Aber tatsächlich war *ich* verloren, driftete in diesem roten Dunst, mit einem goldenen Armreif in der Hand.

– In einer Sekunde ist die ganze Story vorüber.

Wieder heulte die Sirene auf. Ich fühlte mich in einem furchtbaren Traum gefangen, konnte nicht mehr gehen, laufen oder nur schreien – und dann läuft der Zug in den Bahnhof ein und droht einen zu überrollen.

– Sag doch etwas, rede!

Ich spürte noch den Geruch des dunkelhäutigen Mädchens, vermischt mit dem Geruch von Kokosnußöl und verwelkten Ringelblumen. Björn kroch auf allen Vieren auf mich zu. Ich wußte, er wollte mich erdrosseln.

Da fand ich meine Stimme wieder und rief laut:

– Bhaskar-Nath!

– Was ist mit Bhaskar-Nath?

Wütend richtete er sich auf, seine Fahne schlug mir ins Gesicht.

– Was ist mit Bhaskar-Nath? Ist der auch gegen mich?

– Wir müssen zu ihm, wir müssen zu Bhaskar-Nath.

Björn lachte höhnisch:

– Um seinen Segen für die Hochzeit zu bekommen?

– Wir müssen unbedingt zu ihm, Björn.

– Ach was, ich gehe gleich zu meiner Schwarzen.

Er stand auf, sackte aber gleich wieder zu Boden.

– Komm jetzt, Björn.

– Guruji hat es mir verboten.

– Guruji…

Er war stark angetrunken, ich hätte schweigen sollen. Aber der Zorn packte mich beim Gedanken an Guruji. Ja, ich durchschaute sie alle, die kleinen Haie des Geistes.

– Was hat er denn für dich getan, dein Guruji? Wie zieht er dich jetzt da heraus?

Björn wurde aschfahl. Er sprang auf und griff nach dem Messer.

– Nein, Björn, nein…

Ich wollte seinen Arm packen, es war eine verrückte, absurde, verhexte Situation. Ich wollte ihn in meine Arme schließen, ihn aufrichten, an meine Brust drücken. Doch er löste sich mit einer heftigen Bewegung, und in einem Aufblitzen ritzte die Klinge meine linke Hand auf und trennte die Fingerkuppe des Zeigefingers ab. Überall waren Blutspritzer.

Björn sah mich entgeistert an.

Es herrschte völlige Stille im Wald.

– Das ist nichts, Björn.

Der Schreck verschlug ihm die Sprache.

Ich nahm seinen Schal und wickelte ihn um meine Hand.

– Es ist wirklich nichts, Björn.

Das Messer glitt ihm aus der Hand.

– Geh fort.

– Björn…

– Ich sag dir, geh fort.

Ich war tief traurig, hätte weinen können, wollte ihn in die Arme nehmen, ihm sagen…

– Björn, du bist mein Bruder.

– Ich bin nicht dein Bruder, geh fort. Ich kann immer nur alles kaputtmachen. Nur das. Geh jetzt.

Er sprang auf die Füße und stand vor mir, die Hände in die Hüften gestemmt. Seine Augen funkelten furchterregend.

– Hau endlich ab!

Da stand ich auf, straffte das Tuch um meine Hand. Meine Kehle war rauh und trocken wie Sandpapier.

Noch einmal blickte ich auf Björn, dann ging ich im Wald davon.

Mit pochenden Schläfen und klopfendem Herz wanderte ich ziellos durch den Akazienwald. Ich war wie ein Schatten, zusammengehalten vom Schmerz. Nein, es hatte nichts mit Björn und seinem Haß zu tun – er mußte mich einfach hassen, so wie mich lieben – und auch nichts mit meiner schmerzenden Wunde. Es war dieser plötzliche Abgrund, der sich in Gegenwart des dunkelhäutigen Mädchens aufgetan hatte, der Schrei des Mädchens, der erschrockene Blick auf ihrem Gesicht, ihr Davonrennen: Eine ganze Welt trat da wieder von irgendwo hervor, mit einer Atmosphäre der Panik. Ganz plötzlich stand ich der *Tatsache* gegenüber: Dies war *es*. Aber was, welche Tatsache? Es trug keinen Namen, hatte kein Gesicht, nicht einmal dieses dunkle Geschlecht; es war schlicht diese offene Falltür unter meinen Füßen, dieses düstere Aufwogen, und dann die Flucht, der Schrei, die großen schwarzen Schleusen, die sich öffneten, als wäre ich dort schon viele Male eingetaucht, versunken, als hätte ich mich mit Körper und Seele in einem Geruch von Sand und welken Blumen verloren. Aber was war es? Ich weiß nicht, es war „*es*". In diesem Augenblick berührte ich es – den alten Fluch, den wir durch die Zeitalter mitschleppen, die dunkle Erinnerung, den Knoten des Schmerzes, das absolute Hindernis, das sich auftut – aber welches? Eine alte, namenlose schmerzende Überschreitung, ein umgekehrtes „*das*", ein dunkler Anfang aller Dinge. Es war da, war immer da, ich wußte es. Es hatte nie aufgehört, da zu sein: Man braucht nur ein wenig zu kratzen, und schon liegt es offen; und wenn man noch mehr kratzt, ist es immer noch das Gleiche – unter dem großen reglosen Licht hat sich der große Schatten nicht bewegt, in jedem Augenblick ist er da, unberührt. Ja, wo ist der reine, unbefleckte Mensch, wo ist er, der einzigartige Mensch? Ich bin durch drei Kontinente gereist, habe alles ins Feuer geworfen, um diesen einen Schatten zu verbrennen – und was dann? Das war es, eben hier, die alte *Drohung*, die Scham, die Last, die man mit sich schleppt, der dunkle Schatten-Kreis, der alles und jeden umgibt, die geringste Geste und Begegnung, den flüchtigsten Blick, als würde in jedem Augenblick, beim geringsten Hindernis, der kleinsten Schnittwunde oder dem winzigsten Fehlschritt alles gleich in ein turbulentes Gegenteil umschlagen. In nur einer Sekunde ist es geschehen, das Herz klopft bis an den Hals, ein Schwindelgefühl, ein Aufblitzen, und alles schlägt um, man wechselt auf die andere Seite über, bewegt sich im Land der Finsternis. In jeder Sekunde ist es da, hinter jedem Lächeln, jedem Lichtfunken. Und je näher ich diesem *Licht* dort oben kam, desto dunkler wurde es unten, als erreichte ich die Fähigkeit für eine größere Dunkelheit. „Ich“ – wer ich, und wo? Ich weiß es nicht... Es ist die Nacht ohne Antlitz, die wimmelnde Menge, die alte Geschichte, das in einem Augenblick ruinierte Leben. Ein dunkles, vielfältiges „man“, so schwer wie die Nacht der Toten und all der Leichen, die man mit sich schleppt, so alt wie der Schmerz der Menschen und der Zorn der Götter. Die große Flucht vor der Meute, die Steinigung vor den Toren der Stadt, der große *Schmerz* in der Tiefe, wie zwei Augen, die auf eine Unermeßlichkeit der Tristesse blicken.

Ja, jetzt verstehe ich, warum wir unsere Termiten-Festungen errichten und unsere kleinen Gesetze der Vergeltung: Wenn man die Mauer oben bricht, bricht man die Mauer unten, und alles strömt herein – Hölle und Himmel! In den Tiefen der Nacht wie im Himmel gibt es kein „ich“ mehr; die Dunkelheit unten birst hervor wie das Licht oben, und alles Leid der Welt strömt herein mit aller Scham. Dort stand ich jetzt. Ich war Björn – war ich nicht er? Ich war seine Dunkelheit, sein Sturz, seine Scham. Wo sind denn auch die „anderen“, wo ist das, was nicht „ich“ ist? Wo ist der Fehler, an dem ich nicht beteiligt bin, der einsame Himmel? Wo sind die von der Welt befreiten Wesen, die sogenannten erlösten Seelen, die Vortäuscher der Befreiung? Wenn ein einziger Mensch gefangen ist, liegt die ganze Welt in Ketten. Weil es nur *einen Menschen* gibt.

So wanderte ich ziellos und endlos durch den Akazienwald, wie ich einst durch die Buchten von Guyana wanderte und durch die *minas* von Brasilien, wie ich durch ihre Gefängnisse marschiert war – der alte lange Marsch des Schmerzes mit einem Brennen im Herzen und Augen, die nichts sehen. Ein Schritt, noch ein Schritt und noch einer, es bleibt immer gleich, leere Einöde. Man ist die gehende Nacht, das zeitalterlange Elend, das pulsierende Blut; und selbst der Schmerz ist leblos, selbst die Nacht. Man weiß nicht mehr, wer leidet oder warum – man ist nur noch ein pochender Rhythmus, ein Feuer, das brennt. Man ist das Selbst des Feuers. Nichts als das Feuer. Das Brennen ist alles, was einem bleibt, und es hat schon immer gebrannt, es ist so alt wie das Leid oder wie die Liebe, geht zurück auf den Anbeginn der Zeit, zum allerersten Schritt, zu jenem unbestimmten Etwas, das strebt und kämpft. Es ist ohne Namen, ohne Vernunft, Gesicht oder Bestimmung. Es hat so viel gelebt, daß es zu allem geworden ist, hat so viel durchgemacht, daß es alles begreift. Da war fast ein Singen in diesem Wald, wie ein singendes Feuer, ein singendes Leid oder vielleicht Liebe. Alles verschmolz in *dem.* Ich bin das Selbst des Feuers, das alte Brennen. Wo ist mein Leid, meine Niederlage? Für mich existiert keine Nacht mehr, kein Leid: nur dieses Brennen. Ich habe keine Scham mehr, keine Vergangenheit, kein „ja" oder „nein", kein Gut oder Böse; alles ist verbrannt, dahin. Nur dieses Brennen ist da, für sich, für alles, für jeden, der da will. Es ist meine Hölle, mein Himmel, mein Leid oder meine Freude, ohne Unterschied. Es ist mein großer Feuer-Rhythmus, mein brennendes Pünktchen, meine Unermeßlichkeit einer einzigen Flamme – wo ist mein Sturz, meine Erlösung? Da ist nur dieses Feuer, das brennt. Wo ist der Fehler, das Versagen? Sie sind vom Feuer verzehrt. Wo ist der Tod? Im Feuer. Nur dieses brennende Feuer bleibt am Ende, auch dort oben, und alles wird verzehrt. Ich habe kein „oben" und kein „unten" mehr, kein „weiß" oder „schwarz"; es ist alles ein und dasselbe. Wo ist meine Freiheit, wo meine Gefangenschaft?

Ich sah auf, und alles erschien in einem anderen Licht.

War es der ockerfarbene Sand, mein Fieber oder das Feuer im Herzen? Oder war es der Dunst der Hitze, der durch die gemarterten Bäume schimmerte? Die Welt war wie in Orange gehüllt. Aber es war keine „Farbe“, nicht etwas, das die Welt kolorierte, schattierte; die Substanz selbst der Welt war anders. Oder vielleicht war sie nicht „anders“, sondern nur frei von ihrem falschen Schein der Solidität, und die wahre Materie trat hervor, strahlte überallhin. Die Welt wurde wirklich zu dem, was sie ist, meine Augen sahen die wahre Welt. Sie war warm und mächtig wie das Feuer in meinem Herzen und außerordentlich dicht – ein Strahlen kompakter warmer Kraft, als vibrierte alles lebendig, kohärent und aus derselben Substanz wie die Flamme in meinem Herzen und von unsagbarer Sanftheit. Ich war bei allem, in allem, brannte überall, liebte überall, erkannte alles. Es war eine Liebe, die nicht das Gegenteil von Haß war, nicht das Gegenteil, nicht das Gefühl von irgend etwas; sie *war* schlicht, brannte und brannte, ohne Gegenstand, ohne Grund. Es war nicht wie etwas, das man bewundert und liebt. Wo war denn hier auch das „ich“, das darin liebt? Es war *eine einzige* brennende Substanz in allem, ein einziges lebendiges Feuer, das sich selbst überall als seinen eigenen Widerhall wiederfand und in jeder Sache unergründliche Tiefen bloßlegte. Ich strömte darin, verlor mich mit Körper und Seele in einem unendlich vielfältigen, sanft vibrierenden Orange.

Dann kam ich aus dem Wald heraus.

Die Sirene heulte ein drittes Mal auf. Ein kleines Eichhörnchen huschte vorbei.

Es war, als hätte ich eine lange Reise hinter mir.

Da kam mir Bhaskar-Nath in den Sinn. Plötzlich begriff ich: Dies war das „mächtige Licht“, die Kraft der nächsten Welt!

Ich schaute auf meine Hand – Björn, Nisha, die Flucht, die dunkle Falltür, die sich vor mir auftat... Es war alles wie ein Traum. Ich war lange marschiert, ganze Zeitalter, Leben, hatte Kontinente durchquert: hier finstere Spelunken, dort heiße Buchten; rote Wälder, blaue Wälder; manchmal kleine weiße Häfen, Dünen der Reichhaltigkeit, als hätte ich den Himmel berührt; und dann nichts; dieser Himmel war nur die andere Seite meiner schattigen Flucht, ein Entrinnen ins Licht, mit verschlossenen Augen, um nicht zu sehen. Jetzt kam ich im Hafen an, am Ende der Straße. Ich betrat den nördlichen Pfad wie zum ersten Mal in der Welt. Die Reise war vorüber! Kein Hafen mehr, kein Himmel, keine Hölle – sie waren wie verflüchtigt. Die beiden Zwillingsgefährten waren untergegangen. Nur das brennende Feuer blieb.

Und alles war rein, alles war wahr.

– Nil, Nil!

Balu rannte auf mich zu.

– Wo ist er?

Sein Blick fiel auf meinen blutbefleckten Verband, und er ließ meinen Arm los.

– Wo ist er?

Ich wies auf den Wald. Balu sah mich noch einmal verstört an. Dann rannte er wortlos davon.

– Björn, Björn!

Seine Rufe hallten durch den Wald.

Plötzlich war es eine überwältigende Szene. Ich sah Balu laufen, Björn war dort irgendwo, und ich sah all dieses Leid und Elend der Welt, die läuft und läuft, die unten flieht und oben flieht, sich einschließt in einem weißen Gefängnis, einem schwarzen Gefängnis, in Kirchen, Gesetzen, die den zum Tode Verurteilten enthauptet; und alles wächst immer wieder nach. Doch dort in der Tiefe der Nacht war dieses Firmament von Orangefeuer, das alles wandelt. Das Böse war nie böse; es war die Geheimtür zur Befreiung. Das Gute war nie gut; es war das weiße Gefängnis der Blinden. Aber dort wurden sie beide ausgelöscht und voneinander erlöst.

Ich wandte mich nach links und wußte nicht, daß ich gerade das *Geheimnis* berührt hatte.

Ich spürte nur das Pochen in den Schläfen, die schmerzende Hand, und hörte Balus Stimme fern im Wald: „Björn, Björn!"

Leicht benommen und wankend ging ich zu Bhaskar-Nath.

XV

Wie Du Willst

Wieder ging ich inmitten des dumpfen Widerhalls der Muschelhörner und Glocken an den hohen Tempelmauern entlang, verbarg meine blutige Hand. Alles schien ähnlich, und doch würde nichts mehr dasselbe sein. Diese absurde Verletzung hatte eine ganze Serie von Wogen in Gang gesetzt, als sei dieses winzige Symbol an der Oberfläche das Zeichen eines tieferen Schnitts. Ja, alles ist ein Symbol, noch keine Sache ist mir begegnet, die nichts aussagen würde – ob der Strohhalm im Wind oder das momentane Stolpern – und nicht das verborgene Echo einer größeren Welle trägt. Vielleicht liegt die Fähigkeit zur Schau nicht so sehr darin, die sieben Wunder der Welt zu sehen als das achte Wunder winziger Entsprechungen. Bei eins zu einer Million lag die Wahrscheinlichkeit, daß ich Björn in diesem Wald begegnen würde, daß ich den nördlichen Pfad wählte, mich nach rechts wandte. Und genau indem ich die unsichtbare Gegenwart Björns meiden wollte, tappte ich schnurstracks in die Falle... Die Welt ist ein Mysterium; all unsere Erklärungen und Visionen klären nichts erschöpfend. Auf weißen oder grauen Straßen werden unsere Tempelglocken und der unruhige Herzschlag unserer Seelen uns immer wieder daran erinnern, daß wir zerbrechlich sind und daß gewaltige Kräfte an unseren Fäden ziehen, während wir hierhin oder dorthin gehen und uns nach rechts wenden in der kleinen Gasse der Verdammnis. Aber warum nur? Was würde ich darum geben, diese Sekunde des Zufalls begreifen zu können, wo man sich nach rechts statt nach links wendet.

Ich folgte den hohen, von Sand umsäumten Mauern. Wieder

schien ich auf denselben kleinen inneren Pfad zu stoßen, der wie ein dünner Faden diesen Schatten des „ich" unter den Tempeltürmen mit so vielen anderen „ichs" verknüpfte, die dieselbe Frage tausendmal gestellt hatten, unter Glocken oder Gongschlägen, den Sirenen oder dem Ruf von einem Minarett. Jedesmal öffnete sich gleichsam dieser kleine Pfad einer Vielzahl nicht sterbender Selbste, und vielleicht kam es so, daß dieser Gesell, der heute hier marschierte, sich nach rechts wandte, um sich dem alten Umweg jenes Gesellen von gestern zuzuwenden? Das Leben stammt aus alter Zeit und wiederholt sich, aber wir wandern über die Straßen der Welt, als ob wir erst gestern geboren wären.

So fand ich mich wieder in der engen Straße mit Häusern und weißen Terrassen und Palmengruppen. Kinder skandierten immer noch im Schulhof ihre Lieder. Da waren die kleine Loggia und die skulptierten Gottheiten, der niedrige Korridor wie eine ägyptische Gruft, der lichtüberflutete Innenhof und der Sandelholzduft im kühlen Halbschatten.

Mâ stampfte Reis in einem Mörser. Sie sah mich, zog einen Zipfel ihres Sari leicht über die Stirn und lächelte. Ich war im Lande des Lichts.

Bhaskar-Nath hockte inmitten von Meißeln in seinem Winkel, mit bloßer Brust, die Stahlrahmen-Brille auf der Nase. Er sah auf. Sein Blick fiel direkt auf meine Hand, aber er sagte kein Wort, blieb reglos.

– Ich habe mich geschnitten.

Er nickte und wandte sich wieder still seiner Arbeit zu.

– *Dao.*

Sie griff meine Hand und goß frisches Wasser über die Wunde. Sie war sehr sanft und schien so jung, daß sie Batchas Schwester hätte sein können.

Ich wies auf die Statue in Bhaskar-Naths Hand und fragte ihn:

– *É ke?* Wer ist es?

– Kali.

Mâ hob die Hand und goß den Rest des Wassers über die Wunde. Es schmerzte.

– Balu ist ja in großer Eile weggerannt.

Sie sah mich fragend an und ging dann mit dem Krug heraus. Es war still, kein Laut zu hören. Bhaskar-Nath hüllte sich nach wie vor in Schweigen, war über die Statue mit vier Armen und einem Schwert gebeugt, gleich jener auf dem Felsen, den ich mit Balu erklettert hatte.

– Björn ist in Gefahr.

Keine Antwort.

– Ich sagte…

Fasziniert von der Statue, ließ ich meine Hand sinken, als sei *sie* der Grund dafür, daß ich hierher gekommen war.

– Wen tötet sie?

Er rührte sich nicht.

Ich begann ein Unbehagen zu spüren, als ob etwas schwer in der Atmosphäre lag, und blickte wieder auf die Statue. Dann plötzlich schien es mir, daß es nichts für mich zu sagen oder fragen gab; alles war gesagt in dieser Statue mit dem Schwert. Ich mußte nur hinblicken. Es ist eigenartig, aber im Laufe der Zeit habe ich immer mehr den Eindruck, daß jeder Gegenstand, jeder Umstand eine exakte Botschaft trägt, als ob bereits die Position der Dinge und Wesen in einem gegebenen Moment genau unsere eigene Geschichte widerspiegelte und ihre Bewegung, ihr Erscheinen oder Verschwinden einem unsichtbaren Rhythmus folgte, der mit unserem eigenen verknüpft war, so wie die Bewegung von Mond und Gezeiten unsere eigenen Stürze und die Rückkehr der Schwalben an die September-Küsten widerspiegelt. Alles wirkt zusammen.

Bhaskar-Nath nickte. Er blickte mich an und sagte nur:

– Es ist die Stunde.

Mein Herz ließ einen Schlag aus. Eine Sekunde der Leere. Ich wollte „nein, nein“ rufen, wie um die Zeit anzuhalten. Ja, ich wußte schon immer, daß eine Zeit kommen wird, wenn alles zertreten und zerschmettert werden wird. Im Inneren wünschte ich es fast. Alles war wie eine unsichere Rast auf einem Vipernnest.

– Dein Herz weint, mein Kind.

– Oh, noch nicht!

– Du hast Angst?

– Ich weiß nicht. Ich verstehe es nicht, ich will kein Drama, kein Drama mehr...

Mâ war mit einer Handvoll Ringelblumen zurückgekommen, die sie zerstampfte und mir auf den Finger strich. Selbst der Schmerz war irgendwie wohltuend. Sie bot mir einen Kupferteller mit Früchten an:

– *Khao, khao,* iß! Das wird dir guttun.

Sie sprach sanft. Es waren genau die Früchte, die ich in meinem Traum mit Batcha gesehen hatte.

Sie lächelte. Einen Moment schien es mir, als ob sie mir die Früchte durch die Gitter eines Gefängnisses reichte – ich fühlte mich von Mauern umgeben. Noch eine Minute zuvor war ich im Lande des Lichts. Dann schlug alles um, und ich war zurück im Gefängnis. Aber was war genau umgeschlagen? Plötzlich wurde mir bewußt, daß die Bestimmung eben dies ist: ein Gefängnis. Und man geht vom Frieden zur Agonie wie von einem Zimmer zum anderen.

– Warum fürchtest du dich, Kind, wir gehen *immer* zu einer größeren Freude hin. Das ist die goldene Regel der Welt. Es gibt nie eine Rückkehr in die Dunkelheit, nur ein Fortschreiten zu größerem Licht. Wenn man hinschaut, ergibt alles Sinn.

– Ich schaue nicht.

– Aber all dies geschieht, um dich zu zwingen zu sehen! Schau, blick hin! Öffne die Augen, anstatt zu jammern! Worauf wartest du, Kind? Jede Minute des Lebens streckt dir die Hand entgegen.

– Dieser üble Tantriker hat schuld an allem.

– Niemand hat schuld. Und du hast auch kein Recht, diesen Mann zu beschimpfen. Fehler? Welcher Fehler? Gäbe es einen einzigen Fehler in der Welt, so würde sie augenblicklich kollabieren. Nur die *Freude* kann erschaffen!

– Die Freude, das ist ja ganz schön, wenn alles gut läuft.

– Aber dein „Gutes“ ist unendlich klein! Deshalb wird es von Zeit zu Zeit ein wenig zerschlagen, damit du weiter gehen kannst, zu einem größeren Guten.

– Aber man muß doch etwas unternehmen, sich an den Tantriker wenden, man muß...

Bhaskar-Nath blickte zu mir auf.

– Ich wüßte nicht, was Björn wirklich retten kann. Außer er selbst, wenn er überhaupt wirklich „verloren" ist. Schau, Kind, ich kann nirgendwo einen „Verlust" ausmachen; selbst meine Späne werden gebraucht, um Weihrauchstäbchen herzustellen, und jeder Schnitt meines Meißels erhöht die Schönheit meiner Arbeit.

– Vielleicht wird er sterben.

– Das wirst auch du. Und Batcha. Man stirbt erst, wenn es die Stunde ist, keinen Augenblick früher. Verstehe doch, daß es keine Ungerechtigkeit gibt, keinen Irrtum, keinen Zufall! Du wirst nichts von der Welt verstehen, wenn du nicht verstehst, daß *auch* Hindernisse Teil der Vollkommenheit sind. Wir sind voller Undankbarkeit für ein *Wunder,* das jede Minute der Erde zum Wunder gestaltet. Ja, wenn man das erkennt, ist es so kompakt, so überwältigend lebendig mit Wundern überall zugleich. Dann erfährt man die weite Freude, und das geht einem nie mehr verloren.

– Aber wir müssen etwas für Björn *tun.*

Bhaskar-Nath antwortete nicht, doch konnte ich spüren, wie er sich konzentrierte, wie sein geduldiges, liebendes Mitgefühl auf mich, auf Björn gerichtet war. Aber ich selbst wollte handeln, ich konnte ganz einfach nicht mit verschränkten Armen auf Björns Tod warten, und ich spürte etwas wie eine Katastrophe, die in der Luft lag.

– Wenn dein „Wunder" alles vollbringt, wofür bin ich denn da?

– Ja, es vollbringt alles. Und wir können nicht verstehen, daß das Wunder *immer* wunderbar ist, selbst wenn die Dinge nicht gut stehen. Schau, wenn du das Gefühl hast, etwas „tun" zu müssen, so tu es. Auch deine Handlungen sind Teil des Wunders – ebenso wie deine Fehler. Aber ich selbst möchte gern, daß du *schaust.*

Abrupt griff er sich einen Meißel.

– Schau hier, der Meißel.

Er nahm die Statue in die andere Hand.

– Siehst du Kali? Sie ist die Mutter der Welten.

Er hob die Statue an und sah aus wie ein Gott.

– In der rechten Hand hält sie ein Schwert, mit dem sie den Kopf des Dämonen abtrennt. Sie handelt, sie „tut etwas", wie du es nennst. Aber es sind nicht drei verschiedene Kräfte – eine, die durch die Mutter handelt, eine im Dämonen, und eine im Meißel. Es ist ein und dieselbe Kraft. Es gibt nur *eine* Kraft in der Welt, eine Kraft, die alles bewegt: Alles ist die Göttliche Kraft am Werk, in Göttern, in Teufeln, Menschen oder meinem Meißel. Du magst es „Göttlich" nennen, wenn du willst, das spielt keine Rolle. Wichtig ist, daß man es fühlt. Mein Messer kann schnitzen oder töten, so ist es. Wenn es dir die Hand schneidet, nennst du es „böse", weil du nicht den Gott siehst, den es in dir herausschnitzt. Wenn Björn leidet, gibst du die Schuld dem „bösen Tantriker", weil du nicht seine Notwendigkeit für Björn siehst. Wir treffen nur auf die Hindernisse, die für unsere Vollkommenheit notwendig sind. Denn die Vollkommenheit wirkt in der Welt, die Freude wirkt in der Welt. Es gibt nur *eine* Kraft in der Welt, eine Kraft der Freude, und solange wir nicht den absoluten Sinn von allem verstehen, gehen wir zur Hölle eigener Wahl. Wir sehen nur ein Fragment der Gesamtgeschichte, einen Bruchteil des Laufes der Dinge! Doch Sie ist da. In jedem Augenblick ist Sie da, und Sie will Freude für uns, selbst wenn wir klagen und jammern. So verhält es sich.

– Aber...

– Es gibt kein aber. Man muß sein kleines Selbst aufgeben und ins Bewußtsein des Ganzen eintreten. Dann ist man frei und versteht. Und man hat Freude.

Ich hörte einen Rock rascheln.

Auf einem Fuß hüpfend stob sie in den Innenhof, die Schultasche in der Hand. Mitten im Hof hielt sie inne. Bhaskar-Nath blickte sie an, und sie mich. Dann wurde sie rot wie Klatschmohn und lief davon.

Nachdenklich legte er die Statue beiseite. Draußen hörte ich Lachen und das Quietschen der Seilwinde am Brunnen.

– Meister...

– Ich bin kein Meister.

– Es geht nicht nur um Björn, ich selbst bin auch in Gefahr.

Wortlos sammelte er sein Werkzeug ein.

– Was ist nur los, was ist passiert? Irgend etwas lastet auf mir.

Er blieb stumm, reglos wie eine Mauer.

In diesem Augenblick stieß Shikhi auf der Terrasse einen schrillen Schrei aus. Dann herrschte wieder Stille. Aus der Ferne kamen mir Batchas Worte wie eine Musik in den Sinn: „Shikhi hockt auf der Terrasse und gibt Triumphschreie von sich."

Bhaskar-Nath blickte vor sich hin, er schien mit seinen Gedanken in einer anderen Welt.

Aber ich wollte dieses unbestimmte Rätsel verstehen, das auf mir lastete und bei einem bloßen Klang, einem Geruch, einem bedeutungslosen Vorfall urplötzlich verschwand oder wieder hervortrat – welcher gleichwohl voller Bedeutung war. Es war wie das Wiederaufleben einer alten Bekanntheit, das Sich-Öffnen einer verborgenen Tür, die bewirkte, daß alles wie verändert war und eine andere Bedeutung trug, als ob ich plötzlich in die andere, wahre Geschichte eintrat.

Ich schloß die Augen. Man hörte den Klang der Muschelhörner vom Tempel, ein *kaddalai*-Verkäufer ging auf der Straße vorüber. Diese Welt war vertrauter als ein Wesen oder ein Ort oder selbst Batcha – es war etwas in der Qualität der Luft –, von größerer Permanenz als ein Gesicht, tiefer als ein Land oder ein Himmel, oder vielleicht die Quintessenz verschiedener Orte oder Wesen – eine ganz spezifische Schwingung oder Note, die schon viele Male zuvor gehört worden war und von weither kam wie durch Opal-Hallen, Kirchenschiffe der Stille, unterirdische Gewölbe, wo Stalaktiten vergessener Erinnerungen inmitten einer Fülle von Suggestionen und unterdrückten Gefühlen, plötzlichen Gerüchen, namenlosen Ängsten hingen; es war eine so vertraute Spur, daß sie immer derselben alten Route zu folgen schien. Man sah nichts, und doch war alles da. Ich konzentrierte mich auf diese winzige Spur, diesen Opal-Faden, und wollte so sehr wissen. Ja, was war dort, was war es, das von so weit her kam? Ich hielt den Atem an, lauschte und lauschte, zog am Faden, stemmte mich gegen die Dunkelheit, als ob die Tür sich am Ende öffnete und den Schatz offenbarte. Ich war wie ein regloser Brunnen, ein Saphirblock, der drückte, bohrte, Zentimeter für Zentimeter in diese gewaltige klaffende Nacht vordrang, sich zu erinnern suchte, sich an einen Geruch, einen Atem, eine namenlose Schwingung, die Atmosphäre eines alten Landes hielt, als ob die Erinnerung plötzlich kommen würde. Was ist dort, was ist dort? Und es war nicht mehr ein Nil, ein Goldgräber, Abenteurer oder Gesetzesübertreter; ich war nicht mehr von hier oder dort, von dieser Insel oder einer anderen; ich war eine obskure Linie von Wesen, die allmählich hervortraten, eine konfuse Genealogie, die über die Spur von hundert Ländern zurückging – Wüsten um Wüsten, Tropen, leere Paläste, monderleuchtete und staubgraue Tempel –, die den Opal-Faden zog, den namenlosen Faden, durch Halle um Halle, durch Sargasso-Meere plötzlicher Düfte, Sände der Verzweiflung, schwarze Nubien. Es war so ungreifbar wie ein Traum, so gegenwärtig wie ein Gewissensbiß oder ein geliebter Mensch, der nicht mehr lebt. Und plötzlich schien es keine Erinnerung mehr zu geben, kein „etwas", an das man sich erinnern konnte. *Ich* war die Erinnerung, eine gewaltige lebendige Erinnerung, eine Öffnung auf einen Abgrund, der mehr als eine Welt umfaßte, ein obskurer Körper von tausend Körpern, ein Leben erfüllt mit Tausenden von Leben, und nichts war mehr zu finden – ich war der äußerste Bodensatz, die Öffnung auf etwas, die gebündelte Spannung, die in *eine* Richtung trieb. Ich war schlicht eine Richtung, eine bestimmte Note. Dies war meine Geschichte, meine eine Schwingung durch die Zeitalter, Orte und Körper – meine Note. Aber was war es?

Ich ließ alles los. Alles sank zurück auf den Grund des Brunnens. Nur der Oberflächen-Nil blieb – diese Richtung, die sich nicht kennt, dieses Mysterium vor sich selbst, dieser Goldsucher ohne Gold – und ich reiste fort durch den großen Wald der Welt, drückte Erinnerungsfetzen an mein Herz, die Farbe einer Robe, den Schrei eines Pfaus, einen Goldreif, ein improvisiertes Lied, einen Geruch von tausend Gerüchen, und jenes etwas im Hintergrund, das schwer wiegt wie eine Fatalität. Da sind wir und tanzen gleichsam über die Oberfläche – Reisende einer kleinen Insel, eines kleinen Strandes des Lebens, Schiffbrüchige von wie vielen Welten, Reisende von wie vielen Inseln –, heimgesucht und umlagert von allem, was wir zuvor taten, und allem, was wir nicht taten, wobei wir die Toten nach uns ziehen, welche endlos sterben, und Komödianten, die ihren Auftritt nicht abgeschlossen haben. Welche Kraft treibt uns nach rechts, welches Netz webt all diese Leben zusammen, welchen Triumph schrie jener Pfau hinaus? Oder welche Wiederkehr der Dinge?

O Sohn, du vergißt
Du vergißt die Süße
Die dich vom Leben träumen ließ
Und die Rose, die aufblühen wird
Du vergißt die goldene Insel
Die am Anfang dieser Reise war
Und die Jahreszeit des Offensichtlichen
Und das Lächeln des Sich-Wiedersehens

Bhaskar-Nath zuckte mit den Schultern.

– Maharaj, sag mir…

Er stieß seine Instrumente beiseite und blickte mir gerade in die Augen.

– Nein, ich werde es dir nicht sagen.

Ich war verblüfft. So hart und grob hatte er noch nie gesprochen.

– Ich werde es dir nicht sagen. Wenn ich dir deine Vergangenheit erzähle, wirst du gleich versuchen, die alte Geschichte noch einmal zu wiederholen.

– Also gibt es doch eine Vergangenheit?

– Ja, es gibt sie. Und die Weisheit legt klugerweise ihr Siegel des Vergessens über sie. Schau, wie Björn schnurstracks auf seinen Scheiterhaufen zurennt. Es ist voller Drama und Faszination. Ja, in jedem Menschen steckt irgendwo ein Scharlatan.

– Mir scheint, Björns Geschichte ist wie eine Probe von etwas, das auf mich warten könnte.

– Ja, aber ich werde nicht zulassen, daß du auf deinen Scheiterhaufen rennst. Oder wenn du es doch tust, dann mit offenen Augen, im vollen Wissen der Wahrheit.

– Welcher Wahrheit?

Einen Moment blieb er still.

– Die Wahrheit ist, daß die Menschen die Freude gar nicht lieben. Das ist es.

– Aber es gibt eine Bestimmung, etwas, das uns vorantreibt?

– Ja, gewiß.

– Also, was ist es?

– Wenn die Menschen es vorher wüßten, würden sie nie die Fehler begehen, die notwendig sind, um zur Vollkommenheit des Ziels zu gelangen.

Ich war sprachlos und hatte das Gefühl, einem tiefen Geheimnis nahe zu sein.

Bhaskar-Nath fuhr fort:

– Glaubst du, deine Handlungen haben erst gestern begonnen? Die Bestimmung ist die Vergangenheit umgekehrt. Wir öffnen uns Wege, dann kehren wir automatisch zu ihnen zurück. Das ist es schlicht.

– Dann geht man unweigerlich in die Falle.

– Wir gehen unweigerlich zur Freude; bis zu dem Augenblick, wo man Leid vor Freude wählt, Tod und Drama vor Freude.

– Man wählt es?

– Ja, immer.

– Dann gibt es keine Bestimmung.

– Es gibt die Bestimmung, die *du* willst. Wenn der Bulle dich angreift, kannst du auf ihn springen und dich davontragen lassen, oder du kannst auf der Stelle verharren, und er zermalmt dich. Ganz wie du willst.

Er hielt inne, dann wiederholte er mit Nachdruck:

– *Ganz wie du willst.*

– Man kann entrinnen?

– Nicht entrinnen, sondern einen Sprung nach vorne machen.

Da stand er vor mir, mit bloßer Brust und rasiertem Kopf, eine massive Kraft.

– Es gibt einen Augenblick, kurz wie der Blitz, scharf wie der Tod, einen Augenblick wirklicher Klarheit, wo die *Kraft* über dich kommt – die Kraft der Vergangenheit, der vergangenen Gewohnheiten von Leid und Sterben und neuem Anfang. Wenn du in diesem Augenblick den Mut hast, diese Kraft bei den Hörnern zu packen – diese Kraft, die tatsächlich deine Freude will, die dich zu deinem Glück *zwingen* will, die über dich kommt, um deine Ketten abzuschütteln (denn die Bestimmung ist in Wirklichkeit das andere Gesicht des Engels der Befreiung), wenn du in dieser Lichtsekunde den Mut hast, die Kraft zu packen und „ja" zu sagen und dein Leid in Freude zu verwandeln, dann lebst du. Es ist ein neues Leben. Man stirbt, weil man nicht mehr die Freude aufnehmen kann, man stirbt, um in größerer Freude neu zu beginnen.

Er richtete sich auf, es war, als ob Kali selbst vor mir stünde.

– Das Geheimnis liegt nicht in der Vergangenheit, es liegt vor uns, in der anderen Person, die du werden mußt durch eben jene Kraft, die dich zu zerstören sucht.

Er rammte seinen Meißel mit einem Stoß in den Boden.

– Es ist, wie du willst. Dieselbe Kraft kann dich entweder töten oder erlösen.

XVI

Selbst wenn ich sterbe

Ich werde wohl immer über jene winzigen Pünktchen, jene Minisekunden nachsinnen, die unversehens das ganze Gleichgewicht der Dinge und manchmal den ganzen Lauf eines Lebens wandeln. Die Waage schlägt fast unmerklich ein wenig nach links aus, und schon ist es geschehen, sie wird immer weiter nach links ausschlagen. Und wenn man das Ausschlagen beobachtet, geschieht es zehnmal schneller, als ob Gedanken das Gewicht erzeugten. An diesem Tag fragte ich mich, wie es wäre, wenn es keine Gedanken gäbe. Sind sie es vielleicht, die das Drama anziehen, so wie ein Transistor-Radio eine bestimmte Wellenlänge aufnimmt? Aber warum gerade diese Welle und nicht eine andere? Björn saß auf einer Matte am Fenster in der *Minakshi Lodge* und wollte gerade eine Mahlzeit mit einem Bissen Reis beginnen, als er plötzlich die Hand sinken ließ und mit ausdrucksloser Stimme sagte, indem er vor sich hin blickte: „Warum essen?" Seit diesem Augenblick aß er nicht mehr. Er nahm nur den Tee, den Balu ihm morgens und abends brachte, ansonsten verbrachte er den ganzen Tag damit, wortlos an die Decke zu starren. Ihm war alles völlig gleich, er antwortete nicht, wenn ich mit ihm sprach, und wenn Balu kam, sah er gleichsam durch ihn hindurch.

– Er liebt mich nicht, nur sich selbst.

Balu sprach mit Tränen in den Augen.

Immer wieder kam mir diese Sekunde in den Sinn, als Björn den Scheiterhaufen auf der Lagune fixierte: „Dorthin gehe ich." Noch kurz zuvor hatte er nicht auch nur daran gedacht. Es war einfach über ihn gekommen; er hatte etwas aufgefangen, das in der Luft lag, betrachtete die Szene, und es war geschehen. Diese Sekunde kristallisierte nur… kristallisierte was? Und wie stand es mit jener Sekunde, als ich Mohini auf dem Felshügel zurückgelassen hatte, was hatte *sie* kristallisiert? War die Waage immer nach links ausgeschlagen, oder waren dies schlicht „vorbeiziehende Wellen", unscheinbare kleine Atemzüge, die vibrieren, schwarz wie eine Schlangenzunge oder golden wie ein Pollenregen, mal saphirblau, mal weiß, funkelnd wie ein Diamant oder wie Leuchtkäfer einer anderen Welt? Und es kam (oder kam auch nicht) gemäß einer mysteriösen Übereinstimmung mit der Farbe unserer inneren Landschaft. Alles ereignete sich, als zögen wir ständig die Umstände oder Vorfälle an – vielleicht auch die Wesen –, die unserem inneren Grad entsprechen, unserer Seelenfrequenz, dem Schatten oder der Schönheit unserer inneren Landschaft. Plötzlich schien ich zu erkennen, wie ich zehntausend Kilometer in Richtung jenes unsichtbaren Leuchtstrahls hatte reisen können und auf einem kleinen weißen Strand landete, angezogen von einem Kind mit rosa Kauri-Muscheln. Aber auch Björn war zehntausend Kilometer zu dieser Insel gereist, und was er fand, war der Tod.

– Ach, eine solche Kleinigkeit!

Ich weiß nicht einmal, ob er überhaupt mit mir redete. Er lag auf einem Handtuch ausgestreckt und blickte auf die Wand vor sich. Es waren seine ersten Worte seit drei Tagen.

– … Nur eine Kleinigkeit, die zum Klang der Klarinetten verbrannt wird.

– Du spinnst!

Er sah die Szene vor Augen, und ich auch. Ich war hin und her gerissen zwischen Wut und Schmerz.

– Nein, Björn, es ist keine Kleinigkeit, sondern etwas Großes, das da eingeäschert wird. Eine große Leiche, die den ganzen Raum in deinem Kopf einnimmt.

Er fuhr auf, schloß die Augen. Dann richtete er sein Gesicht wieder wortlos auf die Mauer. Ich hatte natürlich unrecht, jetzt würde er bis zum bitteren Ende weitermachen, um sich selbst im nachhinein zu rechtfertigen, um diese absurde Sekunde zu rechtfertigen, wo er aufgehört hatte zu essen – nicht daß er sterben wollte, nein, aber er hatte begonnen, also machte er weiter mit dem, was einmal begonnen war. Das war es schlicht. Wenn ich Mitleid gezeigt hätte, so hätte er in derselben Weise die Wand fixiert und bis zum Ende weiter gemacht, um mein Mitleid zu rechtfertigen. Eine Leiche mußte her, je größer, desto besser, weil jener andere nicht sterben wollte, jenes absurde Etwas, das sich für Björn hielt.

Mit einer Mischung aus Haß und Leid wandte er sich wieder mir zu.

– Sag, Nil, was soll ich deiner Meinung nach tun? Selbst wenn ich abreisen wollte, könnte ich es nicht, weil ich kein Geld habe. Und wegen Nisha... Ich sitze in der Falle wie eine Ratte.

Er hämmerte mit der Faust auf den Boden.

– Nichts bleibt mehr, Nil. Ich sehe kein Land vor Augen, keinen Pfad, der Weg hat sich verflüchtigt... Vorher gab es noch einen Weg. Du mußt doch wissen, wo er ist, du weißt doch sonst immer alles?

Ich wußte nicht, was ich darauf antworten sollte, und kniete an seiner Seite nieder.

– Björn...

Als ich diesen Björn da betrachtete, der sterben wollte, überkam mich dieses ganze menschliche Mitleid, das nichts vermag und nichts weiß, dieses immense Mitleid, das bloß zuschaut. Ja, eines Tages, tief in meinem Wesen – ich weiß nicht, wo oder wann – sah ich ein für allemal diese Prozession der Toten unter einem sengenden Himmel, und ich schwor, daß es nie wieder sein würde – nie wieder.

Dann ließ ich alles los. Und augenblicklich fühlte ich mich über mich selbst erhoben, blickte herab auf diese Zelle, auf Björn, auf diese Körper, die Insel. Ich sah mit einer fast unerträglichen Klarheit die phantastische Nichtigkeit der kleinen Gesellen dort, die sich in einer Zelle im Norden des Dorfes bewegten, auf einem Inselfleckchen, das sich mit neunzigtausend Kilometern pro Stunde um die Sonne drehte, im Golf von Bengalen, inmitten eines großen blauen, sternenbesäten Meeres, irgendwo zwischen Mars und Venus, zwischen Zerstörung und Liebe, den beiden Zwillingsschwestern. Man stirbt, aber andere werden nachfolgen. Wer wird sich noch erinnern? Welchen Unterschied macht es? Unser Leben dauert kürzer als das eines Steins oder selbst einer Krähe. Eines Tages sah ich das so klar und deutlich, auf einem Bahnsteig, und ich ließ jenen Pilger vor einem korrodierten Wasserhahn auf dem Bahnsteig zurück. Welchen Unterschied macht ein Pilger und was er empfindet? Wer wird sich erinnern? Nicht einmal er selbst. Also vergaß ich, auf die Namen von Straßen zu achten, auf die Namen von Inseln oder Bahnhöfen, ja ich vergaß selbst den Namen dieses Pilgers. Dann hörte ich auf, diese Straßen zu betrachten, die nicht weiter als ein Blick reichten. Ich hörte sogar auf, jenen Blick zu betrachten, der nicht weiter reichte als er selbst, und als ich alles ausgelöscht hatte, leuchtete dieser Weg überall vor mir, und meine Sekunden dauerten eines Vogels Lebenszeit.

Aber das Leid existiert weiter in der Tiefe.

– Björn...

Ich brachte kein Wort heraus. Mir war, als könnte ich die Stimme des Sannyasins hören: „Eine gewaltige Mauer – nicht dicker als Reispapier." Aber mir war nicht zum Lachen zumute.

So gingen die Tage vorüber, und ich war ratlos. Er wurde furchtbar dünn, mußte sich ergeben. Und der Monsun kam immer noch nicht.

Eines Tages sagte mir Björn dann:

– Und wenn ich durchdrehe?

Ich gab keine Antwort. Auch dies war eingedrungen, war gewollt und akzeptiert worden. Es gehörte zum Gesamtszenario. Ich wartete nur auf den Augenblick, wo er etwas Verrücktes tun würde und dann damit fortführe, weil er es ja begonnen hatte. Wo ist der Verrückte, der nicht seinen Irrsinn gewählt hat – kaltblütig gewählt hat, eines schönen Morgens? Ja, ich weiß, wie das geschieht. Gibt es eine einzige Krankheit, einen einzigen Unfall, den wir nicht eines schönen Tages gewählt haben, nur so, weil es gerade in der Luft lag? Aber welcher Auslöser im Inneren hatte reagiert, wo *begann* das Drama, das winzige Element, das die Welle auffing – eben diese und keine andere? „Wir eröffnen uns Wege…“ Vielleicht mußte man nur den Kontakt abbrechen, sich darüber erheben, in eine andere Kammer hinauf, in eine andere Wellenlänge? Wir haben Kammern des Todes, der Angst, Dachkammern voller Begehren, Keller voller Bestien – geheime Grüfte, verwunschene Sanktuarien, die die volle Kraft ihres Banns wie ein dunkler Schoß des Verderbens bewahren. Aber da ist auch eine Kammer des Lichts. Man muß die Kammern wechseln, sich den schönen Weg eröffnen!

– Björn!

Er öffnete ein Auge.

– Denk jetzt nicht mehr daran!

Er rührte sich nicht und fixierte hartnäckig die Wand.

Plötzlich polterten Fußschritte im Flur.

Balu stürzte mit einer Thermosflasche in die Zelle, er war ganz außer sich.

– Da draußen ist jemand aus deinem Land, hör nicht auf ihn, Björn! Hör nicht auf ihn, er wird dir schaden!

Björn richtete sich auf. Balu stieß die Thermosflasche um, die in Stücke zerbrach. Der Tee ergoß sich auf die Matte.

– Aus meinem Land?

Ein Mann kam herein. Er trug tadellose weiße Hosen, einen offenen Kragen. Sein Hemd war durchgeschwitzt.

– Ganz schön heiß hier, bei Ihnen…

Björn lehnte sich fest gegen die Wand, er war leichenblaß.

– Ah ja.

Der Mann schaute sich mit sichtbarem Unbehagen in der Zelle um.

– Ein Freund von Ihnen hat mir geschrieben. Ach, entschuldigen Sie, ich darf mich vorstellen: Hans Petersen vom Norwegischen Konsulat. Ein gewisser Guruji…

Björn blickte wie ein in die Enge getriebenes Tier. Balu stand mit geballten Fäusten neben ihm, bereit, auf den Mann loszugehen.

– Er schreibt, sie schwebten in großer Gefahr, seien krank und mittellos, ein Norweger, man müsse…

Ich hörte Björn leise fluchen: „Der verdammte Kerl hat mich verraten."

– Wir müssen Sie wieder nach Norwegen bringen. Ich bin gekommen, um sie abzuholen.

Es herrschte Grabesstille. Ich sah, wie Björns Herz gegen die Rippen pochte. Schweißperlen standen auf seiner Oberlippe.

Dann richtete er sich plötzlich auf und stemmte die Hände in die Hüften.

– Ich bleibe.

Der Mann schaute ihn verblüfft an.

– Aber Sie wollen doch nicht in dieser Bruchbude bleiben!

Er blickte mich an.

– In diesem Land der Primitiven? Ich kann Ihnen die gesamten Reisekosten vorschießen und lasse Sie kostenlos von unserem Konsulatsarzt behandeln.

– Ich bleibe.

Björn wiederholte ruhig seine Worte.

– Ich bin verpflichtet, mich um Sie zu kümmern. Notfalls…

– Was dann?

Björn lehnte sich aufrecht gegen die Wand, sein Gesicht war wie verwandelt – Prinz Björn.

– Aber was hält Sie denn hier?

– Das würden Sie nicht verstehen.

– Ich verstehe, daß Sie ein kranker Mensch sind, und möchte Sie wieder zur Vernunft bringen, in die Heimat.

– Zur Vernunft?

Ich sah, wie Björns Fäuste sich strafften.

– Na ja, zum normalen Leben. In einem normalen Land.

– Ihr normales Land interessiert mich nicht.

– Aber sehen Sie doch…

– Ihr normales Leben interessiert mich nicht, Ihre Vernunft.

Balu schmiegte sich eng an Björn, legte eine Hand auf seine Schulter.

– Ihr normales Gefängnis interessiert mich nicht.

– Wirklich? Aber erstmal brauchen Sie einen Arzt. Was hält Sie denn eigentlich hier zurück?

Björn schloß einen Moment die Augen. Ich sah, wie der Mann sich vorbeugte.

– Ich weiß nicht...

Er griff nach Balus Hand.

– Ich weiß nicht, aber ich weiß, daß mich Ihre Welt nicht mehr interessiert; ich will ein anderes Leben, ein wahreres Leben, eine wahrere Welt. Und selbst wenn ich hier sterbe, selbst wenn es ein Traum sein sollte, wenn ich irre bin, glaube ich an meinen Traum mehr als an Ihre zivilisierte Barbarei.

Der Mann wurde rot. Ich trat an Björns andere Seite. Jetzt sah er uns alle drei an.

– Sehen Sie, ich habe durchaus Mittel, um Druck auszuüben... Ich kann Sie ausweisen lassen, zwangsrepatriieren.

– Gehen Sie jetzt!

– Aber...

– Hau'n Sie ab!

Der Mann zog sein Jacket über der Brust zusammen und wandte sich um.

– Ich werde Bericht erstatten.

Seine Lederhacken stampften den Flur entlang.

Björn glitt zu Boden, hämmerte mit der Faust und murmelte immer wieder:

– Selbst wenn ich sterbe, selbst wenn ich sterbe...

*
* *

Dennoch glaubte ich, daß Björn gerettet würde.

Alles schien sich wunderbar zu fügen. Zwei Pilger sprachen an diesem Morgen bei *Minakshi* von einer „japanischen Klinik", fünfzig Meilen von hier, auf dem Kontinent. Mein Plan war gefaßt, ich wollte Björn dorthin bringen. Man mußte aus dem Teufelskreis heraus, es war ganz einfach – so glaubte ich zumindest. Und die Japaner galten als bewandert in der Naturheilkunde, genau das war jetzt erforderlich. Ein Zug fuhr um 9:30 Uhr ab.

Aber... was war mit Batcha?

XVII

Die schöne Schlange

Ich ging zu ihr wie ein Vogel zur Quelle, sie war meine Frische und meine Grundfeste, die Lieblichkeit, wie Musik dahinzufließen. Bei ihr war ich sicher, daß die Welt zwei Füße und Seemuscheln hatte. Es ist eigenartig, aber wenn ich sie betrachtete, hatte die Welt einen ganz anderen Bewegungsablauf, als ob sich alles von selbst ordnete und harmonisch fügte, einem anderen Rhythmus folgte, einem anderen, überraschenden, zauberhaften Gesetz. Wenn ich dagegen mit Björn zusammen war, lief alles schief: Ich stolperte auf der Treppe und brach mir fast das Genick, das Glas glitt mir aus der Hand, der Eimer fiel in den Brunnen und versank. In unwiderstehlicher Verkettung zog ein Ungeschick das andere nach sich; eine dunkle Logik richtete das Leben auf ihr düsteres Theorem hin aus, wie ein Arzt, der eine Krankheitskurve vorzeichnet. Und in diesem Moment, mitten auf der idyllischen Straße, fragte ich mich, ob das Diagramm der Krankheit folgte oder die Krankheit dem Diagramm. Ich hatte das Gefühl einer völlig willkürlichen Welt, einer gewaltigen mentalen Formation, die die Welt wissenschaftlich nach ihrem Theorem verfälscht hatte, und daß alles eigentlich ganz anders sein könnte. Schon der Anblick eines in den Brunnen stürzenden Eimers genügte, um eine unmerkliche Gravitation zu spüren, die nicht Newtons Gesetzen unterlag. Vielleicht eine psychische Gravitation?

Ich bog in die Tempelstraße ein, und Nisha lief mir wortwörtlich in die Arme. Sie errötete unter ihrer glänzend schwarzen Haut und sah mich seltsam, mit stechendem Blick an. Dann eilte sie davon. Ich war kreidebleich. Schon das dritte Mal war ich ihr an diesem Tag begegnet.

Ich spürte, wie ein ganzer Strom winziger Geschehnisse von überall hervortrat – eben jene Dinge, die man gewöhnlich für „unwichtig" hält, die zufällig vorbeistreichen wie ein Aal unterm Fels. Man betrachtet eine Nisha eine Minute zu lange, und schon zieht man ihre Welt an sich, oder die von Björn, und ganz unmerklich tendieren die Dinge in eine andere Richtung: So begegnet man ihr dann dreimal auf der Straße, während man sie vorher kaum je sah, läuft in alle möglichen Personen hinein, die man nie zuvor bemerkt hatte, während sie jetzt immer wieder in Szene treten, indem sie fast die Umstände *erschaffen*, die notwendig sind, um eine andere Geschichte oder ein Ereignis zu gestalten. Unmerklich hat sich das Bild gewandelt, und man hat eine ganz andere Szene betreten, folgt einem anderen Gesetz, und wie in einem Film muß sich alles genau so entfalten, wie der Regisseur die Szene geplant hat.

Alles schien in eine andere Richtung zu gravitieren.

– *O Moshai...*

Ich wandte mich um und sah die beiden Pilger, die von der japanischen Klinik gesprochen hatten.

– Wann fährt der Zug aufs Festland ab?

Ich schaute sie verwundert an und stammelte:

– Neun Uhr dreißig.

Sie wandten sich wortlos ab. Ich hätte schwören können, sie waren nur aufgetaucht, um mir mitzuteilen: „Vergiß es nicht, dein Zug fährt um 9:30 Uhr ab."

Ich wollte es jetzt verstehen. Was trieb die Dinge in diese bestimmte Richtung? Das Denken? Aber das Denken war nur ein Endprodukt, das Zeichen dafür, daß etwas *bereits* in Bewegung war. Etwas pocht ans Fenster, und wir beugen uns vor und fangen den Unfall ein. So ist es: Erst beugt man sich vor, *dann* holt man sich den Unfall. Das Denken ist nicht das, wofür wir es halten. Es versteht nicht, ist nicht einmal dafür bestimmt! Es übersetzt schlicht im Nachhinein. Die Lampe leuchtet auf – rot, grün, violett –, aber der Strom ist *bereits* durchgeflossen. Wir sind elektrische Terminals, empfangen Frequenzen. Wir sind etwas, das sich in einer bestimmten Weise einstimmt, so wie Björn auf seine Wand. Wir fangen etwas Musik auf und nennen es „unser" Lied, oder einen Schatten, und er wird zu „unserem" Leid; eine Vibration, und schon ist es unser Begehren, oder ein Fünkchen Licht, und dann ist es gleich ein Evangelium – und alles Licht und aller Schatten ist da, all die kleinen gedankenfreien Melodien, die darauf warten, uns zu durchfließen, um eine Symphonie zu erschaffen, oder ein Unheil. Wir verstehen nichts vom Denken und handhaben es noch wie die Primaten; wir kennen nur die Gedanken-*Technik.* Einst gab es eine andere Art von Gedanken, etwas wie eine hohe reglose Antenne, die die Azurkruste durchstieß, tief in die Zukunft hineintauchte und den großen wandernden Vibrationen der Zukunft Gestalt verlieh. Es gab eine andere Art der Reflexion, aktiv und kreativ, eine Vision des Denkens, ähnlich jener, die Björn so effektiv einsetzte, um den Tod anzuziehen; ein stilles, bildhaftes, magisches Denken wie eine große weiße Leinwand, um das göttliche Zinnoberrot des Lebens einzufangen, sein goldenes Aufflackern, sein Erzengellächeln; eine subtile Leinwand, um das Leben wie ein Bild zu gestalten. Ja, wenn wir uns nur immer ein Bild der Schönheit vor Augen halten könnten, ein reines Diagramm, ein großes Bild, um der Welt Harmonie und Schönheit herbeizuzaubern, ein goldenes Netz, um die großen Vögel der Freude einzufangen – welche Kraft wäre das! Und wir würden nur das betrachten, nur das wollen und die Dunkelheit des Lebens mit dieser unzerstörbaren Vision durchdringen.

*
* *

– Überhaupt-Nichts, Herr Überhaupt-Nichts!

Sie kam gerade aus dem Wasser, als ich eintraf.

Sie blickte auf und lief mit ausgestreckten Armen auf mich zu. Ich konnte fast ihr Lied in meinem Herzen hören, oder war es mein Lied? Es gibt Wesen, die wie ein Lied sind; aber eigentlich sind wir alle wie ein Lied, das darauf wartet zu erklingen – ein

Lied, das nicht weiß, das nicht wagt; und wenn diese Musik, diese unscheinbare Melodie dann erklingt, bricht alles in einem allgemeinen Debakel zusammen, und die Welt verflüchtigt sich, als hätte man nie gelebt.

Das kleine Mädchen-mit-dem-Pfau sang, und der Strand war wie ein großes saphirumsäumtes Schneefeld. Die Dünen flossen zum blauen Meer wie zu einer Schwanenprinzessin: *Rani ami…*

Ich bin die Königin des Korallenlandes,
Ich habe drei Goldfische und einen Silberfisch
Ich habe alle Leben!
Und mein König…
Hat einen Stern gefangen
Von reichem Purpur
Er hat sieben gefangen
Um eine Girlande um meinen Hals zu bilden
Und drei Bläschen von meinem Lachen
Für sein hübsches Diadem!

Klatschnaß stand sie inmitten der winzigen Säulen auf den Stufen des Tempels. Sie schaute aus wie eine kleine Königin auf einem Kangra-Gemälde.

– Ich hab' eine Seeschlange gesehen, so groß…!

Sie sagte das in einem triumphierenden Ton.

– Aber die sind doch sehr gefährlich!

– Sie war aber ganz grün, so hübsch! Mit gelben Pünktchen. Wir sind um die Wette geschwommen.

– Aber die Schlangen sind doch giftig, sie hätte dich beißen können!

– Und ich sage dir, sie war wirklich *schön*!

Sie verschränkte die Arme über der Brust, als ob ihr kalt war, oder vielleicht ein wenig aus Schüchternheit. Winzige transparente Wasserperlen leuchteten auf ihren Wangen und auf der Nasenspitze. Ihr Rock trug eine Färbung wie Brombeeren im Mai. Ich sah sie an und war unerklärlich glücklich. Wir lachten und lachten wie zwei Kinder, die lange zusammen gespielt hatten, vielleicht seit immer, auf einem kleinen weißen Strand, der manchmal an diese Welt grenzte.

– Wie steht's denn mit deinem Monsun? Am Schlummern?

Sie blickte grinsend zum Himmel.

– Ach, er ist noch dabei, Wasser zu sammeln. Die Brachvögel sind ja auch noch nicht da, und Shikhi nistet noch nicht in der Küche. Björns Sturmvögel sind noch nicht auf der Lagune eingetroffen.

– Weißt du...

– Ich weiß alles! Es liegt in deiner linken Hand.

– Meiner linken Hand?

Sie zog eine Grimasse und blies das Wasser von ihrer Nasenspitze:

– Ja, in der Muschel, die du vergessen hast zu bringen.

– Ach ja!

– Du hattest es versprochen.

Überhaupt-Nichts
Vergißt alles...

– Was ist denn mit deinem *Tilak* geschehen?

– Mein *Tilak*?

Sie fuhr sich mit der Hand an die Stirn.

– Das Meerwasser muß ihn abgespült haben.

Sie schüttelte ihren Rock.

– Ganz weg.

– Warte.

Ich eilte zum Sanktuarium und nahm etwas rotes Puder aus der kleinen Schale zu Füßen des Gottes. Weihrauch brannte noch inmitten frischer Blumen.

– Hier.

Ich setzte eine rote Markierung auf ihre Stirn.

Schockiert sah sie mich an. Ihre Arme sanken, und sie wurde kreidebleich; dann flossen Tränen die Wange herunter.

– Aber Batcha, was ist denn?

Sie sah mich tief bestürzt an, während die Tränen weiter flossen. Ich war höchst erschrocken.

– Aber was ist denn, Batcha, sprich doch, sag etwas, das hab' ich dir denn getan?

Sie schwieg nur und stand dort wie Marmor.

Eine Todesangst befiel mich. O Gott! Nie hatte ich ihrem Gott gegenüber respektlos sein wollen! Aber was hatte ich denn getan, welches Sakrileg begangen?

– So sprich doch, Batcha! Was ist? Dein Gott ist sehr lieb, bestimmt. Ich mag ihn, er ist lieb.

Doch sie blieb weiter wie versteinert stehen, mit herabbaumelnden Armen, ihre Augen auf mich fixiert, fest, brennend, voller Licht, als reflektierten sie die Tiefe ihrer Seele. Wenn ich nur hätte ablesen können, was in diesem Augenblick in ihren Augen stand, wenn ich nur hätte verstehen können...

Dann faßte sie sich wieder, hob ihren Rock und lief über den Strand davon.

Es war vorbei.

Betroffen verharrte ich auf den Stufen des kleinen Tempels und sah, wie sie in der Ferne verschwand. In mir war ein tiefer Riß, als ob plötzlich etwas zerbrach. Aber was hatte ich eigentlich getan? Da stand ich nun, allein... Dieses Gefühl: Ich war *völlig allein.* Nie zuvor hatte ich ein solches Gefühl der Einsamkeit gehabt, immer trug mich etwas; und jetzt wurde ich nicht mehr getragen, ich war eine konkrete, separate Person – ich. Es war, als hätte sie mir die Tür vor der Nase zugeschlagen, mir den Paß in die Hände gedrückt: „Hier bitte, du bist ein Ausländer", und jetzt war ich wie ein Dummkopf verlassen in einem Land, in dem ich mich doch zu Hause gefühlt hatte. Was scherten mich denn all ihre Götter! Ich wollte nichts von ihnen! Ich wollte doch nur glücklich sein, nicht mehr!

Verwirrt wurde ich hin und her gerissen zwischen Schmerz und Revolte, wie ein Kind, das sich in die Arme einer Freundin geworfen hat, nur um dann festzustellen, daß sie auf einen anderen hinter ihm blickt.

Schweren Herzens machte ich mich auf den Weg zur Herberge, um Björn zu treffen, meinen Bruder. Meinen Bruder? Ich hielt inne: Wandten sich nicht auch für mich die Dinge zum Schlechten? Im selben Augenblick, wo mir dieser Gedanke kam, spürte ich blitzartig: „Das wäre es also – jetzt ist es geschehen." Alles fixierte sich in einer klaren Wahrnehmung: „Dies ist meine Sekunde" – diese verflixte kleine Sekunde, wo alles umschlägt. Und fast im selben Augenblick kam eine neutrale Stimme, unpersönlich wie ein Fallbeil, und sagte schlicht und bündig: „Jetzt, wo du deine Sekunde gesehen hast, ist es geschehen." Und sofort *wußte* ich: Überall lauerte ein Hinterhalt, und der geringste Gedanke war eine Falle. Es war geschehen. Jetzt konnte ich mir die Lunge aus dem Hals schreien, protestieren, mich weigern, den Gedanken verscheuchen, tun, was ich wollte: der Gedanke war da, und je mehr ich ihn zu verscheuchen suchte, desto härter, konkreter und deutlicher existierte er, war fast gezwungen zu sein. Plötzlich hatte ich das Gefühl, daß der Kreis sich schloß – ein kaum wahrnehmbares Gefühl der Auflösung und des Zerfalls. Alles, was ich tun oder sagen konnte – ob ich hinsah oder nicht hinsah –, trug nur zur Auflösung bei: Ich erdrosselte mich von eigener Hand.

Ich machte mich wieder auf den Weg.

Dann sagte etwas in mir ruhig und nüchtern: „Genau das ist das Schicksal." Und alles war dasselbe, alles war vergiftet.

– Drei Rupien die Muschel, drei Rupien für die schöne Muschel.

Rein mechanisch blieb ich vor dem Muschelgeschäft stehen. Und mir klang noch Batchas Stimme in den Ohren: „Und ich sage dir, sie war wirklich *schön*!"

– Aber die Schlangen sind doch giftig!

Damit war es geschehen. Ich konnte schreien, widerrufen, mir ins eigene Gesicht lachen: Ich hatte gesagt, sie sei giftig, also *war* sie giftig.

Es war schmutzige Magie, ich hatte alles vergiftet.

Plötzlich bemerkte ich, daß all dies sich ereignet hatte, schon *bevor* ich wußte, schon bevor die Katastrophe eintrat. Schon fünf

Minuten vorher, als ich noch nicht diesen verflixten *Tilak* berührt hatte und dort auf dem Strand mit ihr lachte, hatte ich bereits das Gift eingefangen – ich hatte das Gift *gewollt,* alles ruiniert: „Aber sie ist doch giftig, sie hätte dich beißen können!“ Alles lag bereits in diesen knappen Worten, der kleinen Geste, dem scheinbar bedeutungslosen Augenblick, als wäre das Schwert bereits da, bereit zuzuschlagen – nur darauf wartend, ob wir die Schlange schön fanden… oder gefährlich.

Jetzt hörte ich Bhaskar-Naths Stimme in meinen Ohren widerhallen: „Es ist, wie du *willst.*“

Ich stand vor dem Muschelgeschäft, mit einer Muschel in der Hand.

Da nahm ich meine Muschel und schmetterte sie auf den Boden.

XVIII

Die japanische Klinik

Es war neun Uhr morgens. Balu protestierte heftig, als ich ihn überzeugen wollte, Björn könne nur durch Trennung vom Tantriker gerettet werden.

– Er darf nicht weg von hier, auf keinen Fall. Außerdem geht er auch gar nicht mehr dorthin.

– Schau, Balu, wir werden bald zurück sein. Sieh nur, wie abgemagert er ist. Wenn wir noch länger warten, ist er nicht mehr transportfähig.

Aber Balu schüttelte hartnäckig den Kopf.

Es war nutzlos, weiter mit ihm zu diskutieren. Ich forderte ihn auf, einen Wagen zu holen. Er ging wortlos hinaus. Nun mußte ich noch mit Björn reden. Auch hier rechnete ich mit Widerstand, aber Björn ließ alles völlig unbeteiligt über sich ergehen. Ich packte sein Handtuch und sein rotes Portemonnaie ein, hüllte ihn in sein Tuch und half ihm auf die Füße. Er konnte kaum aufrecht stehen. Ich legte ihm den Arm um die Schulter, und wir gingen hinaus. Einen Augenblick wandte er sich noch um zu seinem „Wachposten", warf einen Blick auf den Margosa-Baum am Brunnen, den Akazienwald, den Kali-Felsen in der Ferne. Ich dachte, er würde etwas sagen. Doch er biß die Zähne zusammen.

– Gehen wir.

Es gibt Blicke, die alles sagen, selbst wenn wir ansonsten völlig im Dunkeln tappen. Im Inneren weiß jemand bereits die Stunde, während wir noch kalkulieren.

Mir schnürte sich das Herz zusammen. Ich hätte innehalten, hätte dieses Unbehagen beachten sollen, jenes etwas, das wie

Blei auf mir lastete, aber auch ich setzte die Geste, die ich einmal begonnen hatte, nun fort.

Balu wartete unten mit dem Pferdegespann. Sanft und fürsorglich griff er Björns Hand:

– Komm, Björn, ich werde es dir bequem machen.

Björn schien völlig geistesabwesend. Wie in Trance blickte er auf die Straße, den Wagen, die Passanten. Ich bemerkte, wie ein Grübchen auf seiner Wange sich unmerklich in Falten legte. Balu stopfte ihm einen Sack als Stütze hinter den Rücken. Dann setzte er sich zwischen Björn und mich und ließ die Beine vom Wagen herunterbaumeln. Der Fahrer, der auf der Deichsel saß, fuhr mit halsbrecherischer Geschwindigkeit los und schrie, als ob er bei einem römischen Kampfwagen-Rennen führe. Dann plötzlich ein heftiger Ruck. Ich stieß gegen die Trennwand, während Björn über mir zusammensackte. Balu wurde vom Wagen geschleudert und stürzte auf den Weg. Erst nach fünfzig Metern konnte ich den irren Kutscher dazu bringen, den Wagen zu stoppen. Ich lief zu Balu. Er erhob sich, Blut floß von seiner Stirn.

– Es ist nichts, wirklich nichts.

Ich faßte ihn am Arm.

– Es ist wirklich nichts.

Er stieß wütend meine Hand weg.

Es war, als hörte ich meine eigene Stimme im Akazienwald: „Es ist nichts, Björn, wirklich nichts" – während das Blut aus meinem Finger spritzte. Alles wiederholte sich.

Ich betupfte Balus Gesicht mit einem Handtuch. Er war aschfahl. Mein Herz hämmerte wie eine Trommel. Ich hätte innehalten sollen, die Fahrt abbrechen. Und selbst wenn ich nicht Balus Gründe verstehen konnte, hätte ich zumindest dieses Zeichen beachten sollen, das mir ins Gesicht geschleudert wurde. Aber ich war ganz in meiner unerbittlichen Logik gefangen: „Zeichen" waren etwas für Träumer. Für den Rest meines Lebens werde ich wissen, daß es keinen schlimmeren Typ gibt, keinen stureren und unseligeren als den „Retter" anderer Menschen. All unsere guten Gründe sind das erste unzweifelhafte Zeichen der Unvernunft, denn es gibt sechs Milliarden Gründe in dieser Welt, und kein einziger gilt für einen anderen.

Dann trafen wir am Bahnhof ein. Auch dort wartete ein Zeichen auf mich. Aber ich befand mich noch auf meinem Irrweg, hörte nichts, nahm nichts wahr außer meiner eigenen Idee. Ich war noch blinder als zuvor, weil ich mich tief im Inneren selbst bezichtigte, und ich war so närrisch in meiner Selbstanklage, wie ich es in meiner Selbstrechtfertigung gewesen war. In Wahrheit sind wir in jeder Hinsicht vollständige Narren, solange wir nicht unserer schwarzen und weißen Logik entrinnen.

O Tara, o Mutter
Ich bin die Kutsche, Du bist die Kutscherin

Es war der Bettler vom Strand. Er kam mit ausgestreckter Hand direkt auf mich zu:

Du bist es, die handelt, o Mutter
Und doch sagt man: ich sei es, der handelt
O Tara, Tara
Du bist der All-Willen
Und die Windung des Pfades
Und der Pfeil des Feindes
Wie du gehst, so gehe ich

Ich blickte ihn an. Einen Moment spürte ich diese kleine Musik der Wahrheit, die so schlicht war, und ich hätte dort nur innehalten, mich wieder in den großen Strom einstimmen müssen, und sofort hätte ich wieder das Wissen gehabt. Aber ich war so sehr mit Taubheit geschlagen! Manchmal habe ich das Gefühl, daß tief innen alles ewig gewußt wird, und all unsere Anstrengungen, unsere Willensakte, unsere frenetischen Handlungen sind nur ein Widerstand gegen etwas, das mühelos fließt: Nebel über dem Licht. In Wahrheit suchen und handeln wir nicht: Wir leisten Widerstand.

Ich half Björn auf eine Sitzbank. Balu setzte sich ihm zu Füßen, ließ ihn nicht aus den Augen. Seine Stirn blutete noch. Er saß kerzengerade, den Kopf aufrecht wie ein kleiner Krieger: „Du bist der König, und ich bewache dich." Und ich glaubte, ich würde ihn mit meinen guten Gründen besser bewachen!... Ich blickte auf: Nisha stand aufrecht hinter dem Fenster, mit einer gelben Ringelblume im Haar, das Gesicht zwischen den Händen. Irgendwie hatte sie von unserer Abfahrt erfahren. Sie wußten alle davon! Mit offenem Mund starrte sie Björn an.

An den Gleisen stand ein Akazienbaum in voller Blüte.

Der Zug pfiff.

Balu erhob sich, berührte Björns Füße, legte seine Hände vor der Stirn zusammen. Björn richtete sich halb auf, als erwachte er, und betrachtete Balu mit weiten Augen voller Licht. Ich weiß nicht, was sich in diesem Moment zwischen den beiden ereignete, und werde es nie wissen. Balu verneigte sich leicht, seine Lippen bebten unmerklich; dann ging er fort, ohne mich anzublicken. Der Zug fuhr ab. Ich warf einen letzten Blick auf Nisha, auf Balus Silhouette inmitten der Zitronenkisten, kerzengerade, mit zusammengelegten Händen, seinen König grüßend.

Mein Herz sank, als der Zug anfuhr.

Wenn ich in diesem Augenblick nicht so blind gewesen wäre, hätte ich bemerkt, daß alles um mich herum gelb war: die Akazienblüten, die Zitronen in den Kisten auf dem Bahnsteig, die Blume in Nishas Haar... Eine Komposition in Gelb gegen einen Hintergrund von Sand und sengend heißen Bahnsteigen. Ich frage mich, ob die Farbe meiner Seele in diesem Augenblick vielleicht auch gelb war. Und ich spürte es in ganz einfacher Weise: All die kleinen Innen-Wellen prallten aufeinander und vermischten sich, anstatt im Unendlichen aufzugehen. Sie kamen auf mich zurück, alles war in einen falschen Rhythmus eingetreten. So geschieht es am Ende eines Zyklus: Die Dinge kommen nicht mehr durch; irgendwo existiert eine Blockade.

Wir überquerten die Brücke. Von den metallenen Trägern hallte dieselbe Kadenz wider – für alles gibt es eine Musik, so wie es für jeden Augenblick unter den Sternen eine Farbe gibt –, und dieser kleine Rhythmus war jetzt so markant wie am ersten Tag mit dem Sannyasin, als ich unter geschlossenen Augenlidern die Gegenwart eines Bruders zu spüren schien.

O Bruder
Worauf wartest du?

Und diese Worte wiederholten sich ständig, kamen wie aus weiter Ferne: Worauf wartest du...?

Es ist die Stunde
Und das Leben geht vergeblich vorüber.

Die Zeit floß fast unerträglich zähe. Meine Augen wanderten von Björn, der auf dem Sitz lag, zu den Dünen, die vorbeizogen, und ich hatte einen vollständigen Kreis beschrieben. Man öffnet kaum nur seine Augen, und schon ist es vorbei, man hat die Brücke überquert, die Insel verlassen, das Leben dauert keine ganze Lebenszeit! Was bleibt? Impressionen, flüchtige Gesichter, der Farbton eines Himmels, Fragmente eines Liedes, Gesten, Millionen Gesten für nichts, und quälende Gewissensbisse. Aber wo ist die Stunde, die wirklich zählt? Das wirklich ganz andere?

– Nil...

Er starrte mich an.

– Nil, wohin bringst du mich?

– Zur Behandlung.

Er lehnte sich teilnahmslos zurück.

– Sind die Sturmvögel schon eingetroffen?

– Ich weiß nicht, Björn. Nein, noch nicht. Sie kommen bald.

– Bald...

Mehr sagte er nicht.

Wir mußten noch ein Taxi nehmen, um weitere zwei Stunden unter der sengenden Sonne zu fahren.

„Es ist gleich hinter dem Fluß", sagte der Taxifahrer.

Hinter dem Fluß, aber wo war der Fluß? Wir rollten in einer Steinwüste, und alles begann von vorne. Björn kauerte hinten auf dem Sitz, die Knie ans Kinn gezogen, die Augen geschlossen. Ich mußte ihn stützen, damit er nicht zu Boden fiel. Es war eine Landschaft von Felsen ohne Ende, gewaltigen, glühend heißen Felsen, poliert wie vorsintflutliche Schädel, dazwischen gelegentlich ein leuchtend-grünes Reisfeld mit vielen kleinen weißen Tauchervögeln. Und der dichte schwirrende Dschungel, nicht höher als ein Mensch, mit zahlreichen Felshügeln wie die Murmeln eines Riesen. Wo konnte sich hier eine japanische Klinik verbergen? Ständig fragte ich den Fahrer.

– Dahinten.

Mehr konnte ich nicht aus ihm herausbekommen.

Es war zwei Uhr nachmittags, als wir eintrafen.

Ein dutzend mittelhohe Bäume und ein Dorf – vielleicht der Vorort einer Stadt? Entlang einem ausgetrockneten Flußbett Häuser aus Ziegelstein. Ein paar Hütten und Verkaufsbuden. Dann ein von hohen Mauern umgebenes Areal.

– Da wären wir. Soll ich hineinfahren?

Ich blickte auf und war tief schockiert.

Über dem Tor hing ein Holzschild mit aufgemalten Buchstaben: *Psychiatrische Klinik.*

– Aber...

Ich blickte auf Björn. Seine Augen waren geschlossen, er hatte nichts gesehen. Sollten wir umdrehen? Aber das hätte nochmal zwei Stunden Fahrt in der sengenden Sonne bedeutet, nur um zum Bahnhof zu gelangen. Björn öffnete halb die Augen.

– Macht schon, fahrt hinein!

Er hatte nichts gemerkt.

Zuerst mußte er etwas trinken und sich ausruhen. Wie dumm ich gewesen war, wie töricht! Morgen bei Tagesanbruch würden wir gleich aufbrechen.

Der Fahrer parkte den Wagen unter einem Baum. Hier war keine Klinik, nur kahles Land mit verwittertem Laterit, ein einsamer, baufälliger Bungalow mit Kletterpflanzen an brüchigen Pfeilern. Ich stieg aus und läutete.

Ein schläfriger Diener kam mit schleppenden Schritten und sagte mir, Dr. Ezaki käme nie vor drei Uhr herunter. Es war zwei

Uhr, und 40 Grad im Schatten. Der Laterit-Boden war siedend heiß; es war unmöglich, Björn aus dem Wagen zu tragen und unter einem Baum zu lagern.

Dr. Ezaki kam um fünf vor halb vier. Er machte es sich in einem Sessel bequem und zündete sich eine Zigarette an. Dann stellte er mir seinen Assistenten, Dr. Shimizu, vor.

– Ich habe meinen Bruder hierher gebracht, er ist nicht geistesgestört.

– Ja.

– Er hat Durst und braucht Ruhe. Wir sind zwei Stunden in der Sonne gefahren. Außerdem hat er seit drei Wochen nichts gegessen.

Dr. Ezaki setzte seine Brille zurecht und produzierte dann eine Sturzflut von Englisch, das so verworren war wie die Felsen um uns herum.

– Sehen Sie, werter Herr, es gibt keine Krankheiten, nur unausgeglichene Energien.

Ich war bedrückt.

– Wir gehen davon aus, daß alles in der Natur sich aus zwei Prinzipien konstituiert: Yin und Yang, weiblich und männlich.

Ich blickte auf diesen kleinen Pedanten inmitten von chinesischem Porzellan, auf das leere Aquarium mit einem einsamen Stück Koralle, und wollte mein Gesicht in beiden Händen vergraben und dasselbe tun wie Björn: die Augen schließen und mich absetzen.

– Wenn Sie zum Beispiel zu viel Yin haben (was wir hier leicht feststellen können), kann man das problemlos durch zusätzliche Yang-Elemente in der Nahrung korrigieren. Etwa durch Eierpflanzen.

– Hören Sie, Doktor, der Junge kommt um vor Hitze im Wagen! Es ist vier Uhr. Er braucht ein Bett und Ruhe!

Der Doktor sprang ruckartig auf wie eine Marionette, sagte seinem Assistenten etwas auf Japanisch und folgte mir dann nach draußen.

Björn lag völlig durchgeschwitzt auf dem Sitz, sein Gesicht war voller Wasserpusteln, in seinem Mundwinkel war etwas Blut. Mir war zum Heulen zumute. Ich versuchte, ihn anzuheben, doch er fiel auf den Sitz zurück. Dann hob Dr. Shimizu ihn an und trug ihn hinter den Bungalow.

Wieder traf es mich wie ein Schock. Inmitten der kahlen, zerklüfteten Landschaft roten Laterits stand ein großer Zementblock, etwa dreißig Meter lang und vielleicht einen Meter hoch, und darauf standen etwa ein dutzend kleine Zellen, vergittert wie Käfige.

Ich starrte auf den Block…

– Sie müssen verstehen, nachts kommen wilde Tiere, und außerdem, die Überschwemmungen…

Björns Kopf war in die Arme des Dr. Shimizu gesunken. Ein Pfleger eilte herbei. Mir war speiübel.

– Sie können so viel Platz in Anspruch nehmen, wie Sie wollen. Wir haben im Moment nur drei Patienten hier.

Wir gingen in Zelle Nr. 4.

Der Raum reichte gerade für ein Bett, einen Stuhl, einen Wasserkrug und eine Kupferschale. Sie legten Björn aufs Bett.

– Ich werde Tee und Biskuits schicken. Um fünf Uhr werde ich wieder kommen, wenn der Kranke etwas ausgeruht ist.

Dann gingen sie fort.

Ich blieb allein zurück, hockte am Fußende des Bettes, den Kopf in die Hände gestützt.

So intensiv, wie ich nur konnte, machte ich eine innere Anrufung – ich rief, ohne zu wissen, wen oder was, – mein Licht, die Wahrheit, *das,* was existiert, *das,* was wahr ist, *Das.* Ich rief mit aller Kraft wie ein Kind in der Nacht. Und dann kam langsam Frieden herab, und alles wurde still. Eine mächtige Kraft kam, in meinen Kopf, mein Herz, meine Brust – eine belebende Flut der Lieblichkeit, sehr ruhig und gleichzeitig stark, als badete ich in einem Meer des Friedens, eine kompakte Gegenwart, so konkret, daß mir Tränen in die Augen traten. Ja, *das* existiert, *das* ist wirklich, *das* ist wahr; es ist da, immer da, mag auch die Welt zugrundegehen. Aber wer nie das Wunder dieses Stroms gespürt hat, kann nicht meine überschwenglichen Worte begreifen.

Ich erhob mich, entkleidete Björn und leerte einen halben

Krug Wasser über ihn. Dann rieb ich ihn mit einem Schwamm ab, was ihn ein wenig belebte; er öffnete die Augen.

– Keine Angst, Björn, ich bin hier, ich passe auf, keine Angst, Bruder, wir schaffen es schon.

Ein leichtes Lächeln huschte über seine Lippen.

Es muß etwas Besonderes in meiner Stimme gewesen sein, denn er blickte mich sanft an, ich spürte fast Wärme in seinen Augen. Dann führte ich ihm einen Becher Wasser an die Lippen, das er durstig trank. Daraufhin legte er den Kopf wieder aufs Kissen und schloß die Augen.

Lange Zeit verharrte ich dort und betrachtete das kahle Gelände, dominiert von einem großen Tamarindenbaum am fernen Ende des Hofes. Ich muß wohl eingeschlafen sein, denn plötzlich erschien Batcha vor meinem inneren Auge, lehnte sich über mich. Aber es war mehr als Batcha, eine lichtvolle Batcha, fast eine strahlende Gegenwart, mit der ich gleichsam verschmolz. Es war sehr, sehr sanft, wie eine Auflösung ins Licht; wir waren beide federleicht, als bestanden wir aus einer lichtvollen Substanz, einem Licht-Schaum, aber einem lebendigen, bewußten, äußerst sensitiven Licht, dessen Partikel sich in einer Wonne ätherischer Fusion miteinander vermischten. Es war ein Gefühl absoluter Sicherheit, einer Sicherheit, wie nichts in der Welt sie geben könnte: Hier existierte man auf immer, war geschützt, in einen unzerstörbaren Körper gehüllt – einen Licht-Körper. Und *es war* Batcha. Zwar sah ich nicht wirklich ihr Gesicht oder ihren Körper, aber *sie* war es, so klar – ja, noch klarer –, als wenn ich sie in Fleisch und Blut gesehen hätte. Der Körper war nur eine Art Entstellung hiervon, ein erstarrtes und begrenztes Abbild, eine fast willkürliche Kontur, um einer irdischen Batcha eine kleine Gestalt zu geben und sie in eine Schablone zu zwängen. In Wahrheit haben wir ein dutzend Gesichter und viele Körper, vielfältige Seinsweisen und tiefverwurzelte Geschichten aus allen Zeitaltern, die sich in einem großen verborgenen inneren Aufblühen vermischen, aber wir sehen stets nur *ein* Gesicht, nur *eine* Geschichte. Doch jetzt sah ich eine vollständige Batcha mit all ihren Gesichtern und Tiefen, fast all ihre verschiedenen Geschichten, kombiniert in einer Quintessenz sanften Lichts.

Nie zuvor hatte ich ähnliches gesehen.

Ich war leicht betroffen, einen Moment fragte ich mich, ob sie mir wirklich böse war. Dann verging alles. Vor mir stand ein Tee-Service. Ich konnte mich noch erinnern, daß Batcha in dieser Erfahrung physisch größer war als sonst. Dann fiel ich zurück in die schale Existenz, die man „Leben" nennt.

– Magst du etwas Tee?

Björn öffnete ruckartig die Augen und blickte sich verwirrt um. Dann wurde ihm bewußt, wo er war, und er schaute mich voller Pein an:

– Gehn wir, Nil, hilf mir auf, laß uns von hier fortgehen, ich fühl' mich nicht wohl in diesem Käfig.

Ich trug ihn hinaus und legte ihn auf den Betonsockel vor der Zelle, stopfte ihm ein Kissen in den Rücken. Er trank den Tee in einem Zug.

– Gib mir mehr. Ich habe Hunger.

Mein Herz hüpfte vor Freude. Ich gab ihm ein Biskuit – zwei, drei. Er aß. Ich hätte am liebsten vor Freude gejubelt und in die Hände geklatscht. Aber ich wagte kein Wort zu sagen, da ich fürchtete, ich könnte das kleine Wunder wieder verscheuchen. Dann begann er die vergitterten Zellen zu betrachten, die Mauer, die um das Areal gezogen war, die Streifen Verbandsmull, die von den Dornenbüschen hingen. Von einer einsamen Hütte zog der Geruch von Desinfektionsmitteln herüber.

– Was für einen seltsamen Ort hast du da ausgesucht.

Seine Stimme klang sanft wie die eines Kindes.

Verschwunden waren der Ärger und Vorwurf, die er wochenlang auf mich gerichtet hatte.

Seine Augen wanderten wieder zum Tamarindenbaum.

– Ein schöner Baum...

Er betrachtete den Baum lange Zeit, lächelte ruhig. Der Baum war riesig und fast blattlos, als ob der Blitz ihn getroffen hätte und nur große, geplatzte Hülsen inmitten eines verworrenen

Reisiggeflechts zurückließ, das wie eine Silhouette gegen den leuchtenden Himmel abgebildet war.

– Er ist schön... Wie die Weißbirke. Ich wußte, es würde ein Baum da sein.

– Morgen früh reisen wir ab, ich verspreche es dir, Björn, wir verlassen diesen Ort und kehren auf die Insel zurück.

– Ach, weißt du...

Er schüttelte den Kopf. Ich merkte, daß Tränen ihm die Wangen herunterliefen.

– Björn...

Er sprach mit klarer, ein wenig angehobener Stimme und atmete bisweilen etwas rauh wie ein fiebriges Kind.

– Es ist seltsam, Nil, aber ich fühle mich hier wohl! Ich weiß nicht mal, ob ich überhaupt dorthin zurück will. Mir geht's ganz gut. Alles ist leer, wie dieser Hof. Aber das ist schon okay, irgendwie fast angenehm.

Seine Augen strichen über den felsigen Boden mit den Dornenbüschen.

– Weißt du, es spielt keine Rolle. Ach (er lachte unterdrückt), ich habe so viele Dinge gewollt, Nil, ich bin hinter so vielen Dingen hergelaufen, und jetzt weiß ich nicht mehr, was ich eigentlich noch will, ich glaube sogar, ich will gar nichts mehr. Es ist einfach nichts mehr da: kein Balu, kein Guruji oder Erik – nichts, alles ist leer. Und doch ist es, als ob ich alles gefunden hätte. Alles. Ich spüre Frieden. Ich scheine genau dort zu sein, wo ich sein soll; dieses eine Mal im Leben habe ich das Gefühl, dort zu sein, wo ich sein soll. Wie eigenartig.

Er blickte mit einem Ausdruck des Erstaunens um sich. Dann ruhte sein Blick wieder auf dem Tamarindenbaum. Ein Kind begann in der Hütte zu weinen.

– Seltsam, Nil, aber es ist, als hätte ich mein ganzes Leben auf diesen Augenblick gewartet. Denk nur, all die Reisen, die man unternimmt... Und doch ist es so einfach: Wir sind mittendrin. Ein paar Felsen und ein Baum.

Wieder lachte er unterdrückt.

– Ich wollte die Initiation. Die Initiation, stell dir nur vor! Oh, Nil! Ich habe das Gefühl einer gewaltigen Falschheit, die da aufgerissen wird. Eine gewaltige Falschheit. Etwas, das die ganze Zeit da war, *über* unserem Leben, ihm aufgepfropft: ein Vorhang. Und jetzt ist der Vorhang weg, und es gibt nichts mehr zu entdecken!

Einen Moment schloß er die Augen, und ich fühlte, wie eine kleine Lichtwelle ihn umhüllte.

Dann kam Dr. Ezaki mit einem Bündel kleiner Notizkarten und einem Stethoskop über der Brust.

Björn saß lächelnd am Tamarindenbaum.

– Ach, da ist ja unser Patient. Wir haben brav unsere Biskuits gegessen. Dann wollen wir mal sehen…

Er rieb sich die Hände. Sein Assistent folgte ihm mit einem Arzneifläschchen, einem Pulskurvenschreiber und einigen Gummischläuchen. Björn ließ sich auf sein Bett tragen und lächelte immer noch. Ich sah durch die Gitter zu, wie er ruhig und geduldig auf die Fragen des Arztes antwortete, während dieser ihn am ganzen Körper untersuchte. Ich wußte nicht, ob ich weinen oder jubilieren sollte. Björn, mein Bruder, war gerettet! So einfach war es! Mein Blick wanderte über den Tamarindenbaum, die Mullfetzen an den Büschen, die ockerfarbenen Wände. Da plötzlich wurde ich innerlich auf den Appellplatz des Konzentrationslagers versetzt – sah meine gestreiften Kleider, meine Kennummer, meinen Kopf, kahlgeschoren wie der eines Kriminellen… Eine Farce! Eine kolossale Farce überall – auf jeder Ebene, auf jedem Breitengrad, in jeder Form. Eine Erfindung. Böse und Gut waren Erfindungen ebenso wie Haß und Krankheit, Torheit und Weisheit; nichts davon war wirklich! Die einzige Realität war etwas, das lächelte.

– Wie oft am Tag haben Sie Weizengrieß gegessen?

Dann legte der Arzt ihm eine Aderpresse an und klopfte ihm die Rippen ab. Würde er vielleicht zu dem Ergebnis gelangen, daß Björn unter galoppierender Schwindsucht oder sonst etwas litt? Aber Björn saß lächelnd im Käfig. Er lächelte, und es gab keinen Käfig mehr, nicht den geringsten Schatten einer Tuberkulose. Aber wenn er sein Lächeln verlöre, würde er eine furchtbare Tuberkulose haben, zum Tode verdammt. So funktioniert es doch! Und ich selbst würde bei der ersten Gelegenheit am Stiefeltritt eines SS-Manns verenden, aber ich glaubte nicht an die SS, keinesfalls! Es war alles eine Farce, eine enorme Farce, kein Körnchen Wahrheit, weder hinten noch vorne: nicht im Opfer, nicht im Henker, nicht im Geistesgestörten oder im Arzt – da war nur diese Sekunde, diese reine Sekunde, wo man den Vorhang wegzieht und wo *das* aufleuchtet. Dann lächelt man, es ist geschehen, man ist unverwundbar. Aber man hält an diesem Vorhang fest, man dekoriert ihn mit jeder erdenklichen Farbe – mit gelb, rot oder blau, mit Philanthropie, Religion, Liebe, Haß, Initiationen, aber er bleibt, was er ist: nichts als ein Vorhang der Falschheit. Dann zieht man den Vorhang fort, und alles ist *wahr.* Alles, ob in einer Psychiatrischen Klinik oder auf dem schönsten Strand der Welt.

– Jetzt weiß ich, worum es sich handelt...

Dr. Ezaki kam aus der Zelle. Ich erhob mich mechanisch.

– Morgen früh machen wir noch eine Intubation, aber meine Meinung habe ich mir schon gebildet.

Ich starrte ihn an. Vielleicht wartete er darauf, daß ich mich nach seiner Diagnose erkundigte.

– Es handelt sich um ein Yang-Defizit.

– Ein Defizit...

Ja, ein Defizit der Wahrheit, darum geht es, das ist das einzige Defizit, das es gibt.

Er sah mich verächtlich an und ging mit seinen Fläschchen fort. Ich eilte wieder in die Zelle und faßte Björn an der Schulter.

– Morgen brechen wir auf, Bruder. Wir beginnen ein neues Leben!

Er lächelte, dann lehnte er sich im Bett zurück, um den Baum besser betrachten zu können.

– Ich habe sie gehört, weißt du.

– Wen gehört?

– Die Vögel.

– Die Vögel?

– Ja, alles ist weggeschmolzen.

– Oh, Björn, du fängst doch nicht wieder damit an?

– Womit? Ich habe sie gerade eben beobachtet, als sie mich untersuchten, und es war so seltsam, Nil. Ich sehe die Dinge nicht mehr wie früher. Früher war alles hart und kantig, zäh und undurchsichtig, voller Reibung. Jetzt scheinen die Dinge eine große Weite zu haben, als hätten sie eine unermeßliche Vergangenheit und Zukunft, weite Ebenen der Süße und Lieblichkeit, wie wenn man ein großes Fischnetz schleppt und alle möglichen Dinge darin einfängt. So ist es. Wir ziehen ein großes Netz und sind selbst nur winzige Wesen, die Dinge driften weg, entfernen sich, alles wird sehr sanft. Und plötzlich existiert nichts mehr als der Schrei eines Vogels in der Ferne. Nur das. Der Schrei eines Vogels. Erik ist nicht mehr da, oder Balu, nichts, alles ist leer, weggeschmolzen, aber dieser Vogel ruft! Das ist so gewiß, so wahr, so absolut *da*... Weißt du, so wie der Schrei der Gänseriche auf dem See, und dahinter der Nebel. Der Ruf kommt aus weiter Ferne und hat einen so vollen Klang. Ja, das läßt alles wegschmelzen!

Er öffnete die Hände.

– Es ist wie eine Tür, die sich öffnet – eine Schnee-Tür. Ruhig, ganz ruhig. Und man geht hindurch.

Ich strich ihm über die Stirn.

– Mach dir keine Sorgen, Nil. Du hast das Richtige getan, alles ist zum Besten. Morgen reisen wir ab.

Ich ging zum Taxi-Fahrer hinaus, um die Abfahrt zu arrangieren.

– Und kein Wort davon gegenüber dem Arzt!

Dann ging ich zum Brunnen hinter dem Bungalow, um mich zu erfrischen. Mein Kopf glühte.

Die Sonne ging bereits unter, kleine Eichhörnchen jagten einander unter den Felsen. Alles schien so friedlich, es war wie das Ende einer langen Reise. Ja, „alles ist zum Besten", Björn hatte recht, alles ist immer gut, wirklich! Wir sehen nur einen Teil der Geschichte, eine bruchstückhafte Note, ein Segment des Films, deswegen sind die Dinge nie zum Besten! War es vielleicht doch richtig gewesen, daß ich Björn hierher gebracht hatte? War ich vielleicht bloß jenem kleinen Impuls gefolgt, der die Dinge voranbringt? Wenn ich zurückblicke, erscheint alles wie eine gigantische Verschwörung, eine ganz minutiöse Organisation, die sich selbst unserer Zerstreuungen bedient, unserer guten und schlechten Willen, als ob alles gleich wäre, alles förderlich für das Ziel – immer näher, immer der unzerstörbare goldene Meridian, der direkt zur kleinen Tür führt, ohne eine Sekunde Zeit zu verlieren, ohne das kleinste Staubkörnchen zu viel, ohne unnützes Leiden.

Jetzt frage ich mich – so wie ich mich an jenem Abend fragte –, ob dieser kleine Anstoß, den die Pilger ganz unerwartet mit ihrer „japanischen Klinik" gaben, ob die zufälligen Begegnungen und Entwicklungen nicht einem gewissen inneren Zustand entspringen könnten, einer gewissen Klarheit, einer inneren Frequenz, die bewirkt, daß wir jene Art Schwingung statt einer anderen auffangen, gelb oder rot statt blau; und so würde sich das Tableau vielleicht ständig verlagern. Die Begegnungen, Umstände und Ereignisse würden unendlich fluktuieren, und doch war es immer dasselbe Bild, dieselben Ereignisse, jedoch in verschiedenen Kolorierungen: Nisha oder Batcha, die weiße Insel, die rote Insel oder diese Beton-Insel hier inmitten des Laterits. Manchmal scheint es mir in diesem Leben, daß ich eine Karikatur von etwas beobachte, das anders hätte sein können und doch immer die *selbe* Sache ist, aber verkleidet, mit einer Grimasse statt einem Lächeln. Und vielleicht sind wir Zeugen einer phantastischen Zauberlampen-Show, die dieselbe zeitlose Geschichte abspult, hier ein grünes Schloß hervorbringt, dort einen Sternenregen, ein Drama oder ein Lied. Und wenn das weiße Tor sich öffnete, wäre es das große ewige Bild; dann sind wir – ob wir nun hier sind oder dort, in Weisheit oder in Scham, in Narrheit oder Geradheit, in Gelb oder Rot – auf immer im weiten Lächeln, und die Sterne können kollabieren.

Ich wollte gerade den letzten Eimer Wasser über meinem Kopf ausleeren, als ich Rufe aus dem Dorf hörte. Ich hielt inne, etwas erstarrte in mir. Aber dort war doch das Dorf, Björn konnte nicht im Dorf sein! Ein großes Unbehagen überkam mich. Ich kleidete mich an, lief zum Tor. Am Ende der Straße hatte sich eine große Menschenmenge versammelt. Ich hastete zu ihnen und sah, was auch sie sahen. Ich war sprachlos. Dort stand Björn, splitternackt, auf der Terrasse des Getreidehändlers, bedrohte die Leute mit Ziegelsteinen in der Hand.

Dann erblickte ich Dr. Shimizu, der sich mit ausgebreiteten Armen von hinten an ihn heranschlich. Ich schrie: Björn! Björn!... Da sprang Shimizu auf ihn und nahm ihn in den Schwitzkasten. Björn wehrte sich verzweifelt. Dann brach er zusammen. Zwei Minuten später trug Dr. Shimizu Björns leblosen Körper die Straße hinunter. Dr. Ezaki kam auch hinzu, und sie brachten ihn in die Zelle. Er sah völlig bleich aus.

– Aber was ist denn geschehen, sagen Sie es mir!

Dr. Shimizu besprengte Björns Gesicht mit Wasser.

– Ich weiß nicht.

Björn öffnete die Augen. Er blickte wild um sich wie ein umkreistes Tier. Dann erblickte er mich. Oh, dieser Blick! Nie im Leben werde ich diese gewaltige Anklage in seinen Augen vergessen, als ob er sagte: „Du! Du!" Dann wandte er sich ab und schloß die Augen.

Ich sollte nie mehr seine Augen sehen.

Dr. Ezaki wartete ruhig vor der Zelle, die Zigarette im Mund; er betrachtete die Szene mit eisiger Miene, ich spürte Lust, ihn zu erdrosseln.

– Mein Gott, was ist denn passiert! Wollen Sie es mir sagen?

Er blies Rauch aus.

– Ich sah, wie Ihr Bruder auf die Straße hinausgegangen ist. Er hat kurz vor dem Tor gestoppt und auf das Schild geblickt. Dann habe ich Shimizu geschickt, um ihm zu helfen, da er kaum auf eigenen Beinen stehen konnte. Als er Shimizu sah, ist er geflüchtet. Den Rest haben Sie ja selbst gesehen.

Ich saß lange Zeit an Björns Seite und fächerte ihn. Moskitos surrten in der Zelle, die Luft war zum Ersticken. Ich sprach mit ihm, sagte ihm, was mir gerade in den Sinn kam, denn ich wußte, er schlief nicht und konnte mich hören. Doch er antwortete nicht, regte sich nicht. Nur sah ich von Zeit zu Zeit in seiner eingefallenen Wange ein winziges Fältchen, als ob er mir sagen wollte: Du hast mich verraten... Du hast mich verraten... Dieses Fältchen betrachtete ich stundenlang. Ich nahm seine Hand, betupfte seine Stirn mit einem Schwamm – es kam kein Lebenszeichen außer dieser winzigen Linie: Du hast mich verraten...

Erschöpft legte ich mich schließlich in der Nachbarzelle schlafen. Es war tiefschwarze Nacht. Am nächsten Morgen würde ich ihn freiwillig oder unfreiwillig von hier wegschaffen. Oh, was für ein Narr war ich gewesen! Ich sank in schweren Schlaf.

Als ich morgens aufwachte, schien die Sonne bereits auf den Tamarindenbaum. Ich sprang auf und eilte in Björns Zelle. Er lag zusammengeknickt auf dem Boden, mit dem Kopf am Gitter. Die Tür war abgeschlossen. Ich schrie mir die Lunge aus dem Leib, um die verfluchten Ärzte zu rufen.

– Mein Gott, warum haben Sie die Tür zugesperrt, warum?

– Wegen der wilden Tiere, verstehen Sie doch, sie laufen nachts herum.

Ich hob Björn an. An seiner Schulter war ein großer Bluterguß. Offenbar hatte er sich gegen die Tür geworfen.

Er war tot.

XIX

Der Chandala und ich

Wir legten ihn auf den Scheiterhaufen, mit dem Kopf nach Norden, in Richtung Heimat. Nur der Chandala[1] und ich waren anwesend, und das Meer, das über die Korallen rauschte. Nie mehr würde Björn auf die Insel zurückkehren oder auf die Lagune. Ich hatte ihn so weit wie möglich herangebracht, hatte die Fischer angefleht, ihn hinüberzubringen, doch vergeblich. So endete die Reise hier an diesem Strand, in der Nähe eines kleinen weißen Leuchtturms, der die Fahrrinne der Insel markierte. Nicht weit entfernt lag ein Frachter vor Anker – vielleicht die *Aalesund* oder die *Laurelbank*, genau am gleichen Ort, inmitten der Rufe der *Macua*. Ein roter Fischadler kreiste über uns. Der Chandala legte Björn auf Kasuarina-Äste. Björn war ganz in Weiß gehüllt und sah aus, als ob er schlief, während ich bei ihm stand. Aber war es wirklich ich, der da stand? Ich spürte keinen Schmerz, gar nichts, war wie betäubt, betrachtete Björn und die ganze Szene wie einen Traum. Kurz zuvor, als er noch auf dem Sand lag, war ich neben ihm gekniet und hatte ihm eine Girlande aus Jasmin-Blumen um den Hals gelegt. Es war ein schrecklicher Augenblick, und mir war, als ob alles in mir zerbersten würde. Ganz plötzlich ließ ich dann los. Ich sah seinen Körper auf dem Sand, sah meine Hand auf seiner Brust, die Girlande, den Strand und das Schiff, ich sah alles – den Leuchtturm, den roten Milan – und uns beide, ganz weiß und winzig auf dem Sand. Jetzt war ich fern, auf der anderen Seite der Dinge. Es war

[1] Angehöriger einer niedrigen Kaste, der die Einäscherung der Toten übernimmt.

eine andere Welt, ein anderer Blick. Es war nicht einmal mehr Björn oder ich, sein Tod oder ein bestimmter Tod: vielmehr etwas, das ablief – ein Phänomen, ein ewiger Ritus –, etwas, das schon unzählige Male vorher gesehen und erlebt wurde, hier oder dort, auf der einen Seite oder der anderen, er oder ich, ich weiß es nicht mehr, in Weiß, immer in Weiß, und über allem kreiste ein Fischadler, da war ein kleiner Leuchtturm, ein Frachter vor Anker, als ob wir uns gerade auf die Abreise machten oder gerade eintrafen. Es war dasselbe, endlos dasselbe. Eine Art heilige Katastrophe, die einem zustößt, so wie uns die Sintflut heimsucht oder der Blitz trifft, oder wie die Ruinen von Theben; da war kein „ich" mehr, um Tränen zu vergießen, kein Tod oder Leben mehr, keine besondere Person. Da waren Tausende und aber Tausende von „ichs", in einen Körper eintretend oder ihn verlassend; ein großer Ritus, der ablief, eine unendliche Wiederkehr der Dinge gleich jener der Vögel oder der Sterne; schlicht wie die Wahrheit und frei von Trauer, seit Anbeginn der Zeit.

Alles schmolz dahin. Während der Körper unten blieb, war ich oben, gleichsam hinaufgezogen in eine Weite des Lichts. Mein Atem wurde ganz still. Ich wußte nicht, auf welcher Seite ich war, und auch nicht, ob Björn es war, der dahinging, oder ich. Ich sah eine Fläche leuchtenden Lichts, sanft, unendlich sanft, ein Licht, in das man versank wie in Schnee, und es war still, unendlich, grenzenlos: wie eine Hochsee flockigen Schnees, aber voller Licht, das vibrierte, sich bewegte und wie zahllose Flocken luminöser Sanftheit funkelte, langsam in einer Unermeßlichkeit des Wohlgefühls kreiste, ein Herumwirbeln von Sternen in einer Unendlichkeit der Stille und des Friedens, und jede Flocke war wie ein lebendiges Wesen, jeder Funken ein pulsierendes Jahrtausend. Dort existierte man auf immer; dort konnte man auf immer leben; die Stille und der Frieden waren wie die Luft, die man atmet, das Licht wie das Pulsieren eines absoluten Lebens; dort konnte man ewig voranschreiten, ohne Ermüdung oder Mangel, und der Blick konnte auf immer in einer unwandelbaren Sicht fixiert bleiben – eine unsagbare schattenlose Seinswonne.

Der Chandala zog mich abrupt zurück. Ich hörte das Rufen der *Macua.* Ein mächtiger Strom von Tönen und Farben, dann ein hartes, trockenes, aufprallendes Licht. Einen Moment erstickte ich, als ob ich ertrank – aber wo war der Tod, auf welcher Seite?... Ich sah Björn auf dem Scheiterhaufen, sah den Chandala, der mir ein Holzscheit reichte. Ich wußte nicht, was all dies bedeutete.

Ich nahm das Feuer.

Er gab mir ein Zeichen, und ich warf es auf den Scheiterhaufen.

Alles ging sofort in Flammen auf: die Zweige, das weiße Tuch, die Kasuarinastämme. Ein großer Flecken breitete sich über den Dhoti wie eine schwarze Blume. Ich sah Björns nacktes Bein. Es war eine Gluthitze. Ich sprang zurück... Alles prallte auf mich ein: der Tod, der Chandala, der dort mit bloßem Oberkörper stand, mit Bambusstab und einem Eimer Wasser, der Scheiterhaufen, das Stück Schwammkoralle auf dem Sand und der kleine Leuchtturm, der Frachter, die Schreie der *Macua,* das indigoblaue Meer, das an den Strand plätscherte, als wollte es Björn auf einem Feuerfloß davontragen. Tod, überall Tod, nichts als der Tod, nicht das geringste lebendige Licht! Leiden, das Gefühl der Erschütterung: ich. Ich war es, der Björn hierher gebracht hatte, ich, der ihn in diese Klinik geschleppt hatte, ich, der ihn davon abgehalten hatte, auf der *Aalesund* abzureisen.

Ich, das war der Tod.

Man betrachtet sich selbst, und der Tod beginnt. Man betrachtet sich und begegnet etwas, das so armselig ist, so erschütternd, voller Falschheit – keinen einzigen korrekten Gedanken hatte ich, seit ich begonnen hatte, mich selbst zu betrachten, mich und meine Bestimmung. Ich hatte alles falsch gemacht, alles verdorben. Tod war in Wahrheit nicht das Sterben an sich, sondern allein ein falscher Blick. Man betrachtet sich, und alles wird düster. Man begegnet sogar einer Nisha auf dem Weg, und die Pilger des Teufels tauchen wie aus dem Nichts auf: Man wird Teil der falschen Geschichte, geht über in die Karikatur, und alles stirbt und stirbt, kann deshalb nur sterben, weil keine Wahrheit dahinter steht. Und doch wurde immer noch dieselbe Geschichte abgespielt, aber aus dem falschen Winkel betrachtet. Manchmal scheint es mir, daß die ganze Welt schlicht falsch betrachtet wird, daß das ganze Szenario in einem Aufleuchten von Licht umschlagen könnte, und der Tod verschwände wie ein Traum-Schaum, wenn wir nur den wahren Blick hätten. Björn, mein Bruder, ich schwöre, du wirst wiederkommen, wir werden zurückkehren, wir werden eines Tages mit Licht-Augen geboren werden, und die Welt wird gemäß unserer Vision von Schönheit sein.

So saß ich am Strand in der Nähe des kleinen Leuchtturms. Der Chandala stocherte mit seinem Stab im Feuer. Ich wußte nicht, wohin ich gehen oder was ich tun sollte. Ich hatte meinen Bruder verloren und war Tausende Kilometer weit weg – wovon, konnte ich jedoch gar nicht sagen, ich hatte kein eigenes Land mehr. Ich war schlicht am anderen Ende, während in der Nähe der Frachter vor Anker lag – immer war da ein Schiff, bereit in See zu stechen! Ich war am Nullpunkt: nichts vor mir, nichts hinter mir. Dieser Augenblick schien in meinem Leben ständig wiederzukehren, als ob ich immer wieder mit demselben Punkt konfrontiert werden mußte, aber jedes Mal zugespitzter und schmerzhafter. Es ist so, als verbrächten wir unser ganzes Leben damit, um einen gewissen Punkt zu kreisen, und wenn wir ihn wahrhaft kennen würden, hätten wir das Problem gelöst, dem Schicksal das Rückgrat gebrochen. Ich selbst weiß genau, wann ich das erste Mal *meinen* Punkt berührte – und vielleicht ist es derselbe für alle, bloß mit verschiedenen Farbtönen. Es war am winzigen Dreiecksfenster eines kleinen Zimmers mit Meeresblick, umrahmt von Zypressenzweigen. Segel glitten übers Meer, während ich nur zuschaute. Und da sah ich etwas – nichts Phantastisches –, etwas, das mit großer Kraft kam, fast wie ein Schmerz, eine Konzentration von Kräften in einem Bild: ein immenses schillerndes Spinnengewebe, und ich mittendrin, an den Fäden hängend. Fäden aller Farben, sehr schön, dort inmitten der Zypressenzweige. Und die Fäden standen für all jene Dinge, die nicht „ich" waren: meine Bücher, mein Vater, meine

Mutter, mein Segelboot, Geographie und die Gesetze; sie hatten nichts mit mir zu tun, rein gar nichts! „Ich" war das Ding im Zentrum, das nur von den Fäden gehalten wurde. Und was wäre, wenn ich diese Fäden abtrennte? Was würde dann noch bleiben? Seit diesem Augenblick hat mich diese Frage beschäftigt. Es ist, als konfrontierte das Schicksal mich von Zeit zu Zeit mit meiner Frage, auf sehr einfache Weise, durch Abtrennen aller Fäden. Mir schien es, daß die Antwort erst begönne, wenn der allerletzte Faden durchgetrennt würde. Es war ein Augenblick von Leben oder Tod, alles oder nichts, eine unerträgliche Leere, aus der sich ab und zu ein sehr reines, mysteriöses Etwas erhob, das einer neuen Geburt glich.

Was ich damals noch nicht wußte, ist dies: Wenn man jenen Punkt erreicht, werden so viele Energien aufgeboten, daß die Dinge sich wandeln *müssen* – und sie wandeln sich genau dementsprechend, wie man sie in diesem Augenblick sah. Ja, man mußte in der rechten Weise sehen!

Ich blickte auf das Feuer, blickte auf den schwitzenden Chandala, der sich Eimer voll Wasser über den Kopf goß, und auf den roten Fischadler, der über uns kreiste. Ich kämpfte gegen die Welle von Schmerz an, die mich überkam, gegen mein Leid, gegen Björn, der von überall hervortrat mit seinen flachsblonden Locken und seiner dumpfen Stimme: „Macht, man braucht Macht für seine Brüder... Und wenn ich durchdrehe?... Ich werde viele kleine schwarze Björns zeugen!..." Und der Chandala stocherte in der Asche, als wäre es nur glimmendes Holz. „Es ist wie ein großes Netz, das man hinter sich her zieht... Ein Vogelschrei ist alles, was bleibt... Nil, wir sind eine neue Rasse von Abenteurern!..." Und jetzt dieser kleine Haufen Asche. Björn war jetzt bloß diese Asche. Ich kämpfte gegen meinen Schmerz an und wollte nicht mehr lieben, nie mehr lieben, keine Bindungen oder Anhaftungen – frei sein, frei. Es war ein inneres Hin und Her: Ich tauchte ein in die Woge und kam wieder empor; ich trat ein in dieses Selbst des Leides und entging ihm wieder; und als ich herauskam, war es wie vor einer Weile, sehr sanft und zeitlos, eine große, immense Süße, ein unendliches waches Mitgefühl, das betrachtet, bloß betrachtet. Dann wieder zurück zum „ich", zum Ersticken, zum Tod, zur Tragödie. Oh, keine große Tragödie, aber eine, die exakt auf mich zugeschnitten war: jene eines Mannes, der der Einsamkeit und dem Ende begegnet – ein kleiner Haufen Asche. Dort oben existierte keine Tragödie, sie war unmöglich: sie *konnte* nicht sein. Zwei Blicke, zwei Rhythmen. Ich ging, ich kam. Und plötzlich löste ich mich und wechselte über nach oben.

Und ich sah etwas – badete in etwas, das mich mit Staunen erfüllte.

Eine gewaltige, unsagbare Harmonie; jedes Ding hatte seinen Platz, hatte ewig seinen Platz wie in einer unglaublich präzisen Architektur – als Licht gesehen, nichts als Licht, ein Tableau lebendigen Lichts, von dem man nichts entfernen konnte – kein Atom, keinen sogenannten Schatten, nicht das geringste Fragment des Seins –, ohne daß alles kollabieren würde. Alles war auf immer da, seit der ersten Sekunde, als der große Nebel seine Feuerblume hatte aufsprengen lassen; durch jeden Punkt in der Welt, jedes Partikel im Raum, jeden Herzschlag lief derselbe Licht-Faden; alles wurde unauflösbar zusammengehalten ohne eine Lücke oder Leere oder Unvollkommenheit; eine Totalität des Seins, davongetragen in einer immensen weißen Flugbahn, die diesen kurzlebigen Punkt, diese Absurdität einer Sekunde, diesen markanten einsamen Un-Sinn mit unsagbar vielen anderen Punkten davor und dahinter verknüpfte, mit zahllosen anderen Flugbahnen, deren Ziele nicht vorne oder oben oder in der Ferne lagen: das Ziel war überall! Jeder Augenblick war das Ziel, total das Ziel, in jedem Punkt des Raums, jeder Sekunde der Zeit, ohne eine Lücke der Zukunft zur Hoffnung, ohne einen Makel in der Vergangenheit zum Bedauern. Es war *das* und allzeit *das*, vollkommen *das*, in jeder Sekunde – ein unfehlbarer Ritus mit Millionen Darstellern, Myriaden zeitlosen Umlaufbahnen, die immer wieder durch dieselben ewigen Koordinaten liefen, eine einzige ewige Bewegung, welche diesen Punkt des Schmerzes, dieses Bruchstück von Selbst, dieses Erzittern eines Zeitalters mit dem Vorüberhuschen eines Eichhörnchens oder dem Vorüberziehen von Monsunen verband, mit eines Kindes Lied an einem kleinen weißen Strand und mit zahllosen Liedern, unzähligen Punkten von Schmerz oder Freude, die sich vermischen und einander erleuchten und nur *eine* große lichtvolle Schleppe bilden, ein immenses Schneekleid, gewoben aus tausend Fäden, als wandere eine einzige *Person* durch ewige Azurfelder.

Es war die Zeremonie der Welten – absolut, ohne Fehl, für die alleinige Freude an sich selbst.

Und unten, weit unten lag etwas, das „ich" war, das sich hartnäckig weigerte, die Tragödie zu verneinen, als wäre dies ein Verrat am „Leben", am wahren Leben. Etwas, das leiden *wollte.*

Ich gab dem Chandala seinen Lohn, zahlte für das Holz. Die Sonne ging unter. Ein Vogelschwarm flog im Süden vorüber. Genau drei Rupien blieben noch in Björns rotem Portemonnaie übrig. Seine Reise war gut kalkuliert.

Jetzt blieb ich allein zurück, ohne etwas vor mir. Ich war am Ende der Straße angelangt.

XX

Die Wiederkehr der Dinge

Schon seit dem Morgengrauen wartete ich beim kleinen Tempel, unserem üblichen Treffpunkt. Das Meer war still wie ein See, die Dünen schwebten in der Nacht. Aber mein Herz war aufgewühlt, ich machte Pläne, wollte dies oder jenes; ich wurde nicht mehr vom Strom getragen und hatte das Gefühl, etwas „tun" zu müssen. Tatsächlich hatte alles an jenem Tag begonnen, wo ich ihr den *Tilak* auf die Stirn gesetzt hatte, als berührte ich dadurch eine winzige Quelle, die den ganzen Lauf der Dinge änderte. Und ich frage mich, ob diese Banalitäten, die Konsequenzen auslösen, welche in keinem Verhältnis zu ihnen selbst stehen, nicht Spuren aus der Vergangenheit sind, auf die wir zufällig stoßen und die plötzlich eine ganze verlorene Geschichte wieder zum Leben erwecken wie jener abgelegene einsame Stein, der zu den Ruinen von El Amarna führte. Nur glauben wir nicht an die Zeichen, glauben nicht an die verlorenen Ruinen unserer inneren, verborgenen Ägypten und bewegen uns hierhin und dorthin wie verwirrte Marionetten. Und auch ich ging einher, ohne zu wissen, ich wollte etwas „tun", aber was? Auch für Björn hatte ich etwas „tun" wollen, ich wollte ihn in der japanischen Klinik „retten", ihn von dem Tantriker „befreien", und jedesmal war ich schnurstracks in die Falle gelaufen. Ja, wir sind wirklich wie Marionetten, und was würde ich nun noch tun?... Konnte ich denn in diesem Dorf bleiben und bettelnd von Tür zu Tür ziehen? Oder eines Tages ein Mädchen wie Batcha ehelichen und ein Bildhauer wie Bhaskar-Nath werden? Und dann kleine weiße Nils zeugen, die alles von vorne begönnen? – Nein, und nochmals nein.

Und dieses „nein" war massiv wie Stein; ich sehe mich noch wie ein gehetztes Tier durch den Wald von Korallenbäumen rennen, vom Regen gepeitscht, vom Sand gestochen, und über einen Teppich roter Blumen fliehen: Freiheit, Freiheit, die *Laurelbank* und sonst nichts! Ich konnte jeden beliebigen Plan schmieden oder tun, was ich nur wollte, am Ende fand ich mich immer vor diesem unerbittlich harten Knoten, der zugleich „ja" und „nein" zu rufen schien – Freiheit, Freiheit –, wie wenn die reinste Kraft und der unerbittlichste Feind dieselbe Schachtel teilten. Bis ans Ende wird mich diese totale Ambivalenz immer beschäftigen: Kaum nähert man sich dem letztlichen Paßwort, und schon streckt auch der Teufel seinen Hals hervor, so als ob unser mächtigstes Ideal gleichzeitig auch unseren mächtigsten Feind in sich birgt. Dies ist der Knoten des Problems: die Umschlungenheit der beiden. Und von Zeit zu Zeit löst sich alles, und man wird vom Strom getragen; alle Hindernisse verschwinden, eine andere Art Kraft tritt ins Spiel, die keine Gegensätze hervorbringt. Dann beginnt wieder alles auf einer höheren Ebene. Und es ist immer dieselbe Sache, hinter allen Formen, Gesichtern, Wesen, dieselbe kleine Verhärtung, die von einem Zyklus zum nächsten immer stärker und hartnäckiger wiederkehrt, als hätte sie die gesamte Kraft vergangener Wahrheit ererbt. Und vielleicht war dies der Rückstand der Zyklen, eine Art weiße Schlakke – denn sie ist nicht dunkel oder schwarz, vielmehr ein Punkt intensiven Lichts, wenngleich hart. Die höchste Härte des Guten. War Bestimmung vielleicht schlicht der Augenblick der Auflösung der Schlacke? Und inmitten dieser grünen Morgendämmerung erinnerte ich mich an Batchas Geschichte über ihren höchsten Gott, der seinen Reichtum vergaß, von Tür zu Tür betteln ging und sowohl Götter als auch Teufel segnete.

Sie erschien zur musikalischen Begleitung von Muschelhörnern und Gongschlägen, schaute so schlank aus auf dem weiten Strand, ging langsam in ihrem granatapfelfarbenen Rock und hielt ihren Gabenteller mit der Würde einer Priesterin zwischen den Armen. Mein Herz hüpfte vor Freude, als ich zu ihr rannte; alles wurde weggefegt, wurde schlicht und glatt wie dieser

Strand. Sie sagte nichts, richtete nur ihre Augen auf mich. Einen Moment hatte ich das Gefühl, daß ich vor Mohini stand, wie sie inmitten des rosa Töpferwerks ihren Gabenteller hielt. Dann lief Batcha die Treppen des kleinen Sanktuariums hoch und verschwand. Gern wäre ich ihr gefolgt, um bei ihr zu sein und Weihrauch mit ihr zu brennen, mit ihr zu handeln und in ihre Welt einzutreten; alles war so klar an diesem Morgen, wo der leiseste Klang der Muschelhörner über die Dünen widerhallte und das Singen über den Strand strömte wie eine große Welle. Gern hätte auch ich Blumen geopfert, irgendeine Geste vollbracht, um mit dem Ritus zu verschmelzen, mich von einer großen Welle wegtragen zu lassen, den Faden wiederzufinden – nur schlicht anbeten, grundlos, so einfach, wie man atmet.

Ich schloß die Augen, um sie zu finden. Sie hatte es mir beigebracht, man mußte sich nur ein wenig einstimmen, ganz still und ruhig, wie man sich auf einen Fluß einstimmt, und sanft mit ihr verschmelzen. Ich versuchte es und traf zunächst auf Björn, der dort mit wildem Blick stand und auf etwas wies, das ihn erschrak. Ich stieß ihn beiseite. Dann traf ich auf Mohini. Sie sagte kein Wort, blickte – auf einem Felsen stehend – mit großen ausdruckslosen Augen vor sich hin. Auch sie stieß ich beiseite. Aber ich konnte Batcha nicht finden, alles war von diesen Schatten überlagert. Dann plötzlich tauchte der Sannyasin auf, mit dem Stab in der Hand und weit ausgestreckten Armen, um mir den Weg zu verstellen. Einen Augenblick herrschte völlige Leere – ich konnte mich an nichts mehr erinnern. Und jede Begegnung war wie eine Welle, die über mich kam, eine klebrig anhaftende Welt, aus der ich mich herausarbeiten mußte, als stünde jedes Wesen für ein spezifisches Gefängnis, eine mehr oder minder schwarze Seerose, die mich zu verschlingen suchte – ich arbeitete mich zu Batcha vor wie durch einen Dschungel.

Dann wurde alles sehr ruhig; ich begann hinabzusteigen, sank in etwas, das sehr sanft war, als ob ich in eine andere, tiefere Ebene übergehen würde. Aber dies waren nicht die Wege, die ich kannte; es war nicht die große blaue Ebene, wo man der ganzen Welt begegnet, es war tiefer, inniger, von einer anderen

Farbe und Qualität, noch unergründet. Und es war nicht „das" dort oben, unermeßlich, weiß und voller Licht, wo alles frei ist, ohne Fragen, ohne Personen. Es war etwas anderes, ein anderer Grad von „dem", vollständig umschlossen und warm. Es begann eine leicht rosa Färbung anzunehmen – ja, eine exquisite Lieblichkeit und Süße –, und Batcha führte mich sanft, fast fühlte ich ihre kleine kühle Hand, es war wie ein Gleiten in einen Quell der Sanftheit, ich war am Rande von etwas... Da schoß der Sannyasin jäh wie eine Flamme empor, packte mich am Arm, zog mich nach oben.

Ich öffnete die Augen. Der Strand war von Licht überflutet. Eine Prozession von schwarzen Wolken zog über den südöstlichen Himmel. Wenn ich Batcha in diesem Moment hätte finden können, wenn ich dem kleinen Pfad hätte folgen können, den sie mir zeigen wollte, so wäre wahrscheinlich nichts von dem geschehen, was sich später ereignete. Was ich hier sage, mag rätselhaft klingen, aber ich schreite Schritt für Schritt im wunderhaften Wald voran, und jeder Schritt bringt mich dem Geheimnis näher – kleine Häppchen des Geheimnisses. An diesem Morgen berührte ich es fast: ein Gesetz, das in der Lage ist, den Lauf menschlicher Leben vollständig zu wandeln, wenn wir es nur verstehen – ich brauchte zwanzig Jahre, um es zu verstehen, eine Strafkolonie, einen Urwald und manche Verzweiflung. Aber ich bin so tief ins menschliche Leid hinabgestiegen, daß ich eines Tages, als pure Gnade, das Licht gesehen habe, und ich begriff, daß jedem äußeren Pfad ein innerer Pfad entspricht und daß die Hindernisse, die Schatten, widrigen Ereignisse, die wir nicht auf dem inneren Weg bewältigen konnten, auf dem äußeren Pfad zu uns zurückkehren, der unendlich viel härter, länger, unerbittlicher ist, weil er die Zeit eines ganzen Lebens verschlingt um einer einzigen kleinen Erfahrung willen, die uns eines Tages „ah!" sagen läßt – nur dies. Ein schlichtes „ah" der Überraschung. In Wahrheit sind wir Ausdruck eines Dramas, das sich innen abspielt, und ein einziger Sieg auf den unsichtbaren Pfaden kann ein ganzes Leben retten, oder mehrere Leben.

Und vielleicht gibt es nicht bloß einen Grad des Ausdrucks auf einem kleinen inneren Pfad, sondern mehrere verschachtelte Grade wie eine Reihe konzentrischer Kreise auf immer längeren, schwierigeren und dunkleren Wegen, je weiter man sich vom Zentrum entfernt. Und jedesmal, wenn wir in einen weiter innen gelegenen Kreis vordringen, zu einem besseren, wahreren Ausdruck des ewigen viel-gradigen Dramas, gewinnen wir die Kraft, nicht nur besser zu leben und zu sehen, sondern auch das Gesetz der äußeren Grade zu modifizieren und das ganze Leben nach der erlangten Schau neu zu gestalten – denn wahrer sehen heißt auch wahrer leben –, bis zu dem Tag, wo wir das ewige Zentrum berührt haben und vielleicht mit einem göttlichen Blick diese Materie erleuchten können und die äußerlichste Welt in einen wahren Ausdruck der ewigen Freude verwandeln, die sie ersann.

Es sollte Jahre erfordern und große Qual, um dem kleinen Pfad zu folgen, den ich an jenem Morgen nicht einschlug.

– Oh, Batcha, da bist du ja...

– *An'mona, An'mona*!

Sie schüttelte ihren Rock, streckte beide Arme hoch, drehte eine Pirouette und ließ sich mit einer Lachsalve zu Boden fallen. Dann zog sie sorgsam ihren Rock über die Füße und lehnte sich gegen einen Pfeiler des Peristyls zurück.

– Du bist nicht böse auf mich?

– Böse?

Sie schaute mich mit großen Augen an. Sie hatte riesige Augen, wie die Träger der Gaben am Nil. Sie trug dieselbe Aura alter Zeiten wie jene Wesen, die in ihrer Seele leben, und deren Lächeln.

– Was glaubst du denn? Daß ich böse auf mich selbst bin?

Sie blickte mich an, und ich blinzelte – jedesmal blinzelte ich, als ob ich Angst hätte.

– Björn lebt nicht mehr.

– Ja.

Sie wußte es also.

– Balu ist seit gestern krank. Er hat Fieber, die ganze Nacht hat er gestöhnt und geschrien.

– Was hat er denn gesprochen?

– Alles mögliche... Er wollte eine Tür öffnen, die geöffnet werden sollte. Er suchte sein Schwert, um die Tür zu öffnen. Aber dann konnte er es nicht finden und hat geheult.

– Und weiter?

– Nichts weiter.

– Doch, sag's mir.

Sie schüttelte den Kopf, mehr war nicht aus ihr herauszubekommen.

– Ich war direkt nebenan, Batcha, aber ich wußte nicht, daß seine Tür verschlossen war. Ach, Batcha, weißt *du* vielleicht, warum Björn gestorben ist? Hier, an dieser Stelle, hat er sich vor der Sonne zu Boden geworfen... „Wie schön doch das Leben ist..." Ich weiß nicht Batcha, ich verstehe nichts mehr.

Sie lehnte sich zu mir herüber.

– Was verstehst du nicht mehr?

– Alles, was ich tun soll.

– Aber du bist doch bei mir, also?

Sie wies auf den Strand: Man mußte nur spielen, es war einfach.

– Ich weiß nicht, Batcha, manchmal scheine ich zu verstehen, alles ist offen und weit. Dann öffne ich die Augen und verstehe nichts mehr, ecke an, mache Fehler. Wo ist das Geheimnis? Es gibt etwas, das ich nicht begreife, ich habe nur das halbe Geheimnis gefunden. Ich habe mich getäuscht, es fehlt noch etwas!

Sie sah mich aufmerksam an, und ich weiß nicht, was sie davon begriff, aber sie begriff immer, täuschte sich nicht.

– Hast du eigentlich heute morgen schon etwas gegessen?

Ich war überrascht.

– Ja... Oder nein.

– Ah schau nur, erst ist es „ja" und dann „nein". Du mußt wissen, was du willst. Wenn du so weiter machst, wirst du noch krank.

Dann wechselte sie plötzlich das Thema:

– Gestern sind die Vögel auf der Lagune eingetroffen. Sie fliegen direkt zur Lagune, aus weiter Ferne, und dann nisten sie dort und irren sich nie.

– Aber ich bin kein Vogel!

– Du kommst doch auch direkt aus weiter Ferne, also?

– Aber....

– Für die Vögel gibt es kein „aber".

– Aber was ist zu tun?

Sie seufzte.

– Du tust doch etwas! Sag mir, warum bist du denn hier?

– Das frage ich mich auch.

Sie lächelte mit einem Ausdruck von Sanftheit in den Augen:

– *Du* bist noch nicht auf der Lagune eingetroffen. Das Wasser auf der Lagune glitzert so schön. Kommst du vielleicht, um hier auf der Lagune geboren zu werden?

– Ach, Batcha, du redest doch Unsinn.

Sie wies auf die schwarzen Wolken, die sich am südöstlichen Himmel zusammenbrauten.

– Wie steht es mit den Wolken? Reden sie auch Unsinn? Sie lassen ihre Wassertropfen fallen, und es regnet.

Sie legte die Wange auf die Knie.

Ich sage nicht „aber"
Ich bin der Tropfen, der fällt
Ich bin die Quelle, die fließt...

Ihr Zopf strich über den Boden, sie war so schön an diesem Morgen.

Ich sammle die Tropfen aus den Wolken
Ich laufe mit dem Rhythmus
Und höre den inneren Klang

– Schau doch, Batcha, das ist alles ganz schön, aber man kann doch nicht ein ganzes Leben damit zubringen, am Strand die Wolken zu betrachten! Ich bin kein Kind mehr!

– Nein? Wirklich nicht? Wie töricht du bist! Man bleibt nicht einfach „so“: Man reist. Weißt du mindestens, wie man reist? Ich kenne einige Länder, du kennst einige Länder; zusammen reisen wir.

Sie hob den Kopf ein wenig.

– Immer zusammen, immer zusammen. Hier, dort, überall.

Sie sagte das mit einer solchen Kraft, während sie mir direkt in die Augen schaute, als ob sie mich herausforderte, gleich Bhaskar-Nath. Dann lachte sie.

– Du bist Herr Überhaupt-Nichts, was kannst du also tun?

Daraufhin begann sie ein herrliches Lied anzustimmen. Ich wünschte, ich könnte jedes Wort dieser singenden Sprache wiedergeben, es war wie eine schlichte, fließende Transparenz. Und alle meine Fragen waren ausgelöscht.

Über die Dünen hier
Über die Dünen dort
Laufen unsere Schritte gemeinsam
Unsere Inseln sind Reisende
Und der Wind
Auf den großen Stränden der Welt
Weht mein Lied
Weht meine Bilder
Aber ich, ich bin immer
Ich gehe fort und bin immer noch
Mit neuen Augen
Und neuen Gesichtern
Und ich blicke
Auf diese Inseln
Auf jene Inseln
Auf rosa Kauris an einem kleinen weißen Strand
Auf die hübsche Welle, die von Leben zu Leben fließt
Auf die schöne endlose Geschichte

Alles war so einfach mit Batcha, fast zeitlos. Es gab nichts zu tun oder zu finden! Alles war da, bereits entdeckt für uns. Wir waren zwei Kinder auf den Tempelstufen und bewegten uns auch dort oben, auf dem Sande des Lichts, auf einer ewigen Insel, und es war für immer so, unendlich, ohne Grund, Ursache und Mißgeschick, wie ein Spiel. Genügte es vielleicht, das Bild von oben in das Bild unten einfließen zu lassen? Dann würde jede Geste zur rechten Geste werden, und das Leben würde sprudeln wie eine Quelle.

– Batcha, manchmal scheint es mir, daß das Leben sich weit, weit zurück erstreckt unter dem Klang der Muschelhörner und der Gongschläge, so wie dein Lied, und daß man schon immer gewesen ist und auf immer sein wird; daß das Leben sich auch weit, weit voran erstreckt und wir immer sein werden, in anderen Körpern – Körpern des Lichts, die sich wandeln und färben, immer schöner –, und daß das Leben langsam unsere Träume herbeiführt wie die Vögel. Aber das liegt noch weit vor uns. Ja, Batcha, wir sind noch in der schwierigen Phase.

– Warum schwierig?

– Es sind noch zu viele üble Dinge im Inneren.

Sie fuhr zusammen.

– Oh, Nil, du zerstörst alles.

Es lag so viel Schmerz in ihrer Stimme. Und es war richtig, seit diesem Augenblick schien alles tatsächlich danebenzugehen, wie an dem Tag, wo ich ihr den *Tilak* auf die Stirn gesetzt hatte.

– Du beschwörst die schlimmen Dinge herauf.

– Aber ganz und gar nicht! Sie sind bereits da. Heute Nacht... Ich hatte wieder einen furchtbaren Traum. Ich habe wieder diesen Mann vor einem Feuer gesehen, weißt du, diesen Mann... Und dann irrte ich durch einen Wald, suchte jemanden. Ich weiß nicht, wen ich suchte, aber es war eine „sie". Dieser Traum kommt immer wieder: Ich suche jemanden, als ob es um mein Leben ginge. Vielleicht eine Erinnerung aus der Vergangenheit?

– Ich selbst sehe schöne Dinge. Vielleicht eine Erinnerung aus der Zukunft!

Einen Moment lang spiegelte sich Überraschung in ihrem Gesicht wider.

– Es war ein Pfad auf dem Meer – sehr, sehr lang, weißt du, so wie wenn der Mond übers Meer scheint, mit einem rosa Farbton und einem leichten Zittern wie von kleinen Fischen. Es war schön, so angenehm! Du warst auch da und bist langsam hinter mir gegangen. Dann sind wir in ein Land gekommen, das ich nicht kannte. Ich erinnere mich nicht mehr an alles, aber irgendwann standen wir vor einer Weggabelung...

Sie blickte einen Moment nachdenklich.

– Die Straße links führte, so weit man sehen konnte, in Richtung auf einen Berg, er war *gerua*-farben, orange. Auch die Straße war orange. Aber ich wandte mich nach rechts und kam in einen großen, grünen Park. Überall waren Pfaue, viele, viele Pfaue in allen möglichen Farben: blau, weiß, einer ganz golden, und ich habe sie dir gezeigt und gesagt: „Komm, komm! Schau doch, wie schön sie sind! Sie verkünden den Sieg!" Aber du hast nicht zugehört, etwas schien dich sehr zu beschäftigen. Ja, und dann war da noch ein einsames Zebra mit schwarzen Streifen und auch ein großer Fels, der ins Meer fiel...

Plötzlich verdüsterte sich ihr Gesicht.

– Ja, und ich habe auch etwas gesehen, das häßlich war.

– Was denn?

– Ach, nichts.

– Sag's mir doch!

Es war zwecklos, sie ließ sich nicht umstimmen.

– Schau, Batcha, ich muß etwas *tun*. Ich kann doch nicht ewig hier bleiben und bloß Lieder anhören oder?

– Nein?

Sie schien verwirrt.

– Du bist ein Erwachsener. Vielleicht könntest du Lehrer sein?

– Lehrer?

Jetzt war sie völlig aus der Fassung.

– Du fährst doch nicht weg?

– Aber rede doch keinen Unsinn!

– Was willst du dann tun?

Darauf wußte ich keine Antwort.

– Was ist los, Nil, über dir scheint eine schwarze Wolke zu hängen. Was ist es? Was ist denn in dieser Klinik passiert? Hat dir jemand weh getan?

– Aber nein.

– Warum stoße ich denn im Augenblick ständig gegen etwas? Auch heute morgen habe ich mich gestoßen. Schau nur!

Sie zog ihren Rock über den Knöchel und schaute nervös nach rechts und links. Eine Bruthitze lag über dem Strand.

– Komm, Nil, laß uns nach Hause gehen. Der Monsun ist eingetroffen.

– Nach Hause? Ich habe kein Zuhause.

Sie blickte mich erstaunt an.

– Aber was ist denn, Nil? Du bist der Sohn des Hauses, Appa hat es doch gesagt!

– Hast du Angst vor dem Regen?

Sie sammelte sich einen Augenblick und legte die Hände zwischen die Knie, um sich zu beruhigen.

– Ich weiß nicht, Nil, eigentlich mag ich den Regen sehr, ich tanze in ihm, aber heute... Irgendwie beunruhigt mich etwas.

Dann fragte sie in ängstlichem Ton:

– Nil! Du fährst doch nicht weg?

– Aber ich habe schon gesagt, daß ich nicht fahre.

– Dann komm jetzt, wir gehen heim.

Das Meer war spiegelglatt. Kein Vogel war am Himmel zu sehen.

– Gehn wir! Glaub mir, es wird sonst zu spät sein.

Ich war wie gelähmt.

– Nil, du bist so anders! Irgend etwas ist hart und verschlossen in dir, als ob du in einer Hülle steckst.

– Warum? Weil ich kein Lehrer sein will?

Sie erbleichte, als hätte ich ihr gerade eine Ohrfeige gegeben.

– Ach, Nil...

Dann gab sie es auf zu kämpfen. Sie öffnete die Hände auf den Knien und sagte sanft, indem sie auf den Strand wies:

– Schau, als ich dich im Traum gerufen habe, war da ein Licht.

– In welchem Traum?

– Hier, gleich am ersten Tag, als du aus dem Tempel gekommen bist: Du bist ganz klein geworden, und der Sand glitzerte wie das Wasser.

Sie sah so wehrlos aus, ich schämte mich. Aber mir war nicht klar, warum ich so gereizt war. Überall schien es in mir zu knirschen.

Eine starke Böe fegte über das bleifarbene Meer.

– Was ist eigentlich los mit mir, Batcha? Was habe ich getan? Warum knirscht bei mir alles?

Sie schaute mich bloß stumm an, die Hände zwischen den Knien gefaltet. Ihr Blick war so klar, voller Licht, fast unerträglich süß, und drang tief in mein Herz; aber je tiefer er drang, desto fester wurde der Knoten in mir, als ob dort etwas war, das sich weigerte und „nein" sagte – „nein" wozu? Ich weiß es nicht, aber es war die absolute Weigerung.

– Du erwartest doch nicht, daß ich mich hier als Lehrer niederlasse, oder? Und dann kleine Kinder am Strand zeuge...

– Ach, Nil!

Tränen rollten ihr die Wangen herunter. Ich wußte nicht, was ich da sagte, ich war wie eine Bestie.

– Du verstehst das nicht, Nil, nein, es gibt noch etwas anderes...

Sie stammelte und sah aus wie ein verletzter, gegen den Pfeiler gedrückter Vogel.

– Ich will frei sein, verstehst du.

Mechanisch wiederholte sie das Wort:

– Frei.

In ihrem Blick war solcher Kummer, daß ich fast aufgegeben und sie an mein Herz genommen hätte. Einen Moment nur zögerte ich. Aber es war schon zu spät. Ich sah, wie ihre Augen sich weiteten und ihr Gesicht ganz bleich wurde. Sie starrte entsetzt auf etwas hinter mir. Ich wandte mich um.

– Komm, Junge!

In seiner orange-leuchtenden Robe, den Stab in der Hand, stand er aufrecht vor den Dünen. Seine Zähne funkelten, als ob er gleich wieder schallend lachen würde. Seine mahagonifarbene Haut strahlte im grellen Hitzedunst.

– Komm, es ist an der Zeit.

Mit einer trotzigen Kopfbewegung wandte er sich um und marschierte in Richtung Dünen. Rein mechanisch erhob ich mich. Einen Moment noch verweilten meine Augen bei dem kleinen bleichen Gesicht, das mich verwirrt anstarrte, bei den schmerzerfüllten Augen, dem roten *Tilak* auf der Stirnmitte. Alles schien auf mich niederzuprasseln, und Bhaskar-Naths Stimme hallte in meinen Ohren wider: „Es ist, wie du willst." Aber was konnte ich denn wollen? Da war gar nichts zu wollen: Alles war bereits im voraus gewollt. Ich wurde erfaßt und überwältigt von einer stillen, unbeirrbaren Kraft, die größer war als meine eigene, alle Dinge hinwegfegte wie Stroh und Leben abschüttelte wie einen Mantel. Er hatte gesagt, „es ist an der Zeit", und so war es.

Ich folgte ihm in die Dünen. Der Sand glitzerte wie das Meer, und kleine Krabben liefen in alle Richtungen. Plötzlich mußte ich einen Schmerzensschrei ausstoßen. Ich wandte mich um und blickte in zwei wutentflammte Augen, die sich in die meinen bohrten. Batcha faßte ihren Rock und rannte entlang den Dünen davon. Sie hatte mich wie ein kleines Mädchen kräftig in den Arm gekniffen.

In diesem Augenblick ergoß sich der Monsun über uns wie ein Schwefelbad.

Alles verschwand hinter einem Schleier.

Dritter Zyklus

Die Reise im Gold der Nacht

XXI

Der Sannyasin

Wir marschierten Tage und Monate im Monsun und unter der gleißenden Sonne, durch zerklüftete rote Ebenen und über ausgetrocknete Flüsse, durch Landstriche der brennenden Hitze und der Armut, entlang endlosen Reisfeldern voller Silberreiher und zirpender Insekten. Wir durchquerten schwefelgelbe Flüsse, tobende Ströme, überflutete Dschungel mit balzenden Reihern; wir schliefen in den Tempeln, an der Straße oder wachten an Flußufern im Mondschein, während die Schakale heulten. So marschierten wir immer weiter, bis alle Straßen nur noch eine Straße waren und alle Tage im selben Rhythmus ständigen Staubs verschmolzen. Kälte und Hunger, Hitze, Ermüdung, Hast und Begehren existierten nicht mehr; da war nur noch etwas, das ging und immer weiter ging, endlos und mühelos, wie der Flug der Rosenstare im Sonnenuntergang oder wie die Gebete der Brahmanen, immerfort, ohne Höhen und Tiefen. Wir marschierten in Richtung Norden, stets nach Norden, barfuß und in Lumpen, verbrachten nie mehr als eine Nacht am selben Ort, bettelten nie mehr als einmal im selben Dorf, und wenn die erste Tür sich vor uns schloß, marschierten wir weiter auf der Straße. Das war das Gesetz, das einfache Gesetz. Er sprach nie, und ich hatte nichts zu sagen; wir gingen bloß, vielleicht schon seit Zeitaltern, und kamen von nirgendwo her, denn überall war ein und dasselbe. Vor uns lag kein Ziel, hinter uns keine Erinnerung, Erwartung oder Hoffnung; da war nur das, was ging, ohne daß man wußte, warum oder wie. Und wenn ich einen Moment mit geschlossenen Augen innehielt, zerrte er mich abrupt:

– He, Junge, was meditierst du da? Komm schon, weiter geht's!

Manchmal überkam mich eine Woge der Revolte.

– Aber warum...

Dann griff er sich eine Handvoll Staub von der Straße und warf ihn mir mit schallendem Gelächter ins Gesicht:

– He, Bengel, du willst Staub? Hier, iß!

Ich wußte nicht, ob ich lachen oder weinen sollte. Aber was sollte es auch? Warum sich um dieses kleine Objekt sorgen, das da marschierte? Suchte ich nicht ohnehin etwas anderes? Warum also meditieren und worüber? Um mich noch gewichtiger zu machen und aufzuplustern? Alles schien sich in einer solch extremen Absurdität aufzulösen, daß selbst „das andere" zerstäubt wurde: Da war nur ein Nichts, das in nichts marschierte, nichts suchte, mit einem gerade hinreichenden Lebensfunken, um den ganzen Taumel mitzubekommen. Ein kritischer Augenblick kam. Und dann verging auch dies, jetzt existierte nur noch eine Welle von „ich", die da vorüberging. Und wenn sich in mir alles legte und entspannte, stoppte der Sannyasin wie rein zufällig am Wegesrand und zog eine Handvoll Körner aus seiner Gürteltasche:

– Hier, Junge, iß. Tut dir gut.

Und dann betrachtete er mich so sanft, daß mir die Tränen kamen. Daraufhin lachte ich und griff seinen Stab:

– He, Sannyasin, weiter geht's, es ist an der Zeit!

Und wir marschierten lachend davon. Die Dinge hatten eine Wende genommen: Alles war majestätisch, unbeschwert, so leicht! Es gab weder Tag noch Nacht, gestern oder morgen; keine Zeit, nicht einmal etwas, das staunend betrachtete: Das lachte, Das ging, ein fabelhaftes Nichts, das vielleicht Etwas war, aber ohne die geringste Selbstschau. Das strömte wie ein Fluß, wehte mit dem Wind, war dumm wie der Spatz oder vielleicht weise wie der Kranich auf dem Reisfeld. Es wußte und erkannte alles spontan: den aufziehenden Regen, das Schwatzen des Ziegenbocks, die Frage des Passanten, die Schlange unter den Blättern; es war wie eine kleine Kaskade, die überall so schlicht strömte und ihre eigene Widerspiegelung in allen Dingen auffing. Aber nur ein Moment der Reflexion, ein Blick zu viel, und schon trübte sich alles und verschwomm, war dahin. Dann stoppte der Sannyasin wieder einmal mitten auf der Straße, stemmte die Hände in die Hüften und betrachtete mich, indem er die Wangen aufblies:

– Du Esel.

Recht hatte er.

Tage und Wochen verstrichen, vielleicht Monate oder Jahre. Dann verging auch die Unbeschwertheit, oder vielleicht war sie noch da, aber unterschwellig, äußerte sich in einem gelegentlichen Aufblitzen, das uns beide auflachen ließ. Es blieb bloß die große Gischt des Lebens, ein universales Glitzern mit Billionen Bläschen, in dem man sich herrlich verlieren konnte wie der Tropfen im Meer, die Ameise im Wald oder der Saft in der Pflanze. Aber da war etwas, das mich zog, mich weiter und höher rief. Oder war es bloß die Entkräftung? Ich war so lange auf den Straßen gewandert, so sehr unter der Sonne zerschmolzen, daß ich manchmal nicht mehr wußte, ob es dieses Leben war oder ein anderes, das Steinzeitalter oder das Bronzene, Jahre oder nur eine Minute; selbst im Traum marschierte ich weiter – und wenn er mich abrupt zerrte, war ich dann auf dieser Seite oder der anderen? Langsam sank ich in dieses große Land ohne Kummer, ohne Landschaft oder Jahreszeit, ohne „ich", ohne Denken. Ich marschierte im Rhythmus meiner Schritte, die dem Rhythmus von ich-weiß-nicht-was folgten, und es waren nicht einmal mehr meine Schritte, sondern eine Kadenz, die auch ohne mich marschierte oder durch mich hindurch floß. Ich wanderte auf den Pfaden des großen Landes am Ende aller Pfade, wenn Körper und Schmerz in einen Rhythmus der Stille übergehen, wenn die Stille sich in eine große Dünung weitet, die zu einem Lied wird, das zu Frieden wird und einen kleinen Schatten mit Steinen und Dornen trägt – ja, wo ist das Elend und das Leid, „ich" zu sein, wenn alles mit dem großen Fluß strömt? Dornen existieren nur in den Herzen der Menschen, aber mein Herz war auf diesen Pfaden so verbraucht worden, daß nichts von ihm blieb; oder vielleicht schlug es in allen Dingen, mit dem Gras und den Zikaden? Wo war das „ich", diese einzigartige

Erfindung? Alles war weit, still und unendlich sanft, so sanft wie die Welt vor der Ankunft der Menschen, oder nach ihnen; alles war eben wie ein Gregorianischer Gesang, bewegt vom großen Gesetz, eine große strömende Feierlichkeit ohne Schatten oder Kräuseln, unermeßlich und still, als brächten wir mit unseren Schreien und Tränen alles durcheinander und müßten aufhören, Mensch zu sein, um an der großen Majestät der Welt und dem stillen Reich der Götter oder am Reich eines kleinen Silberreihers auf dem Reisfeld teilzuhaben. Manchmal hatte ich das Gefühl, ich würde ganz und gar verschwinden. Es kam eine Sekunde des Erstickens, und alles in mir verkrampfte sich. Ein hartes Knötchen, das sich an sich selbst rieb – der Schmerz, „ich" zu sein, die quälenden Dornen. In solchen Momenten war mir, als ob Batcha am anderen Ende des Fadens zöge: *An'mona*! *An'mona*! Und augenblicklich fand ich mich wieder mit der Frage konfrontiert, meiner Frage, der einzigen, die mir blieb, als sei „ich" bloß eine irdische Frage, eine alleinige Frage in einem Niemandsland direkter Erkenntnis.

– Sannyasin, sag mir…

Er sah mich mit stechendem Blick an. Für einen Moment mußte ich gegen dieses Licht ankämpfen, das meine Frage auflösen würde. Würde ich nachgeben, mit den Schultern zukken und mich wieder auf den Weg machen? Doch plötzlich kristallisierte sich alles vor mir wie im Angesicht des Todes. Ich sah das fleckige Tuch des Sannyasins, den Schweiß zwischen den *Rudraksha*-Perlen seiner Halskette, den Feigenbaumzweig über der Straße, den ockerfarbenen Staub auf dem Weg, der zu einem Fluß hinabführte. Wenn ich jetzt nicht meine Frage stellte, wäre es zu spät, ich würde mich vollständig auflösen.

Zornig sagte ich:

– Diesmal wirst du reden.

Ich faßte ihn an seinem Tuch.

– Höre, Sannyasin, vielleicht sterbe ich, das ist mir gleich, ich habe keine Angst vor dem Tod, aber ich will wissen, verstehst du? Wissen, warum. Warum dies alles? Warum all diese Leben, dieses Elend des Daseins, dieses Marschieren, das Leid, wenn das Ziel nur darin besteht, mit allem Schluß zu machen? Warum? Warum all diese Jahre, Millionen Jahre, um das Leben in den Griff zu bekommen, wenn man es am Ende dann doch nur abwirft? Und all diese Arbeit, die Anstrengung des Denkens, diese Bemühung um Selbstentwicklung, die Wehen der Schöpfung, wenn man am Ende doch nur alles wieder demoliert? Wozu ist es gut, welchen Sinn hat es, sag's mir.

Er stand vor mir wie ein Stein.

– Befreiung? Glückseligkeit?

Da sah ich rot. Ich stand wie eine winzige Marionette am Wegesrand, aber plötzlich war es, als schrieen Millionen Menschen aus meinem Körper, eine Welt des Leids brauste über mich hinweg. Nein, dies war nicht Metaphysik, sondern reine Physik.

– Höre, dein Himmel kann mir gestohlen bleiben. Ich spucke auf ihn!

Ich sah, wie sich seine Wangen aufbliesen. Würde er jetzt in Lachen oder in Ärger explodieren? Ein inbrünstiges Gebet kam tief aus meinem Herzen:

– Wenn diese Erde keine Bedeutung hat, eine wirkliche, irdische Bedeutung, wenn es nur eine Passage zum Jenseitigen ist, ein Mittel, um zu entrinnen, welcher Himmel oder welche Glückseligkeit würde dann je all dies Leiden wettmachen? Wenn es keinen Himmel *für die Erde* gibt, wenn es keine Bedeutung *für die Erde* gibt, dann ist diese ganze Welt ein Irrsinn, und ich brauche kein Paradies. Soll es doch da oben bleiben, und ich bleibe bei den Toten!

Er sah mich ruhig an, und seine Augen funkelten amüsiert. Meine Schläfen pochten, mir war, als ob ich schlagartig im Staub zusammenbrechen würde, und dann wäre alles zu Ende, um so besser.

Er sagte ganz ruhig:

– Du bist noch nicht so weit.

Dann machte er sich wieder auf den Weg. Ich sammelte all meine Kraft und packte ihn am Arm. Wenn ich die Sache jetzt nicht zum Abschluß brächte, war ich erledigt.

– Aber wenn ich so weit sein werde, wird es niemanden mehr geben!

– Du hast Angst?

Ich sehe noch den Fluß vor Augen, die riesige Mündung, die in der untergehenden Sonne ihre Ladung Sand forttrug, den gemächlichen Strom voller Schlamm, der Asche der Toten und der Gebete der Lebenden. In der Ferne das Meer in einem goldenen Dunst. Und man konnte nicht sagen, ob es das schmutziggelbe Fließen des großen Stromes, der glitzernde Sand oder vielleicht die Erde selbst war, die sich auf eine goldene Reise machte – die Erde, unsere Erde.

– Wovor Angst? Ich habe nichts mehr zu verlieren.

– Außer dir selbst.

Am Flußufer standen Büschel hohen Grases. Man sah Banyanbäume, ein Dorf mit einem rosafarbenen Minarett. Irgendwo begann ein Schakal zu heulen. Der Fluß glitt lautlos wie Lava vorüber. Reglos stand der Sannyasin an seinen Stab gelehnt, sein orangenes Gewand verschmolz fast mit dem feuerroten Sonnenuntergang.

– Außer mir…

Wer, ich?

Der Schakal heulte noch einmal, es klang wie ein anhaltendes hysterisches Lachen, das von überallher zu kommen schien und durch das hohe Gras hallte. Dann herrschte wieder Stille. Ich, wer war „ich“, und wo? Es gab keine Spur mehr von „ich“, nicht einmal ein Leben oder eine Person – wo war sie denn, jene Person? Da waren Gras, Wasser und Tiere. „Ich“ kam aus weiter Ferne wie der Fluß, der eine Welt von Schlamm, Leid und Gebeten mit sich führte, die alsbald ins Meer gespült würden, ohne eine Spur zu hinterlassen, vergangen und versunken, während der Schakal weiter heulen würde. „Ich“ war schon seit Zeitaltern am Rollen, es war schlicht etwas unermeßlich Altes, das Schlamm und Elend mit sich schleppte, und alle nur mögliche Scham im Herzen, zusammen mit ein wenig Freude, die so innig mit dem Leid vermischt war, daß es kaum noch einen Unterschied machte. Es rollte endlos weiter, verstand alles, trug alles. Ja, was hatte es nicht in seinen Wassern mitgeführt? Und hier stand jemand am Ufer, dieses kleine Etwas, das hinausblickte, das wartete, als warte es schon seit Millionen Jahren, seit den Eiszeitaltern, während Völker kommen und gehen, während der Schakal heult und der Wind durchs Gras streicht, begleitet vom Schrei all jener, die mit all ihrem Leid und all ihren verlorenen Geschichten vorübergingen. Seit Anbeginn war ich da, am Ufer des großen Flusses, ich war dieser letzte Blick, dieser winzige Atem all ihres Atems, die kleine Sorge all ihrer Sorgen, diese nackte, letzte Frage. Ja, tausend Mal vollzog ich diesen Blick, diesen leichten Atemzug hier und da, am Ende eines Lebens, als sei alles in einer einzigen Seele versammelt: das Elend, die Tage, die Gesichter und Gesten, die unzähligen nichtigen Gesten in einem letzten Gebet, das nicht einmal mehr ein Gebet ist, sondern nur dieser letzte Schrei: Ich warte, warte auf die Stunde des wahren Lebens, des lebendigen Lebens, die Welt der Wahrheit – nicht diese Karikatur des Lebens, verschlossen, zugemauert und sterbend, die nichts weiß und nichts kann, sich nicht einmal erinnert, woher sie kam und wohin sie gehen soll, diese Blindheit in einem Körper, ohne Zeichen oder Schlüssel außer einigen Träumen und Fabeln. Oh, zu wissen, unendlich zu *sein*, unendlich zu leben, direkt wahrzunehmen, den Faden wiederzufinden! In allem leben, lieben, sich weiten, überall fühlen und sehen, so weit das Herz reicht, ohne Trennung oder Distanz; in allem singen und lachen, in allem, das existiert und lebt und pocht; sterben und nach eigenem Willen wiedergeboren werden; unabbringbar am Faden festhalten, jede Minute mit einer Totalität des Seins so reichlich füllen wie alle Jahrtausende zusammen. Ich warte, ja, ich warte auf die Stunde der Wahrheit, wenn unsere zahllosen erloschenen und ausgebrannten Lieben aufs Neue lieben können, für immer; wenn unsere unzähligen Gesten die lebendige Herrlichkeit berühren können, die sie in der Nacht gestalteten, wenn unsere verratenen Leben die Freude kennen können, die sie ahnungslos schmiedeten, und unser verlorener Atem den großen Päan der göttlichen Welt singt. Wir werden den Himmel mit eigener Hand berühren, die Erde nach dem Ebenbild unserer Seele gestalten und das Licht im menschlichen Leib verkörpern. Ja, ich warte, warte auf die Stunde des *Anderen*, warte auf den Wahrheitsmenschen auf Erden.

– Auf geht's.

– Höre...

– Was ist denn noch?

Ich blickte ihn unbewegt an; ich war im wahren Rhythmus, in der stillen Gewißheit der Wahrheit, die sich behauptet.

– Es gibt noch etwas anderes, Sannyasin, ich schwöre es dir, deine Auflösung ist nicht das Ende!

Er blieb abrupt stehen.

– Was weißt du denn schon, Junge, du bist noch nicht einmal geboren.

Dann setzte er mir den Finger mitten auf die Brust wie damals im Zug:

– Wenn du die Antwort eines Löwen suchst, mußt du wie ein Löwe werden. Wenn du eine menschliche Antwort suchst, dann klage, leide und sterbe wie bisher.

Er wandte mir den Rücken zu. Dann besann er sich plötzlich anders und trat an mich heran:

– Die Menschen stellen Fragen, die gar nicht ihrem inneren Zustand entsprechen, also bekommen sie keine Antwort. Sie bekommen nur Ideen. Man muß seinen Zustand ändern, Herr Ausländer, man muß wie der Löwe sein.

Mit langen Schritten marschierte er in Richtung Fluß und rief den Fährmann.

Ein rosafarbenes Minarett voller Tauben ragte in der Ferne empor. Am anderen Ufer stand ein Wald mit Banyanbäumen, ein kleines Dorf leuchtete golden wie im Märchen. Man hörte das singende Rezitieren des Muezzin. Als ich das andere Ufer betrat, hatte ich das Gefühl, ein wunderbares Abenteuer zu leben. Ja, vielleicht könnte es mir am Ende schlecht ergehen, oder ich würde mich verlieren, mich finden, mich auflösen oder auch nicht, aber was bedeutete das schon? Ich war im *Abenteuer*, der wahren Geschichte, der lebendigen Frage, die man sich von Leben zu Leben stellt, die wie das Leben des Lebens ist, das eigentliche „warum“ all dieser Millionen nichtiger Fußschritte – ich war da und hielt den Faden, dafür war ich geboren: um diesen alleinigen Faden zu halten, diese einzige brennende Frage, die gleichzeitig ihre eigene Antwort war. Was machte es schon, wenn ich tausend Tode starb? Ich hielt die einzige Sache, die Bestand hat, ob tot oder lebendig, den Kern der Geschichte, jenen Augenblick, der alle Augenblicke zu einem verknüpft. In Wahrheit brauchen wir gar keine Antwort, wir müssen nur bis zur letzten Konsequenz die eine Frage leben, die uns verfolgt.

– Bist du bereit?

Er fragte mich ganz unvermittelt mitten im Bazar mit seinen Safran- und Nelkendüften, während die Tauben mit lautem Flügelschlag davonflatterten.

Ich blickte ihn an, und alles schien mir so einfach und natürlich, so perfekt geplant – wofür sollte ich bereit sein und warum? Alles war bereit für mich in jedem Augenblick, selbst die Tauben flogen im rechten Augenblick vorbei. Es war schlicht wunderbar: dieser Augenblick dort im Bazar war ein Wunder, er trug die unsichtbare Schwingung der Ewigkeit, als umfasse er in seiner Kreisbahn eine Unendlichkeit von Augenblicken, die eben dies Flügelschlagen um ein Minarett erzeugten. Das Wunder der Welt besteht nicht darin, Wunder zu sehen! Es ist die plötzliche Wahrnehmung dessen, was sie wirklich ist.

– Bereit für alles.

Meine Antwort ließ ihn breit lächeln; er nahm sich eine Staude Bananen von einem Obststand und pflanzte sie mir in die Arme.

– Hier, iß!

Dann kaufte er etwas Reis und zwei weiße Tücher, lieh sich einen kupfernen Eimer und führte mich zum Flußufer am Rande des Banyanwaldes.

Zwei Sannyasins saßen vor einem Feuer. Sie schienen uns schon zu erwarten. Der eine war sehr alt, trug langes Haar, das er über dem Kopf zum Zopf gebunden hatte. Der andere war jung und meditierte. Der Sannyasin füllte den Eimer am Fluß. Der Sand glitzerte wie das Wasser.

Es war Abend, und er nahm ein Klümpchen Lehm, das er auf einem Fels zerstampfte. Dann färbte er den weißen Stoff mit *gerua*.

– Morgen wirst du initiiert.

*
* *

Als ich am nächsten Morgen aufwachte, hatte ich das eigenartige Gefühl, eine Art Erinnerungsbeben durchgemacht zu haben – einen jener großen inneren Umstürze, die sich manchmal im Schlaf ereignen, als würden wir auf eine andere Seinsebene katapultiert. Ich fand mich in einem seltsamen Zustand des Staunens wieder. Der Wald war mir vertraut und auch ich selbst, obwohl ich unvermittelt in eine andere Geschichte hineinversetzt war, fast eine andere Zeit, und ich lebte erneut etwas Vertrautes, aber jetzt mit meinem gegenwärtigen Körper, der nicht recht wußte, was geschah, und es mit sich geschehen ließ wie ein Kind, das man durch einen Geheimritus führt.

– Es ist an der Zeit.

Er erschien plötzlich vor mir, sehr groß und in Schatten gehüllt. Ich richtete mich auf. Mein Körper hatte im Sand geruht, mit dem Kopf auf einer Banyanwurzel. Es war noch nicht Morgengrauen. Der große Fluß strömte vorbei, und die Zikaden zirpten im hohen Gras: Das Halbdunkel war ein einziger Grillengesang. Ich blickte auf die große Silhouette vor mir; es war wie eine Geschichte aus sehr alter Zeit, die sich nun wiederholte. Ich nahm mein Tuch und ging zum Fluß, ohne zu wissen. Und doch wußte ich alles sehr genau, es war so vertraut. Ein Mann wartete schon auf mich.

– Setz dich, entkleide dich.

Ich tat wie geheißen. Einen Moment schienen die Grillen zu schweigen, dann setzten sie ihr hohes, schrilles Zirpen fort, gewaltig, wie am Anbeginn der Zeit. Wir waren zwei kleine Schatten inmitten des Flüsterns der Welt, geringer als die Grillen, geringer als das Gras – jetzt galt es, still zu sein und bloß nichts zu stören.

Ich verharrte reglos.

Er zog seine Instrumente aus der Tasche. Es war der Barbier.

– Halte den Kopf gerade.

Dies tat ich und schaute auf den großen Fluß in der Morgendämmerung. Die Luft war frisch und roch nach Vétiver. Der Sand war kühl wie die Füße einer Gottheit im Sanktuarium. Er besprengte meinen Kopf mit Wasser und begann ihn zu scheren, indem er kleine Haarbüschel herausrasierte, während er den Kopf in Armeslänge hielt. Würde er mir vielleicht am Ende die Kehle durchtrennen und mich fein dem Fluß darbringen? Aber ich hatte ein wohliges Gefühl; es gab nichts mehr zu wollen oder nicht zu wollen, keine Furcht oder Erwartung: Alles war da. Ich fand mich in der ewigen Wirklichkeit. Ich wurde von gewaltigen Händen getragen, zusammen mit dem Gras und den Grillen; ich war Teil einer immensen Feier, die anhob. Es war heute oder gestern und auf immer, ein gewaltiges singendes Opfer, ohne Drama und Angst, ein schlichter Akt der Liebe, weil jeder geben mußte, was er ist, sein eigenes Lied singen mußte – für nichts, für alles, für den Fluß und den herandämmernden Tag, für die Sterne, die langsam unsichtbar wurden, für diese große mysteriöse Sache, die im Herzen jedes Wesens pocht. So war es, es war das *Gesetz*, die wahre Bewegung der Welt – ein großer anhebender Rhythmus der Selbstgabe – und wir taten nicht mehr und nicht weniger als die Grillen, aber wir hatten nicht das Wissen, hatten den Ritus verloren und die Musik, die dennoch da waren, in derselben Weise, während wir die Gabe unwissend darbrachten. Ich erinnerte mich an einen ähnlichen Tag, als ich ahnungslos zum Opfer geschritten war, und vielleicht hatte es früher ihrer schon manche gegeben; vielleicht waren viele barbarische Opfer notwendig, um das Lied wiederzufinden, und wenn es dann singt, ist kein Opfer mehr notwendig, ist vielleicht der Tod nicht mehr notwendig, weil dieses besondere Lied uns unverwundbar macht.

Es war Winterzeit in barbarischen Landen, einer kleinen Ortschaft namens Buchenwald. Wir waren durch das Portal in eine weißgekachelte, mit Neonlicht ausgeleuchtete Katakombe geschritten. Wir wurden entkleidet und numeriert, man schaute uns in den Mund und entfernte die Goldzähne. Wir waren nackt und bereit, standen in engen Reihen im großen Tunnel mit den weißen Kacheln. Gruppe für Gruppe traten wir in die riesige Halle ein. Kein Flüstern war zu hören, kein Schrei, nur das Surren der elektrischen Rasiergeräte, die vom hohen Gewölbe herabhingen, und da waren Menschen, vielleicht, die paarweise in einem leichenweißen Licht vortraten. Man hatte sie gereinigt und geschoren, und sie starrten auf die kleinen Haarbüschel auf dem Boden, die letzten Spuren ihrer Persönlichkeit, in kleinen blonden oder weißen Haufen, inmitten der schockierten Stille einer Herde von Schatten, die man zum Opfer führt. Sie hatten das zweite Portal durchschritten und waren in den Raum mit den chemischen Bädern eingetreten, mit dem großen, weißgefliesten Kreosot-Becken. Sie hatten ihre Unreinheiten zurückgelassen, ihre Hoffnung und Verzweiflung, Namen, Alter und Zeit. Stumm gingen sie in Zweier-Gruppen vorüber, ohne Haß, Furcht oder selbst Staunen, durch die heißen und die kalten Wasserstrahlen, unter dem grellen weißen Licht einer schrecklichen Zeremonie. Wortlos schritten sie durch riesige, makellos saubere Korridore, ohne zu schreien, und fanden sich plötzlich geblendet in einem schneebedeckten Innenhof wieder, zusammen mit anderen Menschen, vielleicht, mit geschorenen Köpfen, in Sacktuch, numeriert – null und nichtig wie nichts in der Welt, ununterscheidbar tot oder lebendig.

Als in dieser Randzone der Welt alles in Schock erstarrt war, wurde plötzlich etwas in mir entzündet, eine Flamme, ein Schrei, eine Intensität reinen Lebens – rein und absolut, vergleichbar nur der Intensität eines unmittelbar bevorstehenden Todes. Und *das* war unverwundbar. Es war das Leben des Lebens, selbst der Tod lebte daraus! Ein Feuer des Seins, so unwiderstehlich mächtig, daß es die Ewigkeit hervorbersten ließ wie einen strahlenden Erzengel in der Nacht, als trage der ureigene Kern des Todes ein Antlitz ewigen Lichts.

Und es sang.

Ich überließ mein Haupt dem Werk seiner Hände, und alles

begann noch einmal, nach einem anderen Ritual oder vielleicht immer demselben, wenngleich selbstgewählt. Immer wieder gehen wir durch denselben Punkt, durch Landschaften des Schattens oder des Lichts, der Schönheit oder des Schreckens, durch „ja" und „nein", unter den hohen Wipfeln der Banyanbäume oder dem Tunnel der Verdammten. Aber wenn wir einmal *den* Punkt erreicht haben, ist es gleich, ohne „ja" und „nein" oder Furcht. Alles wird zu einem Zikadengesang. Kleine Haarbüschel fielen auf die Erde, Jahre um Jahre fielen ab. Oh, wie mich dieser Mann frei machte, so einfach, indem er die alte Gesichtsmaske wegschor – die mächtige alte Gewohnheit, seinem eigenen Porträt zu ähneln, als verbrächte man sein Leben damit, ein falsches Ebenbild zu kopieren, das eigentlich unkopierbar ist. Immer neugeboren, schaute es wie ein Kind durch ein anderes Fenster: ein großer strömender Fluß und hohes Gras voller Zikaden. Und doch war es so uralt! Wenn dieses Fenster sich öffnet, scheint man ewig durch es hinausgeblickt zu haben, weich gestützt auf unendliche Sanftheit; und dies war der große Fluß aller Flüsse, der Augenblick aller Augenblicke, die Zikade von Millionen Leben.

Die Sonne ging sehr plötzlich auf und leuchtete wie ein Feuerstrahl durch den Wald, legte ein Muster von Goldflammen über den Fluß. Der Barbier warf sich voller Anbetung in den Sand nieder. Ich ging zum Fluß, unbeschwert und unbekleidet, klar wie ein Grillenlied. Ich warf die Kleider ans Ufer und schritt wie von einer großen Hand geführt. Alles schien so vertraut an diesem Morgen wie ein Traum, der wahr wird, oder ein Film, der plötzlich bei einem Bild innehält, während wir sagen: „Ah, das ist es, das kenne ich, das kenne ich schon!"

An diesem Morgen kannte ich alles.

Der Muezzin begann in seinem Minarett zu singen.

Ich verharrte reglos am Ufer. Ja, hinter uns liegt gleichsam ein ewiges Bild, und manchmal tritt es hervor. Es ist ein tiefer Schrei im Inneren, der uns manchmal trägt. Jetzt war nur noch dieser große Schrei da, der aus weiter Ferne zu kommen schien, von weit oben, und alles durchdrang und alles erfüllte. Ich spürte eine plötzliche Kluft, eine Erinnerungslücke, etwas, das offen lag: Da war kein Fluß mehr, kein „ich", kein Körper, nur dieser Schrei dort oben, so durchdringend, etwas, das rief, als hätte es nie aufgehört, zu rufen im Laufe der Zeitalter, an jedem Ort, zu jeder Zeit, in Triumph und Elend, unter jeder schwarzen oder weißen Haut. Ich war dieser eine, ewige Schrei, dieses etwas, das nicht sieht oder weiß, aber aus der Tiefe der Zeit ruft wie ein lebendig Begrabener. Alles wurde hinweggefegt, meine Namen, Formen, Leben, Millionen Gesten, Gesichter, Erinnerungen, Hoffnungen und alles, was man sucht und will – was konnte ich schon wollen? Seit Millionen Jahren schon wollte ich dies! Dies, nur *dies*, nach ihm rufen, wie man ertrinkt, wie man liebt, nach Herzenslust; ein Schrei, der alles durchdringt, alles hinwegfegt, Leben, Tod, Zukunft und Vergangenheit; der die Seele aufblühen und die Mauern einstürzen läßt, alles wegräumt – und keine Spur bleibt von etwas anderem, nichts, das zu wollen wäre, keine Wahrheit selbst, die zu erlangen wäre: nur Das pur, das zu rufen, wie man atmet, wie man stirbt, oder lebt, schlicht nur weil es ruft, weil es *das* ist, die eine einzige Sache, die wir sind, dieser reine Seinsruf. Eine gewaltige weiße Verheerung.

Ich warf mich nieder in den Sand und wußte nicht mehr, wo ich war, ob im Osten oder Westen, Norden oder Süden: Mekka war überall.

Ich schritt in den Fluß. Ein Vogel flog mit schrillem Schrei davon, die Luft war wie Goldstaub. Ich spürte, daß etwas zu tun, eine Geste zu vollziehen war. Der Sannyasin kam aus dem Banyanwald und schritt wie eine Flamme durchs hohe Gras. Ich schöpfte etwas Wasser und hielt es vor die Sonne, hätte singen wollen, eine Gabe darbringen, nur irgendwie etwas geben und teilhaben wollen. Ich bot das Wasser der Sonne dar und stammelte ein paar Worte, aber eigentlich war es mein Selbst, das ich darbringen und ins Wasser werfen wollte. Dieses Selbst war so klein und begrenzt im großen Fluß der Anbetung, der überall strömte und vibrierte, überall sang mit den Wassern, den Gräsern, dem Sand, dem Schaum; das brachte sich mit einer solchen Fülle dar, erhob sich zur Sonne, während dieser kleine Körper weiß, nackt und unbeholfen da stand. Ich warf mich in den Fluß: „Nimm, nimm all dies." Oh, dieser Fluß war so schön, so harmonisch und voller Liebe. Dreimal tauchte ich ein – warum dreimal? Ich weiß es nicht, aber da war eine Zahl, ein Ritus, die Notwendigkeit einer Einstimmung. Ich konnte den Ritus spüren, fast berühren, während ich mich durch die große Zeremonie vortastete. Jeder Tropfen, jede Geste hatte eine Bedeutung, eine Zahl, eine Aura des Sakralen – es war sakral, die Welt war sakral und auch der Fluß – ohne besonderen Grund: Es war schlicht so, der Rhythmus machte das Sakrale, verlieh den Dingen Bedeutung und Richtung, so automatisch wie der unfehlbare Flug eines Vogels aus Sibirien. Ich war so tief konzentriert auf jene nicht greifbare Sache, die vibriert, war so bedacht, die rechte Geste zu machen, tief zu verschmelzen. Dann plötzlich spürte ich etwas hinter mir: eine Gegenwart.

Eine mächtige Gegenwart.

Ein Wesen, ein Licht, etwas, das wußte und führte. Ich schloß einen Moment die Augen und spürte, daß ich transparent sein mußte, ganz klar und durchlässig, daß ich *das* durchfließen lassen mußte, innerlich loslassen, leer sein und reglos – ganz hingegeben. Und es strömte durch mich, lenkte meine Hand, meinen Körper, kannte die rechte Geste.

Ich legte mich flach ins Wasser und streckte die Arme aus. Dies war die Geste, die *einzige* Geste: eine augenblickliche Süße. Ich war im Rhythmus, am Ziel, es gab nichts zu suchen, nichts zu erreichen: eine unmittelbare königliche Herrlichkeit.

– Oh, Junge...

Ich stieg ans Ufer zurück. Hinter mir konnte ich immer noch diese Gegenwart spüren und hatte das Gefühl, als sei alles sehr elastisch, auch mein Körper; jeder Schritt, jede Bewegung wurde von einem unfehlbaren Rhythmus getragen, einer Vibration, die zugleich sah und handelte. Für mich galt es, ganz rein, exakt und transparent zu sein. Es war wie eine große lichtvolle Bewegung von jemandem hinter mir, der fast mit mir verschmolz. Und manchmal gab es eine „Übereinstimmung", wenn auch nur für einen Moment, eine Vollkommenheit der Wahrheit: Ich war wahr, und alles war wahr. In diesem kurzen Augenblick konnte ich dann sehen, daß *alles* so war. Die ganze Welt war die Projektion einer immensen lichtvollen Bewegung, und diese vollkommene Übereinstimmung war der sakrale Teil, die Wahrheit der Welt. Dann floß alles mit einer wunderbaren Spontaneität, einer unvorstellbaren Präzision: Es war *das*, die lebendige Wahrheit.

Er legte mir die Hand auf die Schulter.

– Sohn, du wirst jetzt die letzten Riten zelebrieren.

Ich sah ihn verständnislos an.

– Ja, für deine Familie.

Meine Familie? Ich schien plötzlich innerlich zu schrumpfen.

– Danach wird es zu spät sein. Dies ist die letzte Gelegenheit. Tu, was ich dir sage.

Ich folgte seiner Weisung und nahm etwas Wasser in die Hände. Ich sah winzige, durchsichtige Fische am Gras saugen. Er begann einen Vers in jener bronzenen Sprache[1] zu chanten, die wie das Meer aufbrandet, und sie brachte sogleich eine andere Atmosphäre herein, als trage jedes Wort Bedeutung, eine Musik, die Wahrheit erschuf:

– Zur Versöhnung deiner Angehörigen gießt du dieses Wasser.

Ich goß das Wasser aus, ließ es langsam in den großen Strom tröpfeln, mit dem es hinwegfloß. Ich verstand nicht recht, was geschah, aber es war im Einklang mit dem Rhythmus, es war recht und war abgestimmt.

– Jetzt hast du keine Familie mehr.

Er stand auf und goß etwas Wasser über seine Schulter.

– Komm!

Ich folgte dem Sannyasin.

Was sich dann ereignete, kann ich kaum beschreiben. Es war nicht länger ich selbst und doch ein „ich“, wie nie zuvor erlebt, ein konzentriertes „ich“, eine lichterfüllte Essenz, etwas, das nicht meine tausend Gesten war, nicht die Gewohnheit, dieses Leben zu leben, nicht einmal die Erinnerung an all jenes, was ich getan oder erlebt und vollbracht hatte, diese Art Firnis, der uns

[1] Gemeint ist die altindische Sprache, Sanskrit.

ein Gesicht oder eine Grimasse schafft. Es war auch kein Zustand der totalen Leere des Selbst, und doch ging ich nackt durch das hohe Gras, mit Unbehagen über meinen blassen Körper, als wäre er ein schlecht passendes Gewand. Es war nicht das Gefühl der Weite, das ich zuvor erfahren hatte, als ich mit dem Fluß verschmolz und im großen Rhythmus aufging. Hier war etwas, das zuhöchst „ich" war in all diesen Gesten und Erinnerungen, etwas, das seinen eigenen Rhythmus hatte, eine Vibration, die alles zusammenhielt; eine Erinnerung aller Erinnerungen, die Note aller Noten – etwas, das bei jedem Abenteuer, bei jeder Geschichte dabei war, das identisch in allen Formen und Gesichtern vibriert hatte, in allen Schattierungen von Gut und Böse – ja, wie eine einheitliche Musik, *meine* Musik, hier oder dort, in schwarzer oder weißer Haut, in vergessenen oder erinnerten Zeiten; die eine *Geschichte* der Geschichte, die alle Geschichten verknüpft, wie ein gewisses Blau, das ein ewiger Künstler verwendet, um vom Sturm zerrissene oder strahlende und glückliche Himmel zu komponieren, aber stets im selben Farbton, *meinem* Farbton: eine Ewigkeit von „ich", einzigartig und unvergleichlich, so sehr ich. Eine Konzentration von „ich", als wären zwanzig Generationen zusammengekommen, um mit mir zu gehen, zu fühlen und zu beten, ein so intensives Epitom, daß es Hitze erzeugte, eine so kompakte Fusion des Wesens, daß Licht um mich zu strahlen schien.

Und alles trug diese orange Färbung.

Wir gingen in den Wald. Der Sannyasin ging vor mir her, ab und zu leuchtete seine Robe in der Sonne auf. Der Sand unter den Füßen fühlte sich samtweich an. Ich sah kaum, wohin ich ging. Ich schritt von einem Goldpfeiler zum nächsten inmitten seltsamer lohfarbener Säulen, die sich in einem wirren Durcheinander verästelten und zum Himmel hin eine Art Gewölbe bildeten, von dem hier und da eine Liane herabhing wie ein flammender Stalaktit. Ich wußte nicht, wohin uns der Weg führte, ein Nebel der Süße lag über meinen Augen. Ich kam mir sehr klein und weiß vor und spürte jene *Gegenwart* hinter mir. In meinem Herzen brannte ein Feuer, und alles verschmolz in ihm:

die flammenden Banyanbäume, der ockerfarbene Sand, der große Blick, der auf mich gerichtet war. Ein unendlich sanftes Feuer strömte von meinem Herzen zu allen Dingen, und ich kannte sie alle, erblickte sie alle, wollte sie berühren, umarmen und in mein Herz schließen wie ein Sterbender, der einen letzten Blick von oben auf seinen Körper wirft, auf alle Körper und Dinge, mit dem sanften Mitgefühl absoluten Verstehens. Ich schritt durch diese orangene Süße mit dem Gefühl des Wiedererkennens eines ewigen Geliebten. Vielleicht ging ich schon seit immer, ein kleines Bild, ein Symbol getragen von einem orangefarbenen Strahl. Jeder Schritt schien erfüllt von unsagbarer Bedeutung, als ob alle Schritte und Straßen zu diesem Sandpfad hinführten und in diesem einen Schritt gipfelten; als ob alle Tage in diesem einen Tag verschmolzen und alle Freuden und Leiden sich auflösten und in dieser einzigen gold-rosa Schwingung wandelten, die mich umhüllte und erfüllte, die so warm und voll war, daß sie alles zu liebkosen, alles zu erfüllen und zu lieben schien; als hätten diese tausend Wesen, die ich war, sich versammelt, um sich entwirren zu lassen, und blickten mit mir hinaus, brannten und liebten mit mir, trugen ihre Gabe von Leid und Hoffnung, öffneten ihre Hände in diesem Wald und brachten ihr Gut und Böse dar. Geben, geben – am Ende bleibt nichts anderes zu tun, als die Augen zu schließen und sich hinzugeben. Ja, das war es, wofür ich gelebt hatte, für diesen alleinigen Augenblick, wenn alles wegschmilzt und abfällt, diese äußerste Majestät der Selbstgabe, das Ende aller Reisen, die letzte Entflechtung, wenn man in einem Feuer der Sanftheit badet, in einem Lied der Liebe fließt; die Freiheit, ohne Hoffnung oder Erwartung zu gehen, wie ein Toter, der so oft gestorben ist, daß er nichts mehr zu fürchten, nichts zu verlieren hat, wie ein Lebendiger, der so viel gelebt hat, daß er nichts mehr für sich begehrt. Was sonst war noch zu wollen? Welcher Himmel anzustreben? Was war noch zu fürchten? *Das* kannte alle Himmel und Höllen, war überall hingegangen, hatte allen Reichtum und alles Elend dieser Welt gekannt. Was war noch zu erwarten? Hier war der letzte Gesang, die universale Sanftheit, die Befreiung, seine

Stirn auf den großen Opferaltar zu legen, die Hände zu öffnen und seinen eigenen Klang darzubringen. Nur das kleine Bild unter einem großen Blick war da, mein Bruder des Lichts – mein ewiger Bruder –, und am Ende verschmolz ich mit ihm, ging in seinem Blick auf, das kleine Bild im großen, die unsagbaren Leiden in einem großen liebenden Feuer, die tausend Schritte in einem großen Gang der Liebe, die tausend Tage in einem einzigen Tag von Bedeutung. Und alles war wie eine orange Hymne.

Sie sangen heilige Verse.

Wir standen vor einer großen Lichtung am Ende des Strandes. In der Ferne rauschte das Meer. Die Luftwurzeln der Banyanbäume umgaben uns wie die Vertäuungen eines Segelschiffs.

Sie schichteten Holz auf.

– Da sind wir. Setz dich.

Er zog einen Kreis um mich herum. Ihre Stimmen hallten durch die Lichtung wie eine bronzene Flut, die mit dem Rauschen des Meeres verschmolz.

– Tu, was ich dir sage.

Er legte eine Schale mit *ghee*[1] und einige gefärbte Reiskörner neben mich.

Sie entzündeten ein Feuer, als wäre es mein eigener Scheiterhaufen.

Ich war allein, blickte in die aufgehende Sonne.

Nackt inmitten der Lichtung.

Sie traten zurück, während sie sangen.

– Du entsagst den drei Welten. Du wirfst deine drei Leben ins Feuer.

Ich nahm drei Reiskörner und etwas *ghee* und warf sie ins Feuer.

– Du entsagst der mentalen Welt, der Welt des Glanzes mit all ihren Göttern und Formen. Wirf sie ins Feuer: *Aum Svaha.*

Ich warf sie ins Feuer.

– Du entsagst der vitalen Welt mit all ihren Lichtern und Kräften. Wirf sie ins Feuer: *Aum Svaha.*

[1] Zerlassene Butter.

Ich warf sie ins Feuer.

– Du entsagst der physischen Welt, deinem Fleisch und seinem Begehren, deinen Gefühlen und ihrem Verlangen. Wirf sie ins Feuer: *Aum Svaha.*

Ich warf sie ins Feuer.

– Du entsagst allen Welten. Du hast kein Heim, keine Familienbande und kein Heimatland mehr. Du bist der Sohn des Feuers.

Ich bin der Sohn des Feuers.

– Du bist Das. In Dem lebst du, zu Dem kehrst du zurück. Das bist du.

Sie sangen hinter mir, und ich wußte nicht mehr, wer ich war oder wofür und wodurch ich existierte. Ich kannte nur das Feuer, das in meinem Herzen brannte und vor mir leuchtete; ich kannte nur diesen Gesang in der Lichtung, diese feurige Gabe, die in meinem Herz sang. Ich war dieses lebendige Feuer: O Feuer, o großes Feuer, ich weiß nicht, was sie sagen, begreife ihre Worte, ihre Welt und ihre Gesten nicht; ich weiß nur, ich bin hier, am Ende der Welt, am Ende aller Gesten, allein und nackt vor dir. Was mehr muß ich tun? Was ist die Wahrheit, die schlichte Wahrheit? Ich will nichts als die Wahrheit, die reine Wahrheit. Was ist sie?... Und das Feuer brannte ohne Worte, als wäre die Wahrheit nur dies: einfach zu brennen.

Dann warf ich alles in mein Feuer, alles, das fragt, das fordert und behindert, alles, das weiß oder auch nicht, das leuchtet oder auch nicht; alles, was das Feuer nährt, das Feuer der Wahrheit. O Feuer, großes Feuer, ich werfe dieses Leben in deine Flammen, weil es nicht das Leben ist, weil es klein und begrenzt ist, weil es stirbt und das Wahre nicht sterben kann! O Feuer, großes Feuer, ich werfe dieses Denken in deine Flammen, weil es nichts weiß, nichts kann, weil es sich endlos im Kreis dreht, ohne Lösungen zu finden, ohne Gewißheit – weil die Wahrheit wirklich weiß und kann! O Feuer, ich werfe diese Emotionen in deine Flammen, diese Verwirrung der Gefühle, das Elend der Sinne und dieses unerbittliche Joch, dieses Verlangen, das ständige Verlangen; ich werfe mein Menschsein in deine Flammen, *Aum Svaha.* Ich bin der Sohn einer anderen Rasse, entspringe einer anderen Geburt! O Feuer, großes Feuer, ich bin nicht in die Welt gekommen, um die Rituale der Sterbenden zu wiederholen! Ich bin der Geliebte eines anderen Lebens, der Sproß eines anderen Lichts. Wo ist das Leben? Wem ist zu entsagen? Das Leben *ist* noch nicht!

Dann nahm ich das letzte Reiskorn in meine Hand und blickte noch einmal in die Flamme, mit aller Kraft, aus tiefster Seele, in einer höchsten Anrufung der Wahrheit, als müsse sie das Wort sprechen, oder ich würde auf der Stelle sterben: Ich rufe die Wahrheit, die Wahrheit; und wenn es keine Wahrheit gibt, so möge alles verzehrt werden!

Und da antwortete etwas.

Ich spürte einen Feuerstrom in meinem Körper, einen überwältigenden Druck – keine Angst, nur das Gefühl, bei lebendigem Leib von innen zu verbrennen. Da waren keine Nerven mehr, keine Zellen, kein Körper: ein intensives, alles verzehrendes Feuer. Dann kam von allen Seiten (oder vielleicht auch von innen) eine Art Ansturm all jener „ichs", die sich versammelten, über mir schwebten, gegen mich drückten, feuergleich: all die Wesen meines Wesens, die verlorenen, ausgebrannten Leben, die Toten, die nie gestorben waren, die endlose flammende Prozession, deren letztes Überbleibsel ich war, der Schlußgesang, die abschließende lebendige Frage. Sie waren alle versammelt, blickten durch meine Augen, berührten mit meinen Händen, vibrierten mit meinem Körper, alle schwebten in dieser letzten Sekunde. Und sie alle hielten dieses Reiskorn in Händen. Ich schien ein fernes Singen zu hören, das langsam anhob, gedämpft und verschwommen wie das Rauschen des Meeres, wie das Lied der Sannyasins – eine lange Invokation erhob sich aus der Tiefe des Lebens, aus der Tiefe der Toten, jeder mit seiner Feuergabe: all die Formen, die sie angebetet, besungen, skulptiert oder gemalt hatten, all ihre Hoffnungen und Verzweiflungen, ihre Opfer und preisgegebenen Lieben, ihre tote Schönheit, ihre Gipfel der Größe, ihre immer selbe Not: Scheiterhaufen um Scheiterhaufen, majestätische Idole, die weißen und die schwarzen Götter, Roben jeder Couleur, alles Elend; Schreie in Not, Schreie um nichts, nichtige, irrelevante Visionen, Realisationen aus Staub, Funken von Gold oder Schnee, klare, weiße Augenblicke, die immer einen schlechten Ausgang nehmen, reine Erlösungen, die nichts erlösten – eine gewaltige Feuerprozession stieg aus dem Herzen der Nacht auf, aus der Tiefe meiner Leben, sie trug jedes Gesicht, jeden Blick, selbst jene der Sannyasins und die verzerrten Gesichter der Gefolterten und das Lächeln der Gesegneten, alles vermischt – ein einziges großes Flehen aus der Tiefe der Zeit, aus der Tiefe jener Tausender Menschen, die in meinem Herzen pochten, wie der Primat im Urwald alter Zeit. Dies war die Antwort, wie ein orangenes Aufblühen: *Etwas anderes, etwas anderes, ein anderer Mensch, ein anderes Leben auf Erden!* An diesem Morgen sang es in mir wie ein Glockenläuten der neuen Welt und das Todesläuten der alten; etwas anderes, etwas anderes, ein anderes Wesen geboren aus unserem Feuer, eine andere Erde, geboren aus unserem Wahrheitsruf, ein noch unbekanntes Etwas, das durch die Kraft unseres Feuers geboren werden wird, so wie die Materie und die Liebe und die Schönheit aus dem Feuer geboren wurde, und der Mensch aus einem Schrei.

Dann öffnete ich die Hände und warf das letzte Reiskorn ins Feuer.

Da geschah etwas.

Er legte mir die Hand auf die Schulter, und ich fuhr auf. Ich hatte ihn vollständig vergessen, ihn und seine Initiation, befand mich in einer anderen Welt, weit, weit weg – vielleicht in der Welt von morgen. Oh, ich war schon oft dieser Sannyasin gewesen – einmal, zweimal, dreimal und viele andere Dinge zusammen mit diesen Männern, die im Kreis um mich saßen, und jetzt war ich zurückgekommen, um die Geste zu machen, die Welt einmal mehr dem Feuer zu überantworten, aber wie ein höchster Brandstifter, ein letzter Bilderstürmer, um jetzt das Feuer selbst den Flammen zu überantworten und der alten Geschichte das Genick zu brechen.

– Jetzt wirst du die Initiation empfangen.

Er setzte sich vor mich.

– Tu, was ich dir sage.

Ich tat es.

Er legte seine rechte Hand auf meinen Kopf, und ich legte meine rechte Hand auf sein rechtes Knie. Er lehnte sich an mein Ohr.

Kein Geräusch war zu vernehmen, die anderen waren weggegangen.

In der Ferne rauschte das Meer.

Er sprach drei Silben.

Ich wiederholte die drei Silben.

Das war es.

Er stand auf, ich stand auf. Er nahm das orangenfarbene Tuch und gab es mir in die Hände. Ja, jetzt konnte ich gut verstehen, warum diese Kleidung diese Farbe trug. Dann reichte er mir einen Stab und eine Bettelschale. Er nahm seine Kette mit Rudraksha-Perlen und legte sie mir um den Hals.

– Jetzt bist du ein Sannyasin.

Er stand aufrecht vor mir, sein nackter Oberkörper leuchtete in der Sonne. Er sah aus wie ein lohfarbener Fischadler.

– Du bist allein mit der Wahrheit.

Dann entspannte sich ganz unvermittelt sein Gesicht, er betrachtete mich mit einer Art fröhlicher Sanftheit und brach in donnerndes, triumphierendes königliches Lachen aus, wobei er seinen Kopf zurückwarf, als ob er den Wein der Götter tränke. Dann wandte er mir den Rücken zu.

Ich sollte ihn nie wieder sehen.

Und ich verbrannte seine Initiation mit allem übrigen.

Ich war allein.

Ich befand mich in einem anderen Zustand.

Zurück blieb nur ein kleiner Haufen Asche mitten in der Lichtung.

Ich befand mich in einem anderen Bewußtsein, vielleicht in „dem Anderen", das ich invoziert hatte. Ich hatte das Gefühl, ganz außerhalb des gewöhnlichen Zustands zu sein und einer anderen Gravitation zu unterliegen, könnte es jedoch nicht genau sagen, weil es nichts Besonderes zu sehen gab, nichts Übernatürliches, keine Erscheinungen oder Offenbarungen, kein Wunder, und doch war es wie eine Offenbarung: Ich schien etwas zu sehen, ohne es zu sehen, etwas zu berühren, ohne es zu berühren, oder vielmehr von etwas berührt zu werden, wie ein Blinder oder ein Baby, geboren in eine so radikal andere Welt, daß es keine Sinnesorgane gibt, um die Empfindung übersetzen zu können. Und doch war es ohne Frage da. Es war keine Erleuchtung, keine Sublimierung, keine glorifizierte Form dessen, was ich vielleicht schon vorher gekannt hätte – es war etwas anderes. Ein vollständiges Anderssein. Ich stand in dieser Lichtung, vielleicht vergleichbar einem Hominiden, den eine erste Gedankenwelle erreicht. Aber hier war es nicht Denken, sondern eine andere Vibration des Seins. Und es war *hier*. Man mußte nicht die Augen schließen oder meditieren, nicht in schwindelerregende Höhen aufsteigen oder in die Ekstase gehen – es war *da*, während man mit weit geöffneten Augen und beiden Füßen auf dem Boden stand. Man mußte sich nicht innerlich weiten, im kosmischen Strom aufgehen oder sich auflösen; vielmehr war es das Gegenteil einer Auflösung, eher eine Konzentration, eine gewaltige Verdichtung des Seins, fast mit ihrem eigenen Gewicht, einer so massiven Dichte, daß ich das Gefühl eines soliden, strahlenden Blocks hatte – eine kompakte Schwingungsmasse. Aber es war nicht die Vibration von Gedanke oder Gefühl, sondern ein dichtes Strahlenbündel, eine Schwingungsmasse, vielleicht Tausende Vibrationen, und so schnell, daß sie verdichtet wurden und verschmolzen, wie Energie an dem Punkt, wo sie zu Materie wird; noch ein Grad, eine höhere Frequenz, und alles würde zu fester Masse. Und ich steckte darin fest wie Bienen im Honig. Es war eine warme Energie, fast wie ein Fieberanfall, aber nicht wie materielle Wärme, sondern wie intensive Liebe, ein Ausbruch von Liebe oder vielleicht von Freude, eine Liebes-Freude, die nichts mit menschlichen Emotionen zu tun hatte: die *Substanz* der Liebe, ein solider Freudestrom, der mich in seinem Strahl hielt. Es war ganz ruhig, ohne die geringste Erregung oder selbst ein Zittern; oder aber ein

Zittern von so hoher Frequenz, daß auch es immobilisiert wurde, berührt vom Ewigen. Und die Zeit war nicht dieselbe; ich schien mich am Rande eines so beschleunigten Augenblicks zu befinden, daß er in Ewigkeit umschlagen würde. Eine weite Reglosigkeit ohne Zentrum. Und doch war es *hier*, bei vollem Tageslicht, eine konkrete Ewigkeit, die blitzartig überall sein konnte und die Zeit übersprang – Vergangenheit, Gegenwart und Zukunft. Sie konnte nicht vergehen, ebensowenig wie Energie aufhören konnte, Energie zu sein. Es war *Energie* selbst, eine Supersonne ohne Zentrum, die alle Sonnen, Atome und Körper webte. Es war das Leben des Lebens, vielleicht das Leben, das noch nicht geboren ist, das künftige Leben – oder das vielleicht doch schon geboren ist und existiert und worauf wir unerfindlich stoßen. Man überquert die Schwelle, so wie vor langer Zeit leblose Materie die Schwelle des Lebens überschritt und eine größere Beschleunigung erfuhr, so wie vor langer Zeit der Anthropoid die Schwelle des Mentals überschritt und in eine neue Beschleunigung eintrat, die ihn denken und reflektieren ließ. Aber es war unsagbar, unausdrückbar. Ich wußte nicht, wie es funktioniert – *es war* schlicht. Ich könnte nicht einmal sagen „ich habe gesehen", denn es gab nichts zu sehen! Es war unseren Augen noch nicht zugänglich. Vielmehr wurde man einfach von *dem* gesehen. Es war die wahre Heiligkeit, das große Mysterium keiner Vergangenheit, Erinnerung oder Initiation; es war die absolute Zukunft, ohne Namen oder Zeichen, ohne Regung des Seins – es war schlicht da, eine strahlende, gebietende Solidität: „ICH WILL". Ein regloses „ich will", das die Erde betrachtet und seine Stunde erwartet – vielleicht auf unsere Millionen Schreie wartet, um das goldene Tor zu öffnen und uns über die Schwelle zu ziehen. Eine neue Kraft auf Erden, die nichts zu tun hatte mit Denken, Materie, Leben oder selbst Seele. Eine reglose Sturzflut warmer Kraft, erfüllt von Liebe.

Ich zog mir das Tuch über die Brust und marschierte geradwegs davon.

XXII

Was?

Nie wieder fand ich diese große warme Kraft, die fähig zu sein schien, alles zu wandeln. Sie kam und ging – oder war untergetaucht wie eine Quelle, um zu anderer Zeit und an anderem Ort wieder hervorzutreten. Oh, welch endloser mühsamer äußerer Gang ist notwendig, um *den* Augenblick wiedereinzufangen, welch immens langer Weg, um die Materie durchzuarbeiten und gründlich zu läutern; auf jedes Aufleuchten von Licht folgt eine dunkle Herabkunft, als müsse man den ganzen Pfad noch einmal von vorne beschreiten, auf jeder Ebene, durch jeden Schlupfwinkel und jede verlorene Insel, und es ist immer dasselbe Kreisen um einen unsichtbaren Kernpunkt, aber jedesmal erschwert und beschleunigt: dieselbe Grundschwingung, die stets wiederkehrt und alles bis in die geringste Variation zu gestalten scheint, um besser ihre eine beherrschende Note herauszubringen – meinen Namen, meinen wahren Namen.

Ich versuchte alles. Ich meditierte, wanderte und kontemplierte, aber die Kontemplation bewirkte nichts. Mit geschlossenen Augen ging man anderswo hin, in immerwährende Freude, die ganz über dem stand, was sich da unten abspielte. Man stieg immer höher auf, ließ mehr Dinge abfallen und wurde reiner, gelangte in eine Dimension, die sich immer weniger mit der Dichte der Erde vertrug. Wenn ich aus ihr herauskam, reagierte ich wie ein hochempfindliches Transistorradio, das schon bei der geringsten Interferenz Wellensalat produziert; ein bloßer Blick in die Augen anderer Menschen brachte mir Fieber. Ich marschierte und marschierte, tauchte in Tempel ein, verlor mich in der Menge, lernte auch die enorme Güte von Menschen kennen. Ich pochte an die Tür der Armen, bettelte, sang *Kirtans,* bis mir schwindelig wurde inmitten des Widerhalls von Becken und Trommeln. Aber die eine Tür tat sich nicht auf. Ich hörte Gesänge, die zur Trance führten, schwarze Psalme, Trommeln und Flöten, die durch die Nacht hallten und eine noch größere Dunkelheit offenbarten, und endlose Grillengesänge an Flußufern, als würde alles, endlich durchbrochen, vor Licht bersten – doch nichts war durchbrochen. Ich betete und verehrte mitfühlende Götter, furchtbare, nackte Mütter in Zinnoberrot – ja, ich hätte mich vor bloßen Felssteinen in den Staub geworfen, so groß war mein Verlangen, den lebendigen Gott zu sehen. Aber ich entdeckte nichts Größeres als eine alte Frau, die eines Abends ihre Stirn auf den kahlen Stein legte und Seinen Namen wiederholte, bis sie vor Erschöpfung zusammenbrach. Ich traf Weise und Irre, Vagabunden, die die Zukunft lesen konnten, aber keiner kannte das Geheimnis der Gegenwart. Ich begegnete Einsiedlern, die das Geheimnis der jenseitigen Welten und die unsagbare Fülle kannten, aber keiner kannte die Fülle dieser Welt. Ich sah kleine dunkle Wesenheiten, die phantastische Fähigkeiten verliehen, ich sah mächtige Menschen, die einen mit einem einzigen Blick in ihren Bann ziehen konnten, aber keiner war stärker als diese kleine Flamme im Inneren. Ich badete in eisigen Quellen und verschlammten Flüssen, ich meditierte mit den Toten an Bestattungsstätten und tat mancherlei seltsame Dinge, aber ich entdeckte nichts Einfacheres als den Ruf meines Herzens. Am Ende, im tiefsten Grund aller Dinge, hinter Nacht und Licht, Eis oder Feuer fand ich meinen Durst, mein Rufen, meine alte Frage, jetzt aller Worte entkleidet, die stärker hämmerte als alle Trommeln und tiefer als alle Becken ihrer Rituale – *was?*

Die Zeit verstrich.

Würde ich vielleicht ein ähnliches Ende nehmen wie Batchas Asket, der in seinem spirituellen Ameisenhügel zusammenschrumpfte und vertrocknete, mit zwei großen starrenden Augen – die auf was starrten?

Kaum war mir dieser Gedanke gekommen (oder war es ein

Zufall? Aber alles ist ein Zufall, ein Wunder, und alles ist verfügt), da nahm mein Leben eine neue Wende, als genügte ein bestimmter Schrei im Inneren, ein winziger Ruf, eine kleine Tür, die sich auftut, um alle Umstände augenblicklich zu wandeln – man wechselt auf eine andere Wellenlänge über, und alles andere folgt nach.

An jenem Tag begegnete ich einem *Nanga-Sannyasin.*

Es war in den Ländern des hohen Nordens, des ewigen Schnees. Er tauchte plötzlich an einer Wegbiegung auf, jung und strahlend, vielleicht zwanzig Jahre alt. Nach Art seiner Sekte war er nackt und ganz mit Asche bestrichen. Beim Gehen ließ er seine *Chimta*[1] läuten.

– O-he! Sannyasin, *Shiva, Shiva*!

– O-he! *Shiva, Shiva*!

– Wohin gehst du?

– Nirgendwohin.

Er lachte.

– Und ich, überallhin!

Wir wanderten gemeinsam. Er hatte die Augen eines Kindes, sprach viele ungereimte Dinge, sang *Stotras* oder schwieg tagelang, und sein Schweigen war leicht wie die Bergluft.

Eines Morgens sagte er mir:

– Ich glaube, die Götter lieben uns.

Der Nebel lag noch dicht über den Zypressen.

– Ah ja?

– Ja, ich spüre sie.

– Wie spürst du sie?

Er kratzte sich am Kopf.

– Na ja, sie lieben mich, also liebe ich sie.

– Oh, lieben, von Lieben verstehe ich nichts!

– Dann verstehst du dich selbst nicht.

– Wieso?

– Du bist doch „Jener, der liebt".

– Woher weißt du das?

[1] Kohlenzange.

– Weil du doch liebst!

Wir überquerten Bergketten und Gletscherpässe, mit wildem Rhododendron bewachsene Täler, heilige Zusammenflüsse, die mit blauem Lehm aufschäumten. Er trug nur einen Lendenschurz, den er sich mit einer Schnur um die Hüften band.

– Das Leben ist schön, Gefährte! Es ist leicht und unbeschwert wie Shivas Lächeln!

Nach dem morgendlichen Bad bestrich er sich den Körper mit Asche. Mein orangenes Gewand schien mir da vergleichsweise protzig, fast wie eine Verkleidung. Ich hätte Lust gehabt, alles wegzuwerfen und ebenfalls nackt zu gehen.

– Frierst du nicht, Bruder?

Er lächelte triumphierend.

– Shiva umhüllt mich, er liebt mich!

Wir standen am Ufer eines Sturzbaches, inmitten von Pinien, Doleriten und einer riesigen Zeder mit violettem Stamm. Tief aus dem Tal hallten Gongschläge wider, während in der Ferne über einem leichten, fast durchsichtigen Dunst blaßgoldene Gletscher schwebten und noch mehr im Licht der Ewigkeit erschienen, da sie vom Klang der leichten Gongschläge getragen wurden: *tim-tim-tim, tim-tim-tim,* dreimal, immer dreimal, ein endloser Widerhall im Tal unter dem Dunst.

Ich griff mir eine Handvoll warme Asche und rieb meinen ganzen Körper damit ein. Er sah mich entgeistert an, als ob ich ein Sakrileg beginge.

– Aber du bist doch ein Sannyasin!

– Ja und?

– Dann ist es nicht dein Gesetz.

Er war bestürzt.

– Mein Gesetz?

Gern hätte ich ihm meine Meinung gesagt, aber dann sah ich, wie er da unschuldig stand und sich den Kopf kratzte; und mein Körper blieb so weiß wie der eines Aussätzigen, trotz der Asche. Ich tauchte in den Strom ein und gewann meine verflixte, ewig weiße Haut zurück. Bei der Geburt muß ich mich wohl in der Hautfarbe geirrt haben.

– Wie lästig es ist.

– Du sagst es, Bruder.

Er schürte das Feuer zwischen den Steinen. Immer wenn er Halt machte, entzündete er ein Feuer, das war die Regel seiner Sekte. Wenn das Feuer erlosch, mußte er sich wieder auf den Weg machen.

Ich sagte ihm scherzend:

– Mit anderen Worten, der Körper ist doch das letzte Hindernis, oder?

– Du sagst es, Bruder, wenn man frei ist, ist es mit dem Körper zu Ende.

Diesmal schaute *ich* ihn bestürzt an.

Es war wie eine umgekehrte Offenbarung. Da stand ich nackt auf einem Fels am Strom, umgeben von ewigem Eis und dem schwachen Echo der Gongschläge tief aus dem Tal. Und plötzlich war ich entsetzt und zutiefst betroffen: das letzte Hindernis... Jetzt sah ich die ganze Szene vor Augen: das Tal unter dem Nebel, der Ruf, der Schrei der Toten, die angestrengten, aufstrebenden Leben, die Suche nach der Wahrheit, der sengende Aufstieg, und all dies geläuterte, sublimierte Streben nach Licht – *wofür?*

– Wofür?

Er fuhr auf. Ich hörte meine Stimme wie einen Donnerschlag widerhallen. Er hockte auf dem Boden, die Hände auf den Knien, die Chimta herabbaumelnd.

– Aber was ist denn mit dir?

– Also macht man sich aus dem Staub, und dann Schluß mit allem! Man ist frei, ins Feuer die alte Hülle!

Er war so schockiert, daß er versehentlich mit der Chimta die Reisschale ins Feuer stieß. Ich hatte das Gefühl, der Blitz fiele mir auf den Kopf, wie eine schwarze Apokalypse. Ich schaute auf den Baum, auf mein orangenes Tuch; ich würde mich erhängen – gleich jetzt, auf diese ganze Sache spucken und sie zu Ende bringen. Eine Woge der Revolte, ich hob die Faust. Er warf sich auf mich.

– Nein, Bruder, nein! Tu das nicht? Was ist denn, was ist denn los?

Er war tief bestürzt, verstand nichts. Er fühlte instinktiv wie ein Tier. Sanft strich er mir über die Stirn.

– Ruhig, sei ganz ruhig...

Meine Haut war feucht und kalt. In drei Sekunden hatte ich alle Energie verloren, als hätte ich dreißig Jahre Meditation erbrochen.

– Baba! Du siehst aus wie ein *Bhut*![1]

Er zog mich zu sich heran. Meine Augen blieben auf den Baum fixiert. Und plötzlich *wußte* ich, was geschehen war. Es war ganz offensichtlich: Ich konnte jenen Sannyasin vom Baum hängen sehen. Und das war ich. Ich konnte sogar den Sprung ins Leere spüren. Es war bereits geschehen. Und ich war zurückgekommen, um den Knoten zu lösen. Alles drehte sich um diese Sekunde der Revolte. Jetzt verstand ich: Ich war wiedergekommen, um die Probe zu bestehen. Ja, jetzt kenne ich die Zeichen; aufgrund wiederholter Erfahrungen weiß ich jetzt, was aus der Vergangenheit kommt, und es hat nichts mit romantischen oder fabulösen Erinnerungen zu tun! Es ist eine bestimmte Intensität der Schwingungen; Augenblicke, die eine unsichtbare Signifikanz tragen, als sei diese spezifische Sekunde, jener besondere Platz oder Vorfall „geladen" mit einer Kraft der Emotion oder Reaktion, die in keinem Verhältnis zur Tatsache als solcher steht. Dann weiß ich: Dies ist bereits zuvor geschehen. Die Vergangenheit bestand nicht aus gewaltigen Ereignissen, großen oder kleinen Wesen, Abenteuern oder außergewöhnlichen Plätzen – es war ganz schlicht diese Intensität der Seele, die an einem bloßen Detail festzuhalten schien: einem Zweig, einer Lichtspiegelung auf dem Sand, dem plötzlichen Singen eines Kindes, das durch ein Weizenfeld läuft – „etwas", das die Qualität plötzlicher Ewigkeit hat und die simpelste Geste mit unvergänglicher Substanz erfüllt.

– Du bist aber ein seltsamer Sannyasin.

[1] Geist, Gespenst.

Er blickte auf mich, dann auf den Reistopf, der ins Feuer gekippt war, und das schwelende Holz.

– Wenn man schlechte Gedanken hat, werden die Dinge durcheinandergebracht.

– Ach!

Er zuckte mit den Schultern.

– Also werden wir heute einfach nicht essen.

– Essen? Warum willst du überhaupt essen? Um diesen nutzlosen Kadaver zu ernähren?

Er wich zurück. Ich war offensichtlich ein ungewöhnlicher Sannyasin, vielleicht ein giftiger.

– Warum? Du willst deinen Körper nähren?

Plötzlich kamen mir Björns Worte wieder in den Sinn: „Warum essen?“ Das war wie eine Tür, die sich im Dunkeln auftat und einen ganzen Strom von Schwingungen hereinließ.

– Hör mal, Bruder, ich habe keine Weisheit...

Er stand betroffen vor seinem Feuer, und der gute Willen, den ich in ihm spürte, bewegte mein Herz. So wurde ich ein wenig sanfter.

– Was meinst du damit?

– Ich habe keine Weisheit, Bruder. Ich kenne nur *ein* Wort, das mir mein Meister gab, und ich muß das ganze Land durchwandern. Wenn ich die Tour abgeschlossen habe, werde ich wieder meinen Meister aufsuchen, und er wird mir ein anderes Wort geben. Wenn ich das alles mehrmals wiederholt habe, wird er mir Weisheit schenken. Also, wie du siehst, weiß ich nichts, aber ich bin glücklich und zufrieden, weil er mir eines Tages die Weisheit geben wird.

Mein Herz wurde weich, und ich griff ihn an der Schulter.

– Welches ist dein Wort?

Er senkte die Augen und schien unter der Asche zu erröten.

– Das darf man nicht weitersagen. Es ist nur für mich, es taugt nur für mich...

Dann blickte er zu mir auf mit seinen Augen, die so ehrlich waren und goldbraun wie die Berge.

– Mein Meister sagte: „Geh und betrachte alle Dinge wie ein

Geheimnis." Das war alles. Also schaue ich und blicke aufs Geheimnis. Ich verstehe nicht, aber ich blicke, da ist das Geheimnis. Manchmal tut es weh, wenn man nicht sieht und versteht. Aber dort ist das Geheimnis; ich schaue und schaue.

Er nahm seine Schale, schnürte sich den Lendenschurz um und warf den Rest Reis in den Strom.

– Das Feuer ist erloschen, wir müssen aufbrechen.

– Mit deinem Feuer bekommst du wohl nicht viel Schlaf?

– Ach, eines Tages werde ich so wach sein, daß ich gar nicht mehr schlafen muß. Das Feuer wird immerzu brennen. Mein Meister schläft nie.

Wir gingen den Pfad ins Tal hinunter. Seit jenem Tag begann ich auch von innen abwärts zu gehen.

Wieder marschierten wir in der Schwüle über die ausgedörrte Erde, inmitten wuchernder Pflanzen, dem Krächzen der Raben, den bunten Massen und dem Geruch von Schweiß und Safran, unter der heißen Sonne des August-Himmels. Mein Gefährte blickte konzentriert auf alles, was am Pfad vorüberzog, suchte das Geheimnis, fragte wortlos – und das Geheimnis bestand darin, seinen Blick lange genug auf den Dingen ruhen zu lassen, bis die Hülse wegschmilzt und der Blick überallhin durchdringt. Ja, aber…

Da war immer dieses „aber".

Abrupt wandte er sich um und griff mich am Arm, während der Schweiß Streifen in die Paste auf seiner Haut zog.

– Bruder, siehst du die alten Kanister da am Wegrand und die zarten Blätter zwischen den Steinen? Manchmal scheint *alles* sehr zart, selbst die Steine.

Er ließ seine Chimta tönen:

– Ich bin sehr glücklich.

Und das war alles. Wir marschierten, und er schlug seine Chimta an.

– Und danach?

– Wonach?

Er sah mich so lieblich an. Ich zuckte mit den Schultern und trat die Steine weg. Da sah ich plötzlich – ich weiß nicht warum –, wie ich auf den verlassenen Kaianlagen jenes Hafens im Westen einen alten Kürbis wegtrat, während kleine Pfützen im Lampenlicht leuchteten und die Laurelbank vor Anker lag. Das schien vor so langer Zeit zu sein, und doch war es dieselbe Geste – zehn Jahre wie eine Sekunde. Nur meine Kleidung hatte sich verändert. Aber was ändert sich wirklich? Und Mohini war im roten Tartarus verschlungen: Freiheit, Freiheit...

– Und was dann?

Er sah mich erstaunt an. Wir kampierten an einer Stadtmauer in der Nähe einer alten Zisterne mit abgenutzten Granitstufen und voller Frösche. Es war Nacht, Lotosblüten leuchteten im Mondschein. Er hatte sein Feuer entzündet. Mir war, als ob ich Fieber hätte.

– Sag's mir, Bruder! Ich habe auch auf die Steine am Wegrand geschaut und fand etwas, aber was mich beschäftigt, ist das „danach". Was geschieht danach?

– Wonach?

– Eben danach.

– Was hast du denn gefunden? Du sagtest doch, du hättest etwas gefunden?

– Das war vor langer Zeit, im Westen, in Brasilien. Dort gab es eine Straße an einem Fluß, dem *Rio des Contas*...

Er blickte zu mir auf. Er hatte buschige Augenbrauen und ähnelte meinem anderen Bruder, dem Goldsucher, dort im Urwald: „Wir müssen es finden, Job. Wir müssen es unbedingt finden..." Und wir fanden unseren Goldhaufen, doch er brach tot über ihm zusammen.

– Der „Perlenfluß". Ich stand am Ufer, betrachtete diese Steine, und dann schien es mir, daß alles so furchtbar nichtig und unerträglich war – all die Minuten, die leer und ereignislos vorüberzogen, als ob sie gar nicht existierten, als wäre man tot. Eine Leiche auf zwei Beinen. Mit einem Schlag sah ich all die Routen, denen ich gefolgt war, die Länder, Straßen, Häfen, all die nichtigen Schritte, die tausend nichtexistenten Minuten. Ich wollte, daß alles wirklich existiere. Da schaute ich auf die Kieselsteine, bis ich das Gefühl hatte, mir würde der Kopf platzen, betrachtete jedes Steinchen auf der Straße, als wäre es der Allmächtige höchstpersönlich, *das* Erlebnis in meinem Leben. Ich wollte mich erinnern können, verstehst du, keine einzige Sekunde mehr leben, ohne mich erinnern zu können. Ja, ich schwöre dir, das ist ein Wegabschnitt, an den ich mich für alle Ewigkeit erinnern werde. Dann begann ich dasselbe überall zu tun: in Afrika, in Asien, auf Lastwagen, Schiffen, in Bistros und Häfen, bis es schließlich ganz von allein zu brennen begann wie eine Flamme – eine automatische Erinnerung wie ein Feuer. Das ist das Feuer, das nie erlöscht! Das war mein Besitz, mein einziger Besitz, ich war überall König mit meinem Feuer – es brannte, es *existierte,* und alles übrige war mir gleich! Es war meine Frau, mein Land, mein Weggefährte; ich war reich, erfüllt durch mein Feuer!

Er sah mich bestürzt an.

– Und dann?

– Das ist es ja: Es gibt kein „danach".

Er sagte nichts und blickte nur betroffen. Wieder spürte ich, wie mein Ärger hervortrat. Er ließ seine Chimta fallen.

– Der Teufel ist in deinen Worten.

– Um so besser. Der Teufel ist immerhin schon etwas!

– Mein Meister hat gesagt: „Es gibt eine große Weite, und dort sind wir frei."

– Aber ich *bin* frei! Ich kenne deine große Weite, ich gehe dorthin, wann immer ich will!

Ungläubig starrte er mich an.

– Ja, es gibt eine Welt dort oben, wo man frei ist, und alle Fragen finden ein Ende.

Er sagte nichts.

– Mich beschäftigt das „danach". *Danach.*

Er wich einen Schritt hinter sein Feuer zurück, als hätte ich ihn erschreckt. Sicher war ich nicht ekstatisch, und es fehlte auch der lange weiße Bart. Vielleicht beherbergte ich sogar einen Teufel in mir. Aber frei war ich!

– Du sprichst voller Wut. Du besitzt nicht die Weisheit.

– Mag sein. Aber ich brauche nur eine Sekunde – oder drei

Sekunden – die Augen zu schließen, und schon ist es da; dann ist mir alles gleich, ich weile im vollkommenen Frieden und unendlichen Leben. Dann öffne ich die Augen, und pfft! – alles ist wieder beim alten – der Körper altert, das Leben verwest, es gibt Kälte, Hunger, Fieber, das Tier – alles Brennstoff für den Scheiterhaufen.

– Mein Meister sagt: „Man muß seine Seele retten."

– Aber in Gottes Namen, sie *ist* schon gerettet! Sie ist frei, ewig frei; man braucht sich nur zu erinnern, und schon geht man ins Licht – eben in drei Sekunden. Aber das Leben wird nicht erlöst, der Körper wird nicht erlöst; sie müssen erlöst werden, weil sie sterblich sind! Der Himmel ist ewig, er braucht mich nicht, um zu existieren! Oder wir setzen uns alle in die Glückseligkeit ab, und das Leben ist eine Falschheit.

– Mein Meister hat gesagt: „Wir sind die Söhne des Himmels."

– Ja, vom Körper der Erde.

Er wich abrupt zurück, als ob ich ihn geschlagen hätte. Dann setzte er sich mit gekreuzten Beinen hin und ging mit geschlossenen Augen in Meditation.

Ich verharrte mit meinem gewaltigen Ärger, es war wie eine furchtbare Woge der Zerstörung. Mir war klar, daß ich am Abgrund stand: Eine Bewegung, und es wäre das Ende. Ich würde die Faust zum Himmel strecken und mich erhängen. Doch ich löschte mich aus, rührte mich nicht, wurde wie ein Stein.

Eine Schlange kroch in die Zisterne.

Und in diesem Augenblick, als ich vor Ärger bebte, „sah" ich etwas, so wie man in ein Gemälde vordringt. Diese Kraft des Seins, diese Konzentration von Energie und Licht, die man Tag für Tag, Jahr für Jahr ansammelt wie ein perfekter Akku, der alles speichert – die geringste Silbe, den kleinsten Schrei, die winzigste innere Sehnsucht –, dieses subtile, kraftgeladene Feuer wie die Farbe unseres Wesens, unsere Seelenintensität, konnte in ihre exakte Kontra-Intensität des Schattens umschlagen, Atom für Atom, Flamme für Flamme, und man konnte so düster werden, wie man lichtvoll war, weil es die Kehrseite derselben

Sache ist: Man berührt genau den Schatten seines Lichts. In diesem Augenblick verstand ich Björns Tod. Diese essentiell schöpferische Kraft kann in ihre entsprechende destruktive Intensität umschlagen. Es ist entweder das eine oder das andere, und beides ist dasselbe, von jeweils der anderen Seite betrachtet. Wenn man die Wahrheit verläßt, begibt man sich unmittelbar in den Tod. Wenn man sich einmal auf den Pfad begeben hat, gibt es kein Zurück; das Potential für die Katastrophe ist ebenso groß wie das Potential neuer Schöpfung, ob im Einzelnen, in Ländern oder der Bestimmung der Seele. Und später sah ich auch, daß die Kraft des Umschlagens nicht im Abstürzen liegt, wie man meint, sondern in der Explosion des Lichts, die den Weg freisprengt, damit wir weiter voranschreiten können – wo ist der Schatten, die Dunkelheit?

Er lächelte.

Mein Ärger war verflogen. Sein mit Asche bestrichener Körper erschien bläulich im Mondschein, und es war, als tanzte er im Feuerlicht. Er sah aus wie ein vedischer Gott hinter seinem Feuer-Vorhang. Die Frösche begannen wieder in der Zisterne zu quaken. Ein Hund heulte zum Mond. Alles war so sanft und zart, alles so ewig.

Ich schloß die Augen, auch ich konnte lächeln. Man schließt die Tür unten und schwebt in den Feldern des Lichts. An diesem Abend fand ich mich von Angesicht zu Angesicht mit dem großen Widerspruch.

Ja, eines Tages öffnen sich die Körper wie Blüten. Eines Tages birst die Schatten-Hülse unter dem Druck des inneren Feuers, der große Vogel im Käfig breitet seine Siegesschwingen aus, und man gleitet herrlich und endlos durch sanfte Ebenen des Lichts und driftende Konstellationen, hoch über den Körpern und dem blauen Zauber des Denkens. Man erhebt sich in eine Perlensüße, gleitet durch Lichtjahre; man hat seine Stirn auf große Schneefelder der Stille gelegt, das Grab und den Trug zurückgelassen, ist nach Hause zurückgekehrt. Oh, der profunde Atem dieser Lichtfelder, so rein, so einfach! Man atmet frei, fließt ungehindert, breitet sich aus ohne Grenzen, berührt seine eigene Unendlichkeit. Es ist der Frieden, endlich man selbst zu sein, die große Frische, in sich selbst zu ruhen – Ewigkeit in einer Sekunde! Transparenz überall wie eine Million weißer Lotosblüten unter einer unsichtbaren Sonne.

Und ganz weit unten, ein Pünktchen Wesen, ein Feuer, eine winzige Flamme, die sich danach sehnt, in dieser Unermeßlichkeit des Lichts aufzugehen. Ein Brennen des Seins, eine Anrufung – erfüllt von unendlicher Dankbarkeit, weil *jenes* existiert, jene frische Quelle, jenes unsagbare Wunder; begleitet von tiefem Durst, weil *das* nicht auch hier sein konnte, im Körper. Ja, eine Wahrheit die nicht *alles* ist, kann nicht die ganze Wahrheit sein.

Oder sonst: Was?

XXIII

Die kleinen Füchse

Am nächsten Tag gelangten wir in ein Dorf inmitten der Reisfelder. Die Sonne stand hoch am Himmel, die Luft roch nach feuchter Erde und jungem Reis. Eine Feier war im Gange: Die erste Tür war mit Bananenstauden dekoriert, und man hörte das Trommeln der Tamburine. Das Dorf lag wie eine Insel üppiger Mangobäume unter einem Himmel mit hohen Kumuluswolken. Jedes Haus hatte seinen eigenen Mangobaum und hohe Lehmmauern, die kühle Schatten auf die kleine staubige Straße warfen.

Mein Weggefährte schlug die Chimta an.

– Gehn wir da rein?

– Dort sind zu viele Leute, gehn wir etwas weiter.

Er beharrte:

– Weiter weg werden die Häuser leer sein.

– Du hast Hunger?

Ich spürte kein Verlangen, in dieses Haus einzutreten. Ich weiß nicht, warum ich diesen Widerwillen spürte, aber ich hatte gelernt, meinem Instinkt zu vertrauen. Tatsächlich glaube ich, daß die Ereignisse kleine Fühler haben müssen, die sich unsichtbar vorstrecken, und man berührt sie, schon bevor sie über uns hereinbrechen, als spiele die Geschichte sich auf zwei Ebenen ab: das Paradigma oben oder im Umfeld, und seine Umsetzung hier im Leben. Ich weiß bis heute nicht, ob man diese Umsetzung verhindern kann.

– Du hast Angst?

Ich zuckte mit den Schultern. Er trat ein, und ich folgte ihm und begegnete dem Schicksal. Ich habe mich immer gefragt, ob nicht alles eng verknüpft ist, nicht nur vom Traum letzte Nacht bis zum heutigen Unfall, sondern direkt seit unserem allerersten Schritt in dieser Welt, so wie der Baum und all seine Blätter bereits im grünen Mango-Samen enthalten sind.

Wir standen in einem großen Innenhof. Frauen in farbigen Saris kamen und gingen; Kinder liefen überall herum. Die Männer hockten in kleinen Gruppen unter einem Mangobaum. Niemand schien von uns Notiz zu nehmen. Ein halbes Dutzend Zimmer öffnete sich einer Veranda mit Säulen, an den Türen hingen Jasmin-Girlanden. Der *Mridangam*-Spieler trommelte.

– Zieh dir dein Tuch über die Brust.

Ich errötete. Er konnte nackt gehen, während ich mich verhüllen mußte... Einige Kinder versammelten sich um den Nanga-Sannyasin. Ich begab mich in einen entlegenen Winkel des Innenhofs, da ich allein sein wollte. Wahrscheinlich könnte ich zehn Jahre lang betteln gehen, ohne mich daran zu gewöhnen, meine Schale hinzuhalten. Vor der Tür eines kleinen Zimmers machte ich halt. Und gerade weil ich mich irgendwo abseits ruhig hinsetzen wollte, geriet ich genau dorthin, wohin ich mich nie hätte begeben sollen.

Vor dem Zimmer stand eine Basilikum-Pflanze. Sie befand sich in einem kunstvoll geformten Topf, der mich irgendwie an etwas erinnerte – aber an diesem Morgen schien mir alles vertraut oder erinnerte mich an etwas und gab mir einen Anstoß. Ich hatte das Gefühl, die Atmosphäre wäre voller kleiner Zeichen und Gegenwarten, oder vielleicht Drohungen. Gedankenlos pflückte ich ein Basilikum-Blatt und führte es an die Lippen: ein Duft nach Wildminze, eine Woge unbestimmter Schwingungen, und im Ausklingen dieses Duftes schien sich eine Tür zu öffnen, ich hörte eine ferne kleine Stimme hinter einem Geflecht aus Weinranken: „Schau, in meinem Land nennen wir sie *Tulsi,* es ist eine glückbringende Pflanze." Mohini! Eine ganze Welt, heraufbeschworen durch einen Duft von Basilikum, und so lebendig, als ob sie gleich nebenan existierte: verstreute Vogelfedern, wild rankende Weinreben, der große Käfig, das glitzernde Kristall, die zerbrochene Ektara – selbst eine Pfauenfeder fand sich am Boden. Man öffnet die Tür zufällig, und nichts hat sich verändert... Wir haben Hunderte von Verliesen in uns und viele Atlantis-Eilande, die nie versunken sind.

Ich blickte auf...

Und erstarrte vor Schrecken.

Im Zimmer stand ein Mann mit dem Rücken zu mir, direkt vor dem Basilienkraut. Ihm gegenüber stand eine Frau. Ich konnte ihr Gesicht nicht gut erkennen, nur ihre cremeweiße Stirn. Sie war eine junge Bäuerin, ganz in Rot gekleidet, wie eine Gottheit. Ich sah, wie sie mit der Hand ihren Schleier über die Stirn hob und der schwarze Haaransatz sichtbar wurde. Dann hob der Mann langsam seine rechte Hand, er hielt etwas zwischen den Fingern; er setzte sie auf die weiße Stirn in der Mitte zwischen den schwarzen Augenbrauen. Mir schwirrte der Kopf. Ich wußte nicht, was da ablief, und sprachlos beobachtete ich etwas, das mir vertraut schien, als wäre ich es, der die Geste vollzog.

Ich spürte, wie jemand heftig an meinem Arm zerrte.

Indessen senkte der Mann im Zimmer langsam seine Hand, und der rote Tilak wurde auf der hellen Stirn sichtbar.

– Du verläßt sofort dieses Haus!

Ich fuhr zusammen.

Er zerrte mich am Arm, und ich hörte, wie die Leute murmelten. Ihre Blicke richteten sich auf mich, während ich nicht wußte, was geschah. Ich war erstarrt wie ein Mann, der plötzlich in einem steinernen Tempel erwacht und sieht, wie die Götter sich bewegen. Ich wurde wie ein Dieb über den Innenhof gezogen.

– Bist du von Sinnen!

Er war äußerst aufgebracht. Die Tür schlug hinter uns zu. Wir standen auf der Straße, unter dem Gewölbe von Mangobäumen und dem strahlend blauen Himmel.

– Du weißt nicht, daß man das nicht tut? Du bist doch ein Sannyasin, oder?

Er schwang seine Chimta. Ich war völlig benommen und stammelte:

– Aber was haben sie denn getan?

– Du weißt nicht, daß man dabei nicht zuschaut?

– Aber was haben sie denn getan?

Ich konnte nur immer wieder hilflos meine Frage stammeln, während plötzlich Batchas Gesicht vor mir erschien, ihre weiße Stirn, die Augen voller Tränen, und der rote Tilak, den ich ihr auf die Stirn gesetzt hatte.

– Was ist geschehen?

– Hast du es nicht gesehen? Es war seine Frau.

– Seine Frau…

Es flimmerte mir vor den Augen.

– Weißt du nicht, daß es eine sakrale Handlung ist?

Er ließ abrupt meinen Arm los.

– Du bist ein seltsamer Sannyasin, und auch deine Worte sind seltsam.

Er spuckte auf den Boden.

– Ich denke, wir gehen besser getrennte Wege.

Er schnürte sich die Kordel und blickte mich noch einmal an.

– Über dir ist die Nacht.

Dann wandte er mir den Rücken zu.

Stumm beobachtete ich, wie seine Silhouette im Sonnenlicht die enge Straße hinabschritt, in Richtung des blauen Horizonts hinter den Mangobäumen.

Er war weg.

Lange stand ich noch wie gelähmt vor dieser Tür, während der Mridangam-Spieler ungestüm trommelte. Schließlich verließ ich das Dorf.

Um mich waren Reisfelder, soweit das Auge reichte, lichtstrahlende Flächen von smaragdgrün mit einigen Tupfern von meergrünen Mangobaum-Inseln in der Ferne, während am Himmel eine zerzauste Wolke driftete.

Die Welt war über mir zusammengebrochen.

Ich begriff nichts mehr, und mein Kopf dröhnte wie ein hohler Kürbis. Ich sah nur Batcha vor Augen, Batcha, Batcha. Sie war meine Lebenslinie, mein Eiland des Lichts. Warum Batcha? Ich wußte es nicht. Keine Sekunde hatte ich an sie gedacht seit… ja, seit Jahren, die vielleicht ganze Leben waren, und jetzt war sie unerklärlich wieder da, nur sie, als hätte sie mich nie verlassen – ich hatte bloß die Tür geschlossen, und jetzt öffnete sie sich. Es war wie ein Deich, der einbrach, das grüne Einströmen, alles wurde hinweggetragen und weggespült: das Licht dort oben, der Frieden, die weiße Weite. Was kümmerte mich all das? Aber was hatte ich all diese Jahre eigentlich getan? Wohin war ich entschwunden? So stand ich dort wie vom Blitz getroffen inmitten der Reisfelder und betrachtete die grüne Sintflut wie ein Jonas im Kiefer des Wals.

Dann kam alles um mich herum plötzlich zum Stillstand.

Eine völlige Leere.

Ich sah, wie die Reisfelder sich weiteten und anschwollen wie das Meer, fast Halm für Halm, mikroskopisch und alle zusammen, während die große zerzauste Wolke dort oben einen grünlichen Schatten warf. Eine Sekunde des Stillstandes. Etwas war eingefroren, photographiert, nichts regte sich mehr: Es war *das*, und „das" entsprach keinem Gedanken, keiner Ebene, keinem Willen; es wurde vom Blick erfaßt und wurde wahr – ein kreativer Augen-Blick. Der Augen-Blick der Zukunft: So wird es sein. Möge die ganze Welt auch einstürzen, mögen die Menschen den Weg versperren: So wird es sein, denn so ist es verfügt. Und ich kannte diese Sekunde gut: Nichts war in ihr, und doch war alles enthalten, wie jene Sekunde an Bord der *Aalesund*, wo ich „nein" gesagt hatte, oder als ich im Hafen dem Sannyasin folgte. In Wahrheit befindet sich dort oben ein Feld schöpferischer Energie, eine Ebene der Vision, in der die Zukunft wie eine Licht-Sphäre ist, und wenn man in der Lage ist, von dorther zu sehen, von dorther zu denken, so wird es wahr, ob zehn Tage oder zehn Jahre später. Man muß nur die Vibration auffangen und festhalten, dann den Faden ziehen, und es spult sich ab wie ein Kokon – es wird zu einem schöpferischen Gedanken, einem Bläschen lichtvoller Kraft, die unfehlbar ihr Ziel ansteuert. Mein ganzes Leben habe ich an diesem Faden gezogen: ein Lichtblitz auf einem Boulevard, und ich wurde zum Goldsucher; ein Lichtblitz in einer Bucht von Guyana, und ich gab mein Gold auf. Ich habe mir innerhalb von fünf Minuten neue Leben entworfen und bin durch die Kontinente galoppiert, voran, immer voran, indem ich diese lichtvolle Substanz zog wie einen Zauber, um das Leben zu gestalten. Wenn ein Leben vorüber war, kam ein anderes und wieder ein anderes – etwas anderes, immer etwas anderes –, als ob man sich seinen Weg herausarbeiten mußte, jedem Funken folgen, sich neue Leben erfinden mußte, bis das ganz unverwechselbare Leben hervortrat – *das,* und dann konnte man innehalten. Aber ich habe immer von neuem begonnen; und dieser Augenblick kam mit betäubender Klarheit. Ich zog am Faden und machte mich auf nach Süden. Ich würde Batcha wiederfinden, das stand fest. Ich mußte sofort aufbrechen.

Ich nahm meine Bettelschale und meinen Stab.

Der süße Duft des jungen Reises, das schrille Surren der Insekten, das rauhe Quaken der Frösche und das dumpfe Trommeln des Mridangam überfluteten mich. Wie nach zehn Jahren Abwesenheit kehrte ich wieder in meinen Körper zurück.

Als ich das erste Reisfeld überquerte, sah ich plötzlich Batchas Traum vor Augen. Alles war klar: „Dreimal habe ich dich gerufen, dreimal. Das Licht war wie glitzernder Sand. Du bist immer weiter gegangen, wurdest immer kleiner, als ob du verschwinden würdest, und ich habe gerufen und gerufen, aber du hast nicht geantwortet. Und ich habe hier solch einen Schmerz gefühlt, als ob ich sterben würde…“ Da war sie, lebendig und lächelnd, am anderen Ende des Fadens. Sie zog mich. Sie hatte nie aufgehört, mich zu ziehen! Sie hatte mich in meinen Körper zurückgebracht. Ohne sie wäre ich für immer im Bauch des weißen Wals verschwunden.

Gleichzeitig machte ich mir jetzt Sorgen: Was tat sie, lebte sie noch? Ein Fieber befiel mich, mir schien, ich würde nie das Ende dieser Straße erreichen.

In der folgenden Nacht hatte ich einen Traum.

Ich habe viele Träume im Leben gehabt, seltsame und infernalische, manchmal auch göttliche, aber keiner rührte mich tiefer an als dieser kraft seiner gewaltigen Schlichtheit. Es war nicht exakt ein Traum, denn ich ging in eine Welt, die ebenso real war wie Peru oder China. Und ich habe mich erschrocken gefragt, ob das, was ich sah, ein Bild der Vergangenheit war oder eine Vorahnung der Zukunft. Tatsächlich ist alles bereits da, und wir ziehen nur Abbilder von anderorten herbei, kämpfen gegen Schatten an, die älter sind als wir selbst, und versuchen, obskure Verfügungen durch ein unzureichendes Licht abzuwandeln. Oder ist es vielleicht der Zweck des Schattens, uns zu größerem Licht anzuspornen?

Ich war im „Ausland", im fernen Westen. Ich mußte *sie* unbedingt wiederfinden, es ging um Leben oder Tod. Zwischen uns lagen alle möglichen Hindernisse, enorme Entfernungen, bewachte Grenzen, unerbittliche Beamte, die uns mit einem Stempeldruck auslöschen können. Schließlich fand ich mich in einem Zug wieder, im Gang eines Zuges. Es war ein außergewöhnlicher Zug von enormer Länge, und der Gang reichte von vorn bis hinten, wie ein Lichtstreifen. Ich rannte darin wie irre, als ob der Zug nicht schnell genug fuhr! Ich sprang über Gepäck, rempelte Passagiere an, umging Absperrungsseile – hastete hin auf ein Licht am Ende, welches Sie war. Als ich dort ankam, fand ich mich plötzlich in einem Land wieder, das ganz anders war als irgendein mir bekanntes. Eine Welt des Schweigens. Alles war gedämpft, vermummt, tonlos. Auch die Luft war eigenartig, gleichsam perlgrau; eine Art feiner, transparenter Dunst, nicht dicht wie Nebel, aber doch wie ein Dunstschleier, eine hauchdünne Gaze, die über allem lag. Alles bewegte sich hinter diesem „Schleier", oder glitt hinter ihm, in absoluter Stille. Da waren Leute, die spazierengingen. Sie waren allein oder zu zweit, aber nie mehr als zwei Personen, und meist allein. Es war eine Art Garten oder Park, ein riesiger Park mit Alleen, Grünanlagen, Büschen, aber alles war in dieses perlgraue dunstige Licht gehüllt. Und die Leute schienen aus derselben Substanz zu bestehen wie dieses Licht, nur etwas mehr verdichtet. Sie bewegten sich langsam und sehr geschmeidig, wobei sie kaum die Erde berührten und nicht das geringste Geräusch erzeugten. Ich hatte den Eindruck, daß sie alle in tiefer Meditation waren wie eine Mönchsprozession. Und ich fragte jeden: „Aber wo ist sie, wo ist sie?" Dabei spürte ich, wie meine Stimme voller Schmerz war –

als einziger verursachte ich ein Geräusch, ich kam mir grob und ungeschliffen vor. „Wo ist sie...?" Seltsamerweise schien ich nicht speziell Batcha zu suchen: Es war „sie", die vielleicht auch Batcha war, obgleich nicht unbedingt mit dem mir bekannten Gesicht, vielleicht eine „sie" von oft zuvor und vieler Gesichter, aber stets die eine, selbe *sie.* Sie wußten nichts, antworteten nichts. Oder sie streckten eine Hand aus in einer vagen Geste, die Jahrhunderte heraufzubeschwören schien. Je mehr ich fragte, desto größer wurde mein Schmerz, lastete unerträglich wie ein Stein des Todes auf meinem Herzen: „Wo ist sie? Wo ist sie?" Als einziger rief ich in einer Welt ohne Echo. Kein Laut war zu hören in diesem Park, keine Blume zu sehen. Dann trat ich ein letztes Mal an einen der Spaziergänger heran, und der Ruf meines Herzens war so intensiv, daß der Mann anhielt: „Wo ist sie?" Er hob langsam den Arm, wies auf eine Stelle im Park, die schräg nach unten abfiel.

Ich stieg hinab. Es war ein Gelände wie Terrassengärten, auch perlgrau, und der bezeichnete Garten war ganz unten. Links fand sich ein kleiner Wald. Ich trat in ihn ein. Dort standen Bäume, die ich nicht kannte, sie hatten sehr feines, leicht gräuliches Laubwerk, und hohe Farnkräuter. Alles war absolut still, eine völlige Abwesenheit von Vibrationen, als ob die Welt innehielt. Ich *wußte,* daß sie hier war... Ich hielt vor einem Baum, sah Gräser, kleine Blätter auf der Erde, wie Luzerne, und einen Erdhügel. Und dann sah ich ganz unvermittelt und unerklärlich, wie aus dem Gras kleine rote Füchse hervorstoben, die nach allen Seiten davonliefen. *Und hier war sie.* Nur eine Horde kleiner roter Füchse, die in alle Richtungen davonliefen, ohne Geräusch, ohne Spur... Und Batcha existierte nicht mehr.

Es war furchtbar. Furchtbarer, als sie tot vor mir zu sehen.

Da wachte ich auf. Mein Körper war eisig wie eine Leiche.

XXIV

Bhaskar-Nath

Ich erreichte die Weiße Insel am Neumondstag, als der Sandsturm tobte. Ich war erschöpft und mein Körper brannte vom Fieber. Es war im Monat Oktober, im Zeichen des Skorpions, der Zeit obskurer Umstürze, großer Wagnisse, der Lichtschneisen und plötzlichen Abstürze. Gewiß sind mir die Sterne nicht besonders wichtig, aber alles ist signifikant, und je weiter ich auf dem Weg voranschreite, desto deutlicher sehe ich, daß alles sich zusammen bewegt; jedes Detail offenbart einen Schlüssel zum Ganzen, und ich vernehme in jedem Augenblick, durch diesen Fieberanfall oder jenes zufällige Stolpern, die Ebbe einer großen Tide, die die Völker vorantreibt und die Welten in Bewegung setzt – und wehe uns, wenn wir uns nur auf trügerische Bilder und seelenlose Rhythmen einstimmen. Aber auch ich hatte jetzt den Rhythmus verloren, befand mich im wilden Getriebe der Menschen und starrte auf die Zitronenkisten am Bahnsteig, als ob ich damit rechnete, plötzlich einen Björn zu sehen, der gerade der japanischen Klinik entronnen war.

– He, Sannyasin, dein Stab!

„Sannyasin, Sannyasin...“ Werden sie mich denn nie in Ruhe lassen? Ein Pilger aus dem Norden stand vor mir und hielt mir den Stab hin. Ich weiß nicht, was mich da überkam, aber ich riß ihm den Stab aus der Hand und zerbrach ihn über dem Knie. Der Mann war bestürzt. Ich pflanzte ihm die Bruchstücke in die Hände.

– Hier, nimm sie, meine Reise ist zu Ende.

Dann ging ich fort.

Ich lief durch den Speicher, wo ich göttliche Musik gehört

hatte, aber in meinem Herzen spielte keine Musik; ich spürte nur ein Trommeln in den Schläfen gleich Shivas Zornestanz. Derselbe Margosa-Baum stand vor dem Bahnhof, und ich hörte das silbrige Gebimmel der Pferdekarren, aber das Kind, das mich zu meinem Bruder geführt hatte, war nicht da. Ich hatte keinen Bruder mehr, er war tot – oder war er es, der mir ins Ohr flüsterte: „Eines Tages werde ich wiederkommen und deinen Glaskäfig zerschmettern." Ich wurde nicht mehr von der lächelnden Gnade getragen, die jeden Schritt, jede Begegnung lenkte; ich hatte Fieber und befand mich mitten im Sandsturm und im großen Elend, nur ich selbst zu sein.

– He, Sannyasin, nimm meinen Wagen, er ist leicht!

Sannyasin, Sannyasin... Jedesmal senkte ich den Kopf wie ein Aussätziger, dieses orangefarbene Symbol stigmatisierte und brandmarkte mich, schnitt mich von anderen und von allem ab. Der Wind wehte von Süden, ließ die Dünen über die Palmen rollen, schleuderte Sandregen auf, der wie ein Dornenguß die Hauptstraße hinunterfegte. Meine Robe flatterte im Sturm. Die Leute zeigten mit dem Finger auf mich, und die Frauen auf den Balkonen flüsterten: *dorai, dorai...*, der Weiße, der Weiße... Auch die Passanten drehten sich um und murmelten, *dorai, dorai...* Leicht gebückt marschierte ich voran und drückte mein orangefarbenes Tuch gegen die Brust wie ein ertappter Dieb: *dorai, dorai* – der weiße Mann, der Verstoßene, der verfluchte Sannyasin, der Mann ohne Heimat, verkleidet in Orange hier, aber dort in Schwarz; der ewige Maskenträger, der sich fragte, welche Haut er denn anlegen sollte – einschließlich jener eines nackten Sannyasins; die Null, der Nobody, Überhaupt-Nichts, der nicht von hier war oder von anderswo, weder von oben noch von unten. Oh, wer wird mir sagen, woher ich komme, meinen Namen, mein Land? Wird noch einmal ein weißes Pferd kommen und mich triumphierend auf seinem Rücken wegtragen, mich aus dieser spirituellen Festung befreien, so wie es mich aus der Festung des weißen Mannes befreit hatte?

– Balu!

Er starrte mich fast schockiert mit offenem Mund an, als wäre ich ein Geist – Balu. Er sah größer und dünner aus und stand vor dem Getreideladen. Ich streckte meine Hand aus, wie ein Bettler.

– Balu...

Er ließ seine Handvoll Körner fallen und lief davon, so schnell er konnte. Alle wandten mir den Rücken zu.

Ich ging die Straße in Richtung Tempel, während mein Kopf dröhnte und Fieberschauer mich durchfuhren. Mein Mund war staubtrocken. Ich ging zu *Minakshi* und bat um ein Glas Wasser. Die Mutter erschien in einem violetten Sari am Eingang, die Hände in die Hüften gestemmt. Sie starrte mich an, und in ihren Augen schien ich zu lesen: „Sie ist tot, Nisha hat sich in den Brunnen geworfen." Ich ging wieder fort und lief inmitten klimpernder Fuhrwerke und der peitschenden Sandgischt die Tempelstraße entlang auf einen Pfeiler zu, der sich wie ein tiefblauer Wachturm gegen einen Himmel mit weißen Regenwolken abhob. Ich fühlte mich so klein und nichtig in dieser Robe, allein, am Ende des Weges. Ich wußte nicht, wohin ich hätte gehen oder entrinnen können. Alles war vorüber, abgeschlossen: Ich war allen Wegen gefolgt, selbst jenen der Befreiung, selbst jenen, von denen man – wie es heißt – nicht zurückkehrt. Jetzt blieb nur eine winzige Tür in Form eines schneeweißen Kindes, und ich tastete mich in meinem Fieber voran wie ein Blinder, während nur das eine Mantra in meinem Herzen widerhallte: Wo ist sie, wo ist sie? Lebt sie?

Ich schritt die drei Stufen hoch, während mir das Herz bis zum Hals klopfte. Ich sah die Loggia, die Götterbilder, den Innenhof in gleißendem Licht, und roch den Sandelholzduft. Ich stolperte gegen etwas, das krachend zerbrach. Es war eine Kinder-Ektara.

Mit nacktem Oberkörper saß Bhaskar-Nath, umgeben von seinem Werkzeug, allein in seiner Ecke und sah mich an. Ich weiß nicht mehr, ob ich ihn überhaupt grüßte, aber ich versank in diesem Blick, tauchte ein in die große stille Kraft, die all mein Leiden auslöschte, mir neue Frische und Frieden gab, als marschierte ich schon seit Jahrhunderten, lief ganze Leben lang in einem mit Schuppen bedeckten Körper. Ich wollte mich ihm zu Füßen werfen, aber er stoppte mich mit einer Handbewegung.

– Mani!

Ein junges Mädchen erschien mit einem Krug Wasser und einem Tuch. Ansonsten war im Haus kein Geräusch zu vernehmen.

– Kümmere dich um ihn. Er ist ein Sannyasin, er ist hier zu Hause.

Sannyasin, Sannyasin… Sie trat an mich heran, und ich hätte es gern hinausgeschrien: „Nein, nein, ich bin kein Sannyasin! Macht Schluß damit, laßt mich in Frieden! Ich bin kein Sannyasin, ich bin überhaupt nichts!“ Sie goß mir Wasser über die Füße. Ja, er hatte es sicher ganz bewußt getan, wollte mich spüren lassen, daß ich der Fremde war, der Sannyasin, der seinem Status gemäß empfangen wird. Ich war voller Scham, kam mir verloren vor wie ein Kind und wollte das Haus verlassen. Dann sah ich die ganze Szene deutlich vor Augen: das Mädchen, das sich über meine nackten Füße beugte, ihre Haare, die über den Boden strichen, das orangefarbene Tuch – alles sank in meine Augen wie in einen Brunnen, das Bild vertiefte sich, wurde intensiver, driftete ab in eine andere Welt, die nacheinander verschiedene Ebenen offenbarte. Da war kein „ich“ mehr, sondern es waren zahllose „ichs“ und zahllose Male; jede Geste auf der Primärebene wiederholte sich auf anderen – zweimal, dreimal –, oder vielleicht war es umgekehrt, und ich stand dort draußen, im Begriff, wieder die alte Geschichte von neuem zu beginnen, Geste für Geste. Es war schwindelerregend. Oder waren es vielleicht Fieberphantasien?

– Setz dich.

Das Mädchen legte mir eine Matte hin. Ich sah ein Karambol-Spiel, das mittendrin abgebrochen worden war – sie waren alle davongelaufen.

Mâ kam.

Mein Herz hüpfte. Ich wollte ihre Hände greifen, ihre Füße berühren. Doch sie wich einen Schritt zurück, zog sich einen

Zipfel ihres Sari über die Stirn, reichte mir einen Teller und wandte sich dann ohne Lächeln wieder ab.

Ich fühlte mich elendig.

– Maharadsch...

Dann sprach er endlich:

– Du bist zurückgekommen. Natürlich mußtest du zurückkommen.

– Maharadsch, wo ist sie?

Er blickte mich an. Gewiß hätte ich diese Frage nie stellen sollen.

Er antwortete schlicht:

– Sie lebt.

Blut schoß mir in den Kopf, ich schloß die Augen.

– Sie wird dich sehen... Wenn sie wünscht.

Sie lebt, sie lebt! Mir war zugleich glühend heiß und eiskalt. Ich leerte mit einem Zug das Glas Wasser. Dann fixierte Bhaskar-Nath mich und sagte abrupt:

– Siehst du nicht, wie abgemagert du bist.

Mir war, als ob ich eine Ohrfeige erhielte. Ich hörte noch die Stimme des Sannyasins hinter mir: „Du kleiner Narr!"

– Höre, Sannyasin, es ist mir alles völlig klar.

Er legte die gefalteten Hände auf die Knie, genau wie Batcha, und blickte vor sich auf den sandigen Innenhof. Ich war ernüchtert.

Dann herrschte Stille.

Ich nahm den Sandelholzduft auf, das Singen der Schüler, die Klänge der Muschelhörner, und alles war gleich – heute oder gestern oder vor Lebenszeiten –, es war unendlich gleich. Was änderte sich denn wirklich? Unter unserem Schutt liegt ein ganzes Ägypten vor uns, wir finden uns in nie verlorenen Zeiten, und dieser Duft eines Augenblicks, dieser Sonnenstrahl in einem Innenhof berührt uns plötzlich und läßt uns staunen wie Kinder der Ewigkeit inmitten des rauschenden Stromes der Welt.

– Ich hätte dir die Tür vor der Nase zuschlagen können.

Ich fuhr auf. Er ballte die Faust.

– Aber man schlägt nicht die Tür vor dem Schicksal zu. Man wandelt nicht das Schicksal, indem man die Tür verschließt; man ändert es, indem man sich darüber erhebt. Wenn ich noch zu Schmerz fähig wäre, würde ich mit Tränen aus Blut zu dir sprechen.

Mit einer Handbewegung stieß er seine Instrumente beiseite. Vor ihm lag ein Zettel mit Abrechnungen.

– Du kommst zur verabredeten Zeit. Man kann dir keine Vorwürfe machen, denn du bist dem Gesetz deiner Natur gefolgt. Aber jetzt ist der Augenblick, wo du das Gesetz wandeln kannst, wenn du willst. Denn es kommt der Moment, wo man es kann.

– Aber warum...

– Sei still und höre, was ich dir zu sagen habe. Ich möchte, daß du die Dinge klar siehst, denn nur die Wahrheit kann dich retten. Sie ist die einzige *Kraft*. Batcha mag sterben, aber begreife dies: Das Schicksal ist nicht dazu bestimmt, uns zu zermalmen oder zu bestrafen, Sannyasin, sondern uns zu höherer Entwicklung zu treiben. Du bist ein Sannyasin, aber deine Zeit als Sannyasin ist vorüber und du weißt nicht, wie du da herauskommst; du hast es nie gewußt, hast immer denselben Fehler von neuem wiederholt. Du solltest verstehen, daß man nicht durch Schreien, durch Revolte oder Fieber herauskommt, sondern indem man auf eine andere Bewußtseinsebene vorstößt. Wenn du einmal deinen inneren Zustand gewandelt hast, wird sich auch der äußere wandeln und du wirst das Schicksal gemeistert haben.

Er beugte sich zu mir vor. Ich konnte die Adern in seinem Hals pochen sehen.

– Die Schwierigkeit, die du einmal nicht bewältigt hast, kehrt zehnmal zu dir zurück, jedesmal stärker aufgrund deiner Niederlage, solange bis du den Mut hast, den alten Knoten zu lösen und über dich selbst hinauszuwachsen. Dies ist das Schicksal: der Übergang in einen anderen Zustand.

– Aber sag mir, was habe ich denn falsch gemacht. Ich wollte doch... Ich kam rein zufällig auf diese Insel, und dann habe ich Balu getroffen...

– Zufällig! Aber was glaubst du denn? Meinst du, das Glas, das du an die Lippen führst, berührt deine Lippen rein zufällig? Es gibt nur einen *Körper* in der Welt, einen einzigen Körper. Und wenn dieser winzige Punkt, der du bist, diese Insel erreicht hat, so deshalb, weil ein Arm, größer als deiner und von dem du Teil bist, dich mit einem Zweck hierher geführt hat.

– Wir sind bloß Marionetten!

– Ja.

– Was kann ich dann ändern?

– Alles. Du kannst deinen Zustand ändern. Du kannst die Wahl treffen, eine hilflose Puppe zu sein oder der *Körper*, der alles ist und der weiß, warum er handelt und wohin er gehen will.

– Was soll ich also tun?

– Es geht nicht ums Tun, sondern ums Sein.

– Ich wollte doch *sein*, dafür habe ich allem entsagt.

– Das war genau dein Fehler.

– Ich habe ein Licht dort oben gefunden, und es war herrlich. Aber die Erde war damit am Ende. Man löst sich auf, das Leben geht zu Ende.

– So ist es nicht!

Er saß wie eine massive Kraft-Gegenwart vor mir und hämmerte seine Worte heraus:

– Wenn du alles ausschaltest, um zum Licht zu gelangen, wirst du eine Herrlichkeit leeren Lichts erhalten. Wenn du aber alles einschließt, um zum Licht zu gelangen, wirst du eine Herrlichkeit vollen Lichts haben.

Ich hätte schwören können, daß ich dasselbe kompakte, orangene, fast goldene Glühen um ihn herum sah, wie ich es einst im Banyanwald wahrgenommen hatte.

– Denn alles, was dieses Licht berührt, erlangt die Fülle – es ist die Fülle aller Dinge, das lichtvolle Fundament alles Seienden. Du kannst die Wahl treffen, für immer darin einzuschlummern oder dich darin aufzulösen oder nackt wie ein kleiner Heiliger dorthin zu gehen. Ja, du kannst wählen, was immer du willst, weil dieses Licht alles mit gleichem Blick betrachtet. Es ist der große Blick, der das, was er betrachtet, *ins Sein ruft.* Wenn du eine einzige winzige Sache in diesem Licht betrachtest, wirst du zu ihr. Wenn du auch nur die winzigste Gottheit siehst, wird sie zu einer absoluten lichterfüllten Gesamtheit, die nichts mehr zu wünschen oder zu sehen übrig läßt – alles, was das berührt, wird zu *dem*, absolut und vollständig. Es ist das Paradies – ja, das Paradies aller nur denkbaren Dinge.

Er fixierte mich mit stechendem Blick.

– Und wenn du allem entsagt hast, um dorthin zu gelangen, wirst du gewiß eine große leere Gottheit finden, und die Erde wird aufhören zu existieren. Aber ich sage dir...

Er hob langsam seine gefalteten Hände, als grüße er eine unsichtbare Gottheit.

– Ich sage, dies ist die Ankunft der Pioniere des *Geistes*, das kommende Reich der göttlichen Arbeiter, die die Erde nach dem Ebenbild ihrer Schau der Schönheit neugestalten werden. Es ist die Zeit der konkreten Visionäre, die den ewigen Blick auffangen werden, nicht um in träger Glückseligkeit dahinzudämmern, sondern um die Kraft von oben in alles, was sie tun, herabzubringen, in jedes Wesen, dem sie begegnen, in jedes Teilchen, das sie berühren, und ihm zu seinem vollen Lichtpotential verhelfen, denn in Wahrheit ist der Himmel überall, in allen Dingen, jedem Wesen, jedem irdischen Ereignis, und es liegt an uns, nach außen zu bringen, was bereits innen enthalten ist... Aber dieser Himmel ist schwieriger, er ist nicht für die Schlummerer des Geistes.

Björns Gesicht erschien vor meinem inneren Auge; ich hatte das Gefühl, genau dort zu stehen, wo er vor seinem Tod stand.

– Auch Björn hat die Macht gewollt, und er ist gestorben. Wenn ich mich im Weg geirrt habe, indem ich oben suchte, und er, indem er unten suchte, wo *ist* dann der Weg?

– Du hast dich nicht im Weg geirrt, und auch Björn nicht. Aber du hast nur die halbe Strecke zurückgelegt. Als du den Himmel oben entdecktest, hast du nur den halben Himmel gefunden; die andere Hälfte bleibt hier auf Erden zu entdecken. Du hast Ihn gefunden, nicht Sie.

– Sie?

– Björn hat sich nicht geirrt, indem er unten suchte, aber er hat dort begonnen, wo er hätte aufhören sollen. Er hat unten gearbeitet ohne das Licht von oben, deshalb ist alles zusammengebrochen. Schau, Kind, die Macht ist einzig, sie ist überall, es gibt nur *eine* Macht in der Welt und nicht zwei – im Atom, in Affen oder Göttern –, aber wenn du sie unten aufgreifst, ist sie voll von irdischem Schlamm und vollbringt abstruse Wunder. Man muß ganz nach oben gehen und sie dann ganz nach unten herabbringen. Ich bin auch ein Tantriker, aber ich trage kein rotes Dreieck und vollbringe keine Wunder – ich setze das stille Wunder am Grund aller Dinge frei. Auch ich bin ein Sannyasin, und doch trage ich keine orangenfarbene Robe; ich habe allen Dingen entsagt, ohne vor irgend etwas davonzulaufen. Ich schnitze meinen Himmel mit dem Meißel heraus, in allem, was ich tue und sehe, in jeder Minute des Tages, selbst in meiner Buchhaltung. Und doch bin ich weder Sannyasin noch Tantriker, sondern etwas anderes. Schau, Sohn, es gibt ein Geheimnis...

Bhaskar-Nath war vornübergebeugt, er heftete seine Augen auf den Boden, als wollte er ihn mit Licht erfüllen:

– Du bist hierher zurückgekehrt, und das Schicksal lastet auf dir. Manchmal stürzt man auf dem Weg, so wie Björn – es gibt einen Augenblick, wo man auf dem Weg fällt. Man nennt es „Fallen", aber dann wäre das ganze Leben ein Fall von einem Himmel, den wir nie hätten verlassen sollen. Die Wahrheit steht über unserer Moral, Sannyasin, über unseren Tugenden, und im Irrtum liegt ein Himmel verborgen, den wir nicht vorausgesehen haben. Wir fallen und scheitern immer wieder im Leben, werden jedesmal unseres Guten beraubt, weil jedesmal die Stufe des Himmels, die wir uns erarbeitet haben, herabgebracht werden muß. Würden wir nicht fallen, so würde der Himmel nie die Erde berühren! Er würde dort oben bleiben, ganz für sich allein und nichtig. Je höher du aufsteigst, desto schmerzhafter und tiefer ist der Abstieg. Aber gerade hier liegt das Geheimnis. In Wahrheit löst jedes Fallen in deinem untadeligen Himmel einen brennenden Schmerz aus, der die Kraft hat, die Ebene der Dunkelheit, die er berührt, zu transformieren. Und von Sturz zu Sturz erfolgt eine Transformation: zuerst im Bereich des Denkens, dann auf der Ebene des Herzens, der Gefühle, im Leben von Augenblick zu Augenblick, in den verborgenen Schlupfwinkeln unseres Wesens, und schließlich im Körper – deinem Körper mit Krankheit und Tod. Der Tod ist als letzter Feind zu bezwingen, und je weiter du herabsteigst, desto mehr wird dein sklerotischer weißer Himmel von einem Feuer der Kraft und Liebe entfacht, als zwänge der Schmerz der Nacht ihn, über sich selbst hinauszuwachsen. Tatsächlich ist der Himmel des Geistes nur eine schwache Kopie seiner selbst, solange er nicht in den brennenden Schmelztiegel der Erde eingetaucht ist. Und wenn du die untersten Stufen des Herabstiegs erreichst, wird dein hoher Himmel – herabgebracht und gefallen – ein flammendes, dynamisches, allmächtiges goldenes Licht ausstrahlen bis in die fernste Zelle, die widerspenstigste Materie, als würde er unter dem Druck dieser Nacht aufplatzen, *als stecke die wahre Sonne in der Tiefe des Körpers.* Die Kraft des Falles ist die ureigene Kraft der Transformation. Wenn wir unseren Himmel bis ganz hinab in unseren Körper gezogen haben, wird er die andere Hälfte seiner Wahrheit berühren, die beiden werden eins, und die Materie wird gewandelt werden.

Er hielt einen Moment inne und blickte um sich, als sehe er etwas.

– Dann werden wir nicht mehr stürzen oder sterben müssen, weil der Himmel überall sein wird, unten wie oben; jeder Punkt wird der Gipfel sein, jedes Wesen sein eigener Himmel, jede Minute das Ziel, und die schale Glückseligkeit leerer Unermeßlichkeiten wird zum grenzenlosen Glück von gesegneten Myriaden der Erde.

Bhaskar-Nath blickte zu mir auf. Und ich sah.

– Nun gehe. Es ist an der Zeit.

Mechanisch stand ich auf.

– Denk daran, es ist, wie du willst. Eines Tages wirst du die Freude der beiden Welten kennen, aber zuerst mußt du dich *von beiden* freimachen.

Ich ging zur Tür. Der Klang der Muschelhörner und Gongschläge wurde von Windböen herangetragen. Fast stolperte ich noch einmal über die kleine Ektara. Dann stand ich verwirrt auf der Straße. Der Südwind stürmte heftig.

– Nil!

Ich wandte mich um und sah Balu mit zusammengekniffenen Lippen. Er stieß seine Fäuste tiefer in die Taschen und warf den Kopf hoch:

– Sie wird heute nacht dort auf dich warten.

Mit einer Kinnbewegung wies er auf den Strand. Dann schaute er mich wieder an. In seinem Blick war solcher Haß, daß es mir die Sprache verschlug.

– Balu…

Er wandte mir den Rücken zu. Ich war wieder allein.

XXV

Zu Spät

Wäre ich doch nur imstande gewesen, Bhaskar-Naths Worte zu beherzigen! Aber der Sandsturm peinigte mich, die Augen brannten mir, und mein Fieber stieg. Nur mit schierer Willenskraft hielt ich noch durch. Ich ging in den Tempel, um Zuflucht zu suchen. Ich hatte nicht einmal das Verlangen zu essen, suchte nur Einsamkeit und Ruhe. Aber sie waren überall, starrten mich an, drehten sich nach mir um: *dorai, dorai.* Die Muschelverkäufer riefen mir nach, und die Priester flüsterten einander zu; die Steinplatten erschienen mir eisig. Jemand wies mit dem Finger auf mich. Ich begann den Nordgang entlangzulaufen. Dann stoppte ich außer Atem vor einem großen Steinpferd, das sich vor mir aufbäumte. Aber was tat ich eigentlich hier, wohin ging ich? Um mich standen gigantische Pfeiler, ganze Reihen regloser Götterfiguren mit offenen Augen unter dem Granitgewölbe mit den buntbemalten Monstern in Ocker und Rot, im Widerhall von Trommeln und Gongschlägen. Ich fühlte mich so völlig fremd, so verloren und fieberheiß in diesem Wald am Ende der Welt und aller Welten, preisgegeben, allein vor dem Unbekannten. Was tat ich hier? Wo war ich? Meine Beine waren wie Blei, die Brust brannte, es war zum Ersticken – ein Traum, oder schlimmer als ein Traum: Ich konnte nirgendwo hin, es gab keinen Ausgang, kein Zurück, ich war am Ende meiner Kräfte, in der letzten Festung, jenem Platz, dem man nicht entkommt. Ich ließ meine Kupferschale fallen. Sie polterte gegen die Steinplatten wie die Stimme des letzten Gerichts. Ich wandte mich um und sah die Leute, es waren vielleicht fünfzig: *dorai, dorai.* Ich kletterte die Streben hoch und rannte zwischen den Pfeilern.

Dann brach ich hinter einem Relief zusammen.

Ich schloß die Augen, rollte mich im Fieberschauer zusammen, den Kopf zwischen die Arme gelegt.

Daraufhin versank ich in tiefen Schlaf.

Ich weiß nicht, was dann geschah oder wie lange ich schlief. Ich marschierte über Berge aus kirschroter Seide, die sich wellten wie das Meer, und versank knietief darin. Ich stieg ganz allein über scharlachrote arabische Länder, die sich erstreckten, soweit das Auge reichte. Mit jedem Schritt versank ich und mußte mich gewaltig anstrengen, um wieder herauszukommen. Ich versuchte mich mit den Händen abzustützen, aber auch sie sanken und glitten in dem seidigen Morast. Da fand ich mich plötzlich ganz übergangslos am Rande eines Waldes (ich sah einen Weg, eine Allee) und erkannte mich selbst, als Sannyasin gekleidet, an einem Baum hängend. Es war ohne Zweifel ich. Dann kamen einige Leute mit Laternen, um mich herunterzuholen. Das Bild war unheimlich präzise – mein weißes Gesicht im Licht der Laternen, die orangefarbene Robe, die schweigenden Menschen –, als ob ich mich von außen sah. Und genau in dem Augenblick, als sie die Laternen hoben, um das Seil zu kappen, verschwand das Bild, und ich wachte mit einem Schrei auf. Ein Traum? Aber selbst die Himalayas sind nicht wirklicher als dieses Bild, das ich da sah!

Ich sprang auf. Sonnenstrahlen fielen auf die bemalten Gewölbe. Batcha! Ich würde Batcha verfehlen! Ich rannte wie ein Irrer durch den Gang. Batcha! Batcha! Silbertrompeten hallten durch die Gänge, die Yalis öffneten ihre Granitkiefer, während ich über die kühlen Steinplatten hastete und nicht mehr wußte, wo ich war, ob hier oder dort, in diesem Wald oder einem anderen, nur Batcha suchend, meine Rettung und Zuflucht, Licht meines Lichts. Ich rannte, als sei ich dieser Mann am Baum, der aus seiner Leiche herausgetreten war – tot oder lebendig, ich weiß es nicht. „Nie mehr, nie wieder!" Es war ein Alptraum, ein Durcheinander von Tod und Leben, Konzentrationslagern, Scheiterhaufen der Initiation, orangefarbenen Roben und gestreifter Kleidung – nie wieder, nie wieder...

Ich kam am Ostturm hinaus. Die Palmen knisterten im Wind wie Schwefelblumen, das Tageslicht lag wie hinter einem hellen Schleier. Es war vielleicht fünf Uhr. Der puderweiße Strand war verlassen. Mit halb zugekniffenen Augen hastete ich gegen den peitschenden Wind und die herumfliegenden stacheligen Disteln. Da plötzlich sah ich sie: eine kleine rote Silhouette, das Sanktuarium, die Dünen im Süden hinter ihr gleich einer wogenden Schaumlawine.

Sie kam die Stufen herab.

Aufrecht stand sie inmitten des reinen Quarzsandes, eine rote Gestalt in leuchtend rotem Sari, mit gelöstem Haar, vom Wind umtost. Einen Moment war ich tief erschrocken: Ich sah Mohini vor mir.

Mohini, so wie ich sie damals am Strand verlassen hatte, im Sandsturm.

Batcha trat einen Schritt vor, an ihrem Handgelenk funkelte ein Goldreif; sie zog sich den Sari über die Brust: ein junges, blasses Mädchen mit rotem Tilak auf weißer Stirn.

– Batcha, Batcha...

Sie blickte mich an, mit Augen so tief und lichtvoll wie ein See. Dann faßte sie mich an der Hand:

– Komm!

Sie zog mich unter das Peristyl. Ich setzte mich und lehnte mich gegen die Mauer.

– Batcha...

– Pst!

Sie drückte mir einen Finger auf die Lippen. Sie sah so blaß aus, fast anämisch wie nach langer Krankheit. Sie setzte sich zu mir und faltete die Hände über den Knien. Lange Zeit sah sie mich still an. Eigentlich war auch nichts zu sagen. Es war wie Wasser, das zu Wasser zurückfand. Es war Frieden und das Ende der Anspannung. Sie löste meinen Schmerz, mein Fieber, zog mein Dornengewand weg, reinigte meine brennenden Wunden. Sie betrachtete mich still und ohne Vorwurf, wie aus der Tiefe der Seele, wie aus der Tiefe eines friedvollen Gartens, wo wir zusammen waren, immer zusammen, frei von Leidenschaft und

Erregung, rein wie zwei Kinder, die am Ufer des Schwanensees spielen. Ich ließ meinen Schatten los, meine Sorgenfalten, meine Schmerzen; es war so einfach hier, ein einheitliches Strömen von der Quelle: hier gab es nicht Mann oder Frau, du oder ich, keinen Sannyasin, kein Schwarz oder Weiß, Geben oder Nehmen. Es war alles eins, alles ich, alles sie, wie Wasser in Wasser, wie die beiden Schwingen eines großen Vogels, der endlos über einen spiegelglatten See glitt, über Meere stillen Lichts, Kaps der Fülle, rosa Buchten der Vergessenheit, Flügel an Flügel, in der Süße eines einzigen großen Strömens. Er glitt durch Nächte und Tage, durch Tod um Tod, frei von Schatten und Leid, auf immer zusammen strömend – sie oder ich, ich oder sie – zu unendlichen Tiefen, Ebenen kristalliner Sanftheit, reglosen Klarheiten; und wir würden vielleicht dort verschwinden und uns in einem rosa leuchtenden Rauhreif verlieren.

Nun schien es mir, daß die großen Weiten dort oben auch hier unten waren, in der innigen Wärme des Herzens.

– Batcha…

Sie lächelte.

– Pst! Noch nicht.

Der Südwind fegte vorüber, aber wir fühlten uns so geborgen auf dieser uneinnehmbaren Insel, der stillen und frohen Insel keines Landes; es war unser zeitloses Eiland, unser Fels der Ewigkeit, jenseits von allen Leben und allen Toden, nachdem die weißen oder roten Inseln im Meer versunken sind. Ich glaube, ich lächelte, und alles war so einfach. Alles war gebannt. Batcha sagte:

– Du bist so dünn geworden!

– Und du bist so blaß geworden!

– Ich habe so auf dich gewartet…

– Wie dumm ich doch war!

– Ich habe dich gerufen, ständig gerufen, und du hast nicht geantwortet. O Nil, es war furchtbar, ich hatte das Gefühl, du wärest gar nicht mehr da. Aber vor drei Wochen hast du dann eines Tages geantwortet und warst da, so wahr und lebendig! Da wußte ich, daß du zurückkehren würdest. Und ich begann wieder zu leben.

Ihre Lippen bebten.

– Und dann kamen die Vögel zurück.

– Ach, Batcha, ich wußte nicht, ich war verrückt.

– Was hast du nicht gewußt? Daß ich dich liebte?

– Du hast mich geliebt?

Jetzt öffneten sich mir die Augen. Es war, als wurde ein Schleier vor mir zerrissen. Sie blickte mich mit so ruhigen Augen an. Ich war wie erstarrt.

– Aber Batcha, du warst nur ein Kind!

– Kann ein Kind denn nicht lieben?

Sie legte den Kopf auf die Knie und blickte aufs Meer.

– Als du das erste Mal hier warst, habe ich solchen Frieden gespürt. Deshalb wußte ich, ich liebte dich. Ich war ruhig, spürte Frieden, wie die Vögel, die nach langem Flug irgendwo landen, um zu ruhen. Ich ruhte in dir. Ich hatte dich wiedergefunden. Hast du nichts gespürt?

– Aber du hast mir nie ein Wort gesagt!

– Muß man denn alles in Worte kleiden?

Sie richtete sich ein wenig auf.

– Dann bist du abgereist...

Eine kleine Falte legte sich über ihre Stirn.

– Du bist gemein.

Sie lächelte wieder frech, wie früher:

– Aber ich habe mich gerächt. Erinnerst du dich noch, wie ich dich auf den Dünen gekniffen habe?

Mir schwirrte der Kopf. Ein plötzlicher Strom der Hoffnung, die Rettung, ein Leben, das sich vor mir auftat.

– Schau, Batcha...

Und dann plötzlich schnappte die Falle zu, die Unmöglichkeit: überall Mauern.

– Was werden wir tun, Batcha? Ich weiß nicht weiter, begreife nicht mehr...

– Du bist doch hier, Nil, also ist alles gut.

– Sie werden uns trennen.

– Wer, sie?

– Ach, die anderen Leute. Sie hassen uns. Wenn wir nur als Schiffbrüchige hier gelandet wären, ganz allein, nur für uns.

– Aber warum ganz allein? Ich liebe die Welt; ich liebe Balu, Appa, und liebe auch Nil.

Wieder dieser spitzbübische Ausdruck in ihren Augen; sie hatte noch immer ihr rundes kindliches Gesicht.

– Armer Nil, du hast dich nicht verändert. Ohne mich ist es nichts, und mit mir auch nichts. Hast du denn wenigstens deine Freiheit gefunden, Herr Überhaupt-Nichts?

– Ja... Nein.

– Siehst du.

– Batcha, laß uns alles vergessen! Alles! Laß uns ganz von vorne anfangen.

– Ja.

– Es ist einfach ein Fehler, eine Falle. Schau, wir gehen fort. Erinnerst du dich noch an die Königin des Korallenlandes, die Girlande des Lachens?

– Ja, Appa hat mir gesagt, daß du durch mich ein anderes Leben beginnen würdest.

Mein Herz hüpfte. Sie war plötzlich ernst geworden. Welch ein seltsames Mädchen sie doch war!

– Was hat er dir sonst noch gesagt?

– Viele Dinge. Er sagte: „Ein anderes Leben ist nicht dasselbe Leben mit ein paar Verschönerungen."

– Verschönerungen?

– Das hängt alles von dir ab.

– Von mir?

– Er hat gesagt: Die Seelen finden sich stets wieder, und jedesmal kommt man zurück, um einen Schritt nach vorne zu gehen. Ich mußte das auch tun. Als du weggegangen bist, habe ich immer den Kali-Felsen vor Augen gehabt.

– Den Kali-Felsen?

– Ja, und ich sah mich stürzen. Ich spürte einen solchen Drang zu springen.

– Zu springen? Aber Batcha, was soll ich tun? Was hängt von mir ab?

Mein Blick schweifte von Batcha auf das Dorf und die Dünen, die Leute – *dorai, dorai*... Blitzartig wußte ich, daß es vergeblich war; wir waren in die Ecke getrieben, gehetzt, machtlos vor dieser verbissenen Welt, und alles war bereits verfügt.

– Weißt *du* denn, was von mir abhängt?

Sie schloß die Augen und sah so schön aus! Das Klirren der Muscheln klang über die Dünen zu uns herüber. Die Worte kamen ihr sanft wie kleine Perlen über die Lippen.

– Wenn man dort tief im Inneren ruht, hat man Frieden, und nichts hängt mehr von einem selbst ab. Man ist ruhig, und jemand anders tut die Handlung, tut sie immer gut und richtig. Aber wenn man vergißt, werden die Dinge schwierig.

Sie zog sich den Sari ein wenig über die Füße.

– Vielleicht kann man das auch aus eigener Kraft vollbringen, aber... Es ist dieselbe Handlung, aber sie wird anstrengend.

Sie schüttelte sich, wie um einen Schatten abzuwerfen.

– Er hat gesagt: „Man muß den Pfad einschlagen, bei dem alles Verlangen erlischt. Dann zieht die Frau die Träume des Mannes in die Materie, und der Mann zieht die Kraft der Frau ins Licht. Sie gehen gemeinsam. Wenn sie nicht aufwärts geht, zerstört sie ihn; wenn er nicht kreativ wird, verliert er sie."

Sie betrachtete mich so sanft, daß ich sie gern in die Arme geschlossen hätte. Blut rauschte mir in den Kopf. Wie dumm ich doch gewesen war.

Aber dann begann alles ins Negative umzuschlagen.

Mein Herz klopfte, ich nahm ihre zarte, leicht zitternde Hand in meine – eine schlichte kleine Geste. Aber im selben Augenblick, wo ich dies tat, sah ich, wie sich alles rot färbte.

– Schau, Batcha, es war alles ein Fehler, ein großer Fehler. Laß uns ganz von vorn beginnen.

– Ja.

– Ich werde dich mitnehmen, wir fahren gemeinsam, und ich heirate dich.

– Aber du hast mich schon geheiratet!

– Batcha, begreif doch, ich bin ohne dich verloren. Machen wir uns davon!

Ich spürte, wie ihre Hand eisig wurde. Da ergriff mich Panik. Tausend Mauern schienen emporzuschießen und mich auf dieser Insel gefangen zu halten, just in dem Augenblick, wo ich das rettende Licht sah. Sie folgten mir alle auf den Fersen, ich hörte sie rufen, *dorai, dorai.* Es war ein schrecklicher Wachtraum, wo man läuft und läuft, bis die Beine versagen, und sie sind hinter dir her, um sich auf dich zu stürzen. Ja, wie Björn.

– Hör doch, Batcha, wir werden ganz weit von hier weggehen und ein neues Leben beginnen.

So fällt man auf die Knie, und dann ist alles vorbei.

Sie sah mich mit weiten Augen an, und ich spürte, wie von innen her eine überwältigende Woge des Schmerzes kam, und meine Panik griff auch auf Batcha über, so daß sich alles immer mehr zuspitzte. Gleichzeitig hörte ich im Hintergrund eine unbeirrbare, kühle Stimme: „Ah, auch du willst nehmen, willst mit der Beute davonlaufen."

Diese Stimme schien mich aber nur zu einem letzten verzweifelten Versuch zu treiben, so schnell wie möglich zu entkommen, bevor ich daran gehindert würde.

Batchas Hand lag wie Marmor in meiner – so wie Mohinis Hand, als ich das Parktor aufstieß.

– Du wirst sehen, wir werden glücklich sein, alles wird sich ergeben, wir werden in ein Dorf im Norden gehen.

Sie schüttelte nur wortlos den Kopf, ihre Augen waren voller Tränen.

– Wir werden eine Hütte am Flußufer haben, mit grünen Reisfeldern, und frei sein. Ich werde als Lehrer in der Dorfschule arbeiten.

– Aber Nil…

Sie vergrub ihr Gesicht in den Händen.

– Nil, Nil…

Sie wiederholte meinen Namen wie ein Gebet. Gleich würde sie nachgeben, das wäre die Befreiung. Ich war in einem roten Dunst gefangen.

– Du wirst sehen, wir werden zusammen sein, immer zusammen.

Sie erhob sich plötzlich und drückte beide Hände gegen die Mauer – da stand sie aufrecht vor mir wie ein in die Enge getriebenes Tier:

– Aber das ist es nicht, Nil, das ist es nicht!

Sie sprach voller Verzweiflung.

– Das ist es nicht, Nil, das ist kein anderes Leben!

– Ach, vergiß das! Sie lügen, sie...

Sie legte mir die Hand über die Lippen.

– Bitte sag jetzt nichts, Nil. Ich bitte dich, laß mich gehen!

Ich stellte mich ihr in den Weg. Dies war meine letzte Chance. Wenn ich sie gehen ließ, war ich verloren, das wäre das Ende.

– Wenn du mich liebst...

– Aber ich liebe dich doch, Nil! Du verstehst nur nicht. Wenn ich dich nicht liebte, würde ich mit dir fortgehen.

– Dann komm!

– Aber das wäre dein Tod, Nil, siehst du das denn nicht?

– Mein Tod?

– Du wirst mich verlassen – du hast mich immer verlassen, du hast immer Durst auf etwas.

Ihre Lippen bebten. Sie wollte gehen, drückte mit beiden Händen gegen meine Schultern, drückte und drückte.

– Laß mich gehen, Nil, ich bitte dich, Appa ruft mich, ich spüre es, er ruft mich. Ich muß gehen.

Sprachlos wich ich langsam zurück. Ich sah nur dieses weiße, herzbewegende Gesicht mit dem roten Tilak auf der Stirn, während beide Arme gegen mich drückten. Ich ging eine Stufe tiefer. In einer Minute würde alles vorbei sein, sie wäre fort. Ich ließ meine Arme fallen:

– Du verläßt mich.

– Nie!

Es war wie ein Schrei. Mein ganzes Leben werde ich sie da aufrecht stehen sehen, oben auf den Stufen in ihrem roten, hochzeitlichen Sari, mit gelöstem Haar, inmitten der Sandgischt.

– Niemals! Selbst wenn ich sterbe, bin ich bei dir, ich lebe weiter in deinem Herzen.

Ich stieg noch eine Stufe tiefer.

– Ein letztes Mal, Batcha, ich bitte dich, wenn du mich wirklich geheiratet hast…

– Es ist zu spät, Nil. Du bist ein Sannyasin.

Es war zu spät.

Meine Faust ballte sich.

Ich kann nicht rational erklären, was sich in diesem Augenblick ereignete. Alles erhielt plötzlich die Kontur jener Augenblicke, wo einige Jahre oder Lebenszeiten sich in nur wenigen Minuten verdichten. Das Wesen birst, und man tritt zugleich in verschiedene Bewußtseinsebenen ein. Man lebt gleichsam zur selben Zeit auf verschiedenen Ebenen, blickt in verschiedene Welten hinein, und was hier geschieht, ist nicht mehr verschieden von dem, was sich dort ereignet. Vielleicht ist es Verrücktheit oder die Freisetzung vieler Erinnerungen: Man ist nicht mehr *ein* Wesen, sondern eine Welt verschwundener Wesen, die plötzlich mit großer Intensität wieder auftauchen, begleitet von einem Schmerz und einer Revolte, die nie aufgelöst worden waren. Ich war eine Säule der Wut – elendig, eine arme kleine Puppe! Ich sah mich am Fuße der Stufen stehen – sah mich vollständig –, ganz klein, mit geballter Faust vor Batcha, die ich verloren hatte, aschfahl, das Leben in Trümmern. Ich wollte die Faust gen Himmel strecken… Genau in diesem Augenblick hörte ich die Stimme von Bhaskar-Nath – hörte und sah zur selben Zeit, als materialisierte seine Stimme sich in Buchstaben und errichtete eine Leinwand violetten Lichts zwischen Batcha und mir:

Djamon' Tomar Ichha
ES IST WIE DU WILLST

Es hallte wie ein Donner in meinen Ohren wider und spaltete etwas in mir auf. Blitzartig sah ich alles von oben, wie über die Schulter: ein tiefes inneres Bild, eine fast perfekte Replik dessen, was außen geschah, legte sich über das bereits Gesehene – die

Silhouette eines Sannyasins, mir ähnlich, aber größer, der seine Faust zum Himmel streckte, und eine rotgekleidete Gestalt, Batcha ähnelnd, die oben auf den Stufen stand und mit einem plötzlichen Schrei zusammenbrach: „Nein, tue es nicht!", woraufhin ihr Kopf gegen den Pfeiler prallte. Sie war tot.

Ich erstarrte wie eine versteinerte Feuermasse. Wenn ich mich jetzt rührte, wäre es zu Ende, das Bild würde Wirklichkeit und sie würde sterben. Ich stand unten an den Stufen wie eine Säule der Wut, die geballten Fäuste gegen die orangenfarbene Robe gepreßt, gepeitscht von den Sandfontänen.

Dann war es Batcha, die sich bewegte.

Ich schloß einen Moment die Augen und flüsterte: „Mâ", Mutter. Batcha schritt die Stufen hinab. Ich rührte mich nicht, machte keine Geste. Ich befand mich irgendwo zwischen Gebet und Tod. Sie kam näher.

Sie trat an mich heran, streifte ihren Goldreif ab und legte ihn mir zu Füßen. Dann führte sie ihre Hände langsam zur Stirn und legte sie zusammen wie vor einem Gott im Tempel.

Dann ging sie fort.

Ich sah, wie ihre kleine rote Silhouette im Sand davoneilte. Reglos, mit starrem Blick, betrachtete ich sie, bis sie hinter dem Turm verschwand. Das war das Ende. Ich schloß die Augen, ich war tot gegenüber dieser Welt.

Ich war tot.

Dann fühlte ich, wie eine große warme Kraft mich erfaßte und in Liebe hüllte wie eine Mutter, und ich hörte aus weiter, weiter Ferne eine ruhige, neutrale Stimme sagen: „Ein erstes Mal hast du gesiegt."

Ich weiß nicht, was ich da besiegt hatte, denn es gab nichts mehr zu besiegen. Ich war wie dieser gehängte Mann, der aus seiner eigenen Leiche hervortrat. Ich war tot und lebte.

Ich hob den Goldreif auf und machte mich auf den Weg.

Der Sand peitschte mir ins Gesicht und auf die nackten Schultern, drang mir in den Mund. Ich marschierte weiter, wie im Traum. Dann begann ich zu sinken, schlug ins Rot über. Ich tastete mich in einem scharlachfarbenen Dunst voran, einen

Körper in den Armen. Batcha, meine Geliebte, war tot, aber ich würde sie mit mir tragen. Niemand würde uns je finden. Ich würde sie verbergen und auf immer bei mir behalten! Sie könnten uns verfolgen, aber sie war mein, mein, mein Leben, meine Liebe. Sie ruhte sanft und warm wie ein Vogel in meinen Armen. Ich lief den Strand entlang und drückte sie an mein Herz; ich rannte und rannte durchs Dorf. Ich war auf der anderen Seite, aber es kümmerte mich nicht, ich war in der wunderbaren Katastrophe, und sie war ewig mein. *Dorai, dorai* – Mörder, Mörder, Eidbrecher! Da waren etwa fünfzig von ihnen, eine Menge...

Plötzlich brach ich zusammen, außer Atem, nachdem ein Stein mich im Rücken getroffen hatte.

Niemand war zu sehen.

Ich hielt niemanden in meinen Armen, keinen toten Körper!

Ich richtete mich ein wenig auf, keuchte mit schmerzendem Rücken.

Ein Pfau schrie.

Dreimal schrie er – es war ein Triumphschrei – dort auf der Terrasse vor mir in der Abendsonne.

Mir schwirrte der Kopf und alles verschwomm. Es war gestern oder heute, ich weiß nicht mehr, in der Nebenstraße im Hafen, jener verfluchten Straße, und ich rannte hinter dem Sannyasin her, ich rannte, um ihn zu prügeln, bis er zu Boden fiele, und würde auf ihn spucken. Da plötzlich trat der Gott, auf einem Pfau reitend, aus der Mauer hervor. Ja, jetzt verstand ich meinen Haß. Aber dieser Sannyasin im Staub, das war ich selbst, und ich hatte alles verloren.

Ich stand auf.

Balus Schatten verschwand in einer Nebenstraße. Balu! Ich schrie auf.

Es war das Ende. Ich würde mich erhängen.

XXVI

Die Vision

Dieser Sannyasin war in Eile, sich zu erhängen, denn er glaubte, den Himmel und die Erde verloren zu haben, die Geliebte und das Licht, das uns lieben läßt. Er wußte nicht mehr ein noch aus und rannte mit brennenden Augen auf dem Pfad, der sich in der Ferne in einer Sandwolke zu verlieren schien. Es war der nördliche Pfad, und es wurde Nacht. Der Duft der Akazien vermischte sich mit der salzigen Würze des Meeres, verschmolz mit den Dornen im Wind und den Flüchen. Er ging in Richtung Kali-Felsen.

Und alle Stimmen der Vergangenheit suchten ihn jetzt wieder heim:

– Eile, o Fremder, die Nacht ist über dir.

Ich hatte das Boot in den Wind gedreht. Sie war ganz in Rot gekleidet und hatte ihre Goldreife dem Bootsmann in die Hand gedrückt, und dann stachen wir in See! Noch immer bin ich unterwegs; ich habe nie den Hafen erreicht.

– Ich habe weiße Kleider für dich herausgelegt, und die Kashmir-Teppiche, wir werden auf einem Wald weißer Zedern schreiten...

Aber stattdessen war es dann Björns Wald: „Ich werde sie heiraten. Wir werden eine Hütte haben, ich werde ein Kanu basteln und Netze herstellen... Sie werden ganz schwarz sein, die kleinen Björns!" Ich hörte ihn noch hinter meinem Rücken rufen: „In vier Jahren wird sie Hängebrüste und das Gesicht ihrer Mutter haben."

– Aber das ist es nicht, Nil, das ist es nicht!

Das war es nicht; da war gar nichts, nur die Nacht und der Wind, der hinter mir brauste.

– Überhaupt-Nichts, Herr Überhaupt-Nichts, es gibt Millionen Strände im Erdkundebuch... aber eine einzige Welle bringt... jedem... eine einzigartige Kauri.

Ich hatte sogar die einzige Muschel verloren, die sie mir gegeben hatte. Ich hatte sie immer verloren: „Hier, diese wartet schon seit tausend Jahren auf dich“, und ich bin fortgegangen. Ich bin immer noch unterwegs.

– Jedesmal hast du denselben Fehler begangen.

Den Fehler? Welchen Fehler? Es gibt keinen Fehler, es gibt nie einen Fehler, du selbst hast es gesagt.

– Ich bitte dich um einen Tag, nur einen Tag...

Doch tief im Kern meiner Narrheit und Not wiederholte etwas hartnäckig: „Du hast recht daran getan, fortzugehen, und selbst wenn alles noch einmal von vorne beginnen müßte, würde ich es noch tausendmal von neuem tun.“

– Ich will frei sein, hörst du, frei.

Da hast du also deine Freiheit, worüber beklagst du dich dann? Man wird dich nicht zur Hochzeitsfeier einladen, aber was hast du denn erwartet?

– Zu spät, Nil, zu spät.

Dies traf schärfer als alles andere. Es war ohne Sinn oder Verstand, und doch brannte es tief wie eine nie verheilte Wunde.

– Dreimal bist du gekommen, dreimal hast du getötet.

Ich befinde mich auf dem Felshügel.

– Björn! Björn!

Balu rannte mit seiner Schultasche, während ein Schwarm von Hirtenstaren von den Felsen aufflog. „Etwas ist mit Björn passiert, etwas ist ihm zugestoßen.“

– Erik ist tot. Er hat sich umgebracht.

Ein Rohr, zwei Rohre, drei Rohre... Erik ist tot, und Björn ist tot; sie sind alle tot; sie wollten keine Rohre, kein billiges kleines Glück. Und was wollte *ich*?

– Etwas anderes, etwas anderes, ein anderes Leben auf Erden!

Dafür hatte ich doch alles verbrannt, alles verwüstet. Und jetzt lief ich, um mich für dasselbe billige kleine Glück zu erhängen. „Viele kleine weiße Nils! Wir werden eine Hütte haben und frei sein, ganz weit im Norden, mit grünen Reisfeldern..." Sollte ich mich wirklich dafür erhängen? Aber konnte ich denn Batcha zurückweisen? Ich konnte nichts zurückweisen, selbst den Sannyasin nicht! Und ich rannte in diesem Akazienwald, lief in einem klaffenden Widerspruch, der immer größer wurde und mir die Kehle zuschnürte.

– Überall sind die Türen zu, Nil, ich sitze in der Falle wie eine Ratte auf dieser Insel!

Da war Björn plötzlich, nackt auf der Terrasse des Getreidehändlers, mit einem Ziegelstein in der Hand.

– Sollen wir die Götter mit einem Glückswurf hintergehen? Bei Wappen reist du ab, bei Kopf...

Ich stieg auf den Felshügel. Dornen zerrissen mir die Hände. Die Insel war schaumumbrandet. Und Mohini lehnte sich mir über die Schulter:

– Ein schöner Ort, um sich umzubringen.

Sie waren alle da – Balu, Björn, Batcha, Erik und die nackte Statue mit offenem Mund, das Schwert in der Hand. Ein Fischadler stieg mit einem Wutschrei in den Himmel auf. Ich stand mit dem Rücken gegen die Mauer des Sanktuariums und blickte ins Leere, während der Wind meine orangenfarbene Robe flattern ließ, wie um sie zu zerreißen. *Dorai, dorai* – Mörder, Mörder, Eidbrüchiger.

– Du wolltest doch die Freiheit, Sannyasin. Jetzt hast du sie!

Selbst Balu hatte mir die Schuld gegeben. Sie hatten sich alle von mir abgewandt.

– Jetzt entsagst du den drei Welten. Wirf die drei Leben ins Feuer.

Ich warf ein Körnchen gefärbtes Reis in die Flammen.

– Du hast kein Heim mehr, keine Familie, keine Heimat. Du bist der Sohn des Feuers.

– Ich bin der Sohn des Feuers.

– Was willst du denn noch mehr?

– Ich habe ein großes Licht gefunden, dort oben; dafür habe ich allem entsagt.

– Das war genau dein Fehler.

Diese Leere unter meinen Füßen, dieses klaffende Loch, war ganz einfach die andere Seite ihres Himmels. Ich hätte ebenso gut mit einem kleinen Heiligenschein in einem Lichtabgrund verschwinden können.

– Ich habe dich gerufen, ständig habe ich dich gerufen, und du hast nicht geantwortet, Nil, da war niemand, es war furchtbar, du hast nicht mehr existiert!

Diese kleine Stimme schnitt mir tief ins Herz. Ich hatte sie verloren, ich hatte alles verloren. Was konnte ich jetzt noch wollen?

Ich ging zum Fluß; hinter mir war diese große Gegenwart, es war, als schritt ein großes lichtreiches Wesen hinter mir, das fast mit mir verschmolz; und wenn sich die Übereinstimmung bisweilen kurz ergab, dann war es die vollkommene Wahrheit. Dann strömte alles in wunderbarer Spontaneität, mit unglaublicher Präzision. *Dies* war die lebendige Wahrheit.

Ja, wie konnte ich das verleugnen?

– *An'mona*! *An'mona*! Überhaupt-Nichts, Herr Überhaupt-Nichts!

– Wie dumm ich doch war, Batcha!

Und Mohini packte mich am Arm.

– Der Tod lastet auf dir, Nil.

– Du lügst, das ist Erpressung.

– Er lastet auf uns allen, Nil. Das Schicksal lastet auf uns. Du wirst immer wieder auf jenes stoßen, vor dem du wegläufst, zehnmal, hundertmal... Solange, bis die Dinge erfüllt sind.

– Versuch nicht, mich in die Enge zu treiben!

Aber jetzt war ich wirklich in die Enge getrieben, stand mit dem Rücken zur Wand, wie Björn. Womit hatte ich das verdient, was hatte ich verbrochen?

– *Ich* liebe, und alles andere ist vergessen.

– Und *ich* liebe nicht.

– Du bist ein Rohling.

– Ja, frei.

– Du läufst davon, Nil.

Sie sah so weiß aus in diesem roten Wald.

– Wenn du mich auch verbrannt hast, wirst du verstehen.

Sie hatte das ganz ruhig gesagt, ohne die geringste Emotion. Sie sah so blaß aus unter dem extravaganten Hochzeitspurpur. Ich begriff nicht, konnte einfach nicht verstehen. Wie könnte ich „nein" zur Freiheit sagen? Und wie könnte ich auf der anderen Seite Batcha und diese Erde aufgeben? In beiden Fällen war ich ein Deserteur. Aber „ja" zu sagen zu ihrem billigen kleinen Glück war die größte Falschheit, der widerliche Erfolg. Ich war doch nicht hierher gekommen, um kleine Nils zu zeugen, die kleine Nils zeugten, die kleine Nils zeugten... Nein, das wäre nicht das wahre Leben!

Ich war ein Verräter beider Seiten, als könnten die Erde und der Himmel ohne einander nicht wahr sein.

– O Kind,
Der Himmel braucht die Erde, um wahr zu werden.
So wie die Erde den Himmel braucht, um Freiheit zu finden
Und sie werden wahr, einer durch den anderen:
Der Himmel durch den Schmerz der Erde
Und die Erde durch des Himmels Freiheit

Ich hatte nicht den Platz oder den Schlüssel gefunden, ich hatte nur Batcha gefunden, um sie wieder zu verlieren.

– Ah, auch du wolltest nehmen, wolltest mit der Beute davonrennen.

Ja, ich weiß, das ist mein Fehler; sobald man von der Liebe spricht, geht alles daneben. Aber liebte ich sie weniger, als ich nicht wußte, daß ich sie liebte? Und was hätte ich denn wirklich tun können? Die Dinge gingen von selbst daneben, ohne daß ich es wußte, am Tag, wo ich ihr den Tilak auf die Stirn gesetzt hatte – und durch eben diesen roten Tilak fand ich sie wieder in den Reisfeldern. Ja, alles ist ein unmöglicher Widerspruch – wir tun Dinge, und das ist es dann, der Würfel ist gefallen. Ich umkreiste einen winzigen brennenden, schwer zu fassenden Punkt: den Knoten der Geschichte. Immer dieses ja-nein, die Flucht, an die sich eine Rückkehr anschloß, die Freiheit und die Liebe, und ich spürte, daß dieses „nein“ meiner Flucht *ebenso viel* Bedeutung hatte wie meine Rückkehr, als ob der Fehler den Schlüssel zur vollständigen Wahrheit in sich barg – seine rote Markierung, die trennt und wieder zusammenfügt.

O Kind,
Ich sagte dir, es gibt keinen Fehler, niemals. Der Fehler besteht darin, nicht die wahre Bedeutung der eigenen Handlungen zu verstehen. Du glaubst, du seist fortgegangen, um frei zu sein, und glaubst, ihrethalben zurückzukehren; du glaubst, es sei Rebellion, die dich deine Faust emporrecken läßt, und du seiest hier heraufgeklettert, um dich umzubringen. Aber du weißt nichts. In Wahrheit tun die Menschen, was ich will, vollziehen ahnungslos die notwendige Geste; und wenn alles getan ist, merken sie, daß sie nicht hinter dem Gold her waren, nicht um des kleinen Glücks willen töteten, daß diese Tote nie tot war – niemand stirbt, und wer tötet außer Mir? Ihre Gesten gestalten ein Ende, das sie nicht vorausgesehen haben und für das sie ahnungslos so weit gelaufen sind. Geh also voran, mein Drama hat nicht die Bedeutung, die du ihm zuschreibst, und wenn deine Augen sich geöffnet haben, wirst du sehen, daß es nie ein Drama gab – alles ist gleich und alles ist offensichtlich.

Ein letztes Mal sammelte ich all meine Kraft. Die Hände brannten mir, mein Körper hing wie ein Seil im Wind. Es war das Ende:
– Ein letztes Mal, wenn ich leben muß, wenn dieses Leben einen Sinn hat…

O Kind,
Für jeden gibt es eine Unmöglichkeit
Einen brennenden Widerspruch
Wenn du deine Unmöglichkeit gefunden hast
Hast du die höchste Möglichkeit gefunden
Denn sie ist zugleich das Hindernis und der Hebel

– Ich bitte nur darum, daß sie mir zurückgegeben wird!

Niemand antwortete.

Dann sah ich Balu vor meinem inneren Auge, wie er damals bei unserer ersten Begegnung den Bürgersteig entlanghüpfte:

– Batcha, sie ist die Königin.

– Ah ja, und warum?

– Ja, sie ist wie Björn: Sie werden sterben.

„Sie werden sterben", hatte er gesagt, nicht „er wird sterben".

– Es ist zu spät, Nil!

Ich wandte mich um.

Da stand das schwarze Götterbild mit dem Schwert in der Höhle, die Arme wie ein Rad über den Kopf gehoben. Wut überkam mich, und ich packte sie am Nacken. Ich würde mit ihr ins Leere springen – nicht sterben, ohne meine alte Rechnung mit ihr zu begleichen. Ich krümmte mich…

– Du spottest wohl, Steingesicht. Führst uns wie Marionetten, oder?

Und ich hätte schwören können, daß sie lächelte.

– Du wärst nur zu glücklich, wenn ich spränge!

Stille. Selbst der Wind schien abzuflauen.

– Aber schau, ich bin stärker als du! Ich habe etwas, das du nicht hast – den Schlamm der Erde, die Nacht der Erde, den Schmerz der Erde. Ich liebe selbst ein totes Mädchen, das ich nie wiedersehen werde. Oh, Kali, du kannst segnen, du kannst töten, mich unter deinem Joch begraben, aber ich liebe. Ich liebe, das ist alles, was ich habe, alles, was mir geblieben ist. Ich habe keine Gaben, keine Trommeln, keine Trompeten, und kein Paradies in Aussicht. Ich liebe, das ist alles, was da ist. Ich habe keine Kräfte, kein Licht, nichts, was wert ist; ich bin der Eidbrüchige, der Niemand, der Überhaupt-Nichts; ich habe kein Land, keine Familie, keine Bleibe – sie haben mir alle den Rücken gekehrt – aber meine Liebe biete ich allen dar, die wollen, für nichts, für alles: für den Wind, die Nacht, den Schmerz der Welt, die Sorge um nichts, für all die flüchtige Scham, für diejenigen, die gleichgültig sind. Ich liebe, ich liebe, das ist alles, was ich habe. Ich bin, weil ich liebe! Und selbst im Abgrund der Hölle werde ich noch lieben.

Plötzlich erlosch meine Wut zugleich mit dem Wind. In meinem Herzen war kein Schmerz mehr, keine Nacht, kein Tag. Selbst Tod hatte keinen Sinn mehr. Da war nur diese kleine Flamme, die in meinem Herzen brannte, dieser letzte Schatz.

Ich stand allein und verlassen auf dem Felsen und blickte hinaus.

Niemand war mehr da, selbst die Erinnerungen hatten sich verflüchtigt. Es war der große stille Schiffbruch, und selbst er lag schon hinter mir; es gab kein Schiff mehr, keine Tränen, kein Gefühl der Trennung – alles war schon getrennt; man war still und frei von Sorge – der Blick des letzten Überlebenden. Man blickt nur einfach hinaus; es gibt keinen Tod mehr, selbst er ist vergangen, er ist bei den Lebenden, er ist vor dem Schiffbruch; denn er besteht darin, dies zu lieben und jenes nicht, dies zu wollen und jenes nicht. Es gab keinen Abgrund mehr, keine Angst, keinen Sturz, keine Verzweiflung, nicht einmal den Schimmer einer Hoffnung; nur die weiten glatten Wasser des Anbeginns, nur einen weiten stillen See, der sich mit seiner eigenen Ewigkeit füllt, und etwas, das hinausblickt – als hätte es schon immer geblickt, über Leben und Tod hinaus, über die glücklichen oder die unglücklichen Inseln, die Wiederauferstehungen und die Schiffbrüche.

Eine einsame Grille begann im Sanktuarium zu zirpen. Ich blickte auf.

Der Himmel war meeresblau und mit Sternen besät. Zwei kleine rote und grüne Lichter eines Flugzeugs drifteten im Nordosten, in Richtung Rangoon oder Singapore. Wir befanden uns im 20. Jahrhundert der Geschichte.

– Bei uns fliegen selbst die Vögel nicht zufällig vorüber…

Und auch die Flugzeuge nicht. Zu Beginn der Geschichte, vor zwanzig Jahren, befand ich mich auf demselben Breitengrad, tausende Meilen entfernt, im südamerikanischen Dschungel, mit meinem Bruder, dem Goldsucher. Wir waren verloren in der großen lärmenden Nacht des Oyapock, so winzig unter dem hohen Gewölbe der Balatabäume, und wir glaubten, wir suchten Gold. Jede Nacht hörten wir hoch über uns das Flugzeug nach Rio; und wir lachten, denn wir fühlten uns so viel höher als das Flugzeug, wir beiden kleinen Gesellen, die sich den ganzen Tag durch den Sumpf vorarbeiteten, um ein paar sehr kleine unwahrscheinliche Goldflöckchen herauszuziehen. Aber unser Traum war so viel wahrer, unser unmöglicher Marsch durch die *dai-dai*, vorbei an umgestürzten Bäumen, so viel sicherer als ihre exakte Route zwischen zwei Städten, die von Gold überliefen. Und heute nacht war wieder das Flugzeug da, das mir ein Signal herüberfunkte, während ich allein und nichtig auf dem Fels stand, in orangenfarbenen Lumpen, so unwahrscheinlich wie meine Goldsucherlumpen. Ich suchte immer noch nach der Goldader, dem unverwechselbaren Leben, und es entzog sich mir. Selbst meine Träume hatten getrogen, und meine eigenen Brüder würden mich abweisen, wenn sie mich so sähen.

– He, Job, was suchst du denn?

– Einen Haufen Gold, um die Welt zu ruinieren!

Aber ruiniert war ich. Wo lag dann die Wahrheit?

Eines Tages war ich aufgebrochen auf der Suche nach einem wahreren Leben, und ich wählte das Gold-Abenteuer, so wie ich jenes der Leiernachtschwalbe oder des Nordpols hätte wählen können – alles erdenkliche, solange man frei atmen konnte; aber was ich fand, waren Grenzen, Polizei, kartographierte Wälder und Entdecker, die nur ihr eigenes großes Elend entdeckten. Ich fand, daß das Abenteuer anderswo war, abseits aller Tropen, und daß all die äußeren Straßen im Inneren endeten; ich war Sannyasin geworden, so wie ich ein tanzender Derwisch hätte werden können oder ein Korybant, ein nackter oder mit Asche beschmierter Bettler oder was immer, solange man weit atmen konnte und das Leben wahr und frei war. Ich hatte die großen Pfade leuchtenden Lichts dort oben gefunden, hatte unvergeßliche Musik gehört, den *Rhythmus*, der allem seinen Rhythmus verleiht, hatte den großen befreienden Strom getrunken, und dann die Erde verloren. Jede Straße führte in ihr Gegenteil, jedes Abenteuer endete in einem Anti-Abenteuer, als ob jedes

„ja" in ein „nein" umschlug. Oder war es bloß das Ende einer Laufbahn, ein Übergang zu einem größeren „ja", einem wahreren Abenteuer? Und vielleicht hatte es nie ein „nein" gegeben, nichts war zurückzuweisen, es gab nichts, das zurückweist: nur ein immer größeres JA, das sich in einer Spirale erhob wie die Schneckenlinien einer Seemuschel?

Das Flugzeug nach Rangoon war mit seiner Ladung wohlgemuter Menschen verschwunden. Die Nacht war still. An der Küste leuchteten Lichter. Ein Dampfer lag vor Anker wie ein Spielzeug unter dem großen Weihnachtsbaum der Nacht. Und ein Leuchtturm... gerade dort, wo Björn eingeäschert worden war. Er war tot. Sie alle waren tot: Erik, Björn, der Sannyasin, der Goldsucher – Erik, mein Bruder einer Sahara, die nicht am 33. Breitengrad haltmacht; tot auch Björn, der die Macht für seine Brüder suchte; tot der Sannyasin, der die Freiheit wollte. Ich war der letzte Überlebende, der vierte der Weißbirke – der absurde Überhaupt-Nichts, der nicht von hier war und nicht von dort, nicht von unten oder von oben. Von woher war ich dann?

– Soll ich dir was sagen, Job? Du und deinesgleichen sind Leute von nirgendwo.

Ja, von nirgendwo – oder von einem Ort, der noch nicht geboren ist?

Und Björn schrie auf:

– Selbst wenn ich sterbe, selbst wenn ich sterbe! Ich glaube mehr an meinen Traum als an euer normales Gefängnis.

Ich glaube, ja, ich glaube; selbst wenn ich sterbe, glaube ich. Wir wissen nicht, woher wir kommen, und wir pochen an Türen wie Blinde. Wir sind die Kinder einer neuen Rasse, die Abenteurer eines wahreren Lebens, und selbst wenn unsere Lumpen uns verraten, sind sie doch wahrer als wir selbst! Wir sind die Kinder einer neuen Welt im Untergang von Intellekt und Maschine – die Sannyasins von etwas noch Unbekannten. Wir tappen im Dunkeln, kennen nicht den Weg, kennen nicht unsere eigenen Worte und deren Bedeutung, klopfen aber an die Türen der Zukunft, stammeln die Worte des neuen Menschen, setzen das Licht frei, das die Welt von morgen so sicher bauen wird, wie einst die ersten Lichtschimmer des Affen die Welt des Menschen von heute erbauten. Wir werden die Welt dazu bringen, über ihre eigene Materie und ihren Himmel hinauszuwachsen. Ich glaube, ja, ich glaube absolut, wie der Primat in seiner Höhle, wie die strömende Sintflut – und selbst wenn ich sterbe, glaube ich.

Als ich erschöpft dem Götterbild zu Füßen fiel, hörte ich, wie eine ruhige, neutrale Stimme sagte: „Ein zweites Mal hast du gesiegt." Aber ich wußte nicht, was ich besiegt hatte. Ich lag wie eine Leiche auf ihrem Steinbett und hatte alles verloren.

*
* *

In dieser Nacht, zu Füßen der Gottheit, die mit der einen Hand segnet und mit der anderen Kehlen aufschlitzt, hatte ich die außergewöhnlichste Vision meines Lebens. In dem Augenblick, wo ich alles verloren hatte, erfuhr ich die reine Gnade, und ich möchte sie mit allen teilen, die den Schmerz der Trennung erleiden und nicht sehen oder wissen. Aber jetzt weiß ich es. Ich weiß, es gibt einen Ort, wo die Seelen auf immer zusammen sind, und ich weiß, daß der Tod des Körpers nicht der Tod ist; ich weiß, daß es andere Leben gibt und daß dieses nichtige, erbärmliche, konfuse Leben wie eine Geschichte ohne Beginn oder Fortsetzung tatsächlich Glied einer immensen Saga ist und daß unsere Handlungen von gestern unsere Handlungen von heute erklären. Von einem Leben zum anderen, durch all unser Leiden, Suchen, Rufen, bewegen wir *alle* uns auf eine vollständige Aufklärung hin, einen totalen Augenblick, ein allumfassendes Bewußtsein, in dem nichts getrennt, geteilt oder verstümmelt ist, in dem wir unmittelbar den Faden all unserer Leben erfassen können und die Freude, die Faden für Faden den Regenbogen webte. Denn in Wahrheit sind wir ein wachsendes Licht, ein sich weitendes Bewußtsein, eine Freude, die sich von Körper zu Körper heranbildet, und wir gehen von der Trennung zur Einheit, von der Unwissenheit zur Wahrheit, die das Wissen hat, von der Vergessenheit des Körpers zu den Erinnerungen der Seele. Wir gehen auf die vollständige Geschichte und Offenbarung zu, wir sind die Pilger eines wunderbaren Abenteuers: Jedes Leben ist eine Stufe des Aufstiegs, jeder Schatten ein Fältchen des sicheren Aufblühens, jeder Tod ein Übergang zum anderen, größeren Leben. Das Resultat ist gewiß! Und wenn einige Leute mich einen Narren nennen, dann sage ich, daß die Himalayas eine Halluzination der Geographen sind und daß die gewonnene Schönheit, die freigesetzte Harmonie, die azurblauen Impressionen all jener, die gesucht, gesungen, skulptiert oder gemalt haben, eine wunderbare Narrheit sind, realer als alle Vernunft dieser Welt – und daß vielleicht diese Narrheit und diese Halluzinationen die Erde von morgen vorbereiten. Die Welt als Vision, die wahr wird. Wir sind die Baumeister eines ewigen Bildes.

In jener Nacht ging ich bewußt in den Tod und kam mit dem Wissen zurück. Nicht nur sah ich den Tod, sondern ich lebte – oder besser, lebte erneut – einen früheren Tod und brachte eine unauslöschliche Erinnerung der Kontinuität der Existenzen mit zurück. Und ich frage mich, ob die Zukunft, die wir Schritt für Schritt entdecken, nicht eine frühere Vergangenheit ist: ein ewiger Keim, der sich entfaltet. Es war, als ob sich plötzlich alle Teile eines Puzzles zusammenfügten und ein vollständiges Bild ergaben. Inkohärente, diffuse Szenen, hier oder dort gesehen, manchmal Jahre auseinander liegend, fügten sich zu einem Ganzen und lieferten mir den Schlüssel der Geschichte. Und mir scheint, daß jeder von uns seinen eigenen Schlüssel haben muß, nur wissen wir nicht, daß es eine Geschichte *gibt* und daß jedes Bild zählt und eine Bedeutung hat; und weil jene Bilder in unseren Leben Jahre voneinander entfernt aufleuchten wie kleine Irrlichter in der Nacht, wissen wir nicht, daß sie Teil eines ständigen großen Films sind, und wir verweisen sie ins Dunkel der Vergessenheit. Aber *alles* hat einen Sinn, und es gibt viele Wegweiser auf dem Pfad! Nur muß man wissen, daß es Wegweiser sind und daß es einen Weg *gibt.* Ich glaube, was ich in dieser Nacht sah, ist nicht bloß ein Bild der Vergangenheit, sondern ein Bild der Zukunft, und vielleicht ein ewiges Bild.

Die erste „Szene" war am wenigsten scharf umrissen, denn es war weniger ein präzises Bild als eine sehr vertraute *Atmosphäre,* eine Art Duft der Erinnerung, der im Halbschatten des Gedächtnisses intensiv bestehen bleibt. Mehrmals hatte ich diese Szene mit verschiedenen Variationen gesehen.

Ich war in einem Wald und irrte umher, mit einer herzbewegenden Intensität. Ich hatte mich verirrt, hatte alles verloren. Ich suchte *sie*, suchte sie überall, rief und rief vergeblich, und ich spürte, wie der Tod auf mir lastete. Sie war mein Leben – mehr als mein Leben –, und sie antwortete nicht, niemand antwortete. Dieses Bild hatte ich mehrmals gesehen und kannte es gut; gewöhnlich schloß es sich an eine andere Szene an, wo ich aufrecht vor jenem Menschen stand, der in bläuliches Licht gehüllt vor einem Feuer saß und seinen Fluch gegen mich ausstieß, woraufhin ich ihm meine Freiheit ins Gesicht spuckte. Aber diesmal fand ich mich nach dem Wandern im Wald in einem Baumwipfel und umklammerte mit beiden Händen einen Zweig. Ich sehe sie noch, die beiden ganz weißen Hände – und sah dann, wie ich mich mit dem Kopf voran in den Tod stürzte. Ich nahm mir das Leben. An dieser Stelle begann meine Vision erstaunlich präzise zu werden, als hätte jemand die ganze Geschichte gefilmt. Tatsächlich glaube ich auch, daß jemand in uns alles aufnimmt.

Ich trat in den Tod ein.

Plötzlich fand ich mich in einer außergewöhnlichen Dunkelheit – was wir Nacht nennen, ist hell im Vergleich zu jener Schwärze! Eine absolute Nacht wie die Quintessenz des Schwarzen, der jegliche Schwingung fehlte, anhand derer man hätte feststellen können, daß es „dunkel" ist. Es war nicht dunkel, sondern *die* Dunkelheit, ohne Vibration, ohne die geringste Schwärze, erstickend wie der Tod. Ja, es *war* der Tod.

Dann hatte ich den Eindruck – keineswegs ein vages Empfinden, es war furchtbar konkret, wobei ich zwar nicht sah, aber doch fühlte und berührte –, in einem Abgrund zu hängen, wobei die Füße auf einem winzigen, einige Zentimeter großen Vorsprung ruhten und der Rücken gegen eine Wand gelehnt war – eine enorme, schwarze, vertikale Wand, die wie ein Basaltkliff in den Abgrund tauchte. Ich fand mich mitten im Spalt und versuchte verzweifelt, mich an der Wand zu halten, war nicht zur geringsten Bewegung imstande. Aber ich mußte mich bewegen und den Spalt überqueren, um die andere Seite zu erreichen. Mein Leben und mein Heil lagen auf der anderen Seite, während ein Hinabfallen schlimmer als der Tod wäre, es wäre der Tod *im Tod.* Aber ich konnte mich nicht rühren, war wie gelähmt an die Wand gepreßt, während meine Hände den Stein umklammerten. Ich konnte nichts sehen oder tun, da war gar nichts; es war furchtbar – und dann eine massive, bedrückende Stille wie eine Welt absoluter, unerbittlicher Verneinung, in der man nicht sein *darf* und nicht sein *kann.*

In dieser furchtbaren Finsternis hörte ich plötzlich Batchas Stimme, *ihre* Stimme. O Gott, ich weiß nicht, ob es Wunder gibt, aber diese Stimme in der Dunkelheit war das unsagbare Wunder – *ihre* Stimme, kristallklar und deutlich, wie ein Wunder: „*Zieh... Zieh...*"

Gleichzeitig fühlte ich, wie sie mir ein Seil zuwarf, etwas, das meine Hände berührte. Ich faßte das Seil: „Zieh... Zieh...", und in dieser Kindesstimme lag eine so gewaltige Kraft der Liebe, als ob ihre Seele sich meiner bemächtigte und sie aus der Nacht herauszog. „Zieh! Zieh!" Eine unbezwingbare Kraft, die diese furchtbare Nacht wie ein Lichtschwert durchdrang. Die Stimme eines Kindes.

Ich zog und klammerte mich ans Seil, kam Schritt für Schritt voran durch die Dunkelheit, auf dem Vorsprung schwankend. Ich war wie ein Ertrinkender, der nach Luft schnappt, während ihre warme kleine Stimme von der anderen Seite rief, so *sicher,* ruhig und kraftvoll, voller Liebe: „Zieh!"

Nie im Leben war ich furchtbarer bewußt und lebendig gewesen als in diesen wenigen Augenblicken des „Traums". Wenn ich dies träumte, dann ist der Tod ein Traum und das ganze Leben sein blasser Abglanz.

Völlig übergangslos fand ich mich dann auf der anderen Seite des Abgrunds. Und recht nahe vor mir sah ich eine Art leuchtendes, strahlendes Gehäuse, das dem Rumpf eines Schiffes glich. Als ich es betrachtete, geschah etwas seltsames: Ich sah meinen

Körper (von außerhalb wahrgenommen, als hätte ich ihn verlassen), wie er einen sehr langsamen Salto in der Luft machte, ähnlich einer Zeitlupenaufnahme im Film, und bevor ich wußte, wie mir geschah, fand ich mich ziemlich verwirrt in dem Gehäuse wieder.

Alles dort, auch die Luft und das Gehäuse selbst, lag in einem außergewöhnlich weißen, reinen und strahlenden Licht, das von überallher zugleich hervortrat, ohne bestimmte Quelle. Es war ein lebendiges, vibrierendes Licht, eine Licht-Substanz.

Sie war da.

Sie lag weiß und lichterfüllt auf einem Bett zu meiner Linken. Es war Batcha. Aber mehr als Batcha, unendlich mehr als sie, wie ihre luminöse Essenz, ihre reine Wirklichkeit – *sie* –, als sei die irdische Batcha nur deren Abbild. Und wie schön sie war! Wie strahlend! Es war ohne Frage sie, unvergleichlich. Ewig sie. Sie lag wie in tiefem Schlummer.

Ein anderes „Bett" stand rechts neben ihr – ich sage „Bett", aber alles bestand aus derselben lichtvollen, schnee-ähnlichen Substanz. Ich wußte, es war meines – ihres zur Linken, meines zur Rechten. Dann begann ich die „Kapsel" um uns herum zu betrachten, die so lichtvoll und perfekt umschlossen war: Man fühlte sich zu Hause, wunderbar zu Hause, auf immer umhüllt und geschützt, umfaßt in absoluter Sicherheit. Nichts konnte uns dort berühren. Es war unsere zeitlose Bleibe, unser Treffpunkt. Hier waren wir für immer zusammen, in unserem ewigen Zentrum.

Ich wandte mich um und sah ein anderes Wesen. Aber seltsamerweise war es kein Fremder, nicht „verschieden" vom Ort selbst. Er bestand aus derselben Substanz wie der Ort. Er war ein Wächter oder Helfer, ganz in Weiß gekleidet, aber weniger lichtvoll als Batcha, fast wie ein Krankenpfleger. Er wachte über uns.

Er half mir beim Auskleiden. Ich fühlte mich plötzlich sehr erschöpft und unsauber wie nach einer langen Reise und wollte ein Bad nehmen. Ich tat einen Schritt nach rechts und blickte auf meine Füße. Da bemerkte ich plötzlich, daß ich tot war; mein

Körper war tot. Ich war schockiert, und so riß die Verbindung ab. Ich erinnere mich an einen Augenblick der Irritation beim Anblick des Körpers, wie ich mir sagte: „Dann lohnt es nicht…“ Daraufhin wachte ich auf.

Ich sah das Götterbild in der Nacht.

Eine Grille zirpte einsam.

Lange verharrte ich mit dem Kopf zwischen den Händen an die Wand gelehnt, in einem Zustand völliger Benommenheit und zugleich des Staunens, wie an jenem Tag, als ich am Bahnhof die göttliche Musik gehört hatte.

Dann wußte ich.

Alles war klar. Ich wußte, daß Finsternis nie mehr in meinem Herzen sein würde, daß der Tod ein Mythos ist, daß Wesen sich im Tod wie im Leben wiedertreffen und daß wir zusammen reisen, immer zusammen, immer wieder durch Leben und Tod, und darüber hinaus.

XXVII

Sie

Ein neuer Tag beginnt.

Auf der weißen Hauptstraße kommen und gehen die Pilger; die Fischadler kreisen über dem hohen Turm, Frauen schreiten zum Brunnen, und der Ruf der Muschelhörner verschmilzt mit dem Rauschen des Meeres, dem dumpfen Donnerrollen des Monsuns und der Rückkehr der Monde. Es war gestern oder heute, vor Jahrhunderten und für immer. Kinder sangen im Schulhof, die Pferdekarren zogen vorbei, und ich schickte mich an abzureisen. Ich würde abreisen. Ich sah all die kleinen Zeichen auf der Straße, den Tee-Verkäufer, die trottenden Ziegen, die Jasmingirlanden, das rosa Töpferwerk. Gern hätte ich alles mitgenommen, alle Duftessenzen, die geringste Geste, die alte Frau dort drüben, das rennende Kind.

– He, Gopal, mach schon, es wird spät.

Es wird spät, und die Zeit ist schon vergangen. Ich wollte alles in meinem Herzen speichern. Oh, wie schnell das Leben vorüber geht! Manchmal schien mein Blick mit der Straße zu verschmelzen, mit den Passanten, den Geschäften, dem Lachen am Brunnen, dem silbernen Geläute der Karren – alles verlor sich in einem unendlichen Dunst, einer immensen stillen Sanftheit, die alles mit Ewigkeit zu erfüllen schien; und was geht wirklich vorüber? Ich war da, ewig da, ich kam und ging: „He, Gopal, mach schon...!" Ich zog eine weite sanfte Erinnerung hinter mir her, meine Schritte waren tausend Jahre alt.

– Wer kauft meine schöne Muschel, drei Rupien die schöne Muschel!

Alles war so sehr dasselbe unter dem blauen Himmel, gestern

oder heute, und was hat sich gewandelt? Ich war aufgebrochen, zurückgekehrt, tausendmal zurückgekehrt, und was blieb am Ende übrig? Dann verengte sich plötzlich mein Gesichtsfeld – alles wurde hart, beschleunigt. Die funkelnde Gegenwart war wieder da, präzise und schneidend, sie zerrte von allen Seiten an mir, als würde ich hier sterben, dort, in diesen Augen, jenem Lächeln, jener alten Frau, dem flüchtigen Schrei; alles wurde so intensiv und schmerzhaft. Ich schickte mich an abzureisen, abzureisen... Gern hätte ich alles in meinem Blick fixiert, bis zum winzigsten Anflug eines Lächelns. Ja, wie man doch verschwindet! Ich kam mir so alt und nichtig vor. Was blieb von all diesen Leben? „He, Gopal, mach schon, es wird spät..." Und wie stand es mit Batcha? Batcha, dort drüben, kaum fünfhundert Meter entfernt. Batcha, in einem kleinen weißen Innenhof, wo ein Pfau aufschrie. Ich war dabei abzureisen.

Ich stoppte in der Nähe des Brunnens. Auf dem Rand saß eine Libelle. Meine Kehle war wie Blei. Ich legte meine Hände zusammen und streckte sie hin; eine Frau goß Wasser hinein und lächelte.

Sie lächelte mir zu.

Einen Augenblick sah ich zu ihr auf – welch eine Liebe strömte aus meinem Herzen! Eine Liebe oder ein Aufschrei der Dankbarkeit, eine sofortige Flamme, als könne sich dieselbe tiefe Begegnung zwischen allen Augen ereignen. Ein winziger Augenblick wie der kondensierte Lichttropfen all dieser Leben, das Flöckchen Gold tief im Inneren, jenes, was am Ende von tausend Gesten und Tagen bleibt. Nicht Prinz oder König bin ich gewesen, aber ich war diese kleine Flamme im Inneren; ich scheine sie überall wiederzuerkennen, in jedem Gesicht und in der kleinsten Geste, als hätte ich tausend Mal zuvor existiert. Wir laufen und rennen, und dann ist es da; wir laufen hinter einem kleinen Tropfen von *dem* her: und dann haben wir die vollständige Geschichte, in einer Sekunde.

– He, Sadhuji[1], gehst du zum Bahnhof?

[1] Eine andere Anrede für Sannyasins.

Er war vielleicht zwanzig Jahre alt. Ein Sannyasin.

– Ich weiß nicht. Ja... Oder nein.

Er starrte mich an. Mir war zum Heulen zumute. „Siehst du, Nil, du hast dich nicht verändert. Erst ist es ‚ja' und dann ‚nein'. Wenn es so weitergeht, wirst du noch krank werden." Ich hielt inne. Wir standen an der Kreuzung. Der Bahnhof lag im Westen, die Dünen erstreckten sich gen Süden.

– Der Zug fährt in einer halben Stunde ab. Wir können zusammen fahren, wenn du magst.

Er hatte leuchtende Augen und trug eine safrangelbe Robe. Ich schien ihn wie durch einen Nebel wahrzunehmen. Wohin fahren? In welche neuen Reisfelder wollte er mich führen? Es gab keine mehr! Ich hatte Batcha verloren.

Zusammen gingen wir zum Bahnhof. Pilger eilten vorüber, ein Wasserträger schritt an uns vorbei. Man hörte jemanden singen:

O Tara, o Mutter...
Du bist die Schöpferin
Der All-Wille
Du bist es, die handelt, o Mutter
Und doch sagen sie: Ich bin es, der handelt
Ich bin der Wanderer deiner Reise
Du bist die Windung des Pfades unter meinen Füßen
Du bist die Hand, die schlägt
Und die Hand, die heilt
Wie du gehst, so gehe ich

Jetzt wollte ich nicht mehr abreisen, ich wollte schreien, „nein, nein!" Ich blickte auf die Dünen, den wogenden Sand.

– Und dein Stab?

– Mein Stab...

Ein kleines Eichhörnchen hüpfte über den Weg. Plötzlich wandte ich mich um und nahm den südlichen Pfad.

O Tara, Tara
Du verbirgst den Lotos im Schlamm
Und den Blitz in den Wolken
Einigen gibst du das Licht
Andere läßt du die Nacht wählen
O Tara, o Mutter
Wie du gehst, so gehe auch ich

Die Dünen erhoben sich wie riesige arktische Vögel zum Himmel. Ich folgte dem südlichen Pfad durch die Palmen. Raben krächzten. Der Tag ging zur Neige. Ein Kind mit einem Kupferkrug auf dem Kopf kam vorbei:

– Du gehst zum Haus des Tantrikers?

Sein Haar war zerzaust. Er hatte große schwarze Augen wie Balu. Alles schien sich zu wiederholen. Aber ich hatte keinen Bruder mehr hier, die Geschichte war zu Ende. Oder unternahm sie den Versuch, noch einmal von Neuem zu beginnen?

– Das Haus des Tantrikers?

– Es ist dort drüben.

Aber etwas in mir sagte: „Nein, nicht dort. Das ist es nicht, was ich suche!" Ich war wie ein Blatt im Wind.

Ich wandte mich nach rechts und kletterte über die Dünen. Der Sand war weich wie ein Kashmirteppich. Hier und da trat ein schwarzer Stamm hervor, mit einer Kaskade goldener Palmbüschel. An dieser Stelle hatte ich das letzte Mal mit Björn gesprochen und die Geschichte von der Weißbirke gehört. Ich kletterte weiter in der sanften Stille der Dünen. Selbst unsere Fußschritte waren verweht. Und was blieb jetzt noch? Ich beugte mich, nahm etwas Sand in die Hände und ließ ihn herabrieseln. Ein solcher Frieden lag über allem, als hätte es unseren Schmerz nie gegeben! Ich spürte, ja ich berührte fast den Grund universaler Sanftheit, diesen offenen, frischen Frieden, der keine Sorge kennt, keine Pein und keinen Tod. Nur das Denken hatte seinen Schleier des Dramas über diese geduldige Sanftheit gezogen; aber wenn man den Vorhang wegzieht, verschwindet alles, der

Schmerz und die falsche Musik der Welt. Und ein Lied wird angestimmt:

Über die Dünen hier
Über die Dünen da
Schreiten wir gemeinsam
Unsere Inseln sind Reisende
Ich reise ab, und doch bin ich...

Der Himmel über den großen Dünen war strahlend blau; eine purpurfarbene Wolke trieb wie über Schneebänke. *Sie* war bei mir; wir gingen zusammen, immer zusammen, so war es *wirklich.* Nur daß meine Augen nicht gut sahen, mein blinder Körper nicht glaubte. Eines Tages, in einer Welt, die wahrer, klarer und weniger animalisch ist, werden wir in allen Welten zugleich sehen und leben können, ohne Trennung, Distanz oder Verblendung des Fleisches; alles wird augenblicklich da sein. Der Körper ist nur eine Hülle! Das Denken verschleiert, es zersplittert die großen kontinuierlichen Regenbogen unserer Leben in graue Materie.

Dann verengte sich wieder alles, der Blick wurde härter, die Schau düster. Schmerz und Pein kehrten zurück. Es war die unerbittliche Gegenwart, das Krächzen der Raben, der Zug, der hinter den Dünen pfiff – *dies* war der Tod, die Falschheit der Welt. Unsere Vorstellung von Zeit ist falsch, wir wissen nichts von der Zeit! Wir haben Uhren erfunden, die nur unsere Leiden und unsere eigenen Vorstellungen von der Welt messen. Wir kennen noch nicht die Fülle der Zeit, wir sind noch nicht wahrhaft Menschen!

In zwanzig Minuten würde der Zug abfahren.

Ich trat unter der Weißbirke hervor und blickte staunend hinaus.

Viele hundert schwarzer – vielleicht graublauer – Vögel kreisten über der Lagune. Dann, wie auf ein Zeichen, sammelten sie sich am fernen Ende der Dünen und ließen ihre reinen glänzenden Kehlen in der Sonne aufblitzen, plötzlich verwandelt in große arktische Segler. Dann tauchten sie im Sturzflug auf den Sand hinunter wie auf eine hohe, flach abfallende Dünung, flogen in einer langen schmalen Schar an mir vorüber und verschwanden in der Ferne, während ihre dunklen Körper sich gegen das glitzernde Wasser und den schaumumsäumten Treibsand der Lagune abhoben.

Ich konnte kaum durchatmen, und schon kamen sie zurück und machten einen Schwenk – schwarz, weiß, schwarz, weiß. Und während sie, strahlend rein, umschwenkten, tat ich es mit ihnen, ergriffen von diesem Schneeflug am Ende der Dünen, diesem Aufblitzen des Lichts wie dem Aufschrei meiner Seele, durch die plötzlich ein Riß ging: Ja, das ist es, dieses absolute, unwiderrufliche Zerreißen, diese Lichtfusion, dieses „ja" für immer, eine Explosion ins Absolute ohne bleibende Spur; dann die Rückkehr der Dunkelheit, die gleitend im fernen Schaum untergeht. Mein Blick kam und ging, jedesmal war es wie ein Aufschreien, und eine Faser meiner Seele riß am Ende der Dünen, wie ein winziges Aufflackern: Ja! *Dorthin,* dorthin gehe ich! Dort bin ich, von dort komme ich her; dorthin kehre ich zurück; dort weile ich, das ist mein ewiges Land, meine große Wahrheit mit den weiten Schwingen, mein zeitloser Flug. Dort entsage ich, verschmelze ich, dort ist alles wahr, rein und wahr, und strömt von der Quelle, das ist das Leben-wahrer-als-das-Leben. *Das* allein existiert, das allein ist wahr, das ist mein Schrei, meine Lichtfülle, mein ewiges Feuer, mein großes weißes Flammen oberhalb der Welten. Dorthin gehe ich!

Dann wieder die Dunkelheit und Batchas kleine Stimme: *An'mona, An'mona!* Überhaupt-Nichts, Herr Überhaupt-Nichts! Und ich war so klein und nichtig inmitten der großen Dünen, so allein und verloren: Nein! Es war nicht möglich, ich konnte nicht abreisen, ich würde mich Bhaskar-Nath zu Füßen werfen und wieder von vorne beginnen. Alles vergessen. Das würde ein Freudenfest sein! Ich werde Muschelfischer sein, der Hüter deines Tempels. Ich werde dein Sanktuarium fegen, deinen Eingang…

Und dann… nichts. Ich ging, ich kam, und jedesmal zerriß

etwas in meiner Seele, eine kleine Faser, und verursachte ein schmerzhaftes Stechen. Wenn ich die Augen schlösse, wäre alles vorbei. Ich würde abreisen. Das war die Auslöschung, der Tod im Licht: der große weiße Frieden, die völlige Leere, die Auflösung in einem kristallinen Lächeln.

Und danach?

Ein zweites Mal pfiff der Zug.

Ich schloß die Augen, rief die Wahrheit, die Wahrheit – das Licht, den Gott der Erde, etwas, eine Antwort, ein Zeichen!

In diesem Augenblick hörte ich in der Ferne, hinter den Dünen, einen leisen Gongschlag, der durch die klare Luft hallte. Alles schien wie erstarrt, Stille hatte sich über die Sände gelegt. Selbst die Krähen schienen in den Palmen zu verstummen. Nur das Meer rauschte in der Ferne. Ich wandte mich um: Es war niemand zu sehen – da waren nur die schwarzen Stämme der Palmen, die sich bis zum Haus des Tantrikers hinab erstreckten, und der leise, schwache Ton aus Richtung der Palmen: *tim-tim-tim, tim-tim-tim...* Dreimal, drei deutliche Anschläge, die sich endlos wiederholten und mich mit böser Ahnung erfüllten. Wie gelähmt blickte ich auf die Stelle, wo der Pfad vor dem Haus des Tantrikers um die Düne führte. *Tim-tim-tim, tim-tim-tim.* Drei Staccato-Töne, die durch die Dünen hallten.

Plötzlich verstand ich. Kalter Schweiß stand mir auf der Stirn. Nein, das konnte nicht wahr sein! Sie erschienen an der Wegbiegung. Zuerst der kleine Gongträger, dann eine Gruppe von weißgekleideten Männern, dann eine kleine rote Gestalt über ihren Köpfen: Sie.

Mir blieb das Herz stehen.

Völlig entgeistert betrachtete ich sie: die weiße Stirn, die Jasmingirlanden, den roten Sari – Batcha. Sie zogen an mir vorbei und wandten sich am Fuß der Düne nach links. Sie war weiß, so weiß. Ihre langen schwarzen Haare lagen über der Brust. Noch einmal wandten sie sich um, und ich konnte Batchas Gesicht nicht mehr sehen, nur die kleine rote Gestalt über ihren Köpfen, einen kleinen Farbfleck, der sich durch die Dünen schlängelte. Ich wollte meinen Augen nicht trauen. Der Gong hallte durch die Dünen. Ich starrte auf den winzigen roten Fleck, der in der Ferne verschwand.

Wer blickte? Ich weiß es nicht. Da war kein Individuum mehr, nur zwei weit aufgerissene schockierte Augen, die Jahrhunderte von Stein und Verwünschung in einem zu Staub zerfallenen Ägypten durchquerten.

Sie legten sie auf den Scheiterhaufen.

Die Gongschläge klangen aus. Die Dünen lagen stumm in ihrer zeitlosen Weiße. Batcha lag verlassen auf ihrem Scheiterhaufen, dort, wo sich die Wasser der Lagune und des Meeres trafen.

Sie sangen heilige Verse.

Sie schritten siebenmal im Kreis um den Scheiterhaufen.

Das Gesicht nach Norden gewandt, lag sie wie von Meeresschaum umsäumt.

Dann traten sie zurück. Nur einer blieb.

Ihr Gesang klang aus.

Eine Flamme sprang auf.

Völlige Stille.

Nichts.

Bis zum Ende sah ich reglos zu.

Ich weiß nicht, wie lange ich da stand und die Szene betrachtete. Plötzlich hörte ich einen Raben krächzen. Ich hörte eine Stimme, die sagte: „Jetzt ist es an der Zeit." Ich ging einen Schritt vorwärts. Meine Beine waren wie Seile, und ich kam mir vor wie eine alte Puppe, die man wieder in Gang setzt.

Ich schritt die Dünen herab.

Die Stimme sagte: „Hier entlang." Und dorthin ging ich. Die Sonne ging unter. Ich schritt durch weite, purpurfarbene Täler, und stieg wieder auf. Ich ging auf den Scheiterhaufen zu. Ich konnte das Meer rollen hören.

Eine Gruppe von Männern hockte am Scheiterhaufen. Ein Häufchen Asche glühte im Sand. Ich blieb stehen und betrachtete es. Dann fiel ich auf die Knie. Ich warf mich nieder in den Sand, vergrub meine Stirn in ihm und schluchzte, bis ich nicht mehr konnte.

Das war das Ende.

Immer noch rauschte das Meer.

Ich erhob mich wieder auf die Knie.

Eine kleine rote Flamme glühte noch. Ich sagte: „*Mâ*...", Mutter.

Der Wind streichelte mein Gesicht.

Ein Augenblick der Leere – ich sah nicht mehr, hörte nicht mehr. Ich war völlig leer, tot – ohne Schmerz, ohne alles. Ich war auf der anderen Seite.

Dann sprang diese Flamme plötzlich auf. Ich öffnete die Augen zu einer Flamme hin – ich *war* diese Flamme. Nichts als eine Flamme, die brannte, ohne Leid, Kummer, Erinnerung, alles verzehrend. Sie verzehrte mich und meinen Schmerz, gestern und heute, Batcha, den Sannyasin, alle Gesichter, Zeiten, Orte, Erinnerungen. Da war kein Schmerz mehr in mir, kein „ich". Nur dieses reine flammende Feuer. Es war wie Liebe, ein Liebesfeuer. Es stieg immer höher und war wie intensive strahlende Freude. Eine Liebesfreude ohne die geringste Emotion, frei von allem, absolut: nur ein klares, allverzehrendes, souveränes Feuer. Noch einmal sagte ich „Mâ". Da schien es mir, als ob mein ganzes Wesen sich verlagerte, weitete, in eine große orange Flamme hineingezogen wurde. Batcha war nicht mehr, kein Leben und Tod mehr, keine Dünen und kein Meer: nur ein orangefarbenes Flammen. Und dann kam es herab:

Ein Katarakt warmer Kraft.

Es verschlang alles, umhüllte alles, ließ alles erstarren. Ich war darin wie das Feuer im Feuer, ein Strom im Strom, Freude in Freude, unterschiedslos ohne ich oder du, hier oder da, nahe oder fern, innen oder außen. Nur *das* existierte. Ein regloser Katarakt warmer goldener Kraft. Über diesem Katarakt, oder dahinter, ein immenses weißes, strahlendes Licht, erfüllt von einer absoluten triumphierenden Freude, die all dies mit so froher, durchscheinender, strahlender Liebe betrachtete, mit immenser lichterfüllter Seligkeit – ein Fels stiller stetiger Ewigkeit. Dort war kein Tod mehr, hatte nie existiert, nur diese unsagbare liebende Freude, eine strahlende Liebesfreude, die alles erfüllt, alles verwandelt, die Schau transformiert. Dafür leben wir! Eine vollständige Fülle. Eine zinnoberrote Feuerblume, die mit der Wonne absoluten Zusammentreffens in ihr eigenes Feuer sinkt, als hätte der Körper endlich die lebendige Wahrheit berührt: *Das*! Darin ergehe ich mich, es ist hier, direkt *hier*, der lebendige Himmel! Ein regloser Katarakt vibrierender Freude, die alle Schatten hinwegfegt, auf die Körper ausstrahlt, alle Dinge entzündet, als sei Tod und Leid nur eine Erfindung unserer Sinne, die erstarrte Härte der Welt eine Erfindung der Sinne ebenso wie alle Vergangenheit und alle Trennungen der Welt: Nur *das* existierte, ewig präsent, *hier* gegenwärtig, ungebrochen, die wahre Substanz der Welt! Eine dichte, goldene, unwandelbare Ewigkeit, doch unvorstellbar vibrierend, intensiv, aktiv, wie der Goldstaub einer ewigen Welt-Schöpfung. *Sie*, nur Sie, ein Freudestrom, der in jedem Augenblick schafft und neu erschafft, als betrete alles, was damit in Kontakt kam, ein völlig neues grenzenloses Leben; ein Sprengen aller Grenzen, Möglichkeiten und Unmöglichkeiten – es vermochte alles; es war die *Kraft*. Es war die Umpolung der Sinne, das Zusammenbrechen aller Erscheinungen, der flammende goldene Blick der Zukunft. All die Myriaden Gesichter und Wesen waren nur ein Funken von *dem*. Wo war das andere? Wo ist sie nicht? Wo ist gestern, morgen, Nacht oder Tag? Überall existiert nur dies, das alles immer liebt, und das alles *ist*: Batcha und der Sannyasin, Mohini, der Flötenspieler, all die Männer und die Vögel auf der Lagune. Was fehlt? Wo ist die Leere, das Nicht-Vorhandensein, die Lücke, das „Nicht-da"? Wo ist die Seite, die nicht ebenso auch hier ist, wo das Jenseitige? Alles ist da, und ich habe alles auf immer – brenne, meine Liebe, brenne! Ich liebe dich millionenfach, in allem, was ist, in allem, was lebt. Du bist in mir aufgegangen und ich in dir, aufgegangen in allem, das liebt, in allem, das ruft. Wir sind durch die Tore des Todes geschritten, wir sind auf immer geboren! Wir sind für immer! O Tara, o Mutter, Du bist es, die handelt, Du bist es, die liebt, Du, die führt, Du, die uns durch den Tag und die Nacht zieht, durch Gut und Böse, Leid und Freude, hin zum liebenden Licht. O Tara, o Mutter…

Ich stand auf und ging zum Meer.

Es lag wie eine große Schildkröte am Fuße der Dünen. Ich ließ meine Kleider am Strand zurück und tauchte ins Wasser. Dann hörte ich eine ruhige, neutrale Stimme sagen: „Ein drittes Mal hast du gesiegt." Aber wer hatte gesiegt und wer konnte siegen? Das „ich" war ein Schleier, ein Widerstand, der Tod in der Finsternis. Es war das Elend, allein in einem Körper zu sein.

Die großen Vögel drehten über der Lagune ab: weiß, schwarz, weiß, schwarz… Es ist, wie du willst. Die Sonne ging hinter den Dünen unter und gab den Schwingen eine goldene Färbung. In Wahrheit bewohnt ein großer goldener Himmel die Nacht der Welt.

Ich ging zurück auf den Strand und sammelte meine Lumpen auf.

– Laß diese Robe, Kind.

Bhaskar-Nath trat heran. Er legte mir die Hand auf die Schulter und gab mir weiße Kleidung.

– Jetzt bist du frei, du kannst das Gewand der Welt tragen.

*
* *

Einmal mehr öffnete ich die Augen in der Welt der Menschen. Ich sah Batcha, und sie lief mit ausgestreckten Armen auf mich zu. Sie war ganz in Weiß gekleidet.

– Schau nur, die Vögel kommen, die Vögel kommen!

Wir wanderten über die großen Dünen, es war in Fayum oder Ramnad, in diesem Zeitalter oder einem anderen, unter dem Kreisen der großen Fischadler. Das Meer glitzerte, ich spielte auf der Ektara. Wir waren auf der glücklichen Insel, der Insel der Wahrheit. Wir reisten zusammen zu immer größerer Schönheit.

Nur die Kleidung wird gewechselt
Oder der Farbton eines Himmels
An einem kleinen weißen Strand

Nur Leid vergeht
Und ein Kind
Auf einem kleinen unberührten Strand
Blickt voller Staunen
Auf jene, die da kommen und gehen
Und einander nicht mehr erkennen

Pondicherry
15. September 1968

Werke Satprems in deutscher Übersetzung:

Der kommende Atem, 210 S., 1987
Autobiographisches Interview mit Satprem

Der Sonnenweg zum großen Selbst, 186 S., 1990

Sri Aurobindo oder Das Abenteuer des Bewußtseins, 348 S., 1991

Das Mental der Zellen, 230 S., 1992

Das Leben ohne Tod, 195 S., 1993

Der Aufstand der Erde, 84 S., 1993

Evolution II, 128 S., 1993

Mutter, eine Trilogie
1. *Mutter oder der Göttliche Materialismus*, 354 S. 1992
2. *Mutter oder die Neue Spezies*, 436 S., 1993
3. *Die Mutation des Todes*, 268 S., 1994

Sri Aurobindo – Die Dichtung der Zukunft

Deutsche Übersetzung: Wilfried Huchzermeyer
318 S., mit Index und Glossar. DM 36.–

Sri Aurobindos Interesse an Dichtung erwachte während seiner frühen Jugend in England. Er las die wichtigsten Werke der klassischen europäischen Literatur, schrieb Lyrik in mehreren Sprachen und verfaßte brillante Aufsätze zur Literaturkritik.

Die Essays im vorliegenden Werk wurden erstmals 1917-20 in der Zeitschrift *Arya* veröffentlicht, in späteren Jahren teils überarbeitet. Sri Aurobindo stellt sein Konzept einer intuitiven mantrischen Dichtung vor und analysiert unter diesem Aspekt das Werk der wichtigsten englischen und irischen Autoren. Gleichzeitig finden sich auch zahlreiche Hinweise auf andere eminente Dichter wie Goethe, Tagore, Whitman, Dante oder Homer.

In subtiler Prosa eröffnet Sri Aurobindo dem Leser ein weites Panorama west-östlicher Geisteswelt und zeigt auf, welchen Weg eine spirituell inspirierte Dichtung der Zukunft beschreiten sollte.